本书系国家社科基金重大项目
“中国古代文体观念文献整理与研究（18ZDA236）”阶段性成果

第二卷

文体

中国古代文体观念文献要籍研究

党圣元 主编

中国社会科学出版社

图书在版编目（CIP）数据

文体：中国古代文体观念文献要籍研究．第二卷／党圣元主编．—北京：中国社会科学出版社，2021.12

ISBN 978－7－5203－9041－5

Ⅰ.①文…　Ⅱ.①党…　Ⅲ.①中国文学—古典文学—文体论—文集
Ⅳ.①I206.2－53

中国版本图书馆 CIP 数据核字(2021)第 179912 号

出 版 人　赵剑英
责任编辑　杨　康
责任校对　赵雪姣
责任印制　戴　宽

出　　版　中国社会科学出版社
社　　址　北京鼓楼西大街甲 158 号
邮　　编　100720
网　　址　http://www.csspw.cn
发 行 部　010－84083685
门 市 部　010－84029450
经　　销　新华书店及其他书店

印　　刷　北京明恒达印务有限公司
装　　订　廊坊市广阳区广增装订厂
版　　次　2021 年 12 月第 1 版
印　　次　2021 年 12 月第 1 次印刷

开　　本　710×1000　1/16
印　　张　20.25
字　　数　313 千字
定　　价　118.00 元

缘　起

《文体》之创编意念，起始于我们开展中国古代文体观念研究之初。为了启动和推进“中国古代文体观念文献整理与研究”这一国家社科基金重大项目的研究工作，我们于2019年3月在古城西安召开了开题报告会和“中国古代文体观念研究的方法与路径”学术研讨会，又于同年10月在西安召开了“中国古代文体观念的历史演进”学术研讨会。在第一次研讨会上，我形成了组织编辑一种以中国古代文体观念研究为主旨分卷出版的学术文丛的想法，目的则是通过这一举措推动和督促课题研究的进展和深化，并且向学界汇报我们的阶段性研究情况和成果，接受学界专家同行们的审视，期盼得到批评指正意见和点拨。在第二次研讨会上，我的这个想法得以确定。在策划构想的过程中，我就相关问题向参加研讨会的多位学界著名学者、也是我多年交往的同行老友们请教和征求意见，幸而得到了他们的肯定和鼓励，也得到了项目组成员的积极支持，尤其是得到了陕西师范大学人文社会科学高等研究院李继凯院长的鼓励和支持，这无疑更加坚定了我将其付诸行动的信心。事情的起因是这样的，在2018年，我们设计论证了“中国古代文体观念文献整理与研究”这个课题项目，选题被采纳列为国家社科基金重大招标指南后，我们又花了几个月的时间设计、论证、撰写投标书，终于有幸中标被立项。我本人及课题组成员们，将此视为是学界对我们的一种信任和鼓励，也视为是我们通过自己的学术劳动为新时代中国学术文化建设有所献力的一个机会，倍加珍惜之。我们项目研究团队决心通过踏实而深入的学术研究，并且通过编辑《文体》文丛及时披露我们的阶段性研究所得，并虚心听取采纳学界的批评与建议。我们创办《文体》文丛的初衷正在于此。

我们将这个文丛命名为《文体》，分卷组织撰写和出版，每一卷根据所收论文的内容侧重点，在《文体》这一总命名之下再取一个题目名称，以便更加突出主旨。随着项目研究的推进，我们力争每年组织撰写和出版一到二卷，随情况而定，不求一律，如果该文丛最终能出到六到八卷，对于我们而言，则与愿足矣。因为，我们的目的其实很简单，专门策划和组织编辑出版这个文丛，仅仅是为了配合、促进我们正在进行的国家社科基金重大项目“中国古代文体观念文献整理与研究”的研究进程，通过这个文丛中的由课题组成员撰写的阶段性研究论文来与学界和同行专家学者进行学术交流，此外再无其他。

自古以来，我们中国就是一个文章大国、文学大国，而无论是文章还是文学的书写，都是在一定的文体结构和规范之中进行的，当然，文章尤其是文学，它们的书写与文体规范之间的博弈及其所形成的张力，又成为文章和文学书写的演进与创新、文体种类和形态的衍生繁殖之必不可少的动力。中华文脉源远流长而活力永驻、颜值常新；中华文脉几千年瓜瓞绵绵、生生不息、花团锦簇而春色满园，文体观念与思想之间不断的传承与创新，正是其中的重要因素之一，谓之曰“管籥”或“橐钥”，似乎也毫不为过，由此便决定了中国必定是一个文体大国。发生这一切之根源所在，实由文体观念之滋生与演化而来，而历代文体观念之演进、增殖，又由其背后所蕴含的深浅层次不一的中国文章和文学、中国文体之体用关系所决定，因用而立体，即体而成用，体用相生相成，体中有体，聚体成类，集类为目，体类凑泊，乃至在相互谐调或相互违和的种种情形下形成了中国传统文章、文学之“文体共同体”，这种种情状之呈现，具因其背后的文体观念之发生和发展演变所影响、制约而得以发生。鉴于既有之文体形态研究已相当充分，我们只能充分地借鉴而难以超越的状况，我们便将项目研究的重心放在传统文体观念之发生学意义上的探究及其历代发展演进的观念史和理论谱系层面的梳理与阐释，以及传统文体分类思想、传统辨体批评思想、历代文体观念要籍叙录、历代文体观念文献资料类编几个方面，力争在这些层面的研究上能有所前进、有所献力。文体观念研究的覆盖面相当广泛，涉及的问题也错综复杂，而对于一些现象级的或节点性的或纠集结节性的文体观念现象的阐释铨解，无有抽丝剥笋之学力与功夫则万万不能办之。因此，我们的学术任务非常艰巨，面临的困难也是相当大的。鉴于研究对象的质性与特点，我们秉持经史子集并重、融会贯通的研究方法与路径，理论阐释与文献整理考辨并行且相互支撑，并且尽可能多地汲取借鉴传统“国学”的学术视野和学术叙事方法，追求和彰显研究的文史品位，务求在学术上有所创获。从《文体》第二卷的集稿和编辑开始，我们将注意使每一卷的主题更加集中、更加鲜明，以希冀《文体》能在中国古代文体学、文体观念研究的学术历程中留下我们自己走过的几个浅浅的足印。

最后，我要感谢詹福瑞、韩经太、吴承学、赵敏俐、关爱和、左东岭、傅刚、傅道彬、党怀兴、陈飞、郭杰、方铭、方宁、李浩、张新科、李西建、韩伟、易闻晓、杜敏、古风、力之等著名学者、也是我交往多年的学界好友，感谢他们在项目开题报告和两次学术研讨会上所提供的学术指导。应该感谢的学界朋友不止上面所提到的这些，恕不一一而足。还要感谢陕西师范大学人文社会科学高等研究院李继凯院长及其同事们对我们的项目研究、对《文体》之编辑出版所提供的支持。同时，还要感谢中国社会科学出版社和责任编辑杨康博士对该书出版所提供的支持和付出的辛劳。最后，我在感谢项目组成员为课题研究和《文体》出版所付出的辛勤学术劳动之同时，还要恳求大家毫不懈怠、继续深入研思和撰述，让我们勠力同心，申之以责任，重之以学术，一道将我们的项目研究一步步地推向深入，使我们后面还要结集出版的《文体》各卷在学术方面再迈上一个新的台阶。

党圣元

2020 年 7 月 16 日

2021 年 10 月 21 日修订

目　录

王官与文体的初肇

——以《诗》《书》为考察中心

陈民镇

文体发生的时间上限，已难推求。《宋书·谢灵运传论》云："虽虞夏以前，遗文不睹，禀气怀灵，理无或异。然则歌咏所兴，宜自生民始也。"① 据《吴越春秋·勾践阴谋外传》，"古者人民朴质，饥食鸟兽，渴饮雾露"，有人作歌："断竹，续竹，飞土，逐肉。"② 歌诗之类的韵文文体，当发轫甚早。《吕氏春秋·古乐》载"葛天氏之乐"③，可窥及上古诗、乐、舞一体的孑遗。追溯文体的发生，并不能限于某一文体的孤立或散见存在。"类"的区分是文体的题中之意④，因而讨论文体的发生，便绕不开文体的分化与流别。对此，前贤提出了"文章原出五经"说、"文章原出王官"说等文体生成论。本文试对"文章原出五经"说及"文章原出王官"说的合理性及局限加以辨析，并以《诗》《书》为考察中心，探讨王官及礼乐制度在文明发生及早期发展中的特殊意义。

一　从"文章原出五经"到"文章原出王官"

"文章原出五经"说是中国古代一种重要的文体生成论。所谓"文章

---

① （南朝梁）沈约：《宋书》卷67《谢灵运传》，中华书局1974年版，第1778页。

② 周生春：《吴越春秋辑校汇考》，上海古籍出版社1997年版，第152、157页。

③ 许维遹撰，梁运华整理：《吕氏春秋集释》卷5《仲夏纪》，中华书局2009年版，第118页。

④ 徐复观：《〈文心雕龙〉的文体论》，《中国文学论集》，九州出版社2013年版，第8—12页。

原出五经”[1]，语出《颜氏家训·文章》：“夫文章者，原出五经”[2]。颜之推将诏、命、策、檄、序、述、论、议、歌、咏、赋、颂、祭、祀、哀、诔、书、奏、箴、铭诸文体的始源一概追溯至《书》《易》《诗》《礼》《春秋》五经[3]，以此解释文体的发生。这一看法在《文心雕龙·宗经》中也有清晰的表述。刘勰同样将诸文体一一溯源至五经，并认为一切著述均逃不脱五经的牢笼，一概“终入环内”[4]。以上论述影响深远，确立了文体学“宗经”一脉的基调。

在刘勰和颜之推之前，“文章原出五经”说便已存在，它至迟在东汉初现端倪，如班固在《两都赋序》中将赋溯源于古诗，且从功能的角度出发认为赋是“雅、颂之亚”[5]，此后傅玄以“《诗》之雅、诵，《书》之典、谟”为“文章之渊府”，挚虞的《文章流别论》有更充分的论述。[6]进入南朝之后，“文章原出五经”说得到进一步的发展。众所周知，刘勰强调“宗经”，而文章若出自五经，显然是对其“宗经”观点的重要支撑。颜之推稍后于刘勰，但与身历宋、齐、梁三代的刘勰不同，主要活跃于北朝。生活于南朝的任昉也认为“六经素有歌、诗、诔、箴、铭之类”，“自秦汉以来，圣君贤士，沿著为文章名之始”。[7]他将歌、诗、诔、箴、铭追溯至五经，但并不像挚虞那样局限于《诗》。《文章缘起》又名《文章始》，从书名便可以窥及任昉追溯文体始源的旨趣。

“文章原出五经”说是一种文体生成论，一方面它承认五经的终极意义，另一方面将“文章”与五经区分开来，将“文章”视作五经的产物。如果单从文体史的角度看，“文章”在五经中已经初现雏形，“文章”与

---

① 这一观点亦可归入“文本于经”，参见吴承学、陈赟《对“文本于经”说的文体学考察》，《学术研究》2006 年第 1 期。

② 王利器：《颜氏家训集解》（增补本），中华书局 1996 年版，第 237 页。

③ 六经之中《乐经》已亡佚，故往往言称“五经”。古代文献或称“五经”，或称“六经”，所指近同。

④ 范文澜：《文心雕龙注》，人民文学出版社 1958 年版，第 22 页。

⑤ （汉）班固：《〈两都赋〉序》，载（南朝梁）萧统编，（唐）李善注：《文选》卷 1，上海古籍出版社 1986 年版，第 1—3 页。

⑥ 参见《太平御览》卷 586《文部》2、卷 587《文部》3、卷 588《文部》4、卷 596《文部》12，中华书局 1960 年版，第 2639、2644、2647、2684 页。

⑦ （南朝梁）任昉撰，（明）陈懋仁注：《文章缘起注》，中华书局 1985 年版，第 1 页。

五经孰本孰末并非无须讨论的问题。当时的批评家在追溯文体源流的时候，往往过于依赖主观的认识。同一文体，常作出迥然不同的溯源。以刘勰和颜之推为例，论檄，刘氏认为出自《春秋》，而颜氏认为出自《书》；论奏，刘氏系之于《书》，而颜氏系之于《春秋》。关于箴、铭等韵文的解释，同样存在这一情形。因此，“文章原出五经”说无论是在出发点还是在具体操作层面，都很难说有真正客观公允的立场，其间不乏本末倒置、张冠李戴、主观比附之弊。明人黄佐所著《六艺流别》“大旨以六艺之源皆出于经”，首次以选本构建“文章原出五经”的体系[①]，四库馆臣指出其说源出《文心雕龙》，并以之为“臆创”，认为“文章原出五经”说的目的实际上是“明理致用”[②]。刘勰、颜之推均强调文学为政教服务，并以文体比附五经，这看似在拔高文学的地位，实则是将文学依附于政教，《文选》则无此弊。[③] 事实上，刘勰在讨论诸文体的源流时尚能做到具体问题具体分析，依据文献材料对不同文体的时代加以梳理。而之所以将文体一概追溯至五经，自然与其“宗经”的出发点有关。如若按照“经也者，恒久之至道，不刊之鸿教也”[④] 的说法，五经具有永恒性与终极性，自然出现在诸文体之前，也便是文体之源。不可否认的是，一些战国时代新出现、流行的文体，受五经的启发与影响颇深。五经不但为战国士人提供了思想的宝库，也树立了文体的标杆。

五经作为三代“大传统”的结晶，至迟在战国已经成为知识界共同尊奉的经典。迨至汉武帝“独尊儒术”，经学在汉代确立了统治地位。《汉书·艺文志》沿承刘向《别录》与刘歆《七略》，以“六艺略”为核心，诸子、诗赋、兵书、术数、方技诸略则依其与五经的亲疏远近排列。诸子、诗赋等，均由五经所派生。由于五经有毋庸置疑的地位，古人并不着意于追溯五经的来源，而是将其他文化现象均溯源至五经。这意味

---

① 吴承学：《中国古代文体学研究》，人民出版社 2011 年版，第 392 页。

② （清）永瑢等：《四库全书总目》卷 192《集部·总集类存目二》，中华书局 1960 年版，第 1746 页。

③ 胡大雷：《〈文选〉与〈文章流别集〉异同》，《广西师范学院学报》（哲学社会科学版）2007 年第 2 期。

④ 范文澜：《文心雕龙注》，人民文学出版社 1958 年版，第 21 页。

着，五经本身便是“原（源）”——这也是“文章原出五经”说的重要立论基础。

“文章原出五经”说并未讨论五经的文体如何发生的问题，因而难以真正寻绎出文体形态及观念发生的途径。五经内容的生成，与五经的成书并不是一回事。五经的内容，经历了长期间的积累；五经的成书，可谓“层累”的结果。[①] 论者在讨论五经相关篇章的时代时，往往混淆其写作年代与成书年代[②]。“六经”或者“五经”，诸如此类的说法是到战国才开始集中出现的。就五经的成书或者经典化完成而言，“文章原出五经”说显然是站不住脚的，因为不少被视作“流”的文体很早便已出现，恰恰是五经的“源”。

章学诚曾追溯六经经典化之前的情况，试图寻绎六经出自王官的线索：“学者崇奉六经，以谓圣人立言以垂教，不知三代盛时，各守专官之掌故，而非圣人有意作为文章也。”[③] 章氏认为六经是“先王之政典”，本由王官所执掌，非如后来的私家著述，且明确指出非孔子所著。康有为著《新学伪经考》《孔子改制考》诸书，站在今文学的立场为变法造势，强调孔子作六经，六经、诸子均出自孔子，将孔子视作“源”，并对章学诚的“六经皆史”说大加批判。[④] 这已然是“文章原出五经”说的极端化演绎。

对此，作为古文经学家的刘师培提出了针锋相对的驳难，力图证明六经在孔子之前业已存在。[⑤] 刘氏进一步发挥章学诚六经为周官旧典之说，倡导官守论以及“文学出于巫祝之官”说，实际上是进一步客观评价孔子与六经的地位，并追溯中国学术及文学的始源。刘师培亦主张“六经皆文”，其出发点是六经多“文言”[⑥]，这是与其文学观相一致的。

---

① 参见李零《出土发现与古书年代的再认识》，《李零自选集》，广西师范大学出版社 1998 年版，第 24 页。

② 落实到简帛文献所见五经时，还涉及抄写年代。

③ （清）章学诚著，叶瑛校注，《文史通义校注》卷 3，中华书局 1985 年版，第 231 页。

④ 康有为著，姜义华、张荣华编校：《孔子改制考》，《康有为全集》（第 3 集），中国人民大学出版社 2007 年版，第 126 页。

⑤ 李帆：《刘师培对康有为变法理论的经学驳难》，《晋阳学刊》2010 年第 4 期。

⑥ 刘师培：《经学教科书》，《刘申叔遗书》，江苏古籍出版社 1997 年版，第 2074—2075 页。

但六经并不完全是韵语、偶语，并不都是刘氏所说的“文”，故其说未必圆融。与袁枚一样，刘氏也继承了“文章原出五经”说的一些观点，如他强调“六经为古代文章之祖”①，“今人之所谓文者，皆探源于六经、诸子者也”②，在讨论词等文体时，多追溯至六经③。循其思路，大抵是“官守（尤其是史官）→六经、诸子→文章”的线索。“古学出于官守”是刘氏的一个重要观点，具体而言，他认为古代学术出自官守（尤其是史官），六艺、九流、术数、方技均出于史④，远眺章学诚的“六经皆史”说而近承章太炎“诸子出于王官”说⑤。刘氏重申《汉书·艺文志》及章学诚、章太炎诸氏的论点，强调学术出自王官，文学也出自王官。由于刘氏能兼顾王官对于文学诸体以及六经的奠基作用，同时又能重视六经对后世文体的影响，总体而言持论更为平允，这与其较少受经学桎梏、重视社会史的考察密不可分。

刘师培在《周末学术史序·文章学史序》中，他认为后世“文章”多源自墨家与纵横家，而墨家出自清庙之守，工于祷祈，其文尚质，以理为主；纵横家出于行人之官，工于辞令，其文尚华，以词为主。⑥在《文学出于巫祝之官说》一文中，他又提出“文学出于巫祝之官”的著名论断⑦。刘氏所说的“巫”“祝”，指的是巫祝之官，属于王官，而非广义的巫觋。他的看法，可以归纳为“文章原出王官”说。

“文章原出王官”说与“文章原出五经”说之间有天然的联系，前者是在后者基础上的完善与突破，相对而言更具解释力。刘师培认为六经

---

① 刘师培：《经学教科书》，《刘申叔遗书》，江苏古籍出版社1997年版，第2075页。

② 刘师培：《论文杂记》，《中国中古文学史》，人民文学出版社1984年版，第114页。

③ 刘师培：《论文杂记》，《中国中古文学史》，人民文学出版社1984年版，第129页。

④ 参见刘氏《古学起原论》《古学出于史官论》《补古学出于史官论》《古学出于官守论》《儒家出于司徒之官说》诸文，载《刘申叔遗书》（江苏古籍出版社1997年版）。

⑤ 朱维铮：《导言》，载刘师培《刘师培辛亥前文选》，生活·读书·新知三联书店1998年版，第8页。

⑥ 刘师培：《周末学术史序·文章学史序》，《刘申叔遗书》，江苏古籍出版社1997年版，第526—528页。

⑦ 刘师培：《左盦集》卷8《文学出于巫祝之官说》，《刘申叔遗书》，江苏古籍出版社1997年版，第1283页。

的形成多与王官有关[①]，甚至主张六经皆出于史官[②]。从六经的内容看，《书》《春秋》出自史官，《易》出自卜筮之官，《礼》《乐》《诗》往往相互配合，也对应相应的王官。王官与文本的关系，典籍多有称述。例如，“史为书，瞽为诗，工诵箴谏，大夫规诲，士传言”（《左传》襄公十四年）；“列士献诗，瞽献曲，史献书，师箴，瞍赋，蒙诵，百工谏”（《国语·周语上》）；“鼓史诵诗，工诵正谏，士传民语”（《大戴礼记·保傅》）。均强调不同王官各有职掌，由此产生不同的文本。章学诚、刘师培的官守论有其合理性，中国早期文体形态的创造与执行多与王官有关。但这并不绝对，因为早期的诗歌不少出自君王、王公，虽不排除王官拟作的可能，但至少相当一部分内容反映了最高统治者的意志。

无论是统治者作诗、命辞，还是王官笔录，都是礼乐活动的组成部分。礼乐活动在很大程度上决定了相应的文体形态，包括篇幅、结构等。因此，与其说早期文体的分化是通过王官司职展开的，毋宁说是由礼统摄的。[③]“成周之世礼官之职最崇（殷代礼官之职尤重）”[④]，包括史官在内的王官都可以归入“礼官”的范围。礼的要义是等级与区分，在此基础上展开的诗歌、文书、史书也按照礼的区分有了内容、形式、功能上的差异，由此确立了初步的文体形态及观念。五经是这些诗歌、文书和史书的汇集，并成为中国古代文体形态进一步演进与突破的基础。因此，“文章原出王官”，抑或可进一步归结到“文章原出礼乐”。

“文章原出五经”说的一个变异版本是“原出《诗》《书》”说，如傅玄即以《诗》《书》为“文章之渊府”[⑤]，徐师曾指出“夫文章之体，

---

① 刘师培：《经学教科书》，《刘申叔遗书》，江苏古籍出版社 1997 年版，第 2075 页；《古学出于官守论》，《刘申叔遗书》，江苏古籍出版社 1997 年版，第 1486—1487 页。

② 刘师培：《古学出于史官论》，《刘申叔遗书》，江苏古籍出版社 1997 年版，第 1478 页。

③ 《左传》昭公二年载：“晋侯使韩宣子来聘，且告为政，而来见，礼也。观书于大史氏，见《易象》与《鲁春秋》，曰：‘周礼尽在鲁矣，吾乃今知周公之德与周之所以王也。’”韩宣子于太史之处“观书”，见及《易》《春秋》二经，便感慨“周礼尽在鲁矣”，可见六经是“礼”的浓缩与反映。

④ 刘师培：《周末学术史序·文章学史序》，《刘申叔遗书》，江苏古籍出版社 1997 年版，第 527 页。

⑤ （宋）李昉等撰：《太平御览》卷 599《文部》，中华书局 1960 年版，第 2697 页。

起于《诗》《书》”[①]，袁宗道对此有更详细的阐论[②]。由于《诗》《书》二经内容的年代相对较早，文体类型相对丰富，且对后世文体有更直接、深切的影响，故最受世人重视。此二经亦有较充分的简帛文献加以佐证，可供探讨王官文献经典化的轨辙及其文体学意义。

二 《诗》之体与诗的创作及演绎

在《诗》结集之前，“诗”显然已是一种独立的文体。其内涵丰富，且已有一定程度的文体分化，是中国早期文体观念发生与发展的重要见证。早期的诗以四言为主，且为礼乐附庸，此后才逐渐独立为文本创作，句式、结构上遂向多元方向演变。

《诗》之中，有“家父作诵”（《小雅·节南山》）、“作此好歌”（《小雅·何人斯》）、“作为此诗”（《小雅·伯巷》）、“君子作歌”（《小雅·四月》）、“吉甫作诵”（《大雅·崧高》）之类的表述，“诵”“歌”“诗”都可以视作文体名。古书中还有“六诗”的说法，《周礼·春官宗伯·大师》载：“教六诗：曰风，曰赋，曰比，曰兴，曰雅，曰颂。以六德为之本，以六律为之音。”《诗大序》则指出“诗有六义”：“一曰风，二曰赋，三曰比，四曰兴，五曰雅，六曰颂。”[③] 以上“风”“赋”“比”“兴”“雅”“颂”六项，内容与次序完全一致。关于“六诗”及“六义”，历来歧说迭出。受到孔颖达《正义》“三体三用”说、朱熹《朱子语类》“三经三纬”说的影响，论者多将“风”“雅”“颂”视作诗之“体”，将“赋”“比”“兴”视为诗之“用”。

郭绍虞先生认为《周礼》中的“六诗”，指的是六种诗体，是在乐诗的角度看问题；《诗大序》的“六义”则是就孔子删定的《诗》而言的，

---

① （明）吴讷、（明）徐师曾：《文章辨体序说　文体明辨序说》，人民文学出版社 1998 年版，第 77 页。

② （明）袁宗道：《刻文章辨体序》，《白苏斋类集》卷 7，上海古籍出版社 1989 年版，第 81 页。

③ （清）阮元校刻：《周礼注疏》卷 23《大师》，《十三经注疏》，中华书局 1985 年影印本，第 796 页。

是在诵诗的角度看问题。[①] 此即所谓“六诗皆体”说。《毛诗正义》引《郑志》，载郑玄之语：“比、赋、兴，吴札观诗已不歌也。”[②] 暗示孔子删《诗》前，比、赋、兴尚存。清人庄有可指出：“孔子删《诗》，取风、雅、颂而不收赋、比、兴，盖亦《春秋》得半之意也。”[③] 即认为《诗》原有风、雅、颂、赋、比、兴六体，赋、比、兴为孔子所删汰，章太炎等先生亦持此说。[④] 但称“赋”“比”“兴”原有较多篇帙而为孔子所删，毕竟出自推测。郭绍虞先生认为孔子所删为民间诗，亦缺乏依据。朱自清先生指出风、雅、颂、赋、比、兴原来都是乐歌的名称[⑤]，也可归入“六诗皆体”说。

《周礼》所见“六诗”，配以“六律”。季札观乐，所见乐名多与《诗》同。所谓“诵诗三百，弦诗三百，歌诗三百，舞诗三百”（《墨子·公孟》），诗多与乐、舞相伴，且有多种表现形式。就这一角度而言，“六诗”作为“六体”的可能性还是相当大的。但文体学角度所说的“体”或“用”，并不能涵盖“六诗”。无论是季札所观“周乐”，还是今本《诗》的分类，显然不是按今天所说的文体区分的。宗周礼乐文明的重要特征是诗、乐、舞三位一体，而以礼为核心。《国语·周语下》云：“夫政象乐，乐从和，和从平。声以和乐，律以平声。金石以动之，丝竹以行之，诗以道之，歌以咏之，匏以宣之，瓦以赞之，革木以节之。”诗更多的是礼乐的附庸，从属于礼典的展演。“六诗”虽有文体观念的萌芽，但总体而言是被纳入礼的语境之中的。诗的创作、演绎以及归类，实际上均围绕礼展开。

---

① 郭绍虞：《六义说考辨》，《中华文史论丛》（第7辑），上海古籍出版社1978年版，第207—238页；《文论札记三则》，《武汉大学学报》（哲学社会科学版）1980年第5期。以上均收入郭绍虞《照隅室古典文学论集》，上海古籍出版社1982年版。

② （清）阮元校刻：《毛诗正义》卷1《诗大序》，《十三经注疏》，中华书局1985年影印本，第271页。

③ （清）庄有可：《毛诗说》，《续修四库全书》（第64册），上海古籍出版社1996年版，第417页。

④ 章太炎著，朱维铮点校：《检论·六诗说》，《章太炎全集》，上海人民出版社2014年版，第397页；冯浩菲：《历代诗经论说述评》，中华书局2003年版，第51—53页。

⑤ 朱自清：《诗言志辨》，开明书店1947年版，第81页。

已有学者将“六诗”分为三组[①]，马昕先生认为风、赋为《诗》之用，比、兴为《诗》之辞，雅、颂为《诗》之体。[②] 其中“雅”“颂”作为诗体最乏争议。《诗》以“风”“雅”“颂”三类编排，在某种程度上可反映其文体区分。安徽大学藏战国竹简发现有97枚与《诗》有关的竹简，包括58篇“国风”[③]，“风”的集中出现说明战国时代“风”“雅”“颂”的区分当已定型。“六诗”之中，“颂”相对而言有较连续的线索，而且已然是较明确的诗体，与礼乐关系至为密切，可作为我们审视《诗》文体演替的突破口。

“容貌”之“容”，最初写作“颂”，“颂”为本字，后为“容”字所取代。楚简中的“颂”，基本读作“容”，如郭店简《老子》甲本“是以为之颂”[④]，北京大学西汉简本作“故强为之颂”[⑤]，今本及马王堆汉墓帛书本则作“故强为之容”[⑥]。而作为诗体的“颂”，上博简《孔子诗论》写作“讼”，可读作“颂”，清华简《芮良夫毖》所见则径写作“颂”。《诗大序》云：“颂者，美盛德之形容，以其成功告于神明者也。”[⑦] 郑玄《诗谱·周颂谱》：“颂之言容。”[⑧] 《释名·释言语》亦云：“颂，容也。叙说其成功之形容也。”[⑨] 以“容”释“颂”，看似声训，实则“颂”系“容”之本字。

---

① 欧天发：《以“风赋”、“比兴”、“雅颂”三纲目阐述〈诗〉六义之探究》，载夏传才主编《诗经研究丛刊》（第8辑），学苑出版社2005年版，第154—165页。

② 马昕：《〈诗经〉六义新解：风赋·比兴·雅颂》，载朱万曙等编《中国古代文学研究：视野与方法论集》（上），中国人民大学出版社2016年版，第193页。

③ 安徽大学汉字发展与应用研究中心编，黄德宽、徐在国主编：《安徽大学藏战国竹简》（一），中西书局2019年版。

④ 荆门市博物馆：《郭店楚墓竹简》，文物出版社1998年版，第111页。

⑤ 北京大学出土文献研究所编：《北京大学藏西汉竹书》（二），上海古籍出版社2012年版，第150页。

⑥ 裘锡圭主编，湖南省博物馆、复旦大学出土文献与古文字研究中心编纂：《长沙马王堆汉墓简帛集成》（四），中华书局2014年版，第41页。

⑦ （清）阮元校刻：《毛诗正义》卷1《诗大序》，《十三经注疏》，中华书局1985年影印本，第272页。

⑧ （清）阮元校刻：《毛诗正义》卷19《周颂谱》，《十三经注疏》，中华书局1985年影印本，第581页。

⑨ （汉）刘熙：《释名》卷4，中华书局1985年版，第53页。

“颂”是宗庙祭祀活动中音乐、舞蹈、文辞的统一体①，这在清华简《周公之琴舞》中有明确的佐证。该篇有篇题“周公之琴舞”，另有“周公之颂诗”一题，误书于《芮良夫毖》简1的简背②。“琴舞”与“颂诗”所指相同，准此，颂诗当有乐舞相伴。

《周公之琴舞》记载了周公所作一首颂诗以及周成王所作九首颂诗，其中成王所作第一首见诸今本《诗·周颂·敬之》，可推知《周公之琴舞》所见颂诗皆可归入“周颂”。值得注意的是，《周公之琴舞》称“周公作多士儆毖，琴舞九遂”“成王作儆毖，琴舞九遂”③，明言“作”。清华简《耆夜》亦载多首与类似颂体的诗歌，分别称“王举爵酬毕公，作歌一终”“王举爵酬周公，作歌一终”“周公举爵酬毕公，作歌一终”“周公或举爵酬王，作祝诵一终”“蟋蟀擢升于堂，周公作歌一终”④，亦皆称“作”。周公酬武王所作《明明上帝》，篇中称“作兹祝诵”，周公作“祝诵”就是颂祝武王的诗。⑤ 按《诗·大雅·崧高》《烝民》均有“吉甫作诵”之语，《诗·小雅·节南山》则谓“家父作诵，以究王讻”，这些诗篇也是今本《诗》中罕有的透露出作者信息的篇章。

《诗·小雅·常棣》孔疏引《郑志》郑玄语：“赋诗者，或造篇，或诵古。”⑥ 春秋时期盛行赋诗言志，但所赋之诗基本上是经典化后的文本，即所谓“诵古”。至于“造篇”，过去缺乏材料讨论，清华简《耆夜》《周公之琴舞》《芮良夫毖》则提供了新的线索。这些新见简帛文献将诗篇的作者落实到某些具体历史人物，而且均为西周的君王、王公、卿士。《周礼》所见太师、瞽矇之职虽掌“六诗”，但实际上是“诗”的演奏

---

① 姜亮夫：《北邨老人文辑·〈诗经〉的体类》，《姜亮夫全集》卷21，云南人民出版社2002年版，第533页；江林昌：《〈商颂〉的作者、作期及其性质》，《文献》2000年第1期。

② 清华大学出土文献研究与保护中心编，李学勤主编：《清华大学藏战国竹简》（三），中西书局2012年版，第132页。

③ 清华大学出土文献研究与保护中心编，李学勤主编：《清华大学藏战国竹简》（三），中西书局2012年版，第133页。

④ 清华大学出土文献研究与保护中心编，李学勤主编：《清华大学藏战国竹简》（一），中西书局2010年版，第150页。

⑤ 李学勤：《清华简〈郜夜〉》，《光明日报》2009年8月3日第12版。

⑥ （清）阮元校刻：《毛诗正义》卷9《小雅·常棣》，《十三经注疏》，中华书局1985年影印本，第408页。

者。《诗》之《雅》《颂》，自然出自贵族。至于《风》，或以为出自民间[①]，或以为大多仍是出自贵族[②]，尚存分歧。清华简的新材料为我们呈现了“造篇”的新线索，有助于我们理解“诗”的生产过程。[③]

但需要注意的是，《耆夜》《周公之琴舞》《芮良夫毖》诸篇的记录对象的时代虽是西周，但并不意味着它们成篇于西周，也不意味着它们所透露的作者信息以及相关史事便是史实。李守奎先生指出，《周公之琴舞》遣词造句多与西周金文相合，所谓“周公作”“成王作”不排除是战国学者的推断，但即使是战国人的推断，也近乎事实，诗作的语气显然与周公和成王的身份吻合。[④] 而《耆夜》所载史事、礼典以及诗乐，总体来说合乎文本所指涉的时代背景[⑤]，周公、成王在饮至礼上作诗或诵诗是完全可能的。李氏还指出，所谓的“作”包括两种情况，一是自己所作，二是他人代作，故不排除是他人代作的可能。所谓他人“代作”，则当指负责诗乐的王官了。《周礼·春官》记载了负责诗乐的大司乐、乐师、瞽矇等二十余种王官。《周礼·春官·大司乐》载乐师“以教国子小舞”，大司乐“掌成均之法，以治建国之学政，而合国之子弟焉”，以《云门》《大卷》《大咸》等乐舞教化国之子弟，以达到“致鬼神示，以和邦国，以谐万民，以安宾客，以说远人，以作动物”的目的。乐官教授贵族子弟礼、乐、诗，在《礼记·文王世子》中也有记述。诗是乐舞的有机组成，《周礼》中春官所奏之乐，不少乐名见诸《诗》。

从《诗》的内容来源看，王官虽然参与演奏、编辑，却未必是创作者。因此，将六经一概视作王官的产物，仍有讨论的余地。唯有从礼的

---

① 郭绍虞：《六义说考辨》，《中华文史论丛》第7辑，上海古籍出版社1978年版。

② 朱东润：《国风出于民间论质疑》，《诗三百篇探故》，上海古籍出版社1981年版，第1—46页。

③ 陈民镇：《孟子“诗亡然后〈春秋〉作”解诂——兼论中国早期史学的转捩与清华简〈系年〉》（上），《孔孟月刊》2012年第11、12期；胡宁：《从“造篇”到“诵古”——春秋宴飨赋诗的历史渊源》，《光明日报》2014年12月2日第16版。

④ 李守奎：《先秦文献中的琴瑟与〈周公之琴舞〉的成文时代》，《吉林大学社会科学学报》2014年第1期。

⑤ 陈民镇：《〈蟋蟀〉之“志”及其诗学阐释——兼论清华简〈耆夜〉周公作〈蟋蟀〉本事》，《中国诗歌研究》（第9辑），社会科学文献出版社2013年版，第57—81页。

角度考察，才能将作诗、献诗、奏诗、赋诗、授诗作通盘的把握。就《诗》之颂诗而言，在《诗》结集之前，“颂”当已成为特定的文体，“文章原出五经”说不免本末倒置。

三 《书》之体与文书、典籍的互动

相对于“诗”，“书”很难说是一种明确的文体。它的文体定位之所以模糊，一个重要的原因是“书”类文本往往在文书与典籍之间游移。在《书》结集之前，“书”实际上是作为实用性文书存在的，且与王官有关。

“书”字从聿，者声。“聿”象执笔，“书”的本义为书写。甲骨文中但见“者”，不及“书（書)”。“书”字在西周金文中写作，见颂鼎(《集成》2827)[①]。《说文解字》云：“书，箸（著）也。”[②] 楚简中的“书”字，除曾侯乙墓竹简所见写作“書”，其他均作“箸”或“者”。“书”由其书写义引申为文字记录、文书乃至“书”类文献。[③]

文字一开始被统治阶层所垄断，“君举必书”“左史记言，右史记事，事为《春秋》，言为《尚书》，帝王靡不同之”[④]，君王的言论也便成了“书”。《礼记·玉藻》则作：“动则左史书之，言则右史书之。”左史、右史的司职存在歧异，史官是否有言、事二分也尚有疑问，章学诚便认为“以《尚书》分属记言，《春秋》分属记事，则失之甚也”[⑤]。从《尚

① 以下凡标明《集成》者，均出自中国社会科学院考古研究所编《殷周金文集成》，中华书局1984—1994年版。

② （汉）许慎：《说文解字》，中华书局1963年版，第65页。

③ 所谓“书”类文献，包括《尚书》《逸周书》的某些篇章以及出土文献中的类似篇章。清华简《尹至》《尹诰》《傅说之命》《保训》《金縢》《程寤》《皇门》《封许之命》《祭公之顾命》《厚父》《摄命》诸篇均属于“书”类文献。其中《金縢》见于今文《尚书》；《尹诰》《傅说之命》见于伪古文《尚书》的篇目，但内容完全不同；《程寤》《皇门》《祭公之顾命》见于《逸周书》；《尹至》《保训》《封许之命》《厚父》《摄命》诸篇则前所未知。

④ （汉）班固撰，（唐）颜师古注：《汉书》卷30《艺文志》，中华书局1962年版，第1715页。

⑤ （清）章学诚著，叶瑛校注：《文史通义校注》卷1，中华书局1985年版，第31页。

书》看，除了相对晚出的《金縢》以及《傅说之命》上篇（均见于清华简）等少数篇章之外，确实以记言为主。所谓“言为《尚书》”，《文心雕龙·书记》亦云“盖圣贤言辞，总为之书。书之为体，主言者也”①，“书”类文献是“君举必书”的结果，反映的是先王贤圣之言。之所以“书”类文献以记言为主，是与其原本作为文书的性质密不可分的。“书”所记之言出自君王、圣贤，尤其是命、诰这样的诏令类文体，更是主要出自君王。②

在礼乐文明的语境下，“书”相当于我们现在所说的实用文书。刘知幾《史通·六家》云：“盖《书》之所主，本于号令，所以宣王道之正义，发话言于臣下。故其所载，皆典、谟、训、诰、誓、命之文。”③清人方东树指出：“二典、三谟、周诰、殷盘，凡圣帝明王、贤臣硕辅所用明治化、陈政事，孰非官文书邪？”④均谓《书》之内容源出文书。这些文书多由史官参与，《礼记·王制》云“大史典礼，执简记，奉讳恶”，《周礼》对太史、小史、内史、外史、御史诸史官在礼乐活动中“以书协礼事”（《周礼·春官·大史》）的角色亦多有称述。清华简《耆夜》所见饮至礼，“作册佚为东堂之客”⑤，作为史官的作册佚当负责与饮至礼密切相关的“策勋”或“书劳”。除了史官，祝官也是文辞的重要参与者。史、祝同源，后世又往往连言或混用。总体而言，祝官偏口头表述，史官偏文字记录⑥，二者司职每有交集。刘师培便指出，“太祝掌作诔，太史则掌读诔也”⑦。清华简《金縢》载史官代周公祭祷：“史乃册，祝告

---

① 范文澜：《文心雕龙注》，人民文学出版社 1958 年版，第 455 页。

② 此外，也包括周公这样曾经摄政、地位接近王的角色。

③ （唐）刘知幾著，（清）浦起龙释：《史通通释》，上海古籍出版社 1978 年版，第 2 页。

④ （清）方东树：《考盘集文录》卷 6《复罗月川太守书》，载《清代诗文集汇编》（第 507 册），上海古籍出版社 2010 年版，第 222 页。

⑤ 清华大学出土文献研究与保护中心编，李学勤主编：《清华大学藏战国竹简》（一），中西书局 2010 年版，第 150 页。

⑥ 《礼记·曲礼上》云：“史载笔。”

⑦ 刘师培：《周末学术史序·文章学史序》，《刘申叔遗书》，江苏古籍出版社 1997 年版，第 526 页。

先王曰……”① 可见史官不但负责“作册”，还负责“祝告”。据《金縢》，周公“自以代王之说”即被称为“书”。史官祝告先王之词，用的是周公的口吻。我们不难推想，先王政典中的先王之言，应当不全是先王的言论，不少是史、祝等王官所代言，至少经过他们润饰。

今本《尚书》以内容所指涉的时代论，分为虞、夏、商、周四部分；以文体分，则有“六体”“十体”诸说。伪孔传《尚书序》首次揭示《尚书》“六体”：“（孔子）讨论坟、典，断自唐虞以下讫于周，芟夷烦乱，翦截浮辞，举其宏纲，撮其机要，足以垂世立教，典、谟、训、诰、誓、命之文，凡百篇。”② 宋人林之奇认为此“六体”尽赅《书》之体③。孔颖达《正义》则在此基础上增益“贡”“歌”“征”“范”四体，则为“十体”④。无论是“六体”说还是“十体”说，均较为晚出。今文《尚书》的篇名，也是西汉以来所传。先秦《书》是否存在这些篇名以及相应的文体观念，难以质言。所幸清华简“书”类文献的面世，尤其是“傅说之命”“封许之命”“祭公之顾命”等篇题的出现，可窥及先秦以体命篇的一二线索。伴随着《书》的经典化，篇名逐步由不稳定而稳定，无类化而类化。⑤ 经典化的过程使得篇名的设置显得必要，这又反过来促进了文体观念的固化。相对于其他诸经，《书》之篇名的称引更为普遍，文本成熟更早。⑥ 从目前的材料看，《书》的全部或部分的确是按文体标准区分的，体现了文体观念的初步自觉。而这一分类的依据，还需要追

① 清华大学出土文献研究与保护中心编，李学勤主编：《清华大学藏战国竹简》（一），中西书局2010年版，第158页。今本《尚书·金縢》作：“史乃册，祝曰：……”

② （清）阮元校刻：《尚书正义》卷1《尚书序》，《十三经注疏》，中华书局1985年影印本，第114页。

③ 林之奇指出：“《书》之为体，虽尽于典、谟、训、诰、誓、命之六者，然而以篇名求之，则不皆系以此六者之名也。虽不皆系于六者之名，然其体则无以出于六者之外也。”林之奇认为《尚书》的内容可容纳于“六体”的框架中，但不必拘泥于篇名。在“六体”基础上增益为“十体”，并无必要。见林之奇《尚书全解》卷24，《景印文渊阁四库全书》（第55册），台湾商务印书馆1986年版，第445页。

④ （清）阮元校刻：《尚书正义》卷2《尧典》，《十三经注疏》，中华书局1985年影印本，第117页。

⑤ 马士远、党圣元：《墨子与〈书〉学关系考论》，《社会科学战线》2011年第12期。

⑥ 马士远、党圣元：《古代“中和”文艺观管窥——以〈书〉及〈书〉教中的文艺传统为视角》，《扬州大学学报》（人文社会科学版）2016年第2期。

溯至礼主导下的王官职分。

不难发现，《周礼·春官·大祝》所见太祝“六辞”，与《书》“六体”有互见者，分别为“命”与“诰”。史官与祝官执掌有所交集，因此也不难理解。“命”与“诰”均为诏令类文书，反映的是君王的意志，此类文书自有国家以来便应运而生。[①]

“命”“令”本为一字，甲骨文中仅见及“令”，字作（《合集》5780）[②]，会一人跽跪接受命令之意。“命”字后起，系在“令”字的基础上叠加义符“口”，始见于西周金文。但之后的很长一段时期，“命”“令”二字仍通用。《国语·楚语上》所见著名的“申叔时九艺”，“令”便是其中之一：“教之令，使访物官。”这里的“令”，当读作“命”，而非过去所说的官法、时令。[③] 楚竹书中的“命”字，或以“=”替代“口”，如（清华简《系年》28），或在“命”的基础上叠加“=”或“口”，如（包山简2.2）、（郭店简《语丛·一》2）。“命”原为动词义，后引申为名词，指命令、册命，进而发展为文体名。

《傅说之命》《封许之命》所见篇题，证明先秦以“命”命篇者由来已久，传世先秦文献所征引的《说命》与清华简所见篇题相互验证。[④] 但同样以“之命”命篇，《傅说之命》除上篇记事为主外[⑤]，中篇与下篇主要是武丁的训诰；《封许之命》与今文《尚书》仅见的以“命”命篇的《文侯之命》一样，内容均为册命。《傅说之命》之得名，在于上篇武丁赐傅说弓矢以及“王用命说为公”之语，但中篇与下篇总体而言实际上更接近诰体。相对而言，《封许之命》与《文侯之命》更加名副其实。这也是文体形态及观念发生阶段的一个特征，即文体命名尚未固化，一体

---

① 李均明：《秦汉简牍文书分类辑解》，文物出版社2009年版，第23页。

② 本文凡标明《合集》者，均出自郭沫若主编、胡厚宣总编辑、中国社会科学院历史研究所《甲骨文合集》编辑工作组编《甲骨文合集》，中华书局1978—1982年版。

③ “申叔时九艺”之中，“令”和“训典”当属于“书”类文献。

④ 清华简《傅说之命》三篇的发现，证明伪古文《尚书》中的《说命》确系伪作。

⑤ 赵平安先生认为上篇从结构上看更像是《说命》的《序》，中篇和下篇才是真正命说的内容，是《说命》的正文，参见赵平安《试析清华简〈说命〉的结构》，《新出简帛与古文字古文献研究续集》，商务印书馆2018年版，第267—269页。

多名或一名多体的现象并不鲜见。[①] 譬如《墨子·非命》引及的《仲虺之告》，《左传》襄公三十年即作《仲虺之志》。《封许之命》《文侯之命》作为两篇较明确的命体文献，可与青铜铭文中的册命内容相验证，包括册命的措辞、赏赉的物品等均直接脱胎自实用文书。如颂鼎（《集成》2827）铭文云：“尹氏授王命书，王呼史虢生册命颂。”即谓在册命的仪式中，史官负责发布、诵读“命书”。《封许之命》《文侯之命》的原始素材即来自“命书”，它出自君王的意志，而实际操作者则为史官。[②]《左传》定公四年云：“周公举之，以为己卿士。见诸王，而命之以蔡。其命书云：‘王曰：胡，无若尔考之违王命也。’”睡虎地秦简《秦律十八种》《秦律杂抄》《为吏之道》诸篇也提及“命书”，可见命体的实际文本可称为“命书”。而传世文献、简帛文献以及青铜铭文所见，“命”往往以“王曰”“王若曰”引入，可知其文书格式。

“诰”从言，告声，但早期古文字中的“诰”均写作从言、廾声的“誩”[③]，如何尊铭文的（《集成》6014）、上博简《缁衣》简 1 的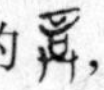，《说文解字》古文所见亦可参看。战国以后，后起的“诰”字才逐渐取代“誩”。与“命”一样，“诰”原为动词，《说文解字》：“诰，告也。”[④] 后来“诰”引申出名词义，并成为文体专名。

目前所见较明确的诰体文献包括今文《尚书》中的《盘庚》（《盘庚之诰》）《大诰》《康诰》《酒诰》《召诰》《洛诰》，以及虽不以“诰”命篇但接近诰体的《梓材》《多士》《无逸》《君奭》《多方》《立政》以及清华简《皇门》等。总体而言，诰体主要反映的是君王或者地位接近君

① 《尚书·尧典》正义云：“《书》篇之名，因事而立，既无体例，随便为文。”章学诚认为“书无定体”，并指出“典、谟、训、诰、贡、范、官、刑之属，详略去取，惟意所命，不必著为一定之例焉”。参见章学诚著，叶瑛校注《文史通义校注》卷 1，中华书局 1985 年版，第 39、31 页。

② 具体而言当是内史。《周礼·春官·内史》：“凡命诸侯及孤卿、大夫，则策命之。凡四方之事书，内史读之。王制禄，则赞为之，以方出之；赏赐，亦如之。内史掌书王命，遂贰之。”

③ 唐兰先生最早将金文中的“誩”释作“诰”，参见氏撰《史䛨簋铭文考释》，《考古》1972 年第 5 期。此说目前已被学界广泛接受。

④ （汉）许慎：《说文解字》，中华书局 1963 年版，第 52 页。

王的贤臣的布政之辞。

“六体”中其他诸体，如典、谟、训、誓，虽未得到简帛文献的直接佐证，但也见于较可靠的先秦文献以及先秦引文。刘勰认为诏、策、章、奏出自《书》，颜之推认为诏、命、策、檄出自《书》，尽管有一定道理，但这种继承关系并不是直接的。事实上可能恰恰相反，《书》之“六体”，主要源自三代王官所执掌的实用文书。这些实用文书最终经典化为经书，在文献整理的过程中得以命名，文体的名称与形式也趋于固化。策、命渊源有自，不能说来自《书》。《封许之命》是文书向典籍转化的绝佳例证，它作为“书”类文献，可与青铜铭文相参证，其较为原始的字形和用字特征说明保存了较早的文本。而诏源自“令”，据《史记·秦始皇本纪》，秦始皇改“命为‘制’，令为‘诏’”[①]。蔡邕指出：“制书，帝者制度之命也，其文曰‘制’。诏，诏书。诏，告。”[②] 制书来自命体，而诏书则来自诰体。至于将奏、书等文体溯源至《春秋》，正如认为一些文书出自《书》，同样割裂了实用性文书自身的发展脉络。

《书》的来源与经典化过程也启示我们关注文书与典籍之间的互动关系。我们现在看待简帛文献时，文书与典籍得到严格的区分。在五经完成经典化之前，本没有文书与典籍的区分，而一概是“书”。事实上，五经中的不少内容源自文书，除《书》之外，《礼》《易》等皆是如此。文书与典籍之间的互动一直存在，如律令在《汉书·艺文志》中尚没有地位，但《隋书·经籍志》则将其归入史部。五经、诸子、诗赋、方技以及各类实用文书，在经典化的过程中不但存在地位、价值的不平衡，在时间先后上也存在差异。而在某些实用文书完成经典化之后，又会反过来对实用文书的写作产生影响。

四 结语

从《诗》《书》的文体看，王官确实对文体的发生和早期发展起到了

① （汉）司马迁：《史记》卷6《秦始皇本纪》，中华书局1959年版，第236页。
② （汉）蔡邕：《独断》卷上，中华书局1985年版，第4页。

关键作用，在此过程中，礼乐制度有着更为深层次的统摄意义。王官在实践礼乐制度的过程中，确立了若干早期文体的内容与分类，对后世的文体发展产生了深远的影响。五经在很大程度上是王官礼乐实践的结果，它并非最终极的源头，因此“文章原出五经”说并不能真正解释文体的发生。刘师培所揭示的“文章原出王官”说，相对而言更具解释力。

强调王官的意义，并不意味着王官是文体发生及早期发展的唯一及根本因素。在王官存在之前，便已有文体的萌芽，王官并不是文体的本原所在。在进入文明社会之后，随着礼乐制度的确立、国家机器的完善，作为思想与知识的占有者，王官自然开始扮演重要的角色。而礼乐文明的解体、王官的下移、经典化的完成，既是中国古代文明的重要转折点，也推动了文体的转型。在这一过程中，五经是重要的媒介。尤其是汉代尊儒宗经以来，五经的终极意义凸显，“文章原出五经”说也便水到渠成了。

（作者单位：北京语言大学中华文化研究院）

清华简与《尚书》文体的再认识

——兼论晚书辨伪

陈民镇

众所周知，今本《尚书》既包括西汉伏生所传今文《尚书》，也包括东晋时豫章内史梅赜所献“古文《尚书》”。晚出的梅本《尚书》，即所谓“晚书”。宋代以降，学者开始质疑晚书的可靠性，关于晚书性质的争议遂成为《尚书》学的一大公案。经清儒考证，梅本《尚书》已被判为晚出之作，故世称“伪古文尚书”，但近年仍有人试图为晚书翻案。清华大学藏战国竹简（以下简称：清华简）包含多篇《书》类文献，可为疑案的解决提供重要线索。①

清华简《傅说之命》三篇，对应晚书《说命》三篇②，除共见为其他传世典籍所征引的文句外，全然不同；清华简《尹诰》，对应晚书《咸有一德》，除共见为其他传世典籍所征引的文句外，全然不同；清华简《摄命》，对应晚书《冏命》，内容全然不同。这本身已经很能说明问题。更有力的证据在于，晚书与其他先秦典籍引文共见的文句高度吻合，但以清华简验之，可知其他先秦典籍的引文本身便存在讹误，晚书完全是利用先秦引文抄袭补苴、敷衍成文，并没有完整、可靠的先秦

---

① 最新的综合性研究，可参见刘光胜《出土文献与〈古文尚书〉研究》，中国社会科学出版社2020年版；刘光胜《〈古文尚书〉真伪公案再议》，《历史研究》2020年第4期。

② 传世文献中有些引述《说命》的文字并不见于清华简《傅说之命》三篇，因此也有学者怀疑记录武丁命说事件的《尚书》类文献可能不限于这三篇。参见李锐《读清华简3札记（一）》，孔子2000网“清华大学简帛研究”专栏，2013年1月4日；王宁《清华简〈说命〉与传世典籍引文对读》，复旦大学出土文献与古文字研究中心网站，2013年1月29日。

文本为依据。①

除了文本分析，历史背景、文体形态等因素也是甄别晚书性质的重要依据。学界对文体形态在古书辨伪中的意义尚缺乏关注，本文拟重新审视《尚书》的文体特征及分类依据，并从文体形态出发就晚书的性质作进一步探讨。

一 《尚书》之“体”及其生成方式

探讨中国早期文体形态和文体观念的发生，不能绕开《尚书》。一者在于《尚书》中的一些篇章渊源甚古，属于我们所知的最早一批文章；二者在于《尚书》的篇题确已萌生早期的文体分类观念；三者在于《尚书》的大部分篇章实际上是官文书，而官文书的功能区分为《尚书》的分体提供了天然的依据。

据伪孔安国《尚书序》，《尚书》可分“六体”：“（孔子）讨论坟、典，断自唐虞以下讫于周，芟夷烦乱，翦截浮辞，举其宏纲，撮其机要，足以垂世立教，典、谟、训、诰、誓、命之文，凡百篇。”② 对于“六体”所对应的篇目，唐孔颖达《尚书正义》做如下解释：“‘典’即《尧典》《舜典》，‘谟’即《大禹谟》《皋陶谟》，‘训’即《伊训》《高宗之训》，‘诰’即《汤诰》《大诰》，‘誓’即《甘誓》《汤誓》，‘命’即《毕命》《顾命》之等是也。”③ 所谓“六体”，系根据传世《尚书》篇题的末字总结而来。有些《尚书》的篇题并不能直观反映“六体”，其归属便成了问题。陆德明《经典释文》将“六体”分作“正”“摄”两类④，根据宋人熊朋来的说法，所谓“正”，指“有其义而正有其名”，如属于

---

① 参见冯胜君《从清华简看〈尚书〉研究中的一些问题》，“《剑桥上古史》出版二十周年学术研讨会”论文，2019 年 9 月。此外，廖名春曾据郭店简和马王堆帛书的材料做过类似讨论，见廖名春《从郭店楚简和马王堆帛书论“晚书”的真伪》，《北方论丛》2001 年第 1 期。

② （清）阮元校刻：《尚书正义》卷 1《尚书序》，《十三经注疏》，中华书局 1980 年影印本，第 114 页。

③ （清）阮元校刻：《尚书正义》卷 1《尚书序》，《十三经注疏》，中华书局 1980 年影印本，第 115 页。

④ （唐）陆德明：《经典释文》卷 3，上海古籍出版社 1985 年影印本，第 140 页。

"典"的《尧典》《舜典》；所谓"摄"，指"无其名而附其义"，如属于"典"的《禹贡》《洪范》《汩作》《九共》《槁饫》，指篇题未反映文体的篇章。[①] 宋人林之奇认为"《书》之为体，虽尽于典、谟、训、诰、誓、命之六者，然而以篇名求之，则不皆系以此六者之名也。虽不皆系于六者之名，然其体则无以出于六者之外也"[②]，尽管《尚书》中有些篇题并不以典、谟、训、诰、誓、命六体命名，但其文体并未能超出这六体，故林氏认为不应拘泥于篇题。可见，林氏一方面肯定了篇题可反映文体，另一方面强调篇题与文体之间并非绝对的对应关系。

在伪孔安国《尚书序》"六体"的基础上，孔颖达增益贡、歌、征、范四体，合为"十体"。[③] 宋人真德秀则将《尚书》总结为诰、誓、命三体[④]，这一分类归于简约，一些当代学者的分类尝试也类似于此，如陈梦家将《尚书》文体分为诰命、誓祷、叙事三大类[⑤]，钱宗武分为典、诰、誓、命四类[⑥]，程浩分为训诰、册命、誓祷三类[⑦]。此外，潘莉认为《尚书》本身的文体类型有书、典、谟、训、诰、誓、命、征、歌、贡、范、刑 12 种，所包含的文体类型有诗、箴、盟、辞、谚语、册 6 种[⑧]；胡大雷认为《尚书》还涉及命龟、咨、询、告、绥、访、祝、教、戒、报诰等文体[⑨]。这些学者将《尚书》所包含的文体范围进一步扩大，以期探寻《尚书》所孕育的文体萌芽。

除了直接对《尚书》进行分类，后人出于"宗经"的旨趣，往往将一

---

① （宋）熊朋来：《五经说》卷 2，《景印文渊阁四库全书》（第 184 册），台湾商务印书馆 1986 年版，第 272 页。

② （宋）林之奇：《尚书全解》卷 24，《景印文渊阁四库全书》（第 55 册），台湾商务印书馆 1986 年版，第 445 页。

③ （清）阮元校刻：《尚书正义》卷 1《尚书序》、《尚书正义》卷 2《尧典》，《十三经注疏》，中华书局 1980 年影印本，第 114、117 页。

④ （宋）真德秀：《文章正宗 · 纲目》，《景印文渊阁四库全书》（第 1355 册），台湾商务印书馆 1986 年版，第 5 页。

⑤ 陈梦家：《尚书通论》（增订本），中华书局 1985 年版，第 309—310 页。

⑥ 钱宗武：《尚书入门》，贵州人民出版社 1991 年版，第 24 页。

⑦ 程浩：《从出土文献看〈尚书〉的体裁与分类》，《文艺评论》2017 年第 3 期。

⑧ 潘莉：《〈尚书〉文体类型与成因研究》，知识产权出版社 2016 年版，第 1 页。

⑨ 胡大雷：《〈尚书〉文体考辨——兼论早期文体的原生态状况》，《古典文献研究》第 20 辑上卷，凤凰出版社 2018 年版，第 9—12 页。

些文体追溯至《尚书》。如《颜氏家训·文章》:“诏命策檄,生于《书》者也。”[①]《文心雕龙·宗经》:“诏策章奏,则《书》发其源;……”[②]元人郝经指出:“《书》者,言之经。后世王言之制、臣子之辞皆本于《书》。凡制诏、赦、令、册、檄、教、记,诰、誓、命、戒之余也。书疏、笺、表、奏、议、启、状,谟、训、规、谏之余也。”[③]明人袁宗道亦云:“诏、檄、笺、疏、状、志之类,则源于《书》。”[④]这些认识,均将《尚书》视作官文书的鼻祖。

前贤早已指出《尚书》并无后世那样明确的文体界定。孔颖达指出:“《书》篇之名,因事而立,既无体例,随便为文。”[⑤]章学诚认为“书无定体”,“因事命篇,本无成法”,并指出“典、谟、训、诰、贡、范、官、刑之属,详略去取,惟意所命,不必著为一定之例焉”[⑥]。有学者指出,对后世影响甚大的“六体”说,是魏晋以来文体论兴盛背景下的产物。[⑦]无论是“六体”“十体”还是今人的分类,都是从后人角度出发对《尚书》文体所作区分与归纳,未必合乎先秦的文体观念。其取舍标准不一,多有主观性。“六体”“十体”之分,系由篇题抽绎出“体”,实则是从后世的文体观念出发看待《尚书》的篇题。如若未能回到历史语境而强作分类,显然不能真正有助于认识《尚书》的文体形态。

在先秦时期,文体观念尚未明晰,《尚书》中训、诰、誓、命之类,原先指具体行为,即孔颖达所谓“因事而立”。训、诰、誓、命的文本往往配合“礼”而存在,具有功能性和仪式性,其篇题虽有文体的萌芽,

---

① 王利器:《颜氏家训集解》(增补本),中华书局1996年版,第237页。

② 范文澜:《文心雕龙注》,人民文学出版社1958年版,第22页。

③ (元)郝经:《郝氏续后汉书》卷66上上,《景印文渊阁四库全书》(第385册),台湾商务印书馆1986年版,第611页。

④ (明)袁宗道著,钱伯城标点:《刻文章辨体序》,《白苏斋类集》卷7,上海古籍出版社1989年版,第81页。

⑤ (清)阮元校刻:《尚书正义》卷2《尧典》,《十三经注疏》,中华书局1980年影印本,第117页。

⑥ (清)章学诚著,叶瑛校注:《文史通义校注》卷1,中华书局1985年版,第39、31、30页。

⑦ 朱岩:《〈尚书〉文体研究》,博士学位论文,扬州大学,2008年,第14页。

但并非来自自觉的文体分类观念；至于“典”“谟”等，或是表其性质[①]，或是表其内容，很难说可独立成“体”。由行为或功能向文体转变，是中国早期文体产生的重要途径。[②] 郭英德认为，从《尚书》“六体”的生成看，是先有特定的行为方式，次有记录特定行为方式的文本，然后才产生了基于特定文本方式的文体类型[③]，已指出《尚书》文体的形成机制。此外，亦有学者注意从礼制出发对《尚书》文体加以研究[④]，业已注意考察《尚书》文体的仪式性。

虽然《尚书》文本在形成和早期流传过程中并无自觉的文体意识，但它们确乎启导了文体分类观念[⑤]，这与其文本来源和性质密切相关。《尚书》中的篇章原先多是施教布政之词，可归入官文书的范围。由于官文书是配合具体功能而产生的，其不同功能的区分也便成为文体分类的基础。官文书的重复应用与文体规定性，强化了各“体”的特征。《尚书大传》引孔子语：“六誓可以观义，五诰可以观仁。”[⑥]“六誓”“五诰”

---

① 一些学者将《尧典》之“典”追溯至甲骨卜辞的“典”，见叶修成《论〈尚书·尧典〉之生成及其文体功能》，《华南农业大学学报》（社会科学版）2009 年第 2 期；李安竹《论〈尚书〉“典”体的历史叙事及文体特征》，《文艺评论》2015 年第 8 期。实际上，“典”之命篇，是《尚书》经典化的反映，与殷商祭典中的“典”不能相提并论。《尧典》之“典”是文献的概念，而非文体概念，《尚书》各篇皆可称“典”。

② 郭英德：《由行为方式向文本方式的变迁——论中国古代文体分类的生成方式》，《陕西师范大学学报》（哲学社会科学版）2005 年第 1 期（收入郭英德《中国古代文体学论稿》，北京大学出版社 2005 年版）；于雪棠：《〈尚书〉文体分类及行为与文本的关系》，《北方论丛》2006 年第 2 期（收入于雪棠《先秦两汉文体研究》，北京师范大学出版社 2012 年版）；郗文倩：《中国古代文体功能研究——以汉代文体为中心》，上海三联书店 2010 年版；胡大雷：《论中古时期文体命名与文体释名》，《中山大学学报》（社会科学版）2011 年第 4 期。

③ 郭英德：《由行为方式向文本方式的变迁——论中国古代文体分类的生成方式》，《陕西师范大学学报》（哲学社会科学版）2005 年第 1 期。

④ 叶修成：《西周礼制与〈尚书〉文体研究》，中国社会科学出版社 2016 年版；潘莉：《〈尚书〉文体类型与成因研究》，知识产权出版社 2016 年版，第 293—322 页；傅道彬：《“〈书〉文似礼”与〈尚书〉“六体”的文学性书写》，《文学遗产》2020 年第 4 期。

⑤ 篇题与文体的关系，可参见吴承学、李冠兰《命篇与命体——兼论中国古代文体观念的发生》，《中国社会科学》2015 年第 1 期。

⑥ （汉）伏胜撰，（汉）郑玄注，（清）陈寿祺辑校：《尚书大传》卷 3，中华书局 1985 年版，第 132 页。

反映了“誓”“诰”仪式及相应文本的反复出现，为“因文立体”① 创造了可能。但《尚书》各篇的拟题方式不一，简单从篇题出发提炼文体，甚至据某单篇篇题独列一体，无疑会消解文体自身的规定性。孔颖达依据篇题提炼出贡、歌、征、范四体，将一些只出现一次的篇题也纳入其中，遭到林之奇的责难，因为“虽增此四者亦不足以尽《书》之名。学者不达古人作《书》之意，而欲篇名求之，遂以一篇为一体，固知先儒所谓贡、歌、征、范增而为十，盖有不知而作之者”，林氏认为《尚书》的文体“可以意会而不可以篇名求之”②。

从具体行为到文体名，《尚书》的经典化在此过程中扮演了重要角色。林之奇指出：“书之名篇，非成于一人之手，盖历代史官各以其意标识其所传之简册，以为别异。”③ 他指出《尚书》篇题并无系统性，自然有其道理；但他认为篇题是历代史官所标识，则有讨论的空间。在实现经典化之前，《尚书》各篇主要是作为官文书的原始文本而存在的，篇题并非必要。而出于传授与称引的需要，经典化后的《尚书》各篇篇题逐渐固化。除了撮取篇首文字命名的方式，基于功能或仪式的归纳也成为一种选择。需要注意的是，诸如“文侯之命”“康诰”之类的篇题，虽类似于“对象+文体”的模式，但篇题中的“命”“诰”等词并非真正的文体名，而是具体行为④，下文在讨论具体个案时会有进一步分析。无论如何，《尚书》篇题的固化为文体分类和文体名的固化奠定了重要基础。

从行为到文体名的转变，实与汉语的词性关联密切。黎锦熙倡导句本位，提出“词无定类”“离句无品”的观点⑤。不少人质疑其说，但汉语词性的不确定性确是事实，“盖古人造字，借形取象，意多笼统，而词

① 关于“因文立体”，参见郭英德《中国古代文体学论稿》，北京大学出版社2005年版，第75页。

② （宋）林之奇：《尚书全解》卷7，《景印文渊阁四库全书》（第55册），台湾商务印书馆1986年版，第132页。

③ （宋）林之奇：《尚书全解》卷24，《景印文渊阁四库全书》（第55册），台湾商务印书馆1986年版，第445页。

④ 于雪棠：《〈尚书〉文体分类及行为与文本的关系》，《北方论丛》2006年第2期。

⑤ 黎锦熙：《新著国语文法》，湖南教育出版社2007年版，第6、36页。

性之别则至语句中才显现出来”[1]。汉语的名词与动词之间，常存在转化的关系。[2] 尤其是以“之”为标志，在“NP + 之 + VP”的情况下，谓词性的主谓结构便会转变为名词性的偏正结构。[3] 先秦最早出现的一批文体名，一开始往往表示行为，而在“NP + 之 + VP”等结构中，它们自然而然地转化为名词，进而成为文体名。在《左传》一书中，有许多典型的例子，如宣公十二年“箴之曰：‘民生在勤，勤则不匮。’”以及襄公四年“官箴王阙”之“箴”为动词，“官箴王阙”下句“虞人之箴”之“箴”则有文体的意味。襄公三十年“舆人诵之”中的“诵”为动词，僖公二十八年“舆人之诵”之“诵”亦有文体的意味。宣公十二年云“昔平王命我先君文侯”，“命”为动词，相应的册命文书则为《尚书·文侯之命》；定公四年所见“命之以蔡”，对应的文本则为《尚书·蔡仲之命》。在“文侯之命”“蔡仲之命”以及“傅说之命”等篇题中，“命”都不是真正意义上的文体名，因为这些文本并不能理解为“文侯的命辞”“蔡仲的命辞”“傅说的命辞”，它们实际上指文侯、蔡仲、傅说之受命。尽管如此，这些篇题中的“命”显然已向文体名过渡。此外，诸如“诔”“铭”“论”“说”“誓”“歌”等文体等均存在类似现象。《尚书》类文献中的所谓“六体”或“十体”，最初所指多是具体的仪式或行为，其文体义是《尚书》类文献在整理、传诵的过程中提炼和固化的。明乎此，我们可以对中国早期文体的发生有更深入的理解。

---

① 齐佩瑢：《训诂学概论》，中华书局 2004 年版，第 136 页。

② 黎锦熙、刘世儒：《语法再研讨——词类区分和名词问题》，《中国语文》1960 年第 12 期；史振晔：《试论汉语动词、形容词的名词化》，《中国语文》1960 年第 12 期；朱德熙、卢甲文、马真：《关于动词形容词“名物化”的问题》，《北京大学学报》（人文科学）1961 年第 4 期；Christoph Harbsmeier, “Where Do Classical Chinese Nouns Come From?”, *Early China*, Vol. 9 - 10, 1983 - 1985, pp. 77 - 163。沈家煊进一步指出，与英语名词、动词的分立不同，汉语名词和动词是包含关系，名词是“大名词”，它包含动词，动词是名词当中的一个次类，是动态名词，参见沈家煊《名词和动词》，商务印书馆 2016 年版。

③ 陈梦韶：《古代汉语的词性变化》，《文科教学》1982 年第 3 期；朱德熙：《关于先秦汉语里名词的动词性问题》，《中国语文》1988 年第 2 期；胡裕树、范晓：《动词形容词的“名物化”和“名词化”》，《中国语文》1994 年第 2 期。

二 “告”“诰”之别

清华简《尹诰》原简文并未抄录篇题，“尹诰”一名由整理者所拟，其依据来自《礼记·缁衣》引《尹吉》：“惟尹躬及汤咸有壹德。”此句相当于清华简《尹诰》的“隹（惟）尹既彶（及）汤咸又（有）一悳（德）”[①]，故整理者认为清华简《尹诰》即《礼记》所引《尹吉》。《礼记》郑玄注已指出：“‘吉’当为‘告’，‘告’，古文‘诰’，字之误也。”[②] 他认为“尹吉”当作“尹告”，并认为“告”是“诰”之古文。“告”确实容易被误认为“吉”，俞樾便举出数例：“《周礼·大宗伯》：‘以吉礼事邦国之鬼神示。’注曰：‘故书‘吉’或为‘告’。’又《尚书·吕刑》篇：‘度作刑，以诘四方。’《汉书·刑法志》作‘度时作刑以诰四方’。此‘告’与‘吉’形近相混之证。”[③]《易·姤卦·象》“天下有风，姤，后以施命诰四方”，“诰”字又作“诘”[④]。《汉书·刑法志》“昔周之法，建三典以刑邦国，诘四方”，“诘”或作“诰”[⑤]。可见“吉”“告”形近易讹。

郑玄注还指出：“《尹告》，伊尹之诰也。《书序》以为《咸有壹德》，今亡。”[⑥] 郑玄称其“伊尹之诰”，即明确其文体为“诰”。且《尹告》又称《咸有壹德》，在郑玄的时代业已亡佚。伏生所传今文《尚书》，并不包括《咸有壹德》。西汉中期所出孔壁中《尚书》，较今文《尚书》多出十六篇，其中便有《咸有一德》，但并未流传于后世。晚书有《咸有一

---

① 本文所引《尹诰》释文俱见清华大学出土文献研究与保护中心编、李学勤主编《清华大学藏战国竹简》（一），中西书局2010年版，第133页。

② （清）阮元校刻：《礼记正义》卷55《缁衣》，《十三经注疏》，中华书局1980年影印本，第1648页。

③ （清）俞樾：《礼记郑读考》，《续修四库全书》（第106册），上海古籍出版社1996年版，第614页。

④ （唐）陆德明撰：《经典释文》卷2，上海古籍出版社1985年影印本，第106页。

⑤ （汉）班固撰，（唐）颜师古注：《汉书》卷23《刑法志》，中华书局1962年版，第1091—1092页。

⑥ （清）阮元校刻：《礼记正义》卷55《缁衣》，《十三经注疏》，中华书局1980年影印本，第1648页。

德》一篇，除了“惟尹躬暨汤咸有一德”一语显然因袭自《礼记·缁衣》所引《尹吉》，其他内容皆与清华简《尹诰》不同。包括“躬”这一讹字[①]，晚书因袭其误，可见晚书之晚出。清华简《尹诰》中“尹念天之敗（败）西邑顕（夏）”，亦见于《礼记·缁衣》所引《尹吉》，但该句不见于晚书《咸有一德》，倒是被改写为“惟尹躬先见于西邑夏，自周有终，相亦惟终”收入晚书《太甲上》，这主要是晚书的编辑者不明“尹吉”的含义且不明《尹吉》与《咸有壹德》关系的缘故。[②] 同样的，晚书编辑者在编辑《太甲上》时也是对《礼记·缁衣》引文的讹误照单全收[③]。

郭店简和上博简亦有《缁衣》抄本，它们在引述所谓《尹吉》时，相应的篇题均写作“尹𧦝”。“𧦝”字又见于史𩨋簋（《殷周金文集成》4031）[④] 铭文的“王𧦝毕公”，从言、廾声，唐兰最早将其释作“诰”[⑤]。在著名的何尊（《集成》6014）铭文中，亦有“王𧦝宗小子于京室”“王咸𧦝”之语，学界普遍将“𧦝”释作“诰”。郭店简《缁衣》、上博简《缁衣》以及郭店简《成之闻之》在引《康诰》时，“诰”皆写作“𧦝”。

整理者之所以将清华简《尹诰》的篇题拟作“尹诰”，而非《缁衣》所引的《尹吉（告）》，是基于以下两点：其一，据郑玄注，《尹告》为“伊尹之诰”；其二，郭店简和上博简《缁衣》所引篇题写作“尹𧦝”，

---

① 《礼记·缁衣》所见“躬”字，在郭店简和上博简中写作“身”，“躬”当是“身”的讹误。虞万里此前指出，天理本《咸有一德》作“船”，当系“躳”之形讹，为讹字“躬”之桥梁，参见虞万里《上博馆藏楚竹书〈缁衣〉综合研究》，武汉大学出版社2009年版，第43—44页。

② 《礼记·缁衣》的引文作：“《太甲》曰：‘天作孽，可违也；自作孽，不可以逭。’《尹吉》曰：‘惟尹躬天见于西邑夏，自周有终，相亦惟终。’”晚书的编辑者以为后一句也出自《太甲》，并误认为“尹吉”是伊尹的名号。

③ 如清华简《尹诰》证实《礼记·缁衣》所见“天”字无误，倒是郑玄将其误改作“先”。晚书《太甲上》沿袭了“先”的讹误，晚书的编辑者想必吸收了郑玄的观点。果其如此，晚书《太甲上》成篇当在郑玄之后。

④ 本文所引铜器铭文，均见于中国社会科学院考古研究所《殷周金文集成》（中华书局1984—1994年版）与吴镇烽编《商周青铜器铭文暨图像集成》（上海古籍出版社2012年版），以下分别简称《集成》与《铭图》。

⑤ 唐兰：《史𩨋簋铭文考释》，《考古》1972年第5期；又见唐兰《西周青铜器铭文分代史征》卷3下，中华书局1986年版，第165页。

古文字中“诰”多写作“寡”。整理者将“尹告”径改为“尹诰”究竟是否合理呢?

整理者认为清华简《尹诰》便是《咸有壹德》[①],也有学者对这一认识乃至清华简的可靠性提出质疑,其理由是:清华简《尹诰》的文体与诰体不同[②]。诚然,《尹诰》的文体与通常的诰体并不相同。《说文解字》:“诰,告也。”段玉裁注云:“以言告人,古用此字,今则用‘告’字。以此‘诰’为上告下之字。”[③]“诰”有告诉之义,与“告”同义,“告”“诰”同源,浑言之无异;但析言之有别,“诰”特指上告下。在古文字中,“诰”写作“寡”,“寡”的原始字形可以追溯至甲骨文,作一人跽坐敛手出言,另一人在其面前拱手聆听[④],“诰”取代“寡”则是在战国以后[⑤];“诰/寡”侧重以言训教,是为了区别“告”而派生的词。在传世文献的用词习惯中,“诰”与“告”更是有明确区分,如《列子·杨朱》注:“告上曰告,发下曰诰。”[⑥]

狭义的“诰”用于上告下,《文心雕龙·诏策》谓“诰以敷政”[⑦],“诰”为布政之词。以“诰”入题者,如《康诰》《大诰》《洛诰》《酒诰》《召诰》《汤诰》[⑧]《盘庚》[⑨],均是君王或三公布政,多见“王若曰”“王曰”之语。前文已经指出,今人心目中理所当然的《尚书》之“体”,在先秦尚未真正明晰,所谓的“体”最初多指行为。如何尊铭文

---

① 清华大学出土文献研究与保护中心编、李学勤主编:《清华大学藏战国竹简》(一),中西书局2010年版,第132页。

② 鲁普平:《清华简〈尹诰〉篇名拟定之商榷》,《哈尔滨学院学报》2014年第2期;杨善群:《清华简〈尹诰〉篇题辨正》,《齐鲁学刊》2016年第5期。张兵则认为,“诰”体的使用范围和行文特点是后人总结《尚书》中的文体得出的结论,未必能全面体现和概括当时的文献状况,参见张兵《清华简〈尹诰〉与〈咸有一德〉相关文献梳理及其关系考论》,《济南大学学报》(社会科学版)2016年第1期。

③ (清)段玉裁注:《说文解字注》,上海古籍出版社1981年版,第92页。

④ 蒋玉斌:《甲骨文“诰”字释说》,《出土文献综合研究集刊》(第11辑),巴蜀书社2020年版,第70—76页。

⑤ 李学勤主编:《字源》,天津古籍出版社、辽宁人民出版社2012年版,第176页。

⑥ (晋)张湛注:《列子》卷7《杨朱》,上海古籍出版社1989年版,第54页。

⑦ 范文澜:《文心雕龙注》,人民文学出版社1958年版,第358页。

⑧ 《汤诰》不见于今文《尚书》,见于晚书和逸失的《尚书》十六篇篇目。

⑨ 《左传》哀公十一年称之为《盘庚之诰》。

云："王寡（诰）宗小子于京室。"即指以上告下，施政发令，是具体的行为和仪式，京室（宗庙）是仪式展演的场所。《尚书》中的"诰"，如《酒诰》之"诰毖""诰教""予不惟若兹多诰"，《召诰》之"诰告庶殷越自乃御事"，《大诰》之"大诰"，《康诰》之"乃洪大诰治"，《洛诰》之"王命周公后，作册逸诰"，《多方》之"诰尔多方""今我曷敢多诰"，《君奭》之"予不惠若兹多诰"，其"诰"均为动词，除《酒诰》的一处个例之外，均指上告下。[①] 苏轼曾指出："自《大诰》《康诰》《酒诰》《梓材》《召诰》《洛诰》《多士》《多方》八篇，虽所诰不一，然大略以殷人不心服周而作也。"[②] 便是将"诰"理解为行为。作为动词的"诰"后来引申出名词义，并成为文体专名。

《史记·秦始皇本纪》载秦并天下之后以"令为诏"[③]，里耶秦简更名方也记载"以王令曰以皇帝诏"[④]，这里所说的"命"相当于"诰"，秦始皇开始将原先的"诰"改为"诏"。蔡邕《独断》便指出："诏，犹'诰'也，告教也。三代无其文，秦汉有也。"[⑤] 朱骏声亦指出："'诰'者，上告下也……至秦又造'诏'字以当之。"[⑥] 由"诰"而"诏"，实则一脉相承。

狭义的"告"，则指下告上，与"诰"有别。《尚书》《左传》《史记》诸书记载君王告下时亦用"告"，如《尚书·康诰》之"听朕告汝"、《尚书·多方》之"告尔四国多方""我惟时其教告之"、《尚书·多士》之"告尔殷多士"，"告"便相当于"诰"。但下告上，在传世文献中一般不写作"诰"。《尚书·西伯戡黎》云"祖伊恐，奔告于王"，

---

① 于雪棠指出，"诰"之上告下可指君告臣、上级官员告下级官员，亦可指长辈告晚辈，见氏撰《〈尚书〉文体分类及行为与文本的关系》，《北方论丛》2006年第2期。其中《君奭》系周公告召公，据《史记·燕召公世家》，"王既幼，周公摄政，当国践祚，召公疑之，作《君奭》"，《君奭》或作于周公摄政时期。另晚书《太甲下》有"伊尹申诰于王曰"之语，不足为据。

② （宋）苏轼：《书传》卷15，载舒大刚等校注《三苏经解集校》（上册），四川大学出版社2017年版，第367页。

③ （汉）司马迁：《史记》卷6《秦始皇本纪》，中华书局1959年版，第236页。

④ 陈伟主编：《里耶秦简牍校释》（第1卷），武汉大学出版社2012年版，第155—157页。

⑤ （汉）蔡邕：《独断》（卷上），中华书局1985年版，第2页。

⑥ （清）朱骏声：《说文通训定声·孚部第六》，武汉古籍书店1983年版，第283页。

下（祖伊）告上（纣王）即用“告”。何尊铭文中将“诰”（上告下）写作“𢀛”，但同一铭文中“廷告于天”的“告”（下告上）则写作“告”，可见“诰”“告”之别。清华简《程寤》及《四告》中的“告”指告神，亦指下告上，所用便是“告”字。① 清华简《尹诰》所记是下（伊尹）告上（汤），故很难说是“诰”。这便涉及整理者所拟篇题的误会，质疑者因《尹诰》不合诰体而质疑《尹诰》的可靠性，其质疑正是建立在整理者误会的基础上。

唐兰认为，“𢀛”既是“诰”之古文，亦是“告”之古文。② 准此，郭店简与上博简《缁衣》在引述该篇时虽然写作“尹𢀛”，并不意味着一定读作“尹诰”。其实《礼记·缁衣》所引“尹吉”已经很能说明问题，该篇题原当作“尹告”。因为无论是“诰”还是“𢀛”，都不会讹作“吉”，可见传世本《缁衣》所引篇题最初当作“尹告”。《礼记·缁衣》在引《康诰》时，篇名写作“康诰”，说明在传世本《缁衣》中“告”“诰”当有别，郭店简和上博简引《尹告》时用“𢀛”而非“告”或是因《康诰》而类化的结果。

“尹告”一名可从清华简《尹诰》的文本中得到进一步验证。《尹诰》中有这么一句话：“执（挚）告汤曰：……”“挚”是伊尹之名，《尹诰》全篇是伊尹和商汤的对话，而以伊尹“告”汤为主。简文明确写作“告”，“告”指下告上，与伊尹的身份相合。可见，“尹告”的篇题得自“告”这一行为，而其另一篇题“咸有壹德”则来自对全篇首句的摘录。清华简《尹诰》（实际上应作《尹告》）非但不合文体，反而验证了《礼记·缁衣》所保存的古篇题。

反观晚书《咸有一德》，该篇是围绕伊尹对太甲的训诫展开的，既很难说是“诰”（伊尹是臣），也谈不上“告”。从内容和文体看，晚书《咸有一德》与“尹告”的篇题并不相符。晚书还张冠李戴，称“伊尹既复政厥辟”“今嗣王新服厥命”，干脆将历史背景置于太甲的时代。《尚

① 参见清华大学出土文献研究与保护中心编《清华大学藏战国竹简》（十），中西书局2020年版。

② 唐兰：《史䍙簋铭文考释》，《考古》1972年第5期。

书序》谓“伊尹作《咸有一德》”[1]，并未说明本篇作于何时。而据《史记·殷本纪》，《咸有一德》的时代背景实际上是在商汤时[2]。清华简整理者指出：“按司马迁曾问学于孔安国，孔安国亲见孔壁《尚书》，所说自属可信。现在简文所叙，很清楚时在汤世，伪《咸有一德》的谬误明显。”[3] 清华简《尹诰》可与《史记·殷本纪》的说法相呼应。其实，单从《礼记·缁衣》以及郭店简和上博简的《缁衣》引文看，便可知《尹告》所记显然是伊尹与商汤之间的事。晚书的编辑者已不明其时代背景，故将其误植于太甲时。就此而言，晚书《咸有一德》显然并不可信。

这里再顺带讨论另一篇晚书——《仲虺之诰》。《墨子·非命》上、中、下三篇均引到《仲虺之告》，如《非命中》云：“圣王之患此也，故书之竹帛，琢之金石，于先王之书《仲虺之告》曰：‘我闻有夏人矫天命，布命于下，帝式是恶，用阙师。’此语夏王桀之执有命也，汤与仲虺共非之。”[4] 据此可知《仲虺之告》当是商汤和仲虺的对话。先秦典籍中明确征引《仲虺之告》的，只有《墨子》[5]。《墨子》所引，也被改编入晚书《仲虺之诰》，其文曰：“夏王有罪，矫诬上天，以布命于下。帝用不臧，式商受命，用爽厥师。”这里值得注意的是，《墨子》所引篇题为“仲虺之告”，而非“仲虺之诰”。《墨子》一书中有“诰”字，见《天志下》：“于先王之书《大夏》之道之然：‘帝谓文王，予怀明德，毋大声以色，毋长夏以革，不识不知，顺帝之则。’此诰文王之以天志为法也，而顺帝之则也。”[6] 这里的“诰”，即指上（帝）诰下

---

① （清）阮元校刻：《尚书正义》卷8《咸有一德》，《十三经注疏》，中华书局1980年影印本，第165页。

② 《史记索隐》谓史迁此处“其言又失次序”，实际上是沿承了晚书的说法。

③ 清华大学出土文献研究与保护中心编，李学勤主编：《清华大学藏战国竹简》（一），中西书局2010年版，第132页。

④ 《墨子·非命》上、下两篇的引文则分别作“我闻于夏人，矫天命，布命于下，帝伐之恶，龚丧厥师”和“我闻有夏人矫天命，［布命］于下，帝式是增，用爽厥师”。见孙诒让撰，孙启治点校《墨子间诂》，中华书局2001年版，第276、272、281页。

⑤ 此外，仲虺的言论多见于先秦典籍，如《左传》宣公十二年“仲虺有言”、《左传》襄公十四年“仲虺有言”、《左传》襄公三十年“《仲虺之志》云”、《荀子·尧问》“中（仲）蘬（虺）之言”、《吕氏春秋·骄恣》“仲虺有言”等。

⑥ （清）孙诒让撰，孙启治点校：《墨子间诂》，中华书局2001年版，第220页。

(文王)。《墨子》一书中“告”“诰”自有别，参考《尹告》,《仲虺之告》的内容当是作为臣子的仲虺“告”汤。准此，该篇的篇题当以“仲虺之告”为是。晚书《仲虺之诰》通篇都是仲虺之“诰”，既不合乎“诰”体的内涵，也不符合《墨子》所言“汤与仲虺共非之”的设定，并不可信。伪孔传在解说“仲虺之诰”的“诰”时称“会同曰诰”①，所谓“会同曰诰”见于《周礼·秋官·士师》“二曰诰，用之于会同”。之所以伪孔传强作别解，恐怕正出于此“诰”(下告上)非彼“诰”(上告下)之故。

《尚书序》云:“汤归自夏，至于大坰，仲虺作诰。”②《史记·殷本纪》载:“汤归至于泰卷陶，中𬼘作诰。”③“中𬼘”即仲虺。这两处“诰”，不排除是后人所改，或是“诰”作为文体名的观念逐渐固化后的产物。“诰”最初本非文体名，但随着《尚书》的经典化，“诰”作为文体名愈加固化。而“告”并非常规的文体名，加上文献的散佚，逐渐淡出人们的视线。出于这一原因，人们很容易将《尚书》的某些篇章对号入座，归入“诰”体，而忘却其“告”的本名。④徐师曾为了说明“古者上下有诰”，举《仲虺之诰》来说明“诰”可指“下以告上”⑤。一些学者也以此来说明早期的“诰”未必指上告下⑥。“告”“诰”虽同源，但严格来说,《尹告》和《仲虺之告》当与真正的“诰”相区别。以“仲虺之诰”来说明《尚书》中的“诰”可指下告上，证据并不够充分。

---

① (清)阮元校刻:《尚书正义》卷8《仲虺之诰》,《十三经注疏》，中华书局1980年影印本，第161页。

② (清)阮元校刻:《尚书正义》卷8《仲虺之诰》,《十三经注疏》，中华书局1980年影印本，第161页。

③ (汉)司马迁:《史记》卷3《殷本纪》，中华书局1959年版，第97页。

④ 郑玄将“尹吉”解释为“伊尹之诰”，也当属于这一情形。

⑤ (明)吴讷、(明)徐师曾:《文章辨体序说 文体明辨序说》，人民文学出版社1998年版，第115页。

⑥ 于雪棠:《〈尚书〉文体分类及行为与文本的关系》,《北方论丛》2006年第2期；傅刚:《〈尚书〉文体的形成》,《光明日报》2018年7月23日第13版。于氏已经指出臣告君用“告”，但又认为“诰”亦可用于臣告君。

三 作为仪式的“命”

“命”“令”同源，甲骨文只有“令”而无“命”。“命”原为动词，指命令，尤其指授官分职、分封诸侯的册命，即《文心雕龙·诏策》所谓“命喻自天，故授官锡胤”[①]。“命”依附于册命仪式而存在，册命仪式和册命文辞在西周的铜器铭文中多见。如䚄公簋（《铭图》4954）“王令（命）昜（唐）白（伯）侯于晋”、晋公盆（《集成》10342）“王命𨞐（唐）公，建宅京自（师）”、克盉（《铭图》14789）“令（命）克侯于匽（燕）”、麦方尊（《集成》6015）“王令（命）辟井（邢）侯出牞，侯于井（邢）”，均就诸侯分封而言。类似的表述亦见于清华简《封许之命》的“命女（汝）侯于鄦（许）”[②] 和《诗·鲁颂·閟宫》的“俾侯于鲁”。西周中晚期的册命铭文，格式高度程式化，往往由时间、场所、周王、右者、史官、受命者、命辞、赏赐物等要素构成，是其仪式性的具体反映，《仪礼·觐礼》《周礼·春官·大宗伯》《礼记·祭统》等文献也有相关仪式的记录。

“命”本身是一种仪式，是“礼”的组成部分。在册命仪式中，有专门记录命辞的文本，由史官负责发布、诵读，这在铭文以及《仪礼·觐礼》中被称为“命书”。如颂鼎（《集成》2827）铭文云：“尹氏受（授）王令（命）书，王平（評）[③] 史虢生册令（命）颂。”在寰盘（《集成》10172）、趞鼎（《集成》2815）、卌三年逑鼎甲（《铭图》2503）等铜器的铭文中，有类似的记述。“命书”以及“命书”所承载的命辞，成为“命”由仪式向文体转变的钤键。徐师曾指出，“上古王言同称为

---

① 范文澜：《文心雕龙注》，人民文学出版社 1958 年版，第 358 页。

② 清华大学出土文献研究与保护中心编，李学勤主编：《清华大学藏战国竹简》（五），中西书局 2015 年版，第 118 页。

③ 王森在其未刊稿《释“平”及相关诸字》中指出册命铭文以及清华简《摄命》中所谓的“乎（呼）”字，其实都是“平”，今据以改释。另参见拙作《曾公畭编钟铭文补说》，《汉字汉语研究》2020 年第 4 期。

'命'"①。作为文体名的"命",属于诏令类文书。"命"与"诰"一样,皆指王言。

清华简《封许之命》便是一篇典型的"命"。该篇有篇题,即作"封许之命",可见该篇已有固定的篇题。该篇由周王的训诫、赏赐物品清单以及嘉勉之词构成,在今文《尚书》中,有《文侯之命》一篇,同样是由周王训诫、赏赐物品清单以及嘉勉之词构成,也是一篇典型的"命"②。

但清华简《傅说之命》似乎与常见的"命"并不相同。《傅说之命》有三篇,原简文抄录有篇题"傅说之命"。晚书《说命》亦有三篇,与《傅说之命》三篇相对应,但二者相去甚远。《孟子·滕文公上》曾引述某篇《书》(实即《说命》),赵岐注云:"《书》逸篇也。"③《礼记·学记》也有引述,郑玄注:"高宗梦傅说,求而得之,作《说命》三篇,在《尚书》,今亡。"④ 据此,东汉的赵岐和郑玄都未见到《说命》,可知当时《说命》业已亡佚。清华简《傅说之命》的发现,则为我们呈现了《说命》战国写本的面貌⑤。

《傅说之命》上篇以记事为主,中篇和下篇以武丁言论为主,似乎与"命"体不合。但我们如果细读上篇,可知傅说被武丁派出的使者寻得之后,"氒(厥)卑(俾)繃(绷)弓、绅弹(弦)、辟(纰)矢"⑥,说

---

① (明)吴讷、(明)徐师曾:《文章辨体序说 文体明辨序说》,人民文学出版社1998年版,第111页。

② 古书中以"命"命篇的《尚书》类文献有《文侯之命》《说命》《肆命》《原命》《毕命》《髀命》《微子之命》《蔡仲之命》《旅巢命》《贿肃慎之命》等。《尚书·尧典》孔颖达《正义》归纳道:"《说命》三篇,《微子之命》《蔡仲之命》《顾命》《毕命》《冏命》《文侯之命》九篇,命也。"其中存世且可靠的文献,只有《文侯之命》。

③ (清)阮元校刻:《孟子注疏》卷5《滕文公上》,《十三经注疏》,中华书局1980年影印本,第2701页。

④ (清)阮元校刻:《礼记正义》卷36《学记》,《十三经注疏》,中华书局1980年影印本,第1521页。

⑤ 传世文献中有些引述《说命》的文字并不见于清华简《傅说之命》三篇,因此也有学者怀疑记录武丁命说事件的《书》类文献可能不限于这三篇。参见李锐《读清华简3札记(一)》,孔子2000网"清华大学简帛研究"专栏,2013年1月4日;王宁《清华简〈说命〉与传世典籍引文对读》,复旦大学出土文献与古文字研究中心网站,2013年1月29日。

⑥ 本文所引《傅说之命》释文俱见清华大学出土文献研究与保护中心编,李学勤主编《清华大学藏战国竹简》(三),中西书局2012年版,第122、125、128页。兼及其他学者和笔者的意见。

的是赏赐傅说弓矢。在《文侯之命》以及宜侯夨簋（《集成》4320）、虢季子白盘（《集成》10173）、应侯视工钟（《集成》107、108）、十五年趞曹鼎（《集成》2784）、伯晨鼎（《集成》2816）、𢦚簋（《集成》4322）、引簋（《铭图》5299）等青铜铭文中，赏赐物便包括弓矢。《傅说之命》上篇的结尾“王甬（用）命敚（说）为公”，下篇云“余隹（惟）命女（汝）敚（说）𩏩（庸）朕命”，正点出“命”的主题，即命傅说为公。中篇首句谓“敚（说）逨（来）自尃（傅）厰（岩），才（在）鬶（殷）。武丁朝于门，内（入）才（在）宗”，宗庙正是举行册命仪式的场所。如果不明册命的背景，我们就很难理解何以武丁“入在宗”。若《傅说之命》三篇所记可信，这也是目前我们所知最早的册命仪式。可见，《傅说之命》被称作“命”是恰如其分的。

赵平安已指出“命”主要是君王任命官员或者赏赐诸侯的册命，《傅说之命》正属于“命”。[①] 清华简《傅说之命》中篇通过“武丁曰”展开，下篇通过“王曰”展开，记录的都是王言，这是与“命”相合的[②]，晚书则不然。程薇已指出：“反过来再看传世古文《尚书》的《说命》篇，就可以明白其中的致命问题。原来，伪古文《说命》篇由于没有看到真正的《说命》篇的内容，不了解‘命’体文献的这一特征，因此他们完全被郑玄所说的傅说‘作书以命高宗’的想法所误导，所编写的内容自然只能是阐述傅说对政教的理解。”[③] 王永亦有相关论述[④]。反观晚书《说命》，其中许多内容是傅说在训诫武丁，还有“王庸作书以诰曰”

① 赵平安：《试析清华简〈说命〉的结构》，《新出简帛与古文字古文献研究续集》，商务印书馆 2018 年版，第 267—269 页。

② 蔡丽利、谭生力认为，从简文来看，全文主要是武丁对傅说的命辞，傅说在简文中只有简单的几句回答，并无实质性内容，也就是说武丁居于该篇中心地位。从这一点来看，学界以前认为古文字中的命不仅有发号施令的意思，也有接受命令的意思，这种观点是正确可从的。这种现象也就是我们经常所说的“授受同词”现象。见蔡丽利、谭生力《清华简〈说命〉相关问题初探》，《古籍整理研究学刊》2014 年第 2 期。事实上，所谓“命”都是指君王册命臣下，《傅说之命》以王言为主不足为怪。

③ 程薇：《传世古文尚书〈说命〉篇重审——以清华简〈傅说之命〉为中心》，《中原文化研究》2015 年第 1 期。

④ 王永：《〈清华大学藏战国竹简〉与〈古文尚书〉〈说命〉篇文体比较》，《古籍整理研究学刊》2015 年第 2 期。

之语，既缺乏与“命”有关的仪式环节，亦与“命”的体式不合，故晚书《说命》并不可信。[①] 有学者认为“惟口起戎”几句，是傅说向王的谏言，在《傅说之命》中则出自武丁之口，故《傅说之命》不可信[②]，这其实是受到晚书误导而产生的误解。

其实，《尚书序》称“高宗梦得说，使百工营求诸野，得诸傅岩，作《说命》三篇”[③]，已点出主语是高宗武丁。郑玄在注《礼记·学记》时称“《说命》三篇，在《尚书》，今亡”[④]，但同时又认为“《说命》，《书》篇名，殷高宗之臣傅说之所作”（《礼记·文王世子》注）[⑤]，“作书以命高宗”（《礼记·缁衣》注）[⑥]，则将《说命》视作傅说的作品。晚书的误会，可能便源自郑玄注。

与晚书《说命》不同，晚书《冏命》则是通篇王言，且有呼应“命”的“今予命汝作大正”一语。清华简《摄命》虽未见篇题，但从其内容看，当即业已亡佚的《冏（臩）命》[⑦]。《摄命》当是册命仪式之前的诰辞，通过大段的“王曰”展开。《摄命》虽未点出赏赐之物，但篇末的册命程序则指明了该篇与册命仪式的联系。《摄命》的结尾作：“隹（唯）九月既望壬申，王在蒿（镐）京，各于大室，即立（位），咸。士疌右白（伯）䎽（摄）立在中廷，北乡（向），王乎（呼）作册任册命

① 在文句方面，通过与清华简的比对，可知晚书也是一概照搬古书引文的讹误，譬如晚书《说命上》的一连串“若”字句，很明显因袭了《国语·楚语上》以及其他文献，参见沈培《谈谈清华简〈傅说之命〉和传世文献相互对照的几个“若”字句》，《简帛》第10辑，上海古籍出版社2015年版，第51—66页。

② 杨善群：《清华简〈说命〉考论》，《淮阴师范学院学报》（哲学社会科学版）2014年第1期；《清华简〈说命〉性质探讨》，《青海师范大学学报》（哲学社会科学版）2017年第4期。

③ （清）阮元校刻：《尚书正义》卷10《说命上》，《十三经注疏》，中华书局1980年影印本，第174页。

④ （清）阮元校刻：《礼记正义》卷36《学记》，《十三经注疏》，中华书局1980年影印本，第1521页。

⑤ （清）阮元校刻：《礼记正义》卷20《文王世子》，《十三经注疏》，中华书局1980年影印本，第1411页。

⑥ （清）阮元校刻：《礼记正义》卷55《缁衣》，《十三经注疏》，中华书局1980年影印本，第1649页。

⑦ 贾连翔：《“摄命”即〈书序〉“臩命”“冏命”说》，《清华大学学报》（哲学社会科学版）2018年第5期；马楠：《清华简〈摄命〉初读》，《文物》2018年第9期。

白（伯）㚔（摄）。”[1] 这是对册命时地及相关程序的交代，“册命伯摄”之后残留语气词“嗟”，正式的册命之词当已被省略。与《摄命》相比，晚书《冏命》则缺乏册命仪式的环节。

就目前所知可靠的“命”而言，其内容则主要是王言，且保留册命仪式环节，命辞是册命仪式的有机组成部分。篇题中“命/之命”之前的是册命对象（傅说、文侯和摄）或册命主题（封许），而非发布命辞者。如果将“命”理解为后世的文体概念，那么“命/之命”之前的人名很容易会被误解为“命”的发布者，晚书《说命》的破绽便与编辑者不明早期文体观念有关。

四 结语

通过上述讨论，我们可知清华简《尹诰》《傅说之命》以及《摄命》都是合乎《尚书》篇题拟定规则的，而晚书《咸有一德》《仲虺之诰》《说命》以及《冏命》则多不合“体”，由此可以进一步证伪晚书。通过清华简的新材料，我们才得以真正理解《尹告》《傅说之命》等篇题的由来。

无论是“告”“诰”还是“命”，最初所指的都是行为和仪式，而非真正意义上的文体。从清华简《尹诰（告）》的“执（挚）告汤曰”、《傅说之命》的“王用命说为公”“余惟命汝说庸朕命”以及《摄命》“王伻作册任册命伯摄”看，“尹告”“傅说之命”“摄命”的篇题主要是还就“告”和“命”这两种行为而言的。

（作者单位：北京语言大学中华文化研究院）

① 清华大学出土文献研究与保护中心编，李学勤主编：《清华大学藏战国竹简》（八），中西书局2018年版，第112页。

经典化视域下的《书》类文献早期形态研究

赵　培

一　《书》类文献的经典化研究述评

《书》的经典化过程，经学时代实属于不证自明之问题，圣人定经，门生传教，官方认可，本为一体。[①] 五四以来却又是学界主流极力“否定”的问题。所谓的“否定”，非言当时否认《书》曾经为经典。当时的学术主流认为传统中国所尊奉这些经典的行为方式是错误的，故所讨论的问题尚走不到经典如何形成这一层面上来。那时学界的主要动力在“去圣”“去经典化”。

15 世纪以洛兰佐·瓦剌（Lorenzo Valla，1407 - 1457）为代表的西方古典学者[②]，借助以语文学（Philology）、历史学为基础的古典考据学，

---

① 按：圣人虽有孔子、周公两说，北宋庆历以来，虽递见疑经之论，但此类现象，皆以经学重要为前提，是基于“求真经，证圣道”的立场而展开的。

② 按：洛兰佐·瓦剌在评注《新约》拉丁文的通俗译本（Vulgate）时，向古代晚期的杰出译者宣战。他将圣杰罗姆的拉丁文译本与古希腊文的原本作了对比，罗列了译者的错误，他异常严肃的批评主要是针对教父作家的拉丁文文体。瓦剌的代表作有 *Elegantiae Latini sermonis*（《拉丁语的典雅》）和 *Declamatio de falso credita et ementita Constantini Donatione*（译作《君士坦丁圣证论》或《君士坦丁赠礼辨伪》）。前书序言中，他给予拉丁文前所未有的赞美；后书中瓦剌驳斥了《赠礼》一书的可靠性，其依据主要是以分析其中的拉丁文为基础，文献中的拉丁文实在过于糟糕，而文本自身的神圣型不攻自破。详参［德］鲁道夫·普法伊费尔《洛兰佐·瓦剌》，《古典学术史 1300—1850 年》（下），张弢译，北京大学出版社 2015 年版，第 35—54 页。

从文本研究上对过去发起全面的进攻，与此相似，以顾颉刚先生为代表的古史辨派学者们，对唐以前的相当一部分典籍进行了真伪推定，确定了一大批“伪书”。孔子和经典的关系被极力淡化，汉以来的经典生成之说，也如同商代以前的古史一样，被“推翻”了。古史辨派学者虽然没正面讨论典籍经典化问题，但正是他们的辨伪企图使得典籍经典化成为一个新的学术问题。在国内学者中，首先就经典化问题进行系统思考的是李零教授，其关于经典化的认识，我们在《儒家经典之确立及其特征论析》一文中已有评述[①]，兹不赘语。新近又见孙少华、徐建委所著《从文献到文本：先唐经典文本的抄撰与流传》[②] 一书，该书从“文献歧异与文本解读的多种可能性”“经典文本研究的理论思考”“材料、抄撰与文本生产的个案研究”“塑之于文本的‘风度’：人伦鉴识与名士的制造”等四个部分来讨论早期文本的生产、抄撰、流变、接受等问题，可谓导乎先路。

不同于国内，国外的很多研究者既没有传统经学家对典籍的虔敬之心，亦不像古史辨派那样执着于证伪去圣，反而能客观地看待经典及其经典化过程。日本学人松本雅明撰《春秋战国时期〈尚书〉的展开——以历史意识的发展为中心》一书，在钱玄同、崔适、杨筠如、郭沫若、顾颉刚、陈梦家、张西堂、内藤湖南、小岛祐马、武内义雄、原田淑人、加藤常贤、贝冢茂树、吉川幸次郎、目加田诚、平冈武夫、白川静、小林信明、户田丰三郎、友枝龙太郎诸君通论或相关研究的基础上，将先秦《尚书》之学分为春秋后期、战国前期、战国中期和战国后期四个时段，借以讨论早期中国历史意识的展开。松本氏所言的“历史意识”，属于我们探讨《书》类文献的文本变化，及典籍和传统之间互动问题的范畴。松本氏认为《尚书》文本的出现和周初中国先民历史意识的转变直接相关。《尚书》中的诰、命、训、典，能够反映出当时上层人士的世界观、地理认识、法律知识、制度构建等。他吸收了前人研究引《尚书》及诸子学派的研究方法，将春秋晚期儒家和战国诸子学派的《尚书》依

---

① 参见赵培《儒家经典之确立及其特征论析》，《周易研究》2017 年第 4 期。

② 孙少华、徐建委：《从文献到文本：先唐经典文本的抄撰与流传》，上海古籍出版社 2016 年版。

历史演进的顺序，分专书、分派别来研究，抓住了先秦《书》学的独特性。除此之外，他还以江声《尚书集注音疏》、简朝亮《尚书集注述疏》、陈梦家《尚书通论》、张西堂《尚书引论》的研究为基础，通过先秦两汉典籍引《尚书》（当为《书》）来讨论先秦《书》类文献的篇章、断简、复原等问题。松本氏也进行了像顾颉刚先生那样的《尚书》篇章的编年工作，其依据主要是用语、思想、固有名词，以及《诗》、《书》、金文和春秋战国时期其他古典的比较等。

近出研究先秦两汉《尚书》学的论著，均未提及此书，实为憾事。[①]松本氏研究存在的问题，除了撰著较早，未及见更晚出土的金石简牍材料外，尚有两处。第一，其所用的“历史意识”一词，用来反映早期文本生成、流变与传统的形成、延续，角度单一；第二，本文着力指出和强调的先秦《书》学从王官贵族之学到私学的转变这一维度，松本氏并未注意到。

松本氏除了《春秋战国时期〈尚书〉的展开——以历史意识的发展为中心》一书外，还发表有《〈尚书·洪范篇〉的成立》一文，讨论《洪范》中“五行”“五事”“八政”“五纪”的成立年代在战国中期到秦汉时。相关研究，还有平冈武夫《经书的成立》、平冈武夫《经书的传统》，野村茂夫《先秦〈尚书〉流传的若干考察》、野村茂夫《〈洪范〉的成立》[②]，刘起釪《洪范成书年代考》[③]，等等。作为研究《尚书》文本的学者，Michael Nylan 教授的 *The Shifting Center: The Original "Great Plan" and Later Readings* 一书[④]，也值得注意。是书第一章最后一部分讨

---

① 按：马士元《周秦〈尚书〉学研究》，中华书局 2008 年版；马楠《周秦两汉书经考》，博士学位论文，清华大学，2012 年。前书研究，除了出土材料的更多引入外，未脱松本氏研究的范围，对引书的分析基本停留在现象层面，时间划分及派系划分不甚彻底，特点为引入诠释学和文学视角。后书循清儒路径，诸篇考释今古文尚书文本，他书引《书》篇章作为考释之资。如前所论，先秦《书》学不一，当以正本清源为前提，不宜径直以引《书》来作校释资料。

② ［日］野村茂夫：《〈洪范〉的成立》，《东洋学论集森三树三博士颂寿记念》，东京，1979 年，第 39—56 页。

③ 刘起釪：《洪范成书年代考》，《中国社会科学》1980 年第 3 期。

④ Michael Nylan, *The Shifting Center: The Original "Great Plan" and Later Readings*, Sankt Augustin: Nettetal Steyler Verlag, 1992.

论了《洪范》文本在战国时期的存在形态，提出了一个其经过了儒家到法家的编整的假说。

其他研究，虽不是不针对《尚书》文本，但讨论的是与书类有关的儒家典籍的早期形态或经典化问题的，主要有有镰田正《〈左传〉的成立及其展开》[①]，松本雅明《关于〈诗经〉诸篇成立的研究》[②]、内野熊一郎《汉初经学的研究》[③]、姚小鸥《诗经三颂与先秦礼乐文化》[④]、马银琴《两周诗史》[⑤]《周秦时代〈诗〉的传播史》等[⑥]。

另有一点需要提及的是，台湾地区学者近些年对海外汉学家关于中国早期典籍的研究比较关注[⑦]，继2007年《经典的形成、流传与诠释》一书出版后[⑧]，2013年又组织人员翻译了夏含夷（Edward L. Shaughnessy）的 *Before Confucius: Studies in the Creation of the Chinese Classics*（《孔子之前：中国经典诞生的研究》）[⑨] 一书。Shaughnessy 教授另有 *Rewriting Early Chinese Texts*[⑩] 一书，近年亦被引进，译作《重写中国古代文献》[⑪]，书中章节包括“出土文献的编辑及其对传世文献研究的启示”“由《缁衣》的重写看中国经典的形成”“汲冢书的发现和编辑”“《竹书纪年》的整理和整理本”，亦主张由出土材料来重新考察汉儒整理并流传下来的先秦典籍。

---

① ［日］镰田正：《〈左传〉的成立及其展开》，大修馆书店1963年版。

② ［日］松本雅明：《关于〈诗经〉诸篇成立的研究》，开明书院1980年版。

③ ［日］内野熊一郎：《汉初经学的研究》，清水书店1948年版。

④ 姚小鸥：《诗经三颂与先秦礼乐文化》，北京广播学院出版社2000年版。

⑤ 马银琴：《两周诗史》，社会科学文献出版社2006年版。

⑥ 马银琴：《周秦时代〈诗〉的传播史》，社会科学文献出版社2011年版。

⑦ 按：大陆学者对海外汉学关于中国早期典籍的研究关注也比较早，如 Michael Loewe 教授主编的 *Early Chinese Texts: a Bibliographical Guide* 一书，1997年就已有李学勤、葛兆光等一批学者翻译作中文。参见鲁惟一主编《中国古代典籍导读》，李学勤等译，辽宁教育出版社1997年版。

⑧ 林庆彰、蒋秋华主编：《经典的形成、流传与诠释》，学生书局2007年版。

⑨ Edward L. Shaughnessy, *Before Confucius: Studies in the Creation of the Chinese Classics* (New York: State University of New York Press, 1997)；［美］夏含夷：《孔子之前：中国经典诞生的研究》，黄圣松、杨济襄、周博群等译，范丽梅、黄冠云修订，万卷楼图书股份有限公司2013年版。

⑩ Edward L. Shaughnessy, *Rewriting Early Chinese Texts*, New York: State University of New York Press, 2006.

⑪ ［美］夏含夷：《重写中国古代文献》，周博群等译，上海古籍出版社2012年版。

夏含夷之外，持续关注和研究中国早期典籍西方学者，最具代表性的有鲍则岳（William G. Boltz）、柯马丁（Martin Kern）两位。[①] 除了《老子》文本的相关研究外，鲍则岳教授比较有代表性的作品还有 *The Origin and Early Development of the Chinese Writing System*[②] 和 *Reading Early Chinese Manuscripts*[③]。前书为西方汉学界关于中国文字起源和发展的一部专著，后书是关于中国早期抄本，尤其是汉代马王堆帛书等的研究。柯马丁教授 *The Stele Inscriptions of Ch'in Shih-huang: Text and Ritual in Early Chinese Imperial Representation* 一书[④]，近来被译作《秦始皇石刻：早期中国的文本与仪式》，介绍到国内。是书通过秦石刻文本的礼仪性质，以及秦石刻所反映的秦朝历史和汉代历史编撰之间的冲突，探讨了传统思想与礼仪实践的连续性，以及秦人对传统经典的修订等问题。2008 年以来，其又主编或参与主编了一系列分析早期中国典籍文本，以及通过早期文本来探讨早期中国政治社会文化诸方面特点的论著，如 *Text and Ritual in Early China*[⑤]，*Statecraft and Classical Learning: The Rituals of Zhou in East Asian History*[⑥]，*The Mozi as an Evolving Text: Different Voices in Early China Thought*[⑦]，*The Embodied Text: Establishing Textual Identity in Early Chinese Manuscripts*[⑧]，*Ideology of Power and Power of Ideology in Early China*[⑨]，*Ori-*

---

① 按：近来已有系统介绍北美中国学研究的著作，参见张海惠主编《北美中国学：研究概况与文献资源》，中华书局 2010 年版。

② William G. Boltz, *The Origin and Early Development of the Chinese Writing System*, New Haven, Conn: American Oriental Society, 2003.

③ William G. Boltz, "Reading Early Chinese Manuscripts", *Journal of Chinese Studies*, 2007, p. 47.

④ Martin Kern, *The Stele Inscriptions of Ch'in Shih-huang: Text and Ritual in Early Chinese Imperial Representation*, New Haven: American Oriental Society, 2000.

⑤ Martin Kern, *Text and Ritual in Early China*, Seattle: University of Washington Press, 2008.

⑥ Benjamin A. Elman, Martin Kern ed., *Statecraft and Classical Learning: The Rituals of Zhou in East Asian History*, Boston: BRILL, 2009.

⑦ Carine Defoort, Nicolas Standaert, *The Mozi as an Evolving Text: Different Voices in Early China Thought*, Boston: BRILL, 2013.

⑧ Matthias L. Richter, *The Embodied Text: Establishing Textual Identity in Early Chinese Manuscripts*, Boston: BRILL, 2013.

⑨ Yuri Pines, Paul R. Goldin, Martin Kern, *Ideology of Power and Power of Ideology in Early China*, Boston: BRILL, 2015.

gins of Chinese Political Philology：*Studies in the Composition and Thought of the Shangshu*（*Classic of Documents*）① 等。其中 *Origins of Chinese Political Philology*：*Studies in the Composition and Thought of the Shangshu*（*Classic of Documents*）一书，是专门讨论《尚书》诸篇之文本的，除了讨论《尧典》《顾命》《多士》《多方》《金縢》《无逸》《粊誓》《禹贡》诸篇外，另有数篇讨论《尚书》中的"誓"、《尚书》中的不同的声音、《尚书》和《逸周书》的区别、战国文献中的引《书》等问题。是书我们另有专文评述，此处不枝蔓。西方学者所使用的文本细读和文本层次的分析法，亦是我们进一步讨论经典化问题的基础，其意义自不待言。

综上所述，从国内外研究的历史和现状来看，儒家典籍的经典化问题，虽然涉及的论说繁多，但关于最核心的经典化问题本身，及其同近些年一直谈论的古典学重建有何关系等，可讨论处尚多。另外，讨论经典化问题必须首先厘清《书》类文献的内涵及边界，并点明其早期形态研究实际囊括的内容。

二 经典化研究与古典学重建

古典学的重建，近几年提及者颇多，部分高校已经成立了古典学研究院，并创办了古典学研究方面的刊物，足见重视。在系统性的理论分析和学科创建方面，裘锡圭先生可谓先行者，他曾两次撰文，探讨出土文献与古典学的重建。② 新近一篇，条析其文义，"古典学"的研究对象

---

① Martin Kern, Dirk Meyer, *Origins of Chinese Political Philology*：*Studies in the Composition and Thought of the Shangshu*（*Classic of Documents*）, Boston：BRILL, 2017.

② 按：裘锡圭先生首次谈古典学的重建，是 2000 年 3 月 25 日在东京召开的"文明与古典"公开研讨会上，其报告题目为"中国古典学重建中应该注意的问题"，原载《郭店楚简思想史的研究》第四卷，东京大学文学部中国思想文化学研究室 2000 年版。又载《北京大学中国古文献研究中心集刊》（二），燕山出版社 2001 年版。收入《裘锡圭文集 2》，复旦大学出版社 2012 年版，第 334—344 页。关于此问题，裘先生新近又撰文补充，参见裘锡圭《出土文献与古典学重建》，清华大学出土文献研究与保护中心编《出土文献》（第四辑），中西书局 2013 年版，第 1—18 页。

为“上古的典籍”[1]，所涉内容如下：(1) 材料收集；(2) 古书复原：对在流传过程中有残缺的或本身已经亡佚、只在其他古书中有引文的书以及新发现的散乱的书尽量加以复原；(3) 古书著录；(4) 古书校勘；(5) 古书的注释解读；(6) 古书的真伪；(7) 古书的年代；(8) 古书的作者；(9) 古书的编者；(10) 古书的产生区域；(11) 古书的数据源及价值；(12) 古书的体例；(13) 古书的源流：a. 单篇的流传、演变，b. 整部书的形成过程，c. 整部书的流传、演变。此十三点（十五类问题)，基本上涵盖了现行学术视野下关于早期古书整理和研究的各个方面。如何做好诸类问题的研究，裘先生认为，优秀的古典研究者不但要有文献学和文字、音韵、训诂等语言文字方面的良好基础，还要对那些跟所整理、研究的典籍的实质性内容有关的学科有较深的了解。[2]

简言之，古典学的重建已不是仅依靠传统的古典文献学[3]，或其他相关的单一学科就能够完成的，必须综合掌握多学科的知识和方法。

除了这种综合性的要求外，古典文献学的一些习用概念，不仅不能很好地服务于早期文献研究的实际，有时还会引起一些理解上的混淆。例如“抄本”和“写本”。两汉以降，所谓之“抄本”“写本”，多与书之撰者、定本之全编相关涉。[4] 而早期古书则多不题撰人[5]，且多依类编

---

① 按：所谓“上古的典籍”具体指先秦典籍（包括部分与先秦典籍关系密切的汉代的书，如《史记》先秦部分、《淮南子》、《说苑》、《新序》、《黄帝内经》、《九章算术》等)。参见裘锡圭《出土文献与古典学重建》，载清华大学出土文献研究与保护中心编《出土文献》（第四辑)，中西书局 2013 年版，第 1 页。

② 裘锡圭：《出土文献与古典学重建》，载清华大学出土文献研究与保护中心编《出土文献》(第四辑)，中西书局 2013 年版，第 1—2 页。

③ 按：此处“古典文献学”的概念及其内涵，以刘玉才师的界定为准。刘师将“古典文献学”的知识架构分为核心层面、一般层面和专题层面知识，以及背景知识。具体论说参见刘玉才《古典文献学的定义、知识结构与价值体现》，《文献》2010 年第 3 期。

④ 按：即便为摘抄或者书稿半成之写本，其背后已暗指有一全本、定本，此时之著作权意识，更无可疑。

⑤ 余嘉锡：《古书通例》，中华书局 2007 年版，第 200—210 页。类似意见，可参见 Mark Lewis, *Writing and Authority in Early China*, Albany: State University of New York Press, 1999, pp. 55 - 58。陆威仪将战国时代“作者概念的极其薄弱或缺失”与早期书写文本的“流动性和开放性”相关联，认为这些文本的确定性并不来自最初的创作，而是在其传播过程中逐渐建立的。其结论与余先生相近，可相互补充。

收，选本各异，并不指向某一定本。[①] 从出土《老子》诸本的实际研究来看，我们提及“郭店甲本”“马王堆乙本”，除了指某一特定存在形态的文本外，更多的是在谈其所代表的一个文本系列，这点和后世所谈版本颇不相同。又如“异文”这一概念，传统校勘学已经给这个词提供了太多的实例，使其词义基本固化成文本之间的字词、篇、章诸方面的差别。当我们用它来研究早期文献时，因为这种习惯性理解，便很容易忽略掉早期文本异文的共时和历时层面的层次性。[②] 诸如此类已被放入了某种既定指涉性内涵的概念，在被用来描述早期文献的实际存在情况时，容易造成直观理解上的隔阂。再如裘先生提到的“古书的真伪”，它直接涉及后面的古书的作者、年代、编者、体例等问题。实际上，古书的作者、年代、编者都是流动性的存在[③]，若仍以后世固定的眼光来观察和分析，则只能重蹈古史辨派的“覆辙”[④]，无益于古典学的重建。鉴于此，我们选用“形态”一词来描述早期文献的实际存在，力图避免概念层面的干扰和混淆。

出土文献越来越丰富，为“古典学重建”提供了较以往更为坚实的基础。然而古典学的重建不能只局限在古书物质形态和流传过程的研究，还应关注古书的形成和流传背后深层次的动力因素。古书形成过程所对应的社会背景及其传播所带来的思想文化意义亦当属于我们的讨论范围。

---

① 按：以清华简类文献为例，裘锡圭即认为，清华简的编者并未受到儒家《诗》《书》选本的影响，因为他所搜集的《诗》《书》中的诸篇，绝大部分不见于儒家选本；即是见于儒家选本，其篇名也不相同，其文本也全都有异。［参见裘锡圭《出土文献与古典学重建》，清华大学出土文献研究与保护中心编《出土文献》（第四辑），中西书局 2013 年版，第 14 页］在此种情况下，我们若依旧用“写本”或“抄本”的概念，就容易使人产生误解，而体现不出清华简的独特性。战国文本多类此。

② 详细论说，参见赵培《先秦两汉典籍异文及其和共时与历时文本之间关系析论——以〈老子〉文本的层次性为例》，载张显成、胡波主编《简帛语言文字研究》（第九辑），巴蜀书社 2017 年版，第 215—251 页。

③ 按：所谓的“流动性”表现在“作者”和“编者”的群体性、代际性和学派性，以及“年代”的跨越性和层类性。具体论述参余嘉锡《古书通例》、李零《简帛古书的体例与分类》和《简帛古书与学术源流》。

④ 按：其实非独古史辨派的研究，目前所见关于早期典籍众多研究中，首先确定书名、篇题、作者的整体思路，都是“以今例古”的逻辑所致。先明古书之体例，遵循早期文献自有之特点，则无须过多的关于此类问题的长篇辨析。

古书形态的演化、流传渠道和方式的转变，经典的诞生，不是简牍篇章的机械拼合，而是跟时局之转、文化之变以及新的思维模式和社会群体的出现等因素直接相关。

分析古书演变的诸多现象，探析这些现象所关涉的传统变革、文化转向、政治形态、学派意图等更深层问题，就是经典化研究的主要任务。经典化研究应该被放在古典学重建的核心位置，此认识当可作为裘先生从出土文献出发提出的“古典学重建”内容之有益补充。《尚书》在中国传统文化中的重要地位，以及清华简内容的不断公布，则是我们选择早期《书》类文献来进行探讨的直接原因。

三 《书》类文献及其早期形态的义涵

(一)《书》类文献

《文心雕龙·宗经》云：“诏策章奏，则《书》发其源；……”[①]《史通》云：“《书》之所主，本于号令，所以宣王道之正义，发话言于臣下，故其所载，皆典、谟、训、诰、誓、命之文。”[②] 均言《书》出于故档，所指为《尚书》。

战国古书，如《诗》《书》《易》，李零先生认为直接选自古代的记府、乐府，来源是文书档案。但早期古书，又绝非文书档案的照搬，而是经过删选、改编，多选取谈话、议论，有一定思想性和可读性的篇章。古书虽然烙着文书档案的痕迹，实际上有着更大的独立性和超越性。[③]《书》类文献，因其在选编者主观干预下形成，它的每一个版本，其实都是包含一篇或者多篇的一个选本，当然这些选本的内容和篇章构成或颇有差异。如此，我们讨论之《书》类文献，即整编自文书档案之教育、教化类篇章。

---

① 范文澜：《文心雕龙注》，人民文学出版社1958年版，第22页。

② （唐）刘知幾著，（清）浦起龙释：《史通通释》卷1，上海古籍出版社1978年版，第2页。

③ 李零：《简帛古书与学术源流》（修订本），生活·读书·新知三联书店2008年版，第53—55页。

余嘉锡先生论古书单篇别行云：

秦、汉诸子，惟《吕氏春秋》、《淮南子》之类为有统系条理，乃一时所成，且并自定篇目，其他则多是散篇杂著，其初原无一定之本也。

夫既本是单篇，故分合原无一定。有抄集数篇，即为一种者，有以一二篇单行者。其以数篇为一种者，已详于“书名研究篇”中。①

论官书命名之义例云：

一曰：官书命名之义例

章学诚曰：“六经皆史也。古人不著书，古人未尝离事而言理，六经皆先王之政典也。”（引注：《文史通义·易教上》）其说树义甚精。《汉志》谓“诸子出于王官，皆起于王道既微，诸侯力政，时君世主，好恶殊方，是以九家之说，蠭出并作”，是则春秋以前，并无私人著作，其传于后世者，皆当时之官书也。其书不作于一时，不成于一手，非一家一人所得而私，不可题之以姓氏，故举著书之意为之名。如“《连山》似山出内云气；（引注：原作出内气变，据阮元校勘记改。）《归藏》者，万物莫不归而藏于其中”，（引注：《周礼·春官·太卜》注。）“生生之谓易，”（引注：《系辞传》。）“《乘》者兴与田赋乘马之事，因以为名，《梼杌》者，嚚凶之类，兴于记恶之戒，因以为名”，（引注：《孟子》赵歧注。）“《春秋》者，鲁史记之名也，《记事》者，以事系日，以日系月，以月系时，以时系年，年年有四时，故错举以为所记之名也”，（引注：杜预《春秋序》）此其命名皆有意义。至于《诗》、《书》、《礼》、《周官》之类，尤为显而易见。②

① 余嘉锡：《古书通例》，中华书局2007年版，第265—266页。
② 余嘉锡：《古书通例》，中华书局2007年版，第210—211页。

官书之编纂形式，虽以单篇为单元，但其存在却是“数篇为一种者”，以类命名，故总为之《书》。尽管李零先生言，“诗”“书”“礼”“乐”“易”“春秋”原本不是书名，而是类名。[①] 但所谓的“类”，实际上是选编之《书》的类，而非文书档案原本，故以“《书》类文献”称之，更符合研究对象的实际存在情况。《国语·楚语上》申叔时建议楚太子上的“春秋”“世”“诗”“礼”“乐”“令”“语”“故志”“训典”九门课中[②]，“故志”和“训典”落实到课堂之上，即为两种不同的《书》类文献选编本。清华简中的多篇“书”类文献，当从整体上去看，即为这样的一种《书》类文献整编本。[③]

《书》类文献的整编和使用，以及《书》学的传承跟春秋战国时期的公私教育关系密切。我们认为应从官学和私学两个角度来分析目前可探得之《书》类文献，及其所对应的《书》学系统在早期的存在情况。出土文献中所见引《书》、用《书》及《书》类文献，因其特殊性，暂时别出单独分析。

1. 王官及贵族之学系统中的《书》类文献

《书》类文献源自官藏档案文书，初期以礼仪所用典册和贵族书教选本的面貌存在。此系统，在私学兴起之后，渐趋衰微，时而借助于私学，至秦皇一统，再次复兴。在官学系统中，礼仪所用典册，今未得见，但可从相关青铜铭文记载来考察；贵族教育中的《书》学选本，也已不存，仅可由《左传》《国语》等典籍所载贵族引《书》、用《书》之事探之。[④]

---

① 李零：《简帛古书与学术源流》，生活·读书·新知三联书店2008年版，第217页。

② 上海师范大学古籍整理所点校：《国语·楚语上》，上海古籍出版社1998年版，第528页。

③ 按：强调一点，典籍虽然是一种物质的存在，但其存在本身是人为的结果。教典性质或其他用途的《书》类文献整编本中所包含的一篇或多篇文献，它们虽然来自文书档案，本质上已不同于前者，这首先是考虑到整编过程中的修改加工。即便这些文献没有经过整编，其内容无甚变化，其性质却已经不同。因为当被选择的档案文书本身所承载的文化信息被整改和再诠释的时候，没被选择的材料正在被遗忘。文书档案中有意或无意间被保留下来的部分，为屡次的文本经典化提供了材料基础，经典正是在这种被选择和被遗忘的过程当中形成的。

④ 按：《左传》和《国语》的存古，及其所涉《书》学的官学特征，另有专文论证。今本《逸周书》中或保留了官学系统的《书》学篇章。《左传》和《国语》两书的性质及成书时间等相关问题的分析亦别有专文讨论。

2. 私学系统中的《书》类文献

礼乐崩坏，私学兴起，旁落之官学文献，作为诸家可共享的文化资源，各派裁度选编，借古以治乱世、定学派、证己说。考其本源，诸家《书》学及其文献之所出，皆为官学。因宗尚不同，损益其说，删编其册，成一派之学。又其所承本同，故重篇复句，亦不鲜见。孔子以《诗》《书》教人，则《书》类文献，必有教本。除儒家外，在传世系统中，诸子之《书》类编本，全不得见，仅可从宗派典籍用《书》中略考其学。[①]孔子所编之《书》类文献，已不得见其原貌。今可知儒门之《书》类文献最早者，为孔壁所出百篇《书》序[②]，所对应的儒家百篇本《书》类文献[③]。然而，秦至汉初，儒门私学又被官学所收编。

3. 官私夹杂者

《汉书·艺文志》著录《周书》71 篇。颜师古注云："刘向云'周时诰誓号令也，盖孔子所论百篇之余也'。今存者四十五篇矣。"[④] 此《周书》为古文。宋王应麟《困学纪闻》载"《召诰》正义引《周书·月令》云'三日粤朏'。汉《律历志》引古文《月采》篇曰'三日曰朏'。颜注谓说月之光采。愚以《书》正义考之，'采'字疑当作'令'"[⑤]，则可知《周书·月令》为古文。

新莽一朝，推崇古学，影响至远。许慎撰《说文解字》，多引《周书》内容，称《逸周书》。余波所及，汉末孔晁，注古文《周书》71 篇。据颜师古注，唐代《周书》，其所见已仅存 45 篇。今传《逸周

---

① 按：今本《逸周书》中或保留了儒门之外，其他诸子的《书》学篇章。

② 按：百篇《书序》出于孔壁，程元敏先生证之已详，兹不赘述。程先生定《书序》之成书时间在秦王政十九年至秦二世二年。参见程元敏《书序通考》，学生书局 1999 年版，第 17—25、587 页。

③ 按：屈万里言："百篇《尚书》虽定于先秦，然非孔子教学之原本。此百篇之书，乃鲁国所传之本（当然是儒家之传本）。"（参见屈万里《尚书集释》，中西书局 2014 年版，第 26 页）屈先生言之简略，其弟子程元敏详考之，认为"朱子所言《书序》为孔家人自作，诚是。孔家人作此，为书经参考教材，用课生徒，辅助口义，随本经藏壁，出而传至今日耳"。（参见程元敏《书序通考》，学生书局 1999 年版，第 588 页）

④ （汉）班固，颜师古注：《汉书》卷 30，中华书局 1962 年版，第 1706 页。

⑤ （宋）王应麟：《困学纪闻》卷 2《书》，翁元圻等注，栾保群、田松青等点校，上海古籍出版社 2008 年版，第 240 页。

书》70篇本[①]，南宋方成编，据张怀通先生考定，其来源有四：孔晁注本、白文古文、单篇《周书》、汲冢遗册。[②] 今本《逸周书》中保留的篇章，先秦文献中有征引，如上博简和郭店简《缁衣》篇均引《祭公之顾命》（见《逸周书·祭公》），《左传》文公二年引《周志》、文公十八年引《誓命》（均见《逸周书·大匡》）等。新出清华简中，《皇门》《祭公》和《金縢》（竹简自名《周武王有疾周公所自以代王之志》）及《说命》三篇同编。可知《逸周书》或为儒家之外，官家或诸子论学之篇章，刘向关于《周书》71篇为"孔子所论百篇之余"的推测，实据儒者立场言，不合事实（《金縢》在儒门百篇《书》中）。

《汉志》所载71篇《周书》，实为儒门以外，官学和诸子《书》学文献的遗留。诸子争胜之时，已不及儒家，逮至汉代，儒学独尊，则这些篇章就更趋边缘。然其中的早期篇章，实可助我们考察儒家对《书》类文献的去取原则，及诸子如何借文本以张扬己说。

晋太康年间，发魏襄王冢，得竹书75篇，其杂书19篇中见《周书》一类，战国之《书》，再出一类。[③] 汲冢《周书》今已不存，其性质亦难判定，略及于此。

4. 出土文献引《书》、用《书》及清华简《书》类文献

郭店简于1993年冬出土于湖北省荆门市郭店一号楚墓，虽数经盗扰，仍幸存800余枚。其中有一部分无字简；有字简据整理后的字数统计，共存730枚，大部分完整，未拼合的小碎片数量不多。郭店一号楚墓位于纪南楚墓群中。历年的考古资料证明，此处为东周时期楚国的贵族墓地，其南面约9千米便是东周时期楚国的都城——纪南城。郭店简的形制不尽一致。就长度而论，可以分作三类：一类长度在32.5厘米左右；另一类长26.5—30.6厘米；第三类长15—17.5厘米。竹简的形制也有两类，一类竹

① 按：70篇不含《周书序》，已有11篇缺失，分别为：《程寤》《秦阴》《九政》《九开》《刘法》《文开》《保开》《八繁》《箕子》《耆德》《月令》。

② 张怀通：《今本〈逸周书〉的来源及其编辑》，《〈逸周书〉新研》，中华书局2013年版，第85—89页。

③ 程平山：《汲冢竹书的发现与整理》，《竹书纪年与出土文献研究之一：竹书纪年考》，中华书局2013年版，第1、94—97页。

简的两头平齐，另一类的两头修削成梯形。竹简上都有用以容纳编线的契口。前两类长度的竹简每简有两个契口，上下各一个。最短的一类竹简则有3个契口，上、中、下各一个。抄写同一篇古书所用竹简的长度和形状是一致的，而且上下契口的间距也是相同的。[①] 郭店简中引《书》的材料主要有《缁衣》《成之闻之》，涉及《书》类文献篇名的有《唐虞之道》，综论六艺之《书》的有《六德》《性自命出》和《语丛一》诸篇。

1994年，上海博物馆购入一批战国竹简，合计1200百余枚，同年又获赠相同性质的残合简479枚[②]，学者定竹简的时间为战国晚期[③]。竹简内容杂涉子史和逸诗，以儒家文献为多，道家次之，亦见有墨家佚文，如《鬼神之明》。其中《简衣》篇多有引《书》类文献，涉及《尹吉》《君陈》《君牙》《康诰》《吕刑》《君奭》《祭公之顾命》；《性情论》一篇中以《箸（书）》为"四述"之一；《容成氏》篇中所涉九州岛之名，可与《禹贡》篇相比较。

2008年，清华大学通过校友捐赠，入藏了一批战国简。从各方面信息观察，亦当出自湖北楚墓，专家鉴定其时代为战国中晚期，AMS碳14年代测定为公元前305±30年。这批竹简内涵丰富，初步观察以古籍为主，其中有对探索中国历史和传统文化极为重要的经史类文献，大多在已发现的先秦竹简中是从未见过的。其中有多篇《书》类文献，所载事迹可列为《夏书》《商书》《周书》的皆有。[④] 涉及的主要篇目有《尹至》《尹诰》《程寤》《保训》《耆夜》《金縢》《皇门》《祭公》《说命》《厚父》《封许之命》《命训》《摄命》。[⑤]

---

① 荆门市博物馆：《郭店楚墓竹简》，文物出版社1998年版，"前言"第1页。

② 马承源：《前言：战国楚竹书的发现保护和整理》，《上海博物馆藏战国楚竹书》（一），上海古籍出版社2001年版，第1—2页。

③ 陈燮君：《上海博物馆藏战国楚竹书》，上海古籍出版社2001年版，"序"第1—2页。

④ 清华大学出土文献研究与保护中心：《清华大学藏战国竹简》（一），中西书局2010年版，"前言"第2—3页。

⑤ 按：在湖北2015年度田野考古交流汇报会上，田勇公布了新获简牍信息。他所带领的项目组在荆州郢城遗址南郊的战国楚墓中清理出400余枚竹简，其中有《诗经·邶风》《尚书·吕刑》和《日书》等。此《吕刑》为首次科学考古发现的《书》类文献篇章。具体消息参见《湖北日报》2016年1月29日。

在出土的汉代材料中，涉及《书》学的主要有两个。一是出土于1972年到1974年发掘的长沙马王堆汉墓三座，均位于汉初轪侯利苍的家庭墓地。三号墓出土漆书盒中有大量帛书，其中《要》篇，属于《易》类（包括《要》《衷》《缪和》《昭力》)，记载了子赣（贡）质问孔子好《易》之由，孔子的回答，其中提到了《尚书》，言"《尚书》多仌矣，《周易》未失也，且又（有）古之遗言焉"①。

二是1973年河北定县东汉中山怀王刘修墓中出土的大批竹书，其中有《儒家者言》。《儒家者言》共整理出27章，其12章记间（简）子欲杀阳货，孔子之劝言"……诗书不习，礼乐不修则是丘之罪"②。

引《书》或用《书》，提及《书》时，已指向某种或某类《书》类文献。由此，先秦两汉《书》类文献，实际存在和推而可得者，前文已网罗一尽。

（二）"早期形态"义释

"《书》类文献"的称呼本身，已透露出其早期形态的一个方面，即为故府所藏文书档案的不同选编、整理本。具体到《书》类文献自身，所谓的"早期形态"可分为两大方面：载体形态和文本形态。

对于载体形态，我们的讨论对象基本限定在竹、木、帛、纸等书写材料，《书》类文献的载体规制，及青铜器铭文和《书》类文献的关系等方面。

对于文本形态，为了显明其独特性，我们将文字形态从文本内容中分离出来。

就《书》类文献的文本内容而言，除了描述篇章数量、定名及分合、

---

① 裘锡圭主编，湖南省博物馆、复旦大学出土文献与古文字研究中心编纂：《长沙马王堆汉墓简帛集成》第三册《释文注释》，中华书局2014年版，第116页；第一册《图版》，第22—24页。按：廖名春先生据此认为，《尚书》之名当不晚于战国时期，此说值得注意。参见廖名春《〈尚书〉始称新征》，《文献》1996年第4期。

② 国家文物局古文献研究室、河北省博物馆、河北省文物研究所、定县汉墓竹简整理组：《〈儒家者言〉释文》，《文物》1981年第8期。

章句异文外，我们将重点讨论这些内容所反映出的历时性文本的层次性特征，及其与文本流传之间的关系。

文字形态的研究，涉及字迹、用字分析（字词系统研究）和字形形态的历时性变化，及诸类特征在文本衍生及流布过程中所发挥的作用等方面。

综上所析，早期《书》类文献的文本形态研究，应从文本内容、文字形态等内容入手，兼顾与之相关的载体规制等问题的探讨。这些探讨当为早期《书》类文献经典化过程及其影响研究的基石。

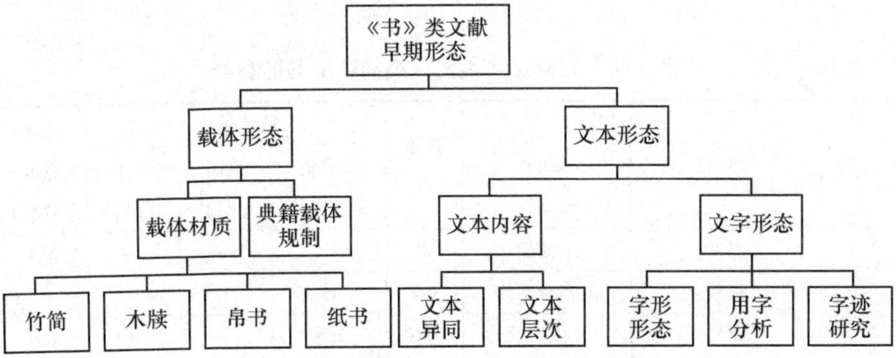

图一 《书》类文献早期形态研究内容图

另外，关于简牍制度问题，学界钻研已繁，程鹏万、贾连翔等已有综述，兹不赘论。[①]《仪礼·聘礼》贾疏引郑玄《论语序》云："《易》《诗》《书》《礼》《乐》《春秋》，策皆二尺四寸，《孝经》谦半之，《论语》八寸策者，三分居其一，又谦焉。"[②] 郑玄所论，反映的为汉人关于

① 程鹏万：《简牍帛书格式研究》，博士学位论文，吉林大学，2006 年，"绪论"第 4—8 页；贾连翔：《简牍制度研究百年举要》，《战国竹书形制及相关问题研究——以清华大学藏战国竹简为中心》，中西书局 2015 年版，第 41—46 页。按：贾书后出，在程书基础上略有补充。

② 《仪礼注疏》卷 24，艺文印书馆影印嘉庆二十年南昌府学本《十三经注疏》，第 4 册，艺文印书馆 2007 年版，第 283 页。按：南昌府学本原作"皆尺二寸"，此句校记云：按《春秋序》疏云："郑元（玄）注《论语序》，以《钩命决》云'《春秋》，二尺四寸书之，《孝经》一尺二寸书之'，故知六经之策，皆称长二尺四寸，然则此云'尺二寸'，乃传写之误，当作"二尺四寸。"

“六艺”类典籍简牍规制的认识。所谓的“《孝经》谦半之”，当为一尺二寸，《论语》三分居其一，则为八寸。因其较《孝经》为更短，故云“又谦”，其所言尺寸当为汉制。据丘光明测证，西汉和新莽时，每尺平均长度为23.2厘米和23.09厘米，从数据一贯性角度考虑，他厘定汉尺为23.1厘米。东汉尺实测略长，出于尊重数据，而定东汉尺单位量值为23.5厘米。[1] 依此为据，根据“六艺”类简牍帛书的实际存在情况，我们可以对经类典籍的载体形制和简帛制度问题有一个直观认识。迄今为止，出土的先秦两汉“六艺”类简牍帛书的形制，可列表如下。

表一　出土的先秦两汉“六艺”类简牍帛书形制表

<table>
<tr><th rowspan="2">类名</th><th rowspan="2">篇名</th><th rowspan="2">来源</th><th rowspan="2">数量（枚）</th><th colspan="3">载体长度</th><th rowspan="2">载体宽度（厘米）</th></tr>
<tr><th>实测值（厘米）</th><th>战国（尺）</th><th>汉代（尺）</th></tr>
<tr><td rowspan="10">《易》</td><td>《周易》</td><td>上博简</td><td>58</td><td>43.5</td><td>1.88</td><td>——</td><td>0.5</td></tr>
<tr><td>《归藏》</td><td>王家台秦简</td><td>394</td><td>45</td><td colspan="2">1.95（秦）</td><td>0.7—1</td></tr>
<tr><td>《周易》</td><td>阜阳汉简</td><td>800[2]</td><td>26[3]</td><td>——</td><td>1.12</td><td>1.0</td></tr>
<tr><td>《周易》</td><td rowspan="2">马王堆帛书</td><td rowspan="2"></td><td rowspan="2"></td><td rowspan="2">——</td><td rowspan="2"></td><td rowspan="2"></td></tr>
<tr><td>《二三子问》</td></tr>
<tr><td>《系辞》</td><td rowspan="5">马王堆帛书</td><td rowspan="5">同一帛书</td><td rowspan="5"></td><td rowspan="5">——</td><td rowspan="5"></td><td rowspan="5"></td></tr>
<tr><td>《易之义》</td></tr>
<tr><td>《要》</td></tr>
<tr><td>《缪合》</td></tr>
<tr><td>《昭力》</td></tr>
</table>

---

① 丘光明：《汉代的尺度》，《中国历代度量衡考》，科学出版社1992年版，第55页。按：战国尺度，丘光明依商鞅量尺和东周铜尺为依据，定为23.1厘米（同书，第11页）。今从之。

② 韩自强：《阜阳汉简〈周易〉研究》，上海古籍出版社2004年版，第3—44页。

③ 胡平生：《阜阳汉简周易概述》，载李学勤、谢桂华主编《简帛研究》（第三辑），广西教育出版社1998年版，第255—265页。

续表

类名	篇名	来源	数量（枚）	载体长度			载体宽度（厘米）
				实测值（厘米）	战国（尺）	汉代（尺）	
《书》	《尹至》	清华简	5	45	1.95	——	0.6
	《尹诰》		4	45	1.95	——	0.6
	《程寤》		9	45	1.95	——	0.7
	《保训》		11	28.5	1.23	——	0.5
	《耆夜》		14	45	1.95	——	0.6
	《金縢》		14	45	1.95	——	0.6
	《皇门》		13	44.4	1.92	——	0.5
	《祭公》		21	44.4	1.92	——	0.6
	《说命》上		7	45	1.95	——	0.6
	《说命》中		7	45	1.95	——	0.6
	《说命》下		9	45	1.95	——	0.6
	《厚父》		13	44	1.90	——	0.6
	《封许之命》		7	44	1.90	——	0.6
	《命训》		15	49	2.12	——	0.5
	《摄命》（冏命）		32	45	1.95	——	0.5
	《吕刑》	夏家台	尚未公布具体信息				
《诗》	逸《诗》	上博简	6	45.5①	1.97	——	——
	《诗经·邶风》	夏家台	《邶风》十四篇尚未公布具体信息				
	《诗经》	阜阳汉简	143②	——	——	——	——
《礼》	《仪礼》甲木简	武威汉简	398	55.5—56	——	2.42	0.75
	乙本《服传》木简	武威汉简	37	50.5	——	2.18	0.5
	丙本《丧服》③	武威汉简	34	56.5	——	2.44	0.9

① 此处用冯胜君推测值，参见冯胜君《郭店简与上博简比较研究》，线装书局2007年版，第31页。

② 阜阳汉简整理组：《阜阳汉简〈诗经〉》，《文物》1984年第1期。此处143为残简片数。

③ 按：丙本竹简，残坏折断，且多卷曲，无一完整，所列数据为根据《丧服》第31简的缀合摹本测得。参见甘肃省博物馆、中国社会科学院考古研究所编《武威汉简》“绪论”，中华书局2005年版，第56页。

续表

类名	篇名	来源	数量（枚）	载体长度			载体宽度（厘米）
				实测值（厘米）	战国（尺）	汉代（尺）	
《论语》	《论语》[1]	定州八角廊	620	16.2	——	0.70	0.7
小学	《苍颉篇》	阜阳汉简	125[3]	25[4]	——	1.08	——
	《苍颉篇》	北大汉简	82	30.3	——	1.31	0.9—1
	《苍颉篇》	敦煌汉简[2]	1	22.9	——	1.00	1.0
	《苍颉篇》		断简三				
	《急就篇》	敦煌汉木牍	木觚[5]				

据“表一”，只有武威汉简丙本竹简《丧服》的尺寸，近于汉人所谓“二尺四寸”的规制。战国竹简多近于两尺，汉代略长，且已见出经传用简之差别。然而，将竹简、木简、帛书和木觚放在一起制表，已见出材料的有限，且所用材料的时代性（战国、秦、两汉）、区域性等特点本应当区分处理。另外，虽然清华简类材料在统计数据上显示出了一致性（《命训》和《保训》不同），但这种一致性或仅可反映出其来源的单一性，不宜据之而论一个时代的“简牍制度”问题。

四　小结

先秦两汉典籍的经典化研究关涉甚多，我们认为其当属于古典学重

---

① 数据依据河北省文物研究所定州汉墓竹简整理小组：《定州汉墓竹简〈论语〉》，文物出版社 1977 年版。

② 《流沙坠简》言：“全简一，断简三，存字四十有一，第二简第一字仅辨偏旁，其完全可识者，计得四十字，再三审谛，只是《苍颉篇》。”参见罗振玉、王国维编著《流沙坠简》，中华书局 1993 年版，第 76 页。

③ 阜阳汉简整理组：《阜阳汉简〈苍颉篇〉》，《文物》1983 年第 2 期。此处 125 为残简片数。

④ 阜阳汉简整理组：《阜阳汉简〈苍颉篇〉》，《文物》1983 年第 2 期。

⑤ 《流沙坠简》载：“木觚出敦十五，甲长三百六十米里迈，当后面广二十九米里迈，当斜削前面上端交角处上书第一两字，两字中间有穿。”参见罗振玉、王国维编著《流沙坠简》，中华书局 1993 年版，第 78 页。

建的核心问题。厘清早期《书》类文献的内涵与边界，判明先秦两汉文献的“文本形态”与“载体形态”，可以从个案层面为传统典籍的经典化研究，乃至古典学的重建夯实基础。无论是在材料收集，还是在理论探讨，乃至学科创建层面，皆具意义。早期《书》类文献的实际存在中，有明显的官私之别，将官私维度引入对早期文本现象的讨论，可以使很多问题的讨论更加清楚。就早期文本的发现数量及其区域分布不均衡性而言，似不宜贸然讨论一个时代的“载体制度规范”（习惯上所言之“简牍制度”）。

说明：本文系作者博士学位论文《〈书〉类文献早期形态及〈书经〉成立之研究》“绪论”的一部分。博士学位论文撰写时，清华简八、安大简和海昏侯简的信息尚未公布，这里仅补入了清华简八《摄命》的相关信息。

（作者单位：中国社会科学院文学研究所）

《史记》入集的篇章考察与文体学意义

汪雯雯　蒋旅佳

《史记》作为一部史学著作，经由唐宋古文运动将其作为古文的典范之一，逐渐进入文章学领域。宋代以降，文章学领域有关《史记》的评论层出不穷，至清代达到高峰，最终成就了《史记》在文学史上的不朽地位。[①] 通过宋代以来《史记》进入文章总集的情况来考察其经典化过程，是《史记》文学接受研究的重要路径。伴随“子史衰而文集之体盛，著作衰而辞章之学兴……经学不专家，而文集有经义；史学不专家，而文集有传记”[②] 的著述风气，文章总集在篇章内容的选取上，开始“收录先秦两汉子、史文章”[③]。自真德秀《文章正宗》以来，《左传》《国语》《战国策》《史记》等史部著作入集，业已成为文章总集编撰的常见现象。以《史记》进入文学总集为观照点，在入集过程中，编撰者对《史记》篇章的采纳、截取或重构，在一定程度上反映了编撰者是基于何种维度接受《史记》的。

---

① 有关《史记》经典化的建构，可参见张新科与之相关的系列论文：《汉魏六朝：〈史记〉文学经典化的起步》，《甘肃社会科学》2016 年第 6 期；《宋代的〈史记〉文学评论》，《文艺理论研究》2016 年第 5 期；《〈史记〉文学经典化的重要途径——以明代评点为例》，《文史哲》2014 年第 3 期；《论清代的〈史记〉文学评论》，《陕西师范大学学报》（哲学社会科学版）2016 年第 1 期；《〈史记〉文学经典的建构过程及其意义》，《文学遗产》2012 年第 5 期。

② （清）章学诚著，叶瑛校注：《文史通义校注》，中华书局 1985 年版，第 61 页。

③ 吴承学：《宋代文章总集的文体学意义》，《中国社会科学》2009 年第 2 期。

一 《史记》入集的篇章形态考察

《史记》篇章入集经历了从无到有的过程。作为唐前最重要的文学总集,《文选》对于"概见坟籍,旁出子史"的游说谏诤之词,因其"事异篇章"而不予收录。史传中的叙事性文字,因缺乏文采,亦不加采纳。由于赞论具有"综辑辞采"、序述具有"错比文华"[①] 的艺术性,《文选》从《汉书》《晋纪》《后汉书》《宋书》中选取十几篇赞、论、序、述入"史论""史述赞"类,然而选择对象不包含《史记》。这一选取观念对其后许多文学总集的编撰产生了较大影响。例如,补《文选》之遗的《古文苑》不收"史传",在编次和分类体例上对《文选》多有继承的宋代大型文学总集《文苑英华》亦不收《史记》。《史记》作为体例完整、内容广博的史家著作,本身已经便于流传,这是总集不选《史记》的重要原因。北宋孔延之编撰地域总集《会稽掇英总集》,前十五卷收录诗歌,按"州宅""西园""贺监""山水"等类目编排;自十六卷始选录文章,按"史辞""颂""碑铭""记""序""杂文"等类目编排。在"史辞"一类中,收入《史记·越王勾践世家》中"太史公曰"的部分文字,并将其命名为《越世家史辞》。《会稽掇英总集》按内容与"会稽山水人物"有关这一标准进行择选,体现出地域总集编撰选文时强烈的地志化倾向。[②] 其对《史记》的选录,与其他文章总集重《史记》的文章学价值而加以选录的出发点有别。

真德秀《文章正宗》创新文章分类体例,所录诗文分为"辞命、议论、叙事、诗赋"四门,其中收录了大量的史部文献,《四库全书总目》称:"总集之选录《左传》《国语》自是编始,遂为后来坊刻古文之例。"[③]《史记》中最具史传文学特点的叙事论赞类文字,自《文章正宗》以来,逐渐进入文章总集当中。据许海月统计,大部分收录《史记》的

---

① (南朝梁)萧统编,(唐)李善注:《文选》,中华书局1977年版,第2页。

② 蒋旅佳:《论宋代地域总集编纂分类的地志化倾向》,《中山大学学报》(社会科学版)2016年第3期。

③ (清)永瑢等:《四库全书总目》,中华书局1965年版,第1699页。

文章总集并非对《史记》各篇进行全文收纳，而是进行了相应程度的摘取。[1] 至于这一行为的动机，《广文选·凡例》解释为："子史等书，可入选者甚多，第以其俱有成书不能尽采。"[2] 姚鼐《古文辞类纂》选《史记》"表序""书说""论辩"类文字而不收史传，其于"序跋类"序目中也予以说明："余撰次古文辞，不载史传，以不可胜录也。"[3] 当然，一些卷帙浩繁的大型总集如《文章辨体汇选》，以及出于编者的文学观念而对《史记》文章的整体性和完整性予以重视的个别总集，会对《史记》传记全篇引录，但仍为少数。清代于光华编撰《古文分编集评》，其在《凡例》中称："前贤选本，每恐篇长难于熟读，节录数段，或截分数篇，非不便于初学。"[4] 这也说明对《史记》篇章的截取和重构是文章总集编撰过程中的常见现象。

对《史记》篇章的截取和重构，从编撰意图和具体操作上来看，主要有如下几种不同的表现形式。

第一，在以类编次或以时编次的总集中，仅节录《史记》中契合编撰者选文观念的部分。宋代汤汉的《妙绝古今》选录上自《左传》下至北宋的"文之精绝者"，所录文字乃"一代不数人而一人不数篇"[5] 的精妙文字。《妙绝古今》卷二收《史记》段落，涉及《伯夷列传》《屈原贾生列传》《乐毅列传》《楚世家》《鲁仲连邹阳列传》中的内容，仅列出处而不给所选段落命名。《金圣叹批才子古文》中"《史记》选"类和"西汉文"类均摘录了大量《史记》段落，王符曾《古文小品咀华》、林云铭《古文析义》等也均通过选录《史记》段落并加以评点来实现对《史记》文章学意义的阐发。以某一叙述事件为中心，摘取传记中叙事文字尤佳的部分，将《史记》作为叙事文学的典范加以收录、命篇并评点，

---

① 许海月：《从宋明清古文选本看〈史记〉的文学经典化》，硕士学位论文，陕西师范大学，2018年，第9—52页。

② （明）刘节：《广文选》（卷首），明嘉靖十六年（1537）陈蕙刻本。

③ （清）姚鼐：《古文辞类纂》，上海古籍出版社2016年版，第3页。

④ （清）于光华：《古文分编集评》，务本堂藏本，第5页。

⑤ （宋）汤汉：《妙绝古今》，《景印文渊阁四库全书》（第1356册），台湾商务印书馆1986年版，第784页。

是其中较为常见的《史记》文章学价值阐述方式。《文章正宗》“叙事”类纲目称“今于书之诸篇与史之纪传皆不复录，独取左氏史汉叙事之尤可喜者”①。故《文章正宗》选取《史记》中大量精彩的叙事段落，并以“叙+主体+事件名称”的形式为之命名。如《叙秦并天下后事》《叙秦焚书》《叙秦起阿房宫》《叙项羽救巨鹿》《叙刘项会鸿门》等30多篇叙事文字，将原本以人物为中心的传记拆分成各类事件，并以其为作文之式。汪廷讷《文坛列俎》“史摘”类的小序交代了史部文献的入选范围：“叙事议论尤佳者数十篇，以见史之一班耳。”② 叙事类事件包括《秦孝公变法》《秦并天下后事》《项羽救巨鹿》《项羽会鸿门》《平勃诛诸吕》《迎立代王》《赵武灵王立少子何》等，其后如清代林云铭的《古文析义》也对这一文本选录方式加以借鉴。

第二，在以体编次的总集中，节录《史记》篇章进行文体重构并命名，不过分偏向纪传体史书写人叙事的完整性，而以保留文体属性为重要的选录依据。截取《史记》篇章的选录方式在宋代以来的文章学选本中较为常见，其中节录“太史公曰”并以“论”或“赞”命名的选文尤多。如陈仁子《文选补遗》“赞”体收录《燕世家赞》《韩世家赞》《孔子世家赞》《张良世家赞》等赞语20条，刘节《广文选》、焦竑《中原文献》等文章选本亦收大量的赞语。除论赞之外，将人物对话中的应用性文字进行节录，则形成“说”“书”“对问”等应用文体。冯有翼《秦汉文钞》节录《史记》大量的“说”体，如《赵良说商鞅说》《苏秦说燕文侯说》《苏秦说赵肃侯说》等。《古文喈凤新编》收《李斯谏逐客书》《司马相如谏猎书》等公文，《广文选》将《太史公自序》中司马迁回答壶遂的文字进行节录，辑为《答壶遂问》。将“表”前用以交代制表始末的议论性文字进行节录，则又形成“序”或“论”体。以“序”名篇者，有姚鼐《古文辞类纂》“序跋类”收录的《司马子长十二诸侯年表序》《司马子长六国表序》《司马子长秦楚之际月表序》等六篇序文；

---

① （宋）真德秀：《文章正宗》，《景印文渊阁四库全书》（第1355册），台湾商务印书馆1986年版，第6页。

② （明）汪廷讷：《文坛列俎》，《四库全书存目丛书》（集部第348册），齐鲁书社1997年版，第241页。

以“论”名篇者，有《集古文英》“史论”类所收的《十二诸侯年表论》《秦楚月表论》《汉兴诸侯年表论》等。

第三，节录《史记》传记中的合传列为单传，并另拟标题。通过列出单人传记，以保留传记记载一人始终的叙述完整性，并与唐宋以来的人物传记接轨。《文章正宗》卷二十将《屈原贾生列传》中有关屈原的文字截取，并且剥除屈原的《怀沙赋》，题为《屈原传》；明代刘祜的《文章正论》，将《汲郑列传》摘取为《汲黯传》；《文体明辨》将《管晏列传》摘为《管仲传》，将《平原君虞卿列传》摘为《平原君传》；等等。通过这一文本重构方式，既缩短了入选文章的篇幅，又使其体例更为接近唐宋以来的碑志记传。

对《史记》篇章进行摘录、重构，使之呈现新的篇目形态，是南宋以来《史记》进入文章总集的必要途径。在以体分类的文章总集中，对《史记》进行篇目形态改造有利于突出文体特征；在以类编次或以时编次的总集中，对《史记》进行摘录则有利于缩小篇幅，突出《史记》的某类质素以便集中学习。因此，节录及重构文本在相当程度上体现了编撰者的文体及文学观念。

二 《史记》入集与文章接受

关于《史记》的文章学意义，张新科、杨昊鸥等学者主要通过细致梳理历代对《史记》的评论来加以探讨。历代对《史记》的评论主要集中在《史记》的章法结构、叙事写人的高超技巧、总体风格的呈现等方面。若从各阶段总集编撰的角度观察《史记》进入文章总集的情况，对于《史记》的接受情况则有需要补充的地方。

《史记》入集与总集编撰所处时代的学术风尚密切相关。南宋收录《史记》的总集往往通过节录《史记》片段、分析文章技法来阐明文道关系。北宋时期苏洵、欧阳修、苏轼、陈师道等人对《史记》的效法与探讨，为《史记》进入文章学视野奠定了基础。南宋以来伴随着理学思潮的兴起，几部收录《史记》的总集都将文道、义理作为文章入选的首要条件，如《崇古文诀序》称：“文者载道之器，古之君子非有意于为文，而不能不尽心于明道。”[①] 按此标准，选入《太史公自序》和《答任安书》。《文章正宗·纲目》称，“今所辑以明义理、切世用为主”，且“其体本乎古，其指近乎经”者才得以入选，“有志于史笔者，自当深求《春秋》大义而参之以迁、固诸书”[②]。因此，真德秀也是通过对《史记》篇章结构的分析上升到对文章写作和义理二者关系的讨论。《妙绝古今》称入选该集的篇章是“言之精者”，但又说学者“毋但求言语句读之工”[③]。《四库全书总目》称《妙绝古今》的编选“有感于士之不遇而复进之于道”[④]，意即既求言语句读之工，又需道合六艺。所选《史记》段落，主人公都有不平的遭遇和高尚的人格，正符合《四库全书总目》的评价。《史记》通变古今、成一家之言的著史理想，以及司马迁在叙写人物传记时开阖跌宕的笔法符合这一时期文章总集的选录要求。

明代《史记》的评论进入兴盛期，“文必秦汉”的复古观念以及场屋之作的需求，使得这一阶段对《史记》的接受更加偏重于对篇章的细碎分析和对创作技巧的师法上。受辨体风气和复古思潮的影响，这一阶段选录《史记》的文章总集以辨体和对古文写法进行赏析为主，前者如《文章辨体序说》《文体明辨序说》《文章辨体汇选》等，后者如《先秦两汉文脍》《秦汉文钞》《古文奇赏》《西汉文纪》《集古文英》《文编》《文章指南》等。钱锺义为《集古文英》作序，称“凡制策时务为天下有用文字，罔不该贯”[⑤]。《中原文献·自序》称：“一切典故冗无当于制科业者，宜置弗录。”朱之蕃为《中原文献》作序，认为“太史公苦心毕力，悉采金匮石室之编，惟取其词旨丰斐，文采陆离者入矩”[⑥]。因此，

---

① （宋）楼昉：《崇古文诀序》，《景印文渊阁四库全书》（第1354册），台湾商务印书馆1986年版，第2页。

② （宋）真德秀：《文章正宗》，《景印文渊阁四库全书》（第1355册），台湾商务印书馆1986年版，第5、6页。

③ （宋）汤汉：《妙绝古今》，《景印文渊阁四库全书》（第1356册），台湾商务印书馆1986年版，第784页。

④ （清）永瑢等：《四库全书总目》，中华书局1965年版，第1700页。

⑤ （明）顾祖武：《集古文英》，《四库全书存目丛书》（集部第381册），齐鲁书社1997年版，第494页。

⑥ （明）焦竑：《中原文献》，明万历二十四年（1596）汪元湛等刻本。

对章法布局、语言技巧的分析就成为《史记》接受的重点。《钜文》从文章风格的角度对《史记》悲壮宏放的境界进行标举，《文编》和《文章指南》则从法的角度提出古文写作的具体规范和技巧。《文编·自序》称“学者观之可以知所谓法矣”[①]，《文章指南》则是将对法度的揣摩和学习作为全选的编撰体例。《金圣叹批才子古文》卷七《西汉文》选《史记》传赞76篇，卷八又选《太史公自序》《酷吏传序》《报任安书》3篇，并从各个角度对所选片段详加点评，对司马迁讽刺笔法的运用阐释得十分透彻。当然，这一时期也有承接自宋以来对义理的重视而编撰的总集，如刘祜的《文章正论》自序称“诸家纂集，大率以辞之工拙为高下，而论世考德溺其识矣”，钟化民为之作序，称“是编者，求文于道，求道于心，求心于正”[②]，所入篇目以六经冠其首而采史书大量篇章。但总体而言，明代对《史记》的编收和讨论主要侧重于《史记》本身的文学要素上。节录、摘取《史记》文本作详细分析、鉴赏，使编选者对技法的讨论更为集中，更有操作性。

清人将“道”具化为义理和考据，更加重视文道合一，并首次提出《史记》篇章形态与接受的相互关系。许海月将选录《史记》篇章的总集在选取倾向上概括为“文章正统”“作文启蒙”“经世致用”等，较为全面。[③] 清代对《史记》的接受大致建立在前代基础上而又有所推进。除此之外，清人关于《史记》形态及入选次序的思考值得关注。如桐城派方苞将《史记》作为“义法”最精者的代表，并认为要接受《史记》则不能将其分割，否则会破坏义法。《古文约选·序例》称：“盖古文所从来远矣，六经、《语》《孟》，其根源也。得其支流，而义法最精者，莫如《左传》《史记》，然各自成书，具有首尾，不可以分剟。”故方苞专门评点《史记》而不将《史记》进行分割入集。《史记》中《太史公自序》

① （明）唐顺之：《文编·自序》，《景印文渊阁四库全书》（第1377册），台湾商务印书馆1986年版，第103页。

② （明）刘祜：《文章正论》，《四库全书存目丛书》（集部第309册），齐鲁书社1997年版，第423页。

③ 许海月：《从宋明清古文选本看〈史记〉的文学经典化》，硕士学位论文，陕西师范大学，2018年，第44—51页。

一篇因具有独立篇章的性质而被收入，《古文约选·序例》称："独录《史记·自序》，以其文虽载家传后，而别为一篇，非《史记》本文耳。"[①] 另外需要关注的是于光华编撰的《古文分编集评》，其在《凡例》中总结前代选本节录《史记》入集造成的后果："《左》《史》之神理血脉，未免割裂，妙处难得。"因此，此选本"每载必备原委"[②]，这也是将完整性的《史记》文本所凸显的神理作为入选前提。曾国藩《经史百家杂钞》"传志"类收录的《史记》人物传记，除《屈原贾生列传》一篇中的《怀沙赋》《吊屈原赋》《鹏鸟赋》已入"辞赋类"和"哀祭类"，故不重复选录外，余皆全篇收入，不作分割。另外，于光华《古文分编集评》关于《史记》入集的篇次顺序探讨，尤值得注意。于光华，字惺介，号晴川，自幼随父学古文，编纂有《文选集评》和《古文分编集评》。在《古文分编集评》中，他认为，"初学经书既毕，即宜授以古文。但前贤选本，俱从《左》《国》《史》《汉》六朝唐宋相承而下，编次之体宜尔，而塾师亦即从《左》《史》入门，初学遽难领略"[③]，因此，"先由唐宋八大家起手，次两汉，次《左》《史》，层累而上，指点古文源流别派"[④]。该选本的编次顺序也与于光华本人的古文观念吻合，先由"唐宋八大家"入手，次两汉，最后为《左传》和《史记》，循流讨源之文章学观念贯穿其中。"且即唐宋两汉中，分为两种，择其起伏层折、路径可寻者，先为讲解，俾知古文大概，然后授以沉雄深厚之作，微寓由浅入深意"[⑤]，集中所论不拘于章句品评，而能抉出气脉理路，重气韵神采。这部选集裒辑"童年应读之文"[⑥] 以作读本，同时秉承"时文本于古文，体裁格律原自相通"[⑦] 的观念集中古文精粹，以帮助读者学习时文的写作方法。此选本将《左传》《史记》作为古文的最高典范，同时打破了以往

---

① （清）方苞：《古文约选》，果亲王府清雍正刻本，第 4 页。
② （清）于光华：《古文分编集评》，务本堂藏板，第 5 页。
③ （清）于光华：《古文分编集评》，务本堂藏板，第 1 页。
④ （清）于光华：《古文分编集评》，务本堂藏板，第 1 页。
⑤ （清）于光华：《古文分编集评》，务本堂藏板，第 1 页。
⑥ （清）于光华：《古文分编集评》，务本堂藏板，第 1 页。
⑦ （清）于光华：《古文分编集评》，务本堂藏板，第 3 页。

文集编次的惯例，将古文观念和编次体例巧妙结合。

在自宋代以来文章学兴盛的学术背景下，《史记》的接受在各阶段均有其特点，宋代总集编选者重在《史记》中寻求尊卑大义和讽喻之旨，明代总集编选者则更注重凸显《史记》“文”的价值及特征。各时期对《史记》的接受并不是单一状态，而是交互式地互相影响与推进。

三 《史记》入集的文体学意义

《史记》入集的重要原因在于其突出的文献和文体价值。《史记》作为第一部纪传体通史，其于叙述中还原历史场景的史学特征，使得《史记》本身保存了大量的历史文献。文章总集在收录这一类文体时，将《史记》作为保存文献的文献库加以采摘，这与将《史记》作为创作的典范加以择取不同。明代梅鼎祚《西汉文纪》、冯有翼《秦汉文钞》、陈仁锡《古文奇赏》等，均收录《史记》中大量的诏策文书；姚鼐《古文辞类纂》“碑志”类收《秦始皇二十八年泰山刻石文》《秦始皇琅琊台立石刻文》等六篇刻石文，李兆洛《骈体文钞》“铭刻类”亦收此六篇，也是将《史记》作为文献的采摘来源。《古文喈凤新编》点评李斯《谏逐客书》，称“峰回路转，波湧澜翻，备极文境之妙。……缘秦文无多，选此书具载传中，故钞入《史记》”①，也是以《史记》为文献来源的证明。由于文体分类的细致化，单篇文章会被分成若干不同的段落而纳入不同的文体类别中。如《广文选》将《太史公自序》一篇分为《自序》《答壶遂问》《六家要旨论》三篇；《中原文献》将《屈原贾生列传》分为《屈原传》《屈原赞》《贾谊吊屈原赋》三篇；《文坛列俎》将《淮阴侯列传》分为《汉王筑坛拜信》《韩信破赵》《韩信赞》三篇。诸如此类，入集内容既包括司马迁对前代文献的采摘，又包括《史记》的自我书写。《史记》入集的文献价值和文体意义并不会被截然区分，而是共同存在于《史记》入集这一行为之中。《史记》入集的文体学意义，不仅包括文章总集按照编选体例对《史记》进行内容摘选及文体认定，也包括围绕这

---

① （清）汪基：《古文喈凤新编》，关中义兴堂藏板，第 15 页。

些文体而展开的文体学讨论。

首先，《史记》中的“传状”“世表”等因具文体开创意义或文体典范价值而进入文章总集。《文章正宗》“叙事”类前的小序称：“有纪一人之始终者，则先秦盖未之有而昉于汉司马氏，后之碑志事状之属似之。”[①] 这说明《史记》传记之于唐宋碑志的意义。《文章辨体序说》卷四十五“传”体前小序称：“太史公创《史记》列传，盖以载一人之事，而为体亦多不同。”吴讷认为，以《史记》列传为源头，开启了三种不同类型的人物传记：一是承接《史记》列传的风格，“前后两汉书、三国晋唐诸史”第相祖袭，以及后世之学者士大夫对于“或值忠孝才德之事，虑其淹没弗白，或事迹虽微而卓然可为法戒者”所作的人物传记；二是以范晔《黄宪传》为代表的“盖无事迹，直以语言模写其形容体段”[②] 的人物传记；三是以韩愈《毛颖传》为代表的带有讽喻、游戏性质的传记，侧重于借传为说。故《文章辨体》只选择《史记》中的《孟子荀卿列传》一篇置于卷首，以示《史记》“传”之体的开山地位。《文体明辨》卷五十八“传”类小序称：“自汉司马迁作《史记》创为列传以记一人之始终，而后世史家卒莫能易。”[③] 值得注意的是，《史记》虽在一篇传记中记载传主生平事迹，亦有不少合传合载两人事迹。刘知幾在《史通·列传》中称：“传之为体，大抵相同，而述者多方，有时而异。如二人行事，首尾相随，则有一传兼书，包括令尽。”[④] 将二人合传叙写，是为了史书叙事的需要，这一写法虽历来为史家所重，但唐宋以来的人物碑传基本上是单传，选编者在表明《史记》传状的开创性时，就不免要将其截取为类似于文集中的传记而尽量消除其史书的特征。因此，徐师曾将《管晏列传》摘录为《管仲传》，将《范雎蔡泽列传》一篇拆为

---

① （宋）真德秀：《文章正宗》，《景印文渊阁四库全书》（第1355册），台湾商务印书馆1986年版，第6页。

② （明）吴讷：《文章辨体》，《四库全书存目丛书》（集部第291册），齐鲁书社1997年版，第30页。

③ （明）徐师曾：《文体明辨》，《四库全书存目丛书》（集部第312册），齐鲁书社1997年版，集部，第370页。

④ （唐）刘知幾著，（清）浦起龙释：《史通通释》，上海古籍出版社1978年版，第47页。

《范雎传》和《蔡泽传》两篇单人传记，其形态就与后面的家传、托传和假传相近。另外，唐顺之《文编》、贺复征《文章辨体汇选》将《史记》中“世表”的文体开创意义也予以彰显。《文编》“年表”类收《史记》年表五篇；《文章辨体汇选》“世表”类前有小序，贺复征称：“表者，标也。标著其事，一览了然也。太史公年表月表实创厥始，录之为后来作谱系之祖。”[①] 故收入《三代世表》和《秦楚之际月表》作为年表和月表的始祖典范。与一般总集只录表的序文不同，贺复征将年表和月表全文予以收入。在总集中选入《史记》的“传状”“世表”，从文体学的角度说，有回溯文体源流并引出后世由其演变而来的相近文体的作用。另外，截取《史记》篇章，突出其文体特征，将其作为文体的典范以示写作门径，是编选文章总集的重要目的。《古文辞类纂》“序跋类”小序说：“惟载太史公、欧阳永叔表志叙论数首，序之最工者也。”[②] 《古文辞类纂》将“序跋”类与“赠序”类分开，“序跋”类即是以《史记》年表序和《新五代史》年表序以及其他书序为代表。《古文眉诠》《涵芬楼古今文钞》又将“表序”从“序跋”中独立出来，选取《史记》中的《秦楚之际月表序》《十二诸侯年表序》等六篇作为表序的典范，既突出了表序的文学价值，也使文体分类更为细致，便于取法。同时，文体的开创性和典范意义常常是同时具备的，因为古代文学批评领域，常以一种文体开创之初的风貌作为这类文体的本色，即最高典范。

其次，文章总集在具体的文体考察中，通过以“史”入“集”过程中的文体辨析，对《史记》“传状”“序”“赞”等文体正变问题展开讨论，其中亦折射出相关的文学生态环境和文体观念。唐长庆二年“三史”科的确立，使《史记》成为制举之常科，并被宋代科举所沿袭，大大提升了士人对《史记》的接受热情。加之古文运动促进了文章学的兴盛，叙事性文学也随之受到前所未有的重视，因此，《史记》的记传写法便颇引人关注。史“传”与文“传”的接轨，是以“史”入“集”过程中需

---

① （明）贺复征：《文章辨体汇选》，《景印文渊阁四库全书》（第1408册），台湾商务印书馆1986年版，第723页。

② （清）姚鼐：《古文辞类纂》，上海古籍出版社2016年版，第3页。

要辨析的内容。真德秀《文章正宗》首先将《史记》记传类文章分为“叙事”和“议论”两部分,《文章正宗·纲目》称本选的目的是“以后世文辞之多变,欲学者识其源流之正也”[①],明确将《史记》以叙事议论为主的记传写法加以推举。前文已述,《文章辨体》和《文体明辨》同样也通过梳理“传”体的发展脉络,将《史记》开创的史书传体作为传之正体,而对于唐宋以来的传记,则认为是自然的文体发展,言辞之中并无轩轾。然而史学视野下对史家传记和私人传记的讨论却是另外一番景象,钱谦益《刑部郎中赵君墓表》中有“余尝以谓今人之立传非史法也,故谢去不为传”[②] 的观点,顾炎武在《日知录》中认为,“自宋以后,乃有为人立传者,侵史官之职矣”[③],他们将史学范畴的传和文学范畴的传加以区分,影响较大。作为文章总集的《古文辞类纂》,其“传状”类小序称:“传状类者,虽原于史氏,而义不同。”[④] 所选篇目如《圬者王承福传》《种树郭橐驼传》等,符合其在“传状”类小序中的观点,即“古之为达官名人传者,史官职之。文士作传,凡为圬者、种树之流而已,其人既稍显,即不当为之传”[⑤]。选录这些社会较低层次人物的传记,可看出姚鼐对于传记写作是由官方掌握话语权这一史家观点的部分肯定[⑥];其所选不录《史记》篇章,直取自韩愈以来文人写作的行状和传记,虽有史书不可胜录的原因,但也表明其对唐宋以来文人传记的重视。《经史百家杂钞》也受桐城派观念的影响,在选录时不以正变区分“传”之各类。“传志”类将“传”体分为“记载之公者”和“记人之私者”,并将二者并列,作为记载之公者的《史记》人物传记又被大量选入。与《文章辨体》《文体明辨》等从文体正变角度考察史传与私传不同,《史记》“传”体进入文集又经过了新的考察与分类。《史记》中的“赞”作

---

① (宋)真德秀:《文章正宗》,《景印文渊阁四库全书》(第 1355 册),台湾商务印书馆 1986 年版,第 5 页。

② (清)钱谦益:《牧斋初学集》,上海古籍出版社 2009 年版,第 1537—1538 页。

③ 王水照等:《历代文话》,复旦大学出版社 2008 年版,第 3241 页。

④ (清)姚鼐:《古文辞类纂》,上海古籍出版社 2016 年版,第 11 页。

⑤ (清)姚鼐:《古文辞类纂》,上海古籍出版社 2016 年版,第 11 页。

⑥ 林锋:《明清时期的“私人作传”之争》,《文学遗产》2018 年第 5 期。

为“论”体的开创之一被选入文集，一直作为正体出现，如吴讷《文章辨体》第三十五卷“论”体前有小序，用以梳理“论”体的源流演变。该小序称，“于传末作论议以断其人之善恶”的“史论”作为“论”之二体中的一体，由《史记》开创，并于正文选录有关项羽、商鞅、蔺相如的三篇传记的赞语以示规范。《涵芬楼古今文钞》则从文体的演变角度说明《史记》的“赞”文并非正体。其《例言》中“颂赞类第十一”条称：“赞亦颂类，古者宾主相见则有赞，互相称誉以致亲厚之意，故文之称人善者，亦以赞为名。然至史家之体，每传必有赞，则其中贤否不一，亦时有贬词焉，非其正体。”① 吴曾祺虽认为《史记》中的“赞语”并非正体，但仍大量采摘并示为典范，“赞”体收《史记》中的《五帝本纪赞》《项羽本纪赞》《孔子世家赞》等八篇赞文。这里突破了传统的文体正变观，认为体之正变并不意味着文之高下。从《史记》入集的文体来看，“赞”体占有绝对优势，是入选最多的文体，这也能说明一些问题。论赞的受重视与赞体相对独立的篇制形态有关，又和宋代以来“以古文为法”的时文创作观念有密切关系，《史记榷参》评论赞为“不数言辄开阖顿挫，此所以为文字之祖也”②。《史记评注》称：“太史公论赞，或隐括全篇，或偏举一事，或考诸涉历所亲见，或证诸典记所参合，或于类传之中摘一人以例其余……诚为千古绝笔。”③《史记》的论赞往往在较短篇幅内对人物进行评论，对整篇传记进行提要钩玄，寓有高超的艺术成就，因此，揣摩《史记》论赞的文法就成为学习古文、指导时文写作的重要途径之一。除“赞”“传状”二体外，《古文辞类纂》“碑志”类小序讨论韩愈碑序和《史记》碑序“异体”，则为评价文体发展提供了依据。该小序称：“周之时有石鼓刻文，秦刻石于巡狩所经过，汉人作碑文，又加以序。序之体，盖秦刻琅邪具之矣。茅顺甫讥韩文公碑序异史迁，此非知言。金石之文，自与史家异体，如文公作文，岂必以效司马氏为工耶？”④ 姚鼐考察文体的变迁，重源流而又以动态和发展的眼光看

---

① （清）吴曾祺：《涵芬楼古今文钞》，商务印书馆 1916 年影印本，第 1 页。

② 张大可、丁德科：《〈史记〉论著集成》（第 6 卷），商务印书馆 2015 年版，第 175 页。

③ 张大可、丁德科：《〈史记〉论著集成》（第 6 卷），商务印书馆 2015 年版，第 92 页。

④ （清）姚鼐：《古文辞类纂》，上海古籍出版社 2016 年版，第 12 页。

待文体变迁，尤其突出文学性碑序突破《史记》传统而具有的创新性价值，这也体现了其重唐宋古文且上接秦汉的古文观念。

以《史记》为代表的史部著作在进入文章总集时，编选者不仅需调整其篇章形态，还需通过对总集进行分类及说明编撰体例来进行文体的承接与融合。编选者对篇章进行重构，对文体进行重造，从而完成对经典的开掘与接受[①]，其中蕴含了丰富的文体内蕴，寄托了各时期各位选编者深层的文章学观念。

四 结语

自南宋以来，《史记》进入文章总集并不是偶然的，古文运动和程朱理学对文道关系的讨论是《史记》入集的重要契机。“古人之文，所以皆在六艺诸子之中，而不别为文集者，无他焉，彼以道术为体，而以文章为用，文章特其道术之所寄而已。”[②] 摒弃浮华、重内质的文章观念使文章典范扩充到经史子部，以之补益文章学的不足。唐宋以来叙事文的蔚为大观，古文批评领域热衷于对叙事文的讨论，以及叙事文地位的提高，都是《史记》入集的重要条件。[③] 此外，“史所贵者义也，而所具者事也，所凭者文也”[④]，《史记》写人叙事的巨大成就及其文学价值是《史记》得以入集的根本前提。“迁书体圆用神”，“迁书纪、表、书、传，本左氏而略示区分，不甚拘拘于题目也”[⑤]，《史记》的体例既体现出通盘考虑的严密性，又能根据具体情况灵活变通，这为文章总集截取《史记》篇章提供了更大的空间。通过观照《史记》入文章总集的过程，可以发现文章总集对《史记》的多维接受主要体现在三个方面。一是通过截取《史记》中的历史文献，揭示《史记》保存的大量应用类文献的价值。二

---

① 吴承学：《宋代文章总集的文体学意义》，《中国社会科学》2009 年第 2 期。

② 余嘉锡：《古书通例　目录学发微》，上海古籍出版社 2013 年版，第 188 页。

③ 何诗海《“文章莫难于叙事”说及其文章学意义》（《文学遗产》2018 年第 5 期）对此论之甚详。

④ （清）章学诚著，叶瑛校注：《文史通义校注》，中华书局 1985 年版，第 219 页。

⑤ （清）章学诚著，叶瑛校注：《文史通义校注》，中华书局 1985 年版，第 50 页。

是通过节录文本突出单类文体，并对其进行分类或归类，标明《史记》中相关文体的开创性价值和示范性意义。在文体的探讨中，涉及有关文体正变以及文体流变等问题。三是在文章学领域，通过选录经典篇章或段落，赋予《史记》有关文道关系、行文技巧的文章学价值；通过对不截取《史记》篇章这一行为动机的阐释，或对《史记》整体性面貌的重视，体现出将《史记》作为古文最高典范的观念。从多个视角出发，同样的《史记》文本，也常因接受的维度不同而被归入不同的总集、不同的分类中。文章总集对《史记》的接受既受时代思潮的影响，也与编选者的思想观念以及文集的编撰体例有关。要言之，《史记》入集而被多方接受，是《史记》最终成为文学经典的重要助推力。

（作者单位：陕西师范大学文学院）

《典论·论文》文体学思想甄微

任竞泽

文体论是曹丕《典论·论文》文学思想的重要组成部分，相关言论虽然很简要，但内蕴极丰富，形成了颇为完备的文体学思想体系。历来批评史著作都会提及，现当代学者专门研究成果也很多。最具争议的是“文本同而末异”，尤其是何为“本同”及“本”与“末”的关系，可以说众说纷纭。笔者综罗众说，或存疑，或辨惑，进而提出自己的一陋之见，认为“本同”指“五经”，即所有后世文体都源出于“五经”，这从中反映出曹丕的思想是以儒家为主的。而这与中国思想史和文学批评史所普遍认同的论断，即他打破了两汉以来盛行的传统儒家思想，是冲突矛盾的，这就需要我们予以辨析来支持我们的观点。关于“四科八体”之文体分类说，历来皆认为开繁杂琐细的文体分类之先河，这属于“类分”体例。本文则从“类从”即以简驭繁的归纳并类着眼，指出“四科”就是“四分法”，并对真德秀《文章正宗》“四目”法产生了极大影响，而其源头则要溯至孔门四科、类书分类以及目录学“四部”等。曹丕的“四科”“四分法”在中国古代文体分类史上占有重要地位，但据笔者陋见，学术界还未见有相关研究，本文尝试言之。

一 “本同”为“文源五经”辨

“文本同而末异”是曹丕文体学思想的总纲，关于其重要性，正如郭绍虞所云：“在曹丕以前，人们对文章的认识，限于本而不及末，本末结合起来的看法，在文学批评史上，是曹丕首先提出来的，它推进了后来的文体研究。"[①] 张少康提出"曹丕所说的'本'和'末'指的是什么，是值得进一步研究的"[②]。敏泽也称"在这一我国文学理论批评史上第一部专篇论文中，曹丕第一次提出了'夫文本同而末异'的理论"；"曹丕第一次提出'末'来，并且把本末辩证地结合起来加以考察，这样在促进人们认识文学本身的特性、它与其他学术论著的同异，以及文章本身各种体裁、形式的差异上，都是有着积极促进作用的"[③]。历来学者对何为"本"及"本同"与"末异"之关系，可以说歧义迭出。其最早为众多批评史著作所关注并加以解释，已是见仁见智，众口不一。近来学者也注意到并给出了各自的见解和观点。综合起来，大体有如下几种。

第一，虽然表达上有所出入，或明确或模糊，或详细或简洁，但大体上都看到曹丕自身只说出了"末异"为何，未对"本同"给予解释。并多认为"本同"是指文学的共同本质、一般规则、普遍规律、思想感情等，"末异"指的是语言形式、文体风格、艺术体貌、具体功用等，二者是内容和形式、共同性和独特性的关系。这以早期的文学批评史家的观点为代表。

郭绍虞先生认为："本，指一切文章的共同性；末，指不同文体的特殊性。"[④]"所谓'本'，大致是指基本的规则而言，这是一切文章共同的；所谓'末'，是各种不同文体的特点。"[⑤] 复旦大学古典文学教研组认为："这里所谓'本同'，是指一切文章的共同性。"[⑥] 张少康说："'本'当是指文章的本质，即指用语言文字来表现一定的思想或感情内容，而'末'则是指文章的具体表现形态，这种表现形态包含有内容特点和形式特点两方面的意义。"[⑦] 敏泽称曹丕"认为一切文章在'本'

---

① 郭绍虞、王文生：《中国历代文论选》(第1册)，上海古籍出版社1979年版，第163—164页。

② 张少康、刘三富：《中国文学理论批评发展史》，北京大学出版社1995年版，第169页。

③ 敏泽：《中国古代文学理论批评史》，人民文学出版社1981年版，第140—141页。

④ 郭绍虞、王文生：《中国历代文论选》(第1册)，上海古籍出版社1979年版，第162页。

⑤ 郭绍虞、王文生：《中国历代文论选》(第1册)，上海古籍出版社1979年版，第163页。

⑥ 复旦大学中文系古典文学教研组编写：《中国文学批评史》(上册)，上海古籍出版社1979年版，第90页。

⑦ 张少康、刘三富：《中国文学理论批评发展史》，北京大学出版社1995年版，第169页。

上，——也就是从它们都是人们思想意识的表现这一根本之点看，一切形式的文章都是相同的；但在每种文章的表现上，或者用曹丕的不一定十分恰切的说法——‘末’上，却因它们的具体功用的不同而有不同的特点，曹丕并且根据这种看法，对文章形式方面的特点作了概括”①。周勋初先生认为：“什么是文章的‘本’？曹丕没有明言，应当是指文章写作上的一些根本原则吧。什么是文章的‘末’？他却作了说明，并对当时几种主要的文体作了综合的分析。”② 朱恩彬等认为：“他所指的‘本同’，指一切文章在性质和创作规律上的共同要求。”③ 章新建说：“‘文本同’是指文章都是表达作者一定的思想感情的。”④

吴承学认为：“‘本同’指一切创作的共同特征和要求。……‘末异’也就是各种文体的特殊性，曹丕认为这种特殊性主要表现在不同文体的不同风格上。”⑤ 张进认为：“在曹丕看来，各类文章在本质上是相同的，而在具体表现方面却各异。对于文章本质上的共同性，曹丕没有具体展开论述，可见这不是他论述的重点。挚虞《文章流别论》里所谓‘文章者，所以宣上下之象，明人伦之叙，穷理尽性，以究万物之宜者也’，或看作是对这一问题的探讨。曹丕所要强调的是‘异’，即各类文章的独特性。”⑥

以上关于“文本同而末异”的解释，基本代表了20世纪70年代末到90年代中期一些重要批评史著作和文体学研究者的相似看法，这与20世纪中叶以来中国文学史和中国文学批评史的编写多从思想内容和艺术形式两方面来论述的模式有关。这样解读可以说是曹丕的本意之一，当然更因为郭绍虞、张少康、敏泽等在文学批评史上的巨大成就和影响，这种观点也一直普遍被学界所认同。尤其郭绍虞先生的《中国历代文论

① 敏泽：《中国古代文学理论批评史》，人民文学出版社1981年版，第140页。

② 周勋初：《中国文学批评小史》，复旦大学出版社2007年版，第20页。

③ 朱恩彬主编：《中国文学理论史概要》，山东文艺出版社1989年版，第100页。

④ 章新建：《曹丕》，安徽人民出版社1982年版，第57页。

⑤ 吴承学：《中国古代文体风格学的历史发展》，《中山大学学报》（社会科学版）1993年第1期。

⑥ 张进：《李清照〈论词〉与曹丕〈论文〉》，《人文杂志》1995年第4期。

选》和张少康的批评史多被用作高校本科生和研究生的中国古代文论课程教材，其传播也极为广泛。

第二，“本同”与“末异”是“质”与“文”的关系。例如，刘运好先生在综合学界关于“本”的看法后给出自己的解释：“那么‘本’究竟是什么呢？我认为‘本’就是指传统文学批评中常用的术语——‘质’。”① 勀天庆同意其看法，并称“在古典文艺学中，‘质’指的是文章的内容，与代表形式的‘文’相对”，同时用陆机的文体学思想进一步比较解读，“陆机既讨论了‘末异’，即十种文体不同风格，也具体阐释了‘本同’之所在，即‘虽区分之在兹，亦禁邪而制放。要辞达而理举，故无取乎冗长。’在陆机看来，不管是哪一种体裁，文章写作都必须遵循‘禁邪而制放，辞达而理举’的共同准则，显然，陆机对‘本同’的认识是传承了曹丕的想法，仍然把‘本’阐释为内容，陆机用一个‘理举’进行概括，同时，内容与形式还应该符合‘文质彬彬’的要求，即‘辞达而理举’，这就比曹丕的认识完善多了。之后的文学理论家们，比如刘勰更是强调‘理’在文章中的核心作用，强调内容与形式的完美统一”。②

可以看出，二者的观点与前边所列批评家的观点是一致的，可以说大同小异。虽说没有超越，但已经都开始意识到这已是一个值得研究的学术问题了。刘运好比较诸家之说提出的“质”与“文”说，尤其是勀天庆用陆机“辞达而理举”加以补充说明，其贡献在于试图为前举观点找到理论根据。

第三，“文本同”是说文章的作用是相同的。朱全庆等不同意第一类观点，在综合列举之后，提出了自己新的的观点：“从而我们可断定曹丕的文之‘本’绝不会是今人所谓文学的本质。那么，曹丕的‘本’究竟指什么呢？在《典论·论文》中没有作具体说明，这便给我们理解‘本’的涵义带来困难。……曹丕的‘文本同’是指一切文章作用相同，他视文章的作用为‘本’，而文章的作用便是经国济世，没有超出儒家功利文

---

① 刘运好：《论曹丕的“本”与“本同”》，《安徽教育学院学报》1994 年第 2 期。

② 勀天庆：《曹丕与陆机的文体学思想比较论略——兼及魏晋文学思潮的发展轨迹》，《兰州大学学报》（社会科学版）2009 年第 4 期。

学观的范畴。”[①]

第四，“本同”指所有文体都源于一个本体，即刘勰所谓“天地之心”。“末异”指功能各异、形态有别的各种文体。郭英德在《文章的确立与文体的分类》一文中认为：“曹丕《典论·论文》所说的‘文本同而末异’，精确地表达了中国古人的一种文体观念：所有文体的本源和内质是相同的、一元的，由这相同的、一元的本源和内质，派生出功能各异、形态有别的各种文体。易言之，在终极的意义上，所有文体都来源于一个本体，即刘勰所谓‘天地之心’；而文体之所以千姿百态，乃由于不同文体的展现形态及其功能千变万化。”[②]

第五，胡红梅在《曹丕文体学思想新解》中对“本同与末异”有几层解释：一是“本同”指所有文章的共同之体（基本规范），包括文章本身的道德教化作用、文学创作的基本法则以及“文以气为主”；“末异”则指奏议、书论、铭诔、诗赋等各种文类之体，指名种文体的特殊性。二是，在此基础上，她说曹丕所谓的“文本同而末异”，意为所有文章存在着一个共同之“体”，但是作为共同之体具体表现的文类文体却特征各异。因此，“本同而末异”也可看作“体一而用殊”的另一种表述方式。三是进行总结，如其称：“总之，‘本同末异’之论，揭示了文学表现形式的共同性和多样性统一，开创了后世文体论研究。”可以看出，所谓“文学创作的基本法则”和“文章本身的道德教化作用”云云，与第一类观点和朱全庆等的文章作用说相似，并无新意。概括起来，其“新解”有四：一是完全从“文体”的角度来解读“本同”和“末异”，称“本同”指所有文章的共同之体。而之前则普遍以“文体”解释“末异”，而以“文学”或“文章”来对应“本同”。正如其所云，“各家中国文学批评史在谈及曹丕的文体论时”，“很少或者几乎没有从文体的本质与功用角度来解读他的‘文本同而末异’”。二是把“本同”解释为“文以气为主”，她的理由是“主”即“本”，确很独特。三是因为都从“文体”

---

① 朱全庆、王兆才：《曹丕文学观的思想渊源及价值取向》，《东岳论丛》2001 年第 2 期。

② 郭英德：《文章的确立与文体的分类》，《中国古代文体学论稿》，北京大学出版社 2005 年版，第 56 页。

的角度出发，所以对本同、末异的解释便都着眼于“形式”或者说“文体形式”，这与之前从内容和形式两方面解读便有所区别，所以她关于共同性和多样性这一前人屡道的结论也新颖，即：“本同末异”之论，揭示了文学表现形式的共同性和多样性统一。四是把“本同而末异”看作“体一而用殊”的另一种表述方式。①

以上梳理了近30多年以来，中国文学批评史上关于曹丕“文本同而末异”这一命题阐释的历史演变和研究现状，正如大多学者所说的，由于《典论·论文》本身文体言论的过于简要，以及曹丕未对“本同”透露出片言信息，所以出现了上述歧见。当然，在争议中，也从另一侧面说明了这一问题的丰富内蕴和学术含量。正因如此，仁者见仁，智者见智，我们认为上述观点应该都有其合理之处，都是题中之义，当不必为求新立异而全盘否定。这也正是中国古代文论或者说所有文学理论之所以魅力无限、引人深思，如哲学问题一样，没有固定答案，而不是科学的一是一、二是二，虽严谨周密却不乏单调枯燥的重要原因。

这样说，并非无判断，笔者认为胡红梅的研究角度有可取之处，即对“本同”也从“文体”角度来看——既然“末异”指四科八体，那么“本同”自然也应以“文体”来对应阐释。胡红梅称之为“所有文章的共同之体”。不过，我们不同意其对这个“共同之体”的多种解释。

当然，笔者最赞同郭英德的分析和结论，尽管他把这个“本体”即“本同”归结为刘勰所谓的“天地之心”，但他接下来的论述称：“就文体的本源而言，古人认为所有文体均可溯源于五经，或者说正是五经生成了众多的文体。因此以五经为纲，众多文体便可以同类相聚，形成不同的文类序列。”② 此处显然具体指出了这个“本同”即所有文体的共同本源就是“五经”，并引用大家所熟悉的刘勰和颜之推关于“文源五经”的著名论断，最后总结道：“刘勰与颜之推在文体的命名与归类方面虽然多有差异，但以四类文体为一组，分别系之于《易》《书》《诗》《礼》

---

① 胡红梅：《曹丕文体学思想新解》，《长江学术》2012年第3期。

② 郭英德：《文章的确立与文体的分类》，《中国古代文体学论稿》，北京大学出版社2005年版，第56页。

《春秋》五经之下，形成井然有序的文类序列，这一本于‘宗经’观念的文体分类思想却是一脉相承的。”[①] 我们把刘勰和颜之推的观点列于下面，以见大概：

> 故论说辞序，则《易》统其首；诏策章奏，则《书》发其源；赋颂歌赞，则《诗》立其本；铭诔箴祝，则《礼》总其端；纪传铭檄，则《春秋》为根。并穷高以树表，极远以启疆，所以百家腾跃，终入环内者也。（刘勰《文心雕龙·宗经》）[②]
>
> 夫文章者，原出《五经》：诏命策檄，生于《书》者也；序述论议，生于《易》者也；歌咏赋颂，生于《诗》者也；祭祀哀诔，生于《礼》者也；书奏箴铭，生于《春秋》者也。（颜之推《颜氏家训·文章》）[③]

郭英德先生该文是在总结中国古代文体分类的生成方式提到“文本同而末异”的，不是论曹丕《典论·论文》文体学思想的专题论文，故而容易被忽略。关于曹丕的“本同而末异”，我们同意郭英德所解读的“所有文体均可溯源于五经”说，那么，这种说法有依据吗？以生于其后近200年的刘勰和颜之推的理论来验证有说服力吗？还有，学术思想史上公认曹操、曹丕父子都是打破儒家思想的，那“文源五经”的结论还能站住脚吗？凡此种种，我们需要再结合曹丕相关文献进行进一步的说明和补充。

首先，“本”和“末”之间的关系实则是“源”与“流”的关系，也就是说，后世的所有文体（“四科八体”代表了所有文体）都有一个共同的本源，即“五经”。这种宗经的主张最早来自荀子、扬雄、王充等。如扬雄《法言·吾子》云：“舍五经而济乎道者，末矣。”[④]《汉书·扬雄传赞》称其“实好古而乐道，其意欲求文章成名于后世。以为经莫大于

---

① 郭英德：《文章的确立与文体的分类》，《中国古代文体学论稿》，北京大学出版社2005年版，第57页。

② 范文澜：《文心雕龙注》，人民文学出版社1958年版，第22—23页。

③ 王利器：《颜氏家训集解》（增补本），中华书局1996年版，第237页。

④ 汪荣宝撰、陈仲天点校：《法言义疏》（上），中华书局1987年版，第67页。

《易》，故作《太玄》；传莫大于《论语》，作《法言》……皆斟酌其本，相与放依而驰骋云。”[①] 王充《佚文》云：“文人宜遵五经六艺为文，诸子传书为文，造论著说为文，上书奏记为文，文德之操为文。立五文在世，皆当贤也。”[②] 皆以本、末谈文宗五经，应该会对曹丕产生影响。曹丕之后，刘勰和钟嵘的研究方法都是辨文体源流。刘勰的文体研究方法便是“原始以表末”，所谓“始”“末”即本、末。如《宗经》云：“是以楚艳汉侈，流弊不还。正本归末，不其懿欤?”[③] 《诠赋》：“然逐末之俦，蔑弃其本，虽读千赋，愈惑体要。”[④] 《序志》中提及他写作《文心雕龙》以“振叶以寻根，观澜而索源”之方法，正是有感于“去圣久远，文体解散”“离本弥甚，将遂讹滥”而发的。其所谓“正本”“寻根”“索源”云云，都是主张为文要“宗经”，本、根、源都指五经。当然，荀子、扬雄、刘勰等都是褒本贬末、是本非末的，而曹丕则对本末不作价值判断，只是客观平述而已。这与王充《自纪》“百夫之子，不同父母；殊类而生，不必相似：各以所禀，自为佳好”[⑤] 正相一致。

所以，曹丕“文本同而末异”之“文源五经”的文体论，应当是荀子、扬雄到刘勰的一个链条，刘勰应该是对曹丕这点看到并有所继承的。但是刘勰却对其有所指责，如《序志》所云：“详观近代之论文者多矣，至于魏文述典，陈思序书，应场文论，陆机《文赋》，仲洽《流别》，宏范《翰林》，各照隅隙，鲜观衢路。……并未能振叶以寻根，观澜而索源。”[⑥] 认为其主要是“臧否当时之才”，即以品评建安七子之短长为主，这是正确的。的确，曹丕提到“文本同而末异”的理论，却没有具体推源溯流的实践，故而责其“并未能振叶以寻根，观澜而索源”也不无道理。但是在文体分类和各种文体都源于五经这点上，刘勰显然受到曹丕的影响。

其次，曹丕精熟五经，亦重视五经，如曹丕《与朝歌令吴质书》云：

---

① （汉）班固撰，（唐）颜师古注：《汉书》，中华书局 1962 年版，第 3583 页。
② 黄晖：《论衡校释》，中华书局 1990 年版，第 867 页。
③ 范文澜：《文心雕龙注》，人民文学出版社 1958 年版，第 23 页。
④ 范文澜：《文心雕龙注》，人民文学出版社 1958 年版，第 136 页。
⑤ 黄晖：《论衡校释》，中华书局 1990 年版，第 1201 页。
⑥ 范文澜：《文心雕龙注》，人民文学出版社 1958 年版，第 726 页。

“既妙思六经，逍遥百氏。”[①]《典论·自叙》云：“上雅好诗书文籍……余是以少诵诗论，及长而备历五经、四部、史汉、诸子百家之言，靡不毕览。”[②] 曹丕诏命王象、缪袭、刘劭等撰集第一部类书《皇览》，《三国志·魏书·刘劭传》云：“黄初中，为尚书郎、散骑侍郎。受诏集五经群书，以类相从，作《皇览》。”[③] 列此文献以证曹丕“文源五经”说并非空穴来风。

以上我们阐释和论证“文本同而末异”是指曹丕本意为所有文体都源出五经，并认为他精熟五经和重视五经，这样说显然是承认曹丕的思想为传统儒家思想为主的。这下就立刻凸显了我们立论观点的问题性和矛盾性，并引起质疑。曹氏父子彻底打破了两汉以来的儒家思想传统，这几乎是思想史和文学批评史人尽皆知、不可更改的定论，有什么依据敢做翻案文章？

二 曹丕的儒家思想

汉末大乱，曾盛极一时的儒学呈衰颓之态，玄学乘势兴起，其中，曹氏父子打破儒家思想传统，而他们相关的政令和言行则为这一思想转换推波助澜。这类观点几乎成为中国思想史和文学批评史的通识和定论，简直不容置疑。我们以下列举中国批评史上部分重要学者的主要观点，比较对照，以见大概。

朱东润认为：“西汉中叶而后，中国社会，完全为儒家思想所支配，迄于汉末，君主屡迁，中国分裂，而儒家尊君大一统之说皆不行，至是其支配社会之势力中衰矣。……开此四百年之局者为建安时代，而曹氏父子兄弟实主持之。曹操《敕有司毋废偏短令》云：‘今夫有行之士，未必能进取，进取之士，未必能有行也。陈平岂笃行，苏秦岂守信耶？而陈平定汉业，苏秦济弱燕。由此言之，士有偏短，庸可废乎？’此才行不相掩之论既

---

① 郁沅、张明高：《魏晋南北朝文论选》，人民文学出版社1996年版，第8页。

② 郁沅、张明高：《魏晋南北朝文论选》，人民文学出版社1996年版，第12页。

③ （晋）陈寿：《三国志》，中华书局1959年版，第618页。

发，至曹丕始有文行不相掩之说。曹丕《与吴质书》云‘观古今文人，类不护细行，鲜能以名节自立。’自是而后，文学始与儒术歧途。’”①

刘大杰在论“儒学的衰微与玄学的兴盛”云：儒学在汉代虽盛极一时，到了魏晋，便呈现着极度衰微无力的状态。其原因：首先是因其本身的堕落，无法维持人们的信仰；其次是受了时代动乱的影响，已失去封建统治力量的支持，它既不是利禄之门，也不是养生之道，因此无法维系人心。曹操一当权，便采取法治政策，尚刑名。他所需要的人才，是有治国用兵之术的权谋之士，看不起那些讲德行学问、重礼义名节的儒生，接二连三地下着《求贤令》《求逸才令》《举士令》，都是这种思想的表现。“夫有行之士，未必能进取；进取之士，未必能有行也”（《举士令》）；又曹丕《又与吴质书》云“观古今文人，类不护细行，鲜能以名节自立”，进取之士未必有行、文人不护细行，这都不合于儒家的思想。傅玄在《举清远疏》中说：“近者魏武好法术，而天下贵刑名；魏文慕通达，而天下贱守节。其后纲维不摄，而虚无放诞之论，盈于朝野。”又鱼豢在《儒宗传序》中说：“从初平之元至建安之末，天下分崩，人怀苟且，纲纪既衰，儒道尤甚。”在这些言论里，正反映出当代思想界变化的实况。由于儒学的衰颓，儒家的原道、宗经的文学观点，就失去了对于文学的指导作用。曹操的文风尚清峻、通脱，曹丕、曹植的诗文渐趋华丽，陆机探讨创作规律及修辞技巧，以及葛洪论文不以德行为主、反对贵古贱今等，都与儒家的文学观念不同。正因如此，文学才能摆脱了儒学的束缚，进入自觉的道路。②

张少康云：“从曹魏篡汉到刘宋代晋，其间经历了二百年（220—420），这是中国古代文学创作和文学思想发生重大变化的时期。这个时期的变化是从汉末开始的，它的标志是儒教的衰落。……全国陷入了动乱、分裂、割据的局面，作为大一统思想支柱的儒家学说也丧失了其统治地位，而开始衰落了。……曹操掌权之后，注重刑名法术思想，提倡‘唯才是举’，认为只要有真才实学，即使‘盗嫂偷金’，道德上有缺点也

① 朱东润：《中国文学批评史大纲》，上海古籍出版社 2001 年版，第 24—25 页。

② 刘大杰：《中国文学发展史》（上），上海古籍出版社 1982 年版，第 232 页。

没有关系。儒家的伦理道德观念发生了动摇，儒家思想一统天下的局面被打破了。”①

敏泽认为：东汉末年，曹操在削除“群雄”的过程中，不仅在政治和经济政策上采取了一些具有进步意义的措施，打击了豪强地主阶级的利益，削弱了东汉以来由他们垄断选举从而垄断政治的腐败局面，反对“德行”取士制度，而要求“明扬仄陋，唯才是举”（《三国志·魏书·武帝纪》裴松之注）。即使“出于贱人”，甚至“负污辱之名，见笑之行，或不仁不孝而有治国用兵之术”、能够“成就王业”的人，都要重用。曹操这些具有进步意义的措施，在一定程度上冲破了儒家思想对于思想文化领域的禁锢，使地主阶级知识分子的思想在一定程度上得到了解放。“从初平之元至建安之末，天下分崩，人怀苟且，纲纪既衰，儒道尤甚”（鱼豢《典略·儒宗传序》，《三国志·魏书·王肃传》裴松之注引），说的正是这种情况。所以鲁迅先生说：“此种提倡影响到文坛，便产生大量想说甚么便说甚么的文章”；“更因思想通脱之后，废除固执，遂能充分容纳异端和外来的思想，故孔教以外的思想源源引入”（《而已集·魏晋风度及文章与药及酒的关系》）。因此，汉魏之际就成了我国文化思想史上的一个重要转折点。它影响到文化思想的各个方面。②

敏泽在谈“文与行”时云：“此外，曹丕在《与吴质书》中说：‘观古今文人，类不护细行，鲜能以名节自立。’提出‘文人’之行，不一定需要‘名节’，这正是乃父曹操政治上用人不拘德行（‘不孝不仁，而有治国用兵之术’）的选拔人才的思想在文学理论上的一种反映。从反对封建的伦理‘名节’来说，这样的看法，在当时的历史条件下，是有其一定的进步意义，因此后来曾经受到许多礼教思想浓厚的人的指斥和非议，如傅玄在《举清远疏》中所说的：‘魏武好法术，而天下贵刑名；魏文慕通达，而天下贱守节。其后纲维不摄，而虚无放诞之论，盈于朝野。’”③

① 张少康、刘三富：《中国文学理论批评发展史》，北京大学出版社 1995 年版，第 160 页。
② 敏泽：《中国古代文学理论批评史》，人民文学出版社 1981 年版，第 119 页。
③ 敏泽：《中国古代文学理论批评史》，人民文学出版社 1981 年版，第 157 页。

郁沅、张明高云："曹氏父子都非儒家信徒，傅玄《上晋武帝疏》曰：'魏武好法术，而天下贵刑名；魏文慕通达，而天下贱守节。'曹丕在《典论·论文》中首倡的'文气'说，便是以重视个性自由发展的道家思想为指导的。"①

诸如此类，现当代哲学史、思想史、学术史著作亦多持此论，不胜枚举。可以看出，诸家在论述时首先大多以曹操的《求贤令》《求逸才令》《举士令》《敕有司毋废偏短令》以及曹丕《与吴质书》中的言论为据，继以魏晋人鱼豢《典略儒宗传序》以及傅玄《举清远疏》中对曹氏父子及时事思想的评价佐证（按：鱼豢，曹魏末期至晋朝初期的著名学者、史学家，曾撰写纪传体史书《魏略》。傅玄，西晋时期文学家、思想家、政治家），继而以鲁迅《魏晋风度及文章与药及酒的关系》进行强化。这样，便从曹魏统治者曹氏父子的直接言论思想，到同时或稍后的魏晋史学家鱼豢和傅玄的历史总结，进而以近现代文学思想家革命领袖鲁迅的旗帜文论，再到众多诸如上述文学批评史大家的著述传播，形成了一条文献完备、令人信服的证据链，自此这一思想史铁案便告以铸就。果真如此吗？

第一，"文人无行，不重名节"辨。上举诸家在论述曹丕思想时，都举其《与吴质书》中所说"观古今文人，类不护细行，鲜能以名节自立"为例，辅以曹操"有行之士，未必能进取；进取之士，未必能有行也"为证，再加之傅玄总结的"魏文慕通达，而天下贱守节"，便自然而然认为曹丕这句话是明确主张文人可以无德行、轻名节的。我们说，从傅玄起就对曹丕之文断章取义了。请看《与吴质书》这句话上下文："观古今文人，类不护细行，鲜能以名节自立。而伟长独怀文抱质，恬淡寡欲，有箕山之志，可谓彬彬君子者矣。著《中论》二十篇，成一家之言，辞义典雅，足传于后，此子为不朽矣。"② 很明显，"观古今文人，类不护细行，鲜能以名节自立"是感慨于世风日下的惋惜之言，是为徐干而发的，"而伟长"以下，一个"而"字，转入对徐干具备儒家德行和不朽著述的

① 郁沅、张明高：《魏晋南北朝文论选》，人民文学出版社1996年版，第20页。

② 郭绍虞、王文生：《中国历代文论选》（第1册），上海古籍出版社1979年版，第165页。

由衷赞叹。也就是说，曹丕以鲜明对比来说明他是坚决反对文人无行、不立名节的。傅玄作为一个史学家、政治家，在晋初需要树立儒学思想根基的政治诉求下，娴熟运用“赋诗断章，予取所求”的“春秋笔法”，是完全可以让人理解的。此外《典论·论文》的结语“唯干著论，成一家言”也反映了他“盖文章，经国之大业，不朽之盛事”的儒家“三不朽”思想。同样，《与王朗书》亦云：“人生有七尺之形，死为一棺之土。唯立德扬名，可以不朽；其次莫如著篇籍。”① 凡数次，反复申述其儒家“立德、立功、立言”的三不朽思想，那么，是重德还是轻行，是打破还是笃守，已自分明了。

第二，我们再举以曹丕关于崇孔尊圣的儒家仁义道德思想言论，来说明曹丕的思想是以儒家为主的。曹丕除了上文所举的精熟五经和重视五经的文献外，它如《轻刑诏》云：“吾备儒者之风，服圣人之遗教，岂可以目玩其辞，行违其诫者哉?”《追崇孔子诏》云：“昔仲尼资大圣之才，怀帝王之器，当衰周之末，无受命之运……欲屈已以存道。贬身以救世。于是王公终莫能用之，乃退考五代之礼，修素王之事，因鲁史而制《春秋》，就太师而正《雅》《颂》，俾千载之后，莫不宗其文以述作，仰其圣以成谋。咨！可谓命世之大圣，亿载之师表也。”《典论·自叙》云：“所著书论诗赋，凡六十篇。至若知而能愚，勇而知怯，仁以接物，恕以及下，以付后之良史。”②

第三，再看卞兰对曹丕的评价，卞兰《赞述太子赋并上赋表》：“伏惟太子，研精典籍，留思篇章……慈孝发于自然，仁恕洽于无外。是以武夫怀恩，文士归德。……怀近服远，非德无施。……学无常师，惟德所在；恩无所私，惟德所亲……德生于性，明出自然。……超古人之遐迹，崇先圣之弘基。……阐善道而广之。道无深而测，术无细而不敷。论古贤以叹息，睹懿德以欢娱……嘉通人之达节……惟凡百之咏德。”③ 曹丕与卞兰虽为君臣，实乃表兄弟。本文虽有阿谀之嫌，如曹丕回信

① 郁沅、张明高：《魏晋南北朝文论选》，人民文学出版社1996年版，第16页。
② 郁沅、张明高：《魏晋南北朝文论选》，人民文学出版社1996年版，第12页。
③ 郁沅、张明高：《魏晋南北朝文论选》，人民文学出版社1996年版，第21页。

《答卞兰教》所谓赋颂应“作者不虚其辞，受着必当其实。兰此赋，岂吾实哉?”自谦中亦自领受，故嘉兰之义而“赐牛一头”。

第四，至于在《典论·论文》和《与吴质书》中对建安七子唯一极力称赞的徐干，其德行著述和为人为文以及正统的儒家思想自然正是曹丕所认可和赞赏的。徐干亦精熟五经，“笃行体道”，如汉无名氏《徐干〈中论〉序》：“年十四，始读五经，发愤忘食……学五经悉载于口，博览传记，言则成章，操翰成文矣。……考其德行文艺，实帝王之佐也，道之不行，岂不惜哉！……统圣人中和之业，蹈贤哲守度之行。”[①] 宋曾巩《徐干〈中论〉目录序》：“魏文帝称干‘怀文抱质，恬澹寡欲，有箕山之志’，而《先贤行状》亦称干‘笃行体道，不耽世荣’……干独能考六艺，推仲尼、孟轲之旨，述而论之，求其辞，时若有小失者，要其归，不合于道者少矣。”[②] 最能体现徐干儒家思想的是曹丕赞誉为“成一家之言”的《中论》，我们择其要者，以见大概。在论德与艺、文与道关系上，徐干也如曹丕般以“本、末”相称：

> 《艺纪第七》：艺者，以事成德者也；德者以道率身者也。艺者德之枝叶也，德者人之根干也。……君子者，表里称而本末度者也。……存乎六艺者，其末节也。……非礼乐之本也。礼乐之本也者，其德音乎?[③]

有关立德、立言及原道、证圣、宗经之说，也是《中论》的重要内容。

> 《修本第三》：民心莫不有治道，至乎用之则异矣。或用乎己，或用乎人。用乎己者，谓之务本；用乎人者，谓之近末。君子之治也，先务其本，故德建而怨寡；小人之治也，先近其末，故功废而

---

① （汉）无名氏：《徐干〈中论〉序》，《景印文渊阁四库全书》（第696册），台湾商务印书馆1986年版，第466—467页。

② （宋）曾巩：《徐干〈中论〉目录序》，《景印文渊阁四库全书》（第1098册），台湾商务印书馆1986年版，第455页。

③ 俞绍初辑校：《建安七子集》，中华书局1989年版，第277页。

仇多。

《治学第一》：昔之君子成德立行，身没而名不朽，其故何哉？……故曰学者所以总群道也。群道统乎己心，……贤者不能学于远，乃学于近，故以圣人为师。……凡学者，大义为先，物名为后，大义举而物名从之。

《贵言第六》：君子必贵其言，贵其言则尊其身，尊其身则重其道，重其道所以立其教。[①]

第五，建安黄初时，桓范等在曹丕诏令下，“受诏集五经群书，以类相从，作《皇览》”。桓范于建安末入丞相府，因为有才学，与王象等共撰《皇览》。而他的三篇文体论则是回应曹丕文体论的典范，其中的儒家思想可以验之于曹丕。桓范《赞象》：“夫赞象之所作，所以昭述勋德，思咏政惠，此盖《诗·颂》之末流矣……上章君将之德，下宣臣吏之忠。”《铭诔》：“为臣无忠诚之行而有奸欺之罪，背正向邪，附下罔下，此乃绳墨之所加，流放之所弃。”《序作》：“夫著作书论者，乃欲阐弘大道，述明圣教，推演事义，尽极情类，记是贬非，以为法式。当时可行，后世可修。且古者富贵而名贱废灭，不可胜记，唯篇论俶傥之人，为不朽耳。……故作者不尚其辞丽，而贵其存道也。”很明显，其论与曹丕如出一辙。

其他诸如曹操曹植及建安文人之儒家思想。如曹植《与杨德祖书》：“辞赋小道，固未足以揄扬大义，彰示来世也。……若吾志不果，吾道不行，则将采史官之实录，辨时俗之得失，定仁义之衷，成一家之言。”[②]《王仲宣诔》：“君以淑德，继此洪基。既有令德，材技广宣。”王粲《吊夷齐文》：“守圣人之清概，要既死而不渝。……虽不同于大道，合尼父之所誉。”[③]

当代学者也早有持此观点的，如孙明君反对傅玄“魏文慕通达，而

---

① 俞绍初辑校：《建安七子集》，中华书局 1989 年版，第 254—273 页。

② 郁沅、张明高：《魏晋南北朝文论选》，人民文学出版社 1996 年版，第 26 页。

③ 郁沅、张明高：《魏晋南北朝文论选》，人民文学出版社 1996 年版，第 4 页。

天下贱守节”之论，并引《轻刑诏》和《追崇孔子诏》来说明曹丕的儒家思想。而后云：“它并没有打破儒家传统观念，相反，它要努力使文章成为经治国家的工具……但是在公开的场合，在社会政治层面，他始终以传统的‘儒者’自我标榜……至于曹丕的《典论·论文》与其说它是冲破儒家观念的号角，不如说它是号召文士用文章为一统大业鼓与呼，自觉接受认同于原始儒学的思想观念的倡议书。”①

三 “四科”为“四分”分类说

曹丕的“四科八体”说是其文体学的核心，而“四科”和“八体”分别代表了两种迥然不同分类方式。“八体”说属于繁杂细密的文体分类，这是中国古代文体分类的主流。“四科”则属于化繁为简的文体“归类”，以真德秀《文章正宗》“辞命、议论、叙事、诗赋”的“四分法”为代表，当代学者多已注意到，笔者亦有专文论述，其中也涉及曹丕“四科”对真氏“四目”的影响，但还是非常简略。本文在简要论述曹、真四分法的总集分类之外，重点论述孔门四科、类书编纂和目录学四部对曹丕“四科”的影响。

第一，在总集分类中，曹丕“四科”对真德秀“四目”的影响。在“四科八体”说中，历来学者关注的焦点大多在“八体”之分类，并与陆机《文赋》的“十体”进行比较，称陆机进一步细分为十体，再到《文心雕龙》33 类、《文选》38 类、《文苑英华》55 类、《唐文粹》16 类、《宋文鉴》61 类、《元文类》43 类、《明文衡》38 类、《文体明辨》127 类等，这显示了文体分类日趋繁复的事实。这种繁杂细密的文体分类一直是中国古代文体分类的主流，学者常常把曹丕“八体”作为这一分类方式的起点。

“四科”则属于化繁为简、由博趋约的文体归类法，其中最为重要的便是真德秀《文章正宗》“辞命、议论、叙事、诗赋”的“四分法”了。真氏“四分法”在繁杂细密的文体分类主流之外，显得格外引人注目，

① 孙明君：《曹丕〈典论·论文〉甄微》，《清华大学学报》（哲学社会科学版）1998 年第 2 期。

古今学者对其开创之功和深远影响屡有表述。比如，当代文体学专家钱仓水云："采取了文体并类办法的，当首推宋代朱熹的再传弟子真德秀的《文章正宗》……就文体分类来讲，却确乎是一个大胆的、极有意义的，甚至是雷电般地令人耳目一新的归并，开了后世分门系类的先例。"[①] 郭英德先生云："历代《文选》类总集在诗文中，兼收实用性文体、说理性文体、叙事性文体和抒情性文体。南宋真德秀编纂《文章正宗》，曾将文章归纳为四大类：'曰辞命，曰议论，曰叙事，曰诗赋'，这是从文体的表现方式（即体式）着眼，对文体形态的宏观把握，应该说基本上概括了中国古代所谓或'文'或'文章'的实际构成状况。因此，历代《文选》类总集均兼收这四大类文体。"[②] 赵逵夫先生也称："这是我国文体分类上的一个很大的进步，具有开创的意义。……因为象'议论'、'叙事'这样的完全从形式和反映生活的方式上高度概括的划分，此前确实还没有过。"[③] 真德秀《文章正宗》"四分法"在分类上完全打破了以体裁划分类目的传统思维方式，而以文体的表达功能或者说表现方式来概括归并文类，从而包尽诸体，即吴讷所谓"古今文辞，固无出此四类之外者"。也就是说，这种分类方式能"从文章内在因素、本质特征上分析概括"，确实具有"开创意义"。

真氏"四分法"最直接的渊源当属曹丕的文体"四科"之并类模式。曹丕在《典论·论文》中说："夫文本同而末异。盖奏议宜雅，书论宜理，铭诔尚实，诗赋欲丽。此四科不同，故能之者偏也。唯通才能备其体。"[④] 真氏"四目"与曹丕"四科"名异实同，深为契合。在文体类目和数量上，曹丕并非只认识到上述"四科八体"，这应该只是他对文体类目的一种简略的概括方式，就像真氏"四目"一样。可以这样说，"奏议"乃朝廷应用文字，即"辞命"；其"宜雅"即真氏要求辞命有"深纯温厚"之旨和近于古雅。"书论"也便是"议论"之"谏争论说"和

---

① 钱仓水：《文体分类学》，江苏教育出版社 1992 年版，第 179 页。

② 郭英德：《中国古代文体学论稿》，北京大学出版社 2005 年版，第 114 页。

③ 赵逵夫：《〈中国文章分类学研究〉序》，《西北民族学院学报》（哲学社会科学版·汉文）2000 年第 1 期。

④ 郁沅、张明高编选：《魏晋南北朝文论选》，人民文学出版社 1996 年版，第 13 页。

“书记往来”者；“宜理”即“议论”或“发明义理”“专析治道”也。“铭诔”便是“叙事”之“碑志事状”之属，即碑传墓铭之属。《文心雕龙》也以“诔碑”联名归类，“碑铭”联名都属常见，以叙事为主；“尚实”也正是真氏“叙事”所谓“昉于汉司马氏”，因《史记》之创作原则便是“实录”；而所谓“典则简严”即“尚实”的意思。“诗赋”则名称全然相同，其“欲丽”即真氏所云“悠然有自得之趣也”。不难看出，其分类次序都完全相同，沿承之迹宛然。① 对此，赵逵夫先生已慧眼独具，《〈中国文章分类学研究〉序》云：“他（真德秀）立为四目，也可能受到曹丕《典论·论文》的启发，但主要应是他个人创造性思维的结果。”②

第二，孔门“四科”对曹丕“四科”的影响。《典论·论文》云：“此四科不同，故能之者偏也；唯通才能备其体。”也就是“文非一体，鲜能备善”，说明了文体“四科”不同于作家才能短长的关系。这种文体观的出现，有其政治文化学术原因，那就与是当时政治上唯才是举、因材选官和任得其才、才堪其任的思想背景有关的。对此，张少康云：“《典论·论文》中心在论述作家才性与文体特征之间的关系，这是和汉魏之际政治学术思想的变迁直接联系着的。……曹操掌政之后，鄙弃儒学而提倡名法，在选拔人才上不再以儒家仁义道德为标准，主张‘唯才是举’，强调实际才能。当时的才性之争，即研究人的才能与禀性关系的理论……是研究人君在设官分职时如何使官职与爵位相适应，才能与官职相符合。爵位大小与任职的重要与否能不能一致，官吏的才能与任职的要求是否合适，这是人君能否无为而治的关键所在。为此就要研究人物的才能个性特点与所任职事的特点和需要。于是就有刘劭的《人物志》等著作出现。据《群书治要》辑陆景《典语》中曾说：‘夫料才核能，治世之要也。凡人之才，用有所周，能有偏达，自非圣人，谁能兼资百行，备贯众理乎？故明君圣主，裁而用焉。……若任得其才，才堪其任，

---

① 参见任竞泽《〈文章正宗〉“四分法”的文体分类史地位》，《北方论丛》2011年第6期。

② 赵逵夫：《〈中国文章分类学研究〉序》，《西北民族学院学报》（哲学社会科学版·汉文）2000年第1期。

而国不治者，未之有焉。'"[①]

这正继承了"孔门四科"之"各因其材"和"须尽其所长而受其职"的分科思想。孔门四科包括德行、言语、政事、文学。七十二弟子各有所长，分属四科之一。这正如宋文彦博《答奏》所云："用人之法，当各因其才器。孔门四科，分政事文学之品，须尽其所长而受其职，职乃无旷。"[②] 明梁潜亦云："朱子曰：自隋唐专以文章取士，而尚德之举不复见矣。孔门四科，各因其材。为治如成周，为教如孔子，亦云可矣。"[③] 清王澍借书法之喻说明了孔门之分"四科"的道理："虞得右军之圆，欧得右军之卓，褚得右军之超，颜得右军之劲，柳得右军之坚。正如孔门四科，不必兼擅而各诣所长，皆是尼山血嗣。"[④] 其间的关系不言自明。

周勋初先生也看到了四科不同与才能偏通及品评人物与选官授职之间的关系。其云："曹丕提出四科八类，认为一般文人只能各有专长，只有通才才能贯通。这种认识，也是时代思潮的表现。东汉后期品评人物的风气已经形成，而自全国分裂之后，各地军阀竞相网罗人才，他们注意了解各个人的特殊才能，然后授予合适的职位。他们认为一个人的才能往往有所偏长，问题就在发现并利用这种偏至的人才。曹操的《敕有司取士毋废偏短令》代表了这种看法。"[⑤]

第三，四科之"类从"归纳分类法与诏集编纂类书《皇览》之关系。中国古代的第一部类书是《皇览》，由魏文帝曹丕诏命刘劭、桓范、韦诞、王象和缪袭等人编纂。王应麟《玉海·艺文·承诏撰述篇》说："类事之书，始于《皇览》。"命名之意，即"宜皇王之省览，故曰《皇览》"。内容上，则"包括群言，区分义别"。《三国志·魏书·文帝纪》说："初，帝

---

① 参见张少康、刘三富《中国文学理论批评发展史》，北京大学出版社 1995 年版，第 167 页。

② （宋）文彦博：《潞公文集》卷 27，《景印文渊阁四库全书》，台湾商务印书馆 1986 年版，第 736 页。

③ （明）梁潜：《泊庵集》卷 2，《景印文渊阁四库全书》，台湾商务印书馆 1986 年版，第 201 页。

④ （清）王澍：《淳化秘阁法帖考正》卷 12，《景印文渊阁四库全书》，台湾商务印书馆 1986 年版，第 638 页。

⑤ 周勋初：《中国文学批评小史》，复旦大学出版社 2007 年版，第 21 页。

好学，以著述为务，使诸儒撰集经传，随类相从，凡千余篇，号曰《皇览》。"《三国志·魏书·刘劭传》："黄初中，为尚书郎、散骑侍郎。受诏集五经群书，以类相从，作《皇览》。"[①] 中国古代文体分类有"类分"和"类从"两种方式，前者是烦琐细分，以《文选》类总集为代表；后者是合并归类，以《文章正宗》"四目"法为代表。前文已谈过曹丕"四科"对真氏"四目"之文体分类法的影响和关系，那么，曹丕诏命编纂的类书《皇览》之"随类相从""以类相从"及"区分义别"的类从区分方法，与其文体"四科"的合并归类法有密切关系，应是再自然不过的了。傅刚认为："（《皇览》）'以类相从'的体例也影响到总集的编纂。如挚虞《文章流别集》，采取的就是'类聚区分'的体例，这也是出于诗文总集编纂的事实需要。因为所收作品既多，势必要按类别区分。"[②]

第四，曹丕之"四科"与目录学"四部"之关系。关于目录学之"四部"类例演变，大体如余嘉锡所言："晋武帝太康二年，得汲冢古文竹书，以付秘书，于是荀勖撰次之，因郑默《中经》，更著新簿，遂变《七略》之体，分为甲乙丙丁四部，是为后世经史子集之权舆，特其次序子在史前……迨及东晋，收集散亡，李充作《晋元帝书目》，但以甲乙丙丁四部为次，又将《中经新簿》之乙丙两部先后互换……《晋书·李充传》所云：'于时典籍混乱，充删除繁重，以类相从，分为四部，甚有条贯，秘阁以为永制。'自晋宋至今官撰目录，则皆用四部。"[③] 也就是说，西晋初年的荀勖和东晋李充的"四部"法之源头在郑默《中经》，就如来新夏所分析的："《新簿》是按四部分类，那么作为它主要依据的魏《中经》大致也是采用的四分法。因此，郑默所撰的《中经》很可能是一部以四部分类的国家图书目录，对我国图书分类学作出了开创四分法的贡献。"[④]

上述孔门"四科"、类书《皇览》和目录学"四部"，是曹丕文体"四科"的学术史渊源。

至此，我们需要注意的是，郑默和荀勖都是由魏入晋。郑默仕魏为

---

① 以上转引自胡道静《中国古代的类书》，中华书局1982年版，第54页。

② 傅刚：《〈昭明文选〉研究》，中国社会科学出版社2000年版，第35页。

③ 余嘉锡：《目录学发微》，中国人民大学出版社2004年版，第96—98页。

④ 来新夏：《古典目录学浅说》，中华书局1981年版，第87页。

秘书郎、司徒左长史，入晋后官至东郡太守、光禄勋。荀勖初仕魏为从事中郎，入晋后，历官中书监、秘书监、尚书令等。郑默《中经》撰在魏时，应是曹丕诏命所制，依“四部”分类也应是曹丕授意，因为“四部”之名最早便出自曹丕。

第五，“四部”之名出自曹丕，其意或为“四科”。余嘉锡云：

至荀勖晋《中经新簿》，始分四部，此学者所共知也。然汉、魏之间，实已先有四部之名。孔融文曰：“证案大较，在五经四部书。”魏文帝《自叙》云：“及长而备历五经四部，史、汉诸子百家之言。”以四部置之经子史之外，则非荀勖之四部矣。所指为何等书，无可考证。以意度之，七略中六艺凡九种，而《刘向传》但言“诏向领校中五经秘书”。盖举《易》、《书》、《诗》、《礼》、《春秋》立博士者言之，则曰五经；并举乐言之，则曰六艺；更兼《论语》、《孝经》、小学言之，则为九种。汉末人以为于九种之中独举五经，嫌于不备，故括之曰五经四部。四部者，即指六艺略中之乐、《论语》、《孝经》、小学也。此虽未有明证，而推测情事，或当如此。……钱大昕《潜研堂文集》卷十三《答问》十：“魏文帝《典论·自叙》称五经、四部、史、汉、诸子百家之言，靡不毕览”。所谓四部者，似在五经诸子之外，亦不知其何所指。①

钱大昕和余嘉锡都看到曹丕把五经、四部连称，其四部不是荀勖、李充之四部，余嘉锡又给出自己的解释。我们认为，所谓“五经、四部，史、汉、诸子百家之言”，应是包括经（五经）、史（史）、子（汉诸子百家之言）、集（四部）的。这样说，是把四部理解为其文体“四科”，四科当然属于集。原因是前文所述的文体“四科”是源于“五经”的，故而五经下来便说四部，二者联用是有深意的。本文在论四科，故对曹丕“四部”权备一说，在此亦借余氏所言“此虽未有明证，而推测情事，或当如此”。

在目录书及总集之“四分法”中，“诗赋”一脉相承，曹丕“四科”

① 余嘉锡：《目录学发微》，中国人民大学出版社2004年版，第145—146页。

之“诗赋”具有承前启后的作用。目录书所谓“四部”法，唐以后才明确称经、史、子、集，之前荀勖、李充等皆称甲、乙、丙、丁，具体称谓是：五经为甲部，史书为乙部，诸子为丙部，诗赋为丁部。经、史、子之名无异，集部则一直以“诗赋”来统称。所以说，从刘歆《七略》、班固《汉志》之“诗赋略”，到曹丕“四科”之“奏议、书论、铭诔、诗赋”，再到荀勖、李充等目录书“四部”之“五经为甲部，史记为乙部，诸子为丙部，诗赋为丁部”，再到真德秀“四目”之“辞命、议论、叙事、诗赋”，顺序是目录、文体、目录、文体之循环往复，曹丕“四科”和“诗赋”之位置和地位一目了然。

（作者单位：陕西师范大学文学院）

唐宋类书“文部”的文体文献学价值

党圣元

唐宋类书是中国古代类书发展史上的关键时期。类书在体例上“区分胪列”与总集文体分类之“类聚区分”的纂辑方法有相同之处。类书与总集在文体学上的密切关系尤其能从宋初类书《太平御览》与总集《文苑英华》的编纂及文体比较分析中看出。而《艺文类聚》《古今事文类聚》之“先事后文”的体例，既说明了类书与总集的关系，也体现了类书“文部”的鲜明文体纂述体例。类书不但在题材分类上影响了总集分类方法的形成，而且其“文部”都有详尽的文体分类和文体评论，这是其文体理论的重要价值所在。在古代，类书和总集编纂的初衷和目的都是指导写作，这与文体著作和文体总集的功能是相通的，唐宋类书之“文部”胪列评论文体的体例在中国古代文体纂述体例上具有承前启后的地位。中国古代类书尤其是唐宋类书在文体学上最大的贡献，在于其作为“古代文献资料的渊薮”，最丰富、最集中、最系统地把中国古代文体文献资料汇集在一起，具有“综罗文体资料文献”的功能。这就使得我们在千百年后，可以汇辑编纂出一部文体文献资料专书，有益于和便于现代学者的文体学研究。本文在大量考析唐宋类书之“艺文、文章、文学、杂文”等“文部”文体的基础上，以《艺文类聚》《太平御览》等八部类书为典范，进行文体学上的分析和总结，从而凸显唐宋类书在中国古代文体学上的独特地位和文体文献学价值。

一

类书“文部”的编纂方法、文体分类及纂述体例都具有鲜明的文体学特征，是融合了文体学诸方面的独特文体汇编。其不但与总集文体分类有密切关系，其指导写作的目的也与文体学著作和文体总集的功能是相通的，从中也显现出其文体学价值和意义。

首先，类书“文部”之胪列评述文体与总集文体分类有密切关系，可谓同源异流。类书在体例上“区分胪列”与总集文体分类之“类聚区分”的纂辑方法有相同之处，即王应麟《玉海》李桓序所谓“区分胪列，靡所不载”。胡道静云：我国古代类书是“百科全书和资料汇编”的综合体。另外还要加上一条，就是它们的形式是区分门类的。类书的名称本是由此得来，所谓“方以类聚，物以群分”（《易·系辞传》）；“事类相从，聚之义也”（皇甫谧《甲乙经序》语）者是。[①] 明焦竑《国史·经籍志》卷4“类家”序云：

> 流览贵乎博，患其不精；强记贵乎要，患其不备。古昔所专，必凭简第；综贯群典，约为成书。此类家所由起也。自魏《皇览》而下，莫不代集儒硕，开局编摩；乃私家所成，亦复猥众。大都包络今古，原本始终，类聚胪列之，而百世可知也。韩愈氏所称“钩玄提要”者，其谓斯乎![②]

类书的这种“类聚胪列”的分类方法与中国古代总集的分类方法可谓同源异流，殊途同归。我们知道，中国历代总集选本是中国古代文体分类学的渊薮，傅刚先生《文体辨析与总集之编纂》总结道：“魏晋六朝时期文学总集的编纂，以文体分类从而带有辨体的目的。”[③] 挚虞编纂

① 转引自胡道静《中国古代的类书》，中华书局1982年版，第7页。

② （明）焦竑：《国史·经籍志》卷4，商务印书馆1939年版，第237页。

③ 傅刚：《文体辨析与总集之编纂》，《〈昭明文选〉研究》，中国社会科学出版社2000年版，第100页。

《文章流别集》之体例便是“区判文体”和“类聚区分”。如《晋书·挚虞传》：“挚虞撰《文章志》四卷，注解《三辅决录》，又撰《古文章类聚》，类聚区分为三十卷，名曰《流别集》，各为之论，辞理惬当，为世所重。”① 最著名的总集选本体例亦以“汇聚”“类分”为主的，如萧统《文选序》：“凡次文之体，各以汇聚，诗赋体既不一，又以类分；分类之中，各以时代相次。”② 刘勰《文心雕龙》文体论也是从“区别部类”来“论古今文体”的。可见，总集和文体理论著述的文体分类都很相似。褚斌杰先生也云：“在中国，文体分类的尝试和出现，肇始于文学总集的出现和文学批评的萌芽。”③

类书与总集在文体学上的密切关系尤其能从宋初类书《太平御览》与总集《文苑英华》的编纂及文体比较分析中看出。宋初《太平御览》与《文苑英华》相继纂成，二书不但时间上先后而成，而且纂者人数及身份都大体相同。如胡道静云：

> 参与纂修《英华》诸人中，有八人皆为参与《太平御览》者。……意者，《御览》实成于太平兴国七年，故当时能抽调编辑诸人之大半以从事《文苑英华》之修纂，但完成者不过为进请删定之稿本，不为定本。④

《文苑英华》所列文体如下：赋、诗、歌行、杂文、中书制诰、翰林制诏、策问、策、判、表、笺、状、檄、露布、弹文、移文、启、书、疏、序、论、议、连珠、喻对、颂、赞、铭、箴、传、记、谥哀册文、谥议、诔、碑、志、墓表、行状、祭文（哀吊）。

《太平御览》所收文体如下：诗、赋、颂、赞、箴、碑、铭（铭志附）、七辞、连珠、（御制）、诏、策、诰、教、诫、章、表（启、奏、劾奏、奏状、奏弹、弹事、奏劾、弹文）、驳奏、论、议、笺、启、书记

---

① （唐）房玄龄等：《晋书》卷51，中华书局1998年版，第1427页。

② 转引自傅刚《〈昭明文选〉研究》，中国社会科学出版社2000年版，第330页。

③ 褚斌杰：《中国古代文体概论》，北京大学出版社1990年版，第495页。

④ 胡道静：《中国古代的类书》，中华书局1982年版，第161页。

(尺牍、笔札)、诔、吊文、哀辞、哀策、檄、移、露布、符、契券、铁券、过所、零丁、品量文章、叹赏、史传。

可以看出，两书所列文体大体无大出入，基本是相同的。可以这样说，《太平御览》文部就像是挚虞《文章流别志》，而《文苑英华》则像是《文章流别集》，二书相辅相成，合则为一文体总集，分则文体理论与文章选本，二者互相独立，互相生发。这一现象从另一侧面说明了唐宋人之类书和总集编纂的相同的文体学思维方式以及相同的指导写作功能。

唐宋类书如《艺文类聚》《古今事文类聚》之编纂体例具有类书和总集的双重功能，已然开明代吴讷、徐师曾文体总集的先河。如明胡应麟《少室山房笔丛》卷29《九流绪论》下云："如《初学》《艺文》兼载诗词则近于集。"[①]《澹生堂藏书约·藏书训略·鉴书》云："又如《艺文类聚》之备载词赋，《合璧事类》之详引诗文，是皆类而集矣。"[②] 胡道静对《艺文类聚》这种类书兼总集的体例所述尤为详切：

> 《艺文类聚》在辑存文献的方法、方式上，有一重大特点，和它以前的类书及以后的大多数类书非常不同，从而构成了它自己在类书群中的独特之处，就是把"事"与"文"两条龙并成了一条龙，变更了类书的常规体制。以往，"文"自为总集，"事"自为类书，正如欧阳询在《艺文类聚序》中所说的："《流别》、《文选》专取其文；《皇览》、《遍略》，直书其事。"其结果是"文义既殊，寻检难一"。欧阳询为了要解决这个不方便的问题，于是新创体制，事与文兼，汇为一书。他说："其有事出于文者，便不破之为事。故事居其前，文列于后。"事前、文后，便是《艺文类聚》每一个子目的体例……
>
> 欧阳询创造的这个类书体例，后来宋人的《事文类聚》、清代官修的《渊鉴类函》都摹仿它。[③]

---

① (明) 胡应麟:《少室山房笔丛》卷29，上海书店2009年版，第287页。

② 转引自胡道静《中国古代的类书》，中华书局1982年版，第6页。

③ 胡道静:《中国古代的类书》，中华书局1982年版，第107页。

《艺文类聚》《古今事文类聚》之"先事后文"的体例，既说明了类书与总集的关系，也体现了类书"文部"的鲜明文体纂述体例。也就是说，其"先事"大多综罗古代文籍中的有关文体言论，并符合刘勰"原始以表末，释名以彰义，选文以定篇，敷理以举统"的文体研究思路；其"后文"则属于总集选本体例，符合刘勰的"选文以定篇"。这种文体总集的纂述体例，上承《文章流别集》而下启明代吴讷《文章辨体》和徐师曾《文体明辨》的编纂体例。其在中国古代文体学上的地位和作用非常重要。

在古代，类书和总集编纂的初衷和目的都是指导写作，即"储材待用，备文章之助"，这与文体著作和文体总集的功能是相通的，如胡道静所云：

> 类书储材待用，一方面是备仓卒应对之需，一方面也是为撰文、作诗资料之需。封建时代的诗文，大多是需要堆砌典故。临事得题，不得不乞灵于类书，而平日不得不有所预备。虞世南之为《书钞》，当然主要是为此。白居易作《六帖》、元稹作《类集》、晏殊作《类要》、秦观作《精骑集》等等，无非都是如此。封建政府的编纂类书乃至书坊的辑录类书，也是提供文人以这种方便。①

类书的这种"两脚书厨"和"獭祭"之作用与总集之注疏即"书麓"（案：李善注《文选》，号为书麓，也即章句家）对文学创作的指导作用如出一辙，即闻一多先生所谓："章句家与类书家的态度，根本相同，创作家又何尝两样？"依此出发，闻一多先生清晰地勾勒出总集、类书与文人别集三者之间的关系并作了详细阐释。他选出五种书，把它们排成下面这样的次第：《文选注》、《北堂书钞》、《艺文类聚》、《初学记》、初唐某家的诗集，进而作了如下分析。

"五种书同是'事'（文家称为'词藻'）的征集与排比，同是一种机械的工作，其间只有工作精粗的程度差别，没有性质的悬殊。这里

---

① 胡道静：《中国古代的类书》，中华书局1982年版，第26页。

《初学记》虽是开元间的产物，但实足以代表较早的一个时期的态度：在我们讨论的范围内，这部书的体裁，看来最有趣。每一项题目下，首先是‘叙事’，其次是‘事对’，最后便是成篇的诗赋或文。其实这三项中减去‘事对’，就等于《艺文类聚》，再减去诗赋文便等于《北堂书钞》。所以我们由《北堂书钞》看到《初学记》，便看出了一部类书的进化史，而在类书的进化史中，一首初唐诗的构成程序也就完全暴露出来了。你想，一首诗做到有了‘事对’的程度，岂不是已经成功了一半吗？余剩的工作，无非是将‘事对’装潢成五个字一幅的更完整的对联，拼上韵脚，再安上一头、一尾罢了。……这样看来，若说唐初五十年间的类书是较粗糙的诗，他们的诗是较精密的类书，或许不算是强词夺理吧？”① 类书、总集这种指导创作的功能与所有文体著作都是指导写作的功能是一致的。《文心雕龙》这一文体之集大成者便是，如《魏晋南北朝文学批评史》云：“《文心》一书的宗旨是指导写作，全书的各部分篇章也是按照这一宗旨组织安排的。”② 类书的这种“以类相从”的分类方法以及指导写作的“看文体”功能，在《初学记》中体现得最为充分。《唐会要》卷36《修撰篇》云：“开元十五年五月一日，集贤学士徐坚等纂经史文章之要，以类相从，上制名曰《初学记》，至是上之。”③ 唐刘肃《大唐新语》卷9记载《初学记》的编纂源起云：

> 玄宗谓张说曰：“儿子等欲学缀文，须检事及看文体。《御览》之辈，部帙既大，寻讨稍难。卿与诸学士撰集要事并要文，以类相从。务取便省，令儿子等易见成就也。”说与徐坚、韦述等编此进上，以《初学记》为名。④

其所谓“须检事及看文体”云云，指类书便于“检事”的功能和作

---

① 闻一多：《唐诗杂论》，万卷出版公司2015年版，第20—21页。

② 王运熙、杨明：《魏晋南北朝文学批评史》，上海古籍出版社1989年版，第338页。

③ （宋）王簿：《唐会要》卷36，中华书局1955年版，第658页。

④ （唐）刘肃撰，许德楠、李鼎霞点校：《大唐新语》卷9，中华书局1984年版，第137页。

用，即上述“獭祭”“书簏”之功；而“看文体”则指各种类书“文部”中大量胪列评论各种文类文体，以指导各体文章写作，尤其体现出了类书“文部”的文体学价值。

类书、总集的这种指导写作而具有文体学价值的现象，与唐宋科举兴盛而各类应试指南（兔园册子）的发达有异曲同工之处。各类应试指南（兔园册子）具有指导应试举子写作的作用，故而其对文章文体的选评、点评都十分详尽细致，无疑具有某种文体论著的意味。也就是说，在文体功能上，类书与各种总集及各类应试指南（兔园册子）的性质有很多相似之处。

唐宋类书的文体学价值不但体现在上述各方面，而且其“文部”胪列评论文体的体例在中国古代文体纂述体例上具有承前启后的独到地位。类书不但在题材分类上影响了总集分类方法的形成，而且其“文部”都有详尽的文体分类和文体评论，这是其文体理论的重要价值所在。如隋虞世南《北堂书钞》卷十二“艺文部”分文体为诗、赋、颂、箴、连珠、碑、诔、哀辞、吊文、诏敕、章、表、书记、符、檄、策、简、牍、札、刺、券契21体。欧阳询《艺文类聚》卷五十五“杂文部”分史传、集序、诗、赋、七、连珠、书、檄、移等九体。最典型全面的要属宋李昉等编《太平御览》“文部”列诗、赋、颂、赞等四十余体，这与同时为李昉主持编纂的总集《文苑英华》的文体数目名称大体相当，足以见出类书的文体分类与总集文体分类之间的关系。类书独特的文体纂述体例不但上承刘勰《文心雕龙》之“原释选敷”的文体研究方法和挚虞《文章流别志》的纂述体例，而且征引相关的文体文献资料更为丰富，可谓竭泽而渔。此外，类书独特的文体纂述体例还直接影响启发了明代几大文体总集的编纂。下面我们首先对唐宋有代表性的类书“文部”文体体例进行择要列举，以见概貌。

（一）《艺文类聚》，唐欧阳询等撰

赋

《诗序》曰：诗有六义……二曰赋。《释名》曰：赋，敷也。敷布其义，谓之赋也。《汉书》曰：不歌而诵谓之赋，登高能赋可以为大夫。言感物造端，材智深美，可以与图政事，故可以为列国大夫也。春秋之后，周道浸坏，聘问歌咏，不行于列国，而贤人失志之赋作矣。孙卿及楚臣屈原，离谗忧国，皆作赋以风谕，咸有恻隐古训之义。其后宋玉、唐勒。汉兴，枚乘、司马相如下及杨子云竞为侈丽闳衍之词，没其风谕之义。是以扬子悔之曰：诗人之赋丽以则，辞人之赋丽以淫。如孔氏之门用赋也，则贾谊登堂，相如入室矣。又曰：上令王褒与张子侨等并待诏，数从游猎，所幸宫馆，辄为歌颂，第其高下，以差赐帛。议者多以为淫靡不急。上曰：不有博弈者乎？为之犹贤乎已。辞大者与古诗同义，小者辨丽可嘉。譬如女工有绮縠，音乐有郑、卫，今世俗犹皆以此娱悦耳目。辞赋之比，尚如耳悦目，尚有仁义风谕鸟兽草木多闻之观，贤于倡优博弈远矣。又曰：枚皋上书北阙，自陈枚乘之子。上得大喜，召入见，待诏，皋因赋殿中。诏使赋平乐馆，善之，拜为郎。皋不通经术，谈笑类徘倡，为赋颂好慢戏，以故得媟渎，贵幸，比东方朔、郭舍人等。武帝春秋三十九，乃得皇太子，群臣喜。故皋与东方朔作皇太子生赋，皋为文疾，受诏辄成。司马相如善为文而迟，故所作少。《汉书》曰：成帝赵昭仪方大幸，每上往甘泉宫，常从在属车间豹尾中，故扬雄盛言车骑之众，参丽之驾，非所以感动天地，逆厘三辰。又言：屏玉女，却宓妃，以愆斋戒之事。赋成奏之，天子异焉。先是时，蜀有司马相如作赋，甚弘丽温雅，雄心壮之，每作赋，常拟以为式。《东观汉记》曰：班固，字孟坚，九岁能作赋颂。固数入读书禁中，每行巡狩，辄献赋颂。……桓子《新论》曰：余少时，见杨子云丽文高论，不量年少，猥欲逮及。常作小赋，用精思大剧。而立感动发病。子云亦言成帝上甘泉，诏使作赋，为之卒暴。倦卧，梦其五脏出地。及觉大少气，病一岁。余素好文，见子云工为赋，欲从之学。子云曰：能读千赋，则善为之矣。①

其后备载《祢衡别传》、《魏志》、王隐《晋书》《文士传》、晋陆机《文赋》、汉扬雄《反骚》、后汉班彪《悼离骚》、晋挚虞《悯骚》、魏陈王曹植《九咏》、梁元帝《拟秋风摇落》、梁武帝《赋体》、梁任昉《赋体》、梁王僧孺《赋体》、梁陆倕《赋体》、梁柳憕《赋体》、魏文帝《典

① （唐）欧阳询等撰：《艺文类聚》，上海古籍出版社1965年版，第1012—1013页。

论》、晋挚虞《文章流别论》等有关赋体的文章或言论，兹略。

（二）《太平御览》，宋李昉等撰

赞

《释名》曰：称人之美曰赞。赞，纂也，纂集其美而叙之也。《文心雕龙》曰：赞者，明也，助也。昔虞舜之祀，乐正重赞，盖唱发之词也。及益赞于禹，伊陟赞于巫咸，并扬言以明事，嗟叹以助词者也。故汉置鸿胪，以唱拜为赞，即古之遗语也。至如相如属词，始赞荆轲。及史班书记，以赞褒贬。约文以总录，颂体而论词，又纪传后评，亦同其名，而仲洽流别谬称为述，失之远矣。及景纯任雅，动植必赞，赞兼美恶，亦犹颂之有变耳。然本其为义，事生奖叹，所以古来篇体，促而不广；必结言于四字之句，盘桓于数韵之词；约举以尽情，昭灼以送文，此其体也。发源虽远而致用盖寡，大抵所归，其颂家之细条也。李充《翰林论》曰：容象图而赞立，宜使辞简而义正，孔融之赞杨公，亦其义也。《晋书》曰……又曰……《世说》曰……①

（三）《玉海》，宋王应麟撰

论

郑康成曰：论者，纶也，可以经纶世务。刘熙曰：论，伦也，有伦理也。刘勰曰：圣哲彝训曰经，述经叙理曰论。陈政则与议说合契，释经则与传注参体，辨史则与赞评齐行，铨文则与叙引共纪。弥纶群言而研精一理者也。②

以下按时代先后选文定篇，论述经典范文的写作背景及出处等，包括《素王妙论》、《盐铁论》、桓谭《新论》、《王命论》、《沛王通论》、《演经杂论》、《论衡》、《六儒论》、《潜夫论》、《六艺论》、《御寇论》、《政论》、仲长统《昌言》等篇。

---

① （宋）李昉等：《太平御览》，中华书局1960年版，第2648—2649页。

② （宋）王应麟，武秀成、赵庶萍校证：《玉海艺文校证》，凤凰出版社2013年版，第1369页

其他如《北堂书钞》《初学记》《唐宋白孔六帖》《古今事文类聚》《事物纪原》等也大体如此。比较发现，上述类书在撰述体例上虽然各有不同特点，但都与《文心雕龙》之“原始以表末，释名以彰义，选文以定篇，敷理以举统”的文体研究思路颇为相似，即“大都包络今古，原本始终，类聚胪列之”，只是各有繁简不同而已。类书文部文体编纂体例不但影响了王应麟《辞学指南》、陈仁子《文选补遗》、祝尧《古赋辨体》等的纂述体例，而且对明代吴讷和徐师曾两部文体“集大成”之作产生了巨大影响。

二

唐宋类书是中国古代类书发展史上的成熟期和高峰期，不但数量众多，名著辈出，堪为历朝之最，而且由于编纂目的和用途不一，也使得各大类书对“文部”的重视程度及所收文体数目、纂述体例等都有较大差异，从而在中国古代文体发展史上的地位也大不相同。经过对现存唐宋类书的翻检对比，我们认为《北堂书钞》《太平御览》等唐宋八大类书之“文部”较为典型，大体可代表唐宋类书“文部”之文体学概貌和成就。其部类体制在上节略有介绍，限于篇幅，不能尽举，但已看出类书编纂体例和思路与《文心雕龙》等文体著作之相似。更重要的是，通过对《北堂书钞》《太平御览》等唐宋八大类书文体数目和引书数目及频次的统计分析，我们可以从中总结出许多文体学发展的重要观念和规律，有助于加深和拓展中国古代文体学的研究。

(一)《北堂书钞·艺文部》

文体统计：诗、赋、颂、箴、连珠、碑、诔、哀辞、吊文、诏敕、章、表、书记、符、檄、策、简、牍、札、刺、券契。

引书统计[①]：《释名》1，《诗序》7，《文心雕龙》3，《文章流别论》8，《文赋》3，《典论》3，《叙连珠》，《汉书》20，《后汉书》10，

---

① 书名后出现的数字乃该书引用次数，下同。

《左传》6，《礼记》6，《史记》4，《魏志》6，《东观汉记》10，《世说新语》5，《论衡》3，《魏略》4，《法言》3，《新论》4，《汉武故事》3，《文士传》4，王隐《晋书》16，谢承《后汉书》3，《鲁国先贤传》3，《抱朴子》3，臧荣绪《晋书》5，《与吴质书》3，《语林》3，《荆州图记》3，《荆州记》3，《述征记》3，《晋中兴记》3，《穆天子传》2，《唐书》1，《续晋阳秋》1，《神仙传》1，《搜神记》1，《河图记》1，《献帝春秋》1，《列仙传》1，《帝王世纪》1，《吕氏春秋》1，《宋书》1，《蜀志》1，《文章叙录》1，《吴志》1，《汉旧仪》1，《晋八王故事》1，《潜夫论》1，《易》1，《论语》1，《周礼》1，《魏书》1，《会稽典录》1，《耆旧传》1，《说苑》1，《诗传》1，《豫章记》1，《南史》1，《西京杂记》1，《虞氏家记》1，《李充起居住》1，《南部新书》1，《袁兴万年书》1，《十六国春秋》1，《汉武别传》1。

（二）《艺文类聚·杂文部》

文体统计：史传、集序、诗（列杂体诗36体）、赋、七、连珠、书、檄、移。

引书统计：《释名》4，《文章流别论》4，《毛诗序》3，《典略》7，《汉书》7，《东观汉记》3，《世说新语》3，《魏志》3，王隐《晋书》3，《叙连珠》1，《文选序》1，《说文解字》1，《魏略》1，《典论》1，《广雅》1，《七谟序》1，《吴录》1，《新论》1，《论语》1，《左传》1，《列子》1，《史记》1，《穆天子传》1，《祢衡别传》1，《文士传》1，《赵书》1，《尚书序》1，《曹植文章序》1，《续晋阳秋》1，《后汉书》1，《博物志》1。

（三）《初学记·文章第五》

文体统计：诗、赋、祭、誓、诔、铭、训诰、檄移、笺奏、箴诫、赞颂、碑铭、谥册、哀吊、章表、笺疏、论议、难。

引书统计：《典论》6，《文赋》4，《论语》3，《翰林论》3，《法言》3，《叙连珠》1，《与吴质书》1，《世说新语》1，《史记》1，《论衡》1，《抱朴子》1，王隐《晋书》1，《尚书》1，《盐铁论》1，《剧秦美新》1,《西京杂记》1。

(四)《白孔六帖》

文体统计：诗、赋、颂、论、铭、诔、箴、碑、檄、射策。其他：表奏（封事）、制诰、对问、谏诤、吊、挽歌、碑铭、谥等。

引书统计：李善注《文选》9,《文粹》7,《汉书》1,《左传》1,《诗经》1,《后汉书》1,《文赋》1,《封氏见闻记》1,《五行志》1,《卢氏杂说》1。

(五)《太平御览·文部》

文体统计：诗、赋、颂、赞、箴、碑、铭（铭志附）、七辞、连珠、(御制)、诏、策、诰、教、诫、章、表（启、奏、劾奏、奏状、奏弹、弹事、奏劾、弹文)、驳奏、论、议、笺、启、书记（尺牍、笔札)、诔、吊文、哀辞、哀策、檄、移、露布、符、契券、铁券、过所、零丁、品量文章、叹赏、史传。

引书统计：《文心雕龙》28,《文章流别论》8,《释名》11,《翰林论》7,《说文解字》6,《文赋》4,《典论》3,《金楼子》5,《独断》3,《铭论》2,《七谟序》2,《叙连珠》2,《与吴质书》2,《汉书》14,《后汉书》12,《三国典略》10,《唐书》17,《隋书》9,《东观汉记》8,《后周书》8,《世说新语》10,《晋书》14,《梁书》5,《宋书》4,《魏志》5,《后唐书》3,《北齐书》2,《魏略》2,《礼记》4,《周礼》2，王隐《晋书》5,《左传》4,《齐书》3,《十六国春秋》2,《博物志》4,《南史》5,《语林》3,《西京杂记》2,《文士传》2,《国朝传记》4,《国史补》3,《后魏书》2,《祢衡别传》3,《法言》2,《尚书》3,《魏书》2,《诗序》2,《晋中兴书》3,《史记》4,《张璠汉记》2,《列子》1,《庭诰》1,《钟嵘诗品》1,《赵录》1,《陈书》1,《颜氏家训》1,《国朝雅记》1,《郑玄别传》1,《零陵先贤传》1,《晋令》1,《齐道记》1,《西征记》1,《荆州图记》1,《荆州记》1,《述征记》1,《异苑》1,《论衡》1,《闽川名士传》1,《晋春秋》1,《春秋前燕录》1,《新论》1,《吴书》1,《周书》1,《吴录》1,《蜀志》1,

《南齐书》1,《尚书故实》1,《梁典》1,《穆天子传》1,《吴志》1,《晋史》1,《北史》1,《通俗文》1,《周易》1,《陶渊明遗戒》1,《颜延年庭诰》1,《杜恕家事戒》1,《东方朔传》1,《小说》1,《汉仪》1,《政论》1,《唐文苑传》1,《风俗通》1,《汉制度》1,《太公金匮》1,《皇览》1,《孔子家语》1,《三辅决录》1,《语录》1,《齐春秋》1,《高士传》1,《鲁国先贤传》1,《李充起居注》1,《古诗》1,《续晋阳秋》1,《嵇氏世家》1,《列女传》1,《齐谐记》1。

(六)《事物纪原·经籍艺文部》

文体统计:诗(五言、七言、律格、联句、唱和、次韵)、赋、论、策、议、赞、颂、箴、连珠。

引书统计:《文心雕龙》10,《苏氏演义》5,《诗序》2,《事始》2,《释名》1,《叙连珠》1,《周礼》1,《左传》1,《管子》1,《汉仪》1,《战国策》1,《唐会要》1,《隋书》1,《张璠汉记》1,《山海经》1,《吕氏春秋》1,《乐书》1,《蒙求》1,《六帖》1,《世说新语》1,《东方朔传》1,《本事诗》1。

(七)《古今事文类聚别集·文章部》

文体统计:诏(制、表附)、露布、檄(移文附)、箴、铭、颂(赞附)、诗、赋、诗话、连珠、判。其他卷:吊慰、挽章、墓铭(墓碑、行状附)、赋、古诗。

引书统计:《群书要语》10,《文心雕龙》4,《说文解字》3,《诗大序》3,《文赋》2,《世说新语》1,《释文》1,《初学记》1,《唐选举志》1,《释名》1等。

(八)《玉海·艺文部》

文体统计:记志、传录、诗(歌附)、赋、箴、铭、碑、颂、奏疏、策、论、序、赞。其他卷:诏令(诏策)、檄、露布、碑、铭、七、连珠、百一、册、封禅、封事、铁券、德音、笏记、玉牒、玺书、誓等。

引书统计:《释名》6,《文心雕龙》4,《文章流别志》3,《古赋辨体》6，《乐府诗集》2，《文章正宗》2，《文选》1，《百官箴序》1，《汉书·艺文志》，《史记》2，《尚书》1，《汉书》2，《易》1，《礼记》2，《周礼》1，《仪礼》1，《诗大序》1，《通志》1，《古今注》1，《白虎通》1，《宋书》1，《唐乐志》1，《诗集传》1，《文章辨体》1等。

《辞学指南》列有十二体：制、诰、诏、表、檄、露布、箴、铭、记、赞、颂、序。

由上述分析可以发现：第一，在文体数目上，唐代类书“文部”所收文体类目还相对较少，从几个到十几个不等。到了宋代则日渐增多，如《太平御览》和《玉海》已经多达三四十种。如果上述八种类书综合起来互相补充，则其所论列文体几可包罗覆盖唐宋以前所有文体，其荟萃文献之功不言而喻。上举八大类书无论从文体数目还是引书数目上，都以《太平御览》最为详尽。而且《太平御览》的体例更符合刘勰文体论的研究思路，其文体文献之丰富也非其他类书可比。当然，若从开创性和时代先后来说，则《北堂书钞》当是类书“文部”文体纂述体例的滥觞。因为据考证，《北堂书钞》是虞世南在隋朝时纂成的。之后则是《艺文类聚》，尤其是《艺文类聚》之类书兼总集的编纂体例，对宋代类书《古今事文类聚》及明代吴讷、徐师曾等人的文体总集都有启发，上节已述，兹略。

第二，从引书来分析，八大类书虽引书数量和频次不等，除了大量引述各类经史子集外，对文体著作诸如《文心雕龙》《文章流别志》《独断》《铭论》《释名》《翰林论》《叙连珠》《诗序》《文选序》《七谟序》《文赋》《典论》《诗品》《乐府诗集》等都颇为重视并频繁引用，反映出类书编者强烈的文体学意识，也进而使得唐宋类书“文部”具备了成熟的文体学著作之实。《北堂书钞》《艺文类聚》虽引书都很丰富，但其引述学术史上公认的文体论著如《文章流别志》《文心雕龙》《翰林论》《典论》《文选》等都非常少，说明了唐初类书的文体意识还不是很强烈、很主动。到了宋代《太平御览》，其不但于《文心雕龙》《文章流别志》《典论》《独断》《铭论》《文章缘起》等重要文体著作之引述无一遗落，而且引述次数上也大幅度上升，尤其对《文心雕龙》可以说是每体必引，而且是全文载列，足见其文体理论意识的增强，从中也可以看出《文心雕龙》等文体论著在宋人眼里要比唐人看得更加重要。也因此，《太平御览》当之无愧地成为中国古代类书作为文体文献和文体理论纂述体例的典型代表，应当引起研究者的极大关注。

第三，唐宋类书与明代吴讷、徐师曾等文体总集之体例和引书比较。吴、徐文体著作体例的特点是：增加了唐宋以来的新增文体，并主要引述宋人朱熹、真德秀、吕祖谦等人文体言论，这是唐宋类书所无的，也是吴、徐的功劳所在。但其所引述唐宋以前典籍之文体言论，可以说都能从唐宋类书中找出源头和出处，没有超越唐宋类书的地方。

三

中国古代类书尤其是唐宋类书在文体学上最大的贡献，在于其作为“古代文献资料的渊薮”，最丰富、最集中、最系统地把中国古代文体文献资料汇集在一起，具有了“综罗文体文献资料”的功能。这就使得我们在千百年后，可以汇辑编纂出一部文体文献资料专书，有益和方便现代学者的文体学研究。

类书具有兼“百科全书”与“资料汇编”的性质，是“古代文献资料的渊薮”。唐宋类书的文体资料文献之功表现在：第一，校勘古籍中的文体文献。一方面，各大类书所综罗的文体文献有互出重出现象，可以互相比对校勘；另一方面，用以比较元、明以来文体总集中文献之真伪讹漏。第二，各大类书引书之丰富，从中可见古代文体资料的渊源出处及文体学的源流发展等。第三，也是最重要的，即中国古代类书对研究“文体”专题的收集文献资料之功。关于类书之搜辑专题文献资料之功，胡道静认为：

> 这是因为古类书本来具有“资料汇编”的性质，而它包含的科目又是比较完备的。在研究古代文化的学术工作中，利用它们来对某一专题搜集文献资料，可以节省不少时间，也免得耗费过多精力。当然，类书上的资料是第二手的，还需要用原始资料来加以核对。但是它们已将一定门目的资料辑集在一处，起着“索引”的作用，

> 比我们自己一开始就直接从散漫无边而又浩若烟海的文献中去寻第一手资料，其效果自大不相同。因此，古类书在今天清理文化遗产工作中的资料搜集阶段起着助手的作用。这样就构成了它的第二特殊作用。
>
> 古类书不但把某些专题的文献资料大体上汇集在一起，产生着“索引”的作用，还因为它具有第一特殊作用，即保存了一批原始材料已经失传的东西，因此在古类书中能够看到的某些材料，就已置代了第一手资料，这是更为可贵的。所以在祖国古代文化清理、研究的资料工作中，是不能够离开了类书来进行的。①

接下来，胡先生列举了如下从中国古代类书汇辑出的各类著作，并指出这些著作“都曾利用了古类书来搜集资料。例子非常的多，上面只是偶尔举一些”②。此外，胡先生还以“中国古代音乐史料辑要”为例，总结了利用古类书协助进行文献资料普查工作的典型例子，并对其效果进行了总结：第一，古类书已从各种古籍中辑录的这一专题资料，得以借用。第二，古类书中还保存了一些失传的，也就是今天在其他任何书籍中找不到的这一专题资料。就如胡道静所说：“其中有些资料虽然各书互见，但有些原著早已散佚不传，却由于编纂者的时代不同、着眼点不同，因而得以分别保存。”③

同样，我们也可以把中国古代类书尤其是唐宋类书“文部”中浩瀚的文体文献资料集中摘出，汇集成文体文献专书，可名为《中国古代文体文献资料汇辑》。这不但在文体文献学上非常重要，而且对于文体学的学术研究无疑是最基础和最便捷的工作，当有益于现代学者的文体学研究，其意义不言自明。这完全可以作为一项研究课题提到研究计划中来。也就是说，唐宋类书已将中国古代文体方面的资料集辑在一起，起着“索引”的作用，“比我们自己一开始就直接从散漫无边而浩若烟海的文

① 胡道静：《中国古代的类书》，中华书局1982年版，第46页。
② 胡道静：《中国古代的类书》，中华书局1982年版，第48页。
③ 胡道静：《中国古代的类书》，中华书局1982年版，第49页。

献中去寻第一手资料，其效果自大不相同”。更为重要的是，唐宋类书中“保存了一批原始材料已经失传的东西”，这在文体研究中弥足珍贵。此外，历代文体文献可以互相校勘，其文献学价值不可估量。

当下文体学研究已经成为一个引人注目的学术增长点，但文体文献整理则相对贫乏，这显然于文体学的深入研究不利。明代吴讷《文章辨体序说》和徐师曾《文体明辨序说》是中国古代文体研究的代表。不过，如果我们以唐宋类书“文部”中每一文体的文献汇辑及引书与吴、徐著作中的相关文体进行比较分析，便可清晰看出吴、徐著作与唐宋类书中所论文体相去有多远，以及唐宋类书之全和吴、徐之浅陋。这样一来，以唐宋类书的巨大文体学贡献为参照，再重新审视明代吴讷和徐师曾两部文体总集的成就，其“集大成”的美誉或许会大打折扣了。这是一个大题目，非本文所能胜述。

（作者单位：陕西师范大学人文社会科学高等研究院）

论编集意识的演进与记体的发展

李雪莹　党圣元

记作为一种正式文体，首次在总集中现身是在唐人所编《古文苑》中，宋章樵《古文苑序》曰："唐人所编，史传所不载，《文选》所不录之文也。歌、诗、赋、颂、书、状、敕、启、铭、记、杂文，为体二十有一，为篇二百六十有四，附入者七。"① 统计《全宋文》中收录的记体文，截至南宋胡安国之子胡宏时，记体文篇目达到三千多篇，如此庞大的数量反映出记体的价值已得到广泛认可。学界对记体的研究多集中于探讨记体的源流、记体的形态及文化意义等②，本文从文体与六经的关系出发，进一步梳理编集历史的演进以考察记体的正式形成时代是否早于唐代。

一　记体出于经

今人之文，其源皆出于六经。孙复曰："《诗》、《书》、《礼》、《乐》、《大易》、《春秋》皆文也，总而谓之经者也，以其终于孔子之手，尊而异

---

① （宋）章樵：〈古文苑〉序》，《古文苑》，《文渊阁四库全书》（第1332册），上海古籍出版社1987年版，第575页。

② 相关论文有：金文凯：《论张孝祥的记体散文》，《清华大学学报》（哲学社会科学版）2011年第6期。王立群：《游记的文体要素与游记文体的形成》，《文学评论》2005年第3期。祝尚书《论文章学视野中的宋代记序文》，《江西师范大学学报》（哲学社会科学版）2010年第5期。谷曙光：《"以论为记"与宋代古文革新发微》，《中国人民大学学报》2014年第1期。蔡德龙：《韩愈〈画记〉与记体文源流》，《文学遗产》2015年第5期。

之尔，斯圣人之文也。”[①] 陈耆卿、宋濂、焦竑、赵孟頫都有同样的观点。[②] 文章之道也备于六经，王棻《柔桥文钞》曰：“文章之体三：散文也，骈文也，有韵文也。散文本于《书》、《春秋》，骈文本于《周礼》、《国语》，有韵文本于《诗》，而《易》兼之。文章之用三：明道也，经世也，纪事也。明道之文本于《易》，经世之文本于三《礼》，纪事之文本于《春秋》，而《诗》、《书》兼之。故《易》、《书》、《诗》者，又六经之源也。”[③]

记体之源，有两种说法。其一是记以《春秋》为根，元郝经《续后汉书》将记与国史、墓碑、诔、铭、符、命、颂、箴、赞、杂文等都归入《春秋》部。《续后汉书》曰：“《春秋》、《诗》、《书》皆王者之迹，唐虞、三代之史也。孔子修经，乃别辞命为《书》，乐歌为《诗》，政事为《春秋》，以为大典大法，然后为经而非史矣。凡后世述事功，纪政事，载竹帛，刊金石，皆《春秋》之余，无笔削之法，只为篇题记注之文，则自为史而非经矣。”[④] 《春秋》既是经也是史，后世由《春秋》所衍生的篇章文籍如有笔削之法则皆为史。明谭浚在《言文》中将史、传、符、记都宗于《春秋》，他认为记、志、编、录都是史之流。其二是记出于《尚书》，王应麟《辞学指南》曰：“记以善叙事为主，前辈谓《禹贡》、《顾命》乃记之祖，以其叙事有法故也。”[⑤] 潘昂霄《金石例》卷九《学文凡例》也说：“记者，记事之文也。西山先生曰《禹贡》、《武成》、

① （宋）孙复：《答张洞书》，《全宋文》（第19册），上海辞书出版社、安徽教育出版社2006年版，第294页。

② 陈耆卿《上楼内翰书》：“论文之至，六经为至”。[（宋）陈耆卿：《篔窗集》，《文渊阁四库全书》第1178册，上海古籍出版社1989年版，第43页。] 宋濂《徐教授文集序》：“文至于六经，至矣尽矣！”[（明）宋濂：《芝园后集》，《宋濂全集》，杭州古籍出版社2012年版，第1536页。] 焦竑：《刻两苏经解序》：“文之致极于经。”[（明）焦竑：《瞻园集》，《瞻园续集》，李剑雄点校，中华书局1999年版，第750页。] 赵孟頫：“故尝谓学为文者，皆当以六经为师，舍六经无师矣。”（转引自贾文昭《中国近代文论类编》，海峡文艺出版社1988年版，第55页。）

③ 王棻：《柔桥文钞》，《中国近代文论选》，人民文学出版社1959年版，第327页。

④ （元）郝经：《续后汉书》，《文渊阁四库全书》（第385册），上海古籍出版社1989年版，第620页。

⑤ （宋）王应麟：《辞学指南》，《玉海》，东京中文出版社1986年版，第3837页。

《金縢》、《顾命》，记之属似之。"[①] 无论源出于《尚书》或者《春秋》，上述这些说法注重的都是记体的叙事特性，两者之间的差别是《春秋》属于“纪一代之始终者”而《尚书》中的《禹贡》《武成》《金縢》《顾命》是“纪一事之始终者”[②]。

从六经皆史的角度来说，记既以《春秋》《尚书》为根，那记与史有何深刻的关联，这是值得关注的问题。《说文解字诂林》：“记，从言己声。”[③] 己，用于记数和记事。言，本义为鼓舌说话。[④] 记作为一种具有记述性质的行为方式，很早就参与到神话、诗、乐、舞等为一体的原始文学样式和甲骨卜辞等简单叙事中。早期文本多是“因事生文”，同一史事因叙事方式和书写形态的差异而形成完全不同的文本，如记录宣王命令召虎讨伐淮夷之事，形成了《大雅·江汉》与《召伯虎簋铭》两种不同体裁的文本。

记之记叙性与史书的叙事特性有所关联。《说文解字》：“史，记事者也”。[⑤] 史突出的是记事性，史官又分为左、右两史，一个记言另一个记事，如《文心雕龙·史传》曰：“史者，使也，执笔左右，使之记也。古者左史记言，右史记事。言经则《尚书》，事经则《春秋》也。”[⑥] 章学诚认为记言与记事不能割裂而论，他认为后儒所谓《尚书》分属记言而《春秋》分属记事是失察之举。在他看来，《春秋》不能舍传而空存其事而《尚书》中的《典谟》是记事，《训诰》是记言。刘知幾《史通》也说：“王者因事而有言，有言必有事，理势本自相连，珥笔如何分记!”[⑦] 无论是记事还是记言，记吸收了史的叙事性质这是毫无疑问的。记力求语言之简洁、行文之偶俪、音韵之铿锵、语助之抒情都借鉴于史。叙事策略也是史书笔法形成的重要因素。《春秋》具备“约言以记事，事叙而

① （元）潘昂霄：《金石例》，《文渊阁四库全书》（第1482册），上海古籍出版社1987年版，第363页。

② （明）吴讷：《文章辨体序疏证》，凌郁之疏证，人民文学出版社2016年版，第159页。

③ 丁福保：《说文解字诂林》，中华书局1988年版，第1510页。

④ 李孝定：《甲骨文字集释》，台湾“中央研究院”历史语言研究所1960年版，第677页。

⑤ （汉）许慎：《说文解字》，中华书局2018年版，第623页。

⑥ 詹锳：《文心雕龙义证》，上海古籍出版社1989年版，第560页。

⑦ （唐）刘知幾著，（清）浦起龙释：《史通通释》，上海古籍出版社1978年版，第5页。

文微”的历史叙事之法，同时兼有“名必书，恶名不灭，所以为惩劝”[①]的史书载笔之用。章学诚谓：“《春秋》三家之传，各记所闻，依经起义，虽谓之记可也。”[②]

虽然在内容和形式上没有直接的联系，但是不能否认的是记的名称最早来自于《礼记》。陈骙《文则》说道：“大抵文士题名篇章，悉有所本……自有《考工记》、《学记》之类，文遂有解。”[③]西汉尊儒的政治环境促成诸儒对六艺的解说热情，这些解说文多以说、解、传或记为名，如《礼记》就是以记为名的解经之文。张舜徽《汉书艺文志通释》说：“古人以《仪礼》为经，《记》则所以解之……《仪礼》有《丧服》，《礼记》则有《丧服小记》。记之大用，在于解经”[④]。郑玄以“以记之……义”注解《丧服小记》《学记》《乐记》《杂记》等，这些解经之说被冠以记之名，其中以阐述教育思想的《学记》被吴讷认为是最早的记名[⑤]。

先秦文无定体，经史也未分家。史家以记命名，最典型的就是《史记》，《史记》虽有记之名而非记之体，梁启超认为《史记》之名并非今之所见原名：“其见于《汉书》者，《艺文志》述刘歆《七略》称‘太史公百三十篇’，《杨恽传》谓之‘太史公记’。应劭《风俗通》（卷一、卷六）同。《宣元六王传》谓之‘太史公书’，班彪《略论》，王充《论衡》同，而《风俗通》（卷二）时或称‘太史记’，是知两汉时并未有名迁书为‘史记’者。”[⑥]据学者考证，《太史公书》在东汉桓灵之时被改称为《史记》[⑦]。

东汉以后的史书书目多以书、志、纪或记命名，“然称谓虽别，而体

① （春秋）左丘明：《左传》，杜预注，上海古籍出版社2016年版，第447页。

② （清）章学诚著，叶瑛校注：《文史通义校注》，中华书局1985年版，第248页。

③ （宋）陈骙：《文则》，《文渊阁四库全书》（第1480册），上海古籍出版社1987年版，第687页。

④ 张舜徽：《汉书艺文志通释》，湖北教育出版社1990年版，第47页。

⑤ （明）吴讷：《文章辨体序疏证》，凌郁之疏证，人民文学出版社2016年版，第161页。

⑥ 梁启超：《国学要籍研读法四种》，吉林出版社2016年版，第192页。

⑦ 陈直：《太史公书名考》，《文史哲》1956年第6期。

制皆同"[①]。有些以记命名的文字可与史书"互文本"，如严可均《全上古三代秦汉六朝文》所辑署名为赵昭仪的《与藉武诏记》《又与藉武诏记》是记载宫廷秘事的杂记文字，因内容短小而精并不足以构成完整的文章，但其所记之事可在《汉书》中找到相应的记载。《与藉武诏记》原文非常简洁："取牛（宫）（官）令妇人新（彦）（产）儿，婢六人，尽置暴室狱，毋问儿男女谁儿也。今夜漏上五刻，持儿与舜，会东交掖门。告武以箧中物书予狱中妇人，武自临饮之。"《又与藉武诏记》续记此事："告武，箧中有死儿，埋屏处，勿令人知"。[②] 这段历史在《汉书·成帝纪》中也得到了印证，班固以"是岁，昭仪赵氏害后宫皇子"[③] 为记。前者言事简洁，后者行文简短，细节突出。这些具有叙事特性的文字虽有记之名但非记之体。还有一些以记命名的纪载之文如神仙志怪文、秘记、博物志、还有一些缺少文学性抒情的应用型杂记地志文都是如此，这类文章仅仅取用了记之名，在内容和体制上与后世成熟时期的记并没有什么直接的联系。

经史未分之时，经学家注经成说，各传其说。随着文学的自觉，汉末已产生文体辨析意识和文人编集风尚，那记有没有以正式文体的形式出现于两汉至南北朝的各类文集之中呢？

二　编集之风的兴起与文体的发展

两汉文学自觉文章渐盛，这也推动了编集意识的觉醒，所谓"文章之用多而文体分，分则不能不出于文集"[④]。梁萧绎《金楼子·立言篇九上》言："诸子兴于战国，文集盛于两二汉，至家家有制，人人有集。"[⑤] 但文集盛于两汉的说法有待商榷。文集之名在汉末正式出现是没有疑问

① （唐）刘知幾著，浦起龙释：《史通通释》，上海古籍出版社 1978 年版，第 22 页。

② 严可均：《全上古三代秦汉六朝文》（第 1 册），河北教育出版社 1997 年版，第 367 页。

③ （汉）班固撰，（唐）颜师古注：《汉书》，中华书局 1962 年版，第 326 页。

④ （清）章学诚著，叶瑛校注：《文史通义校注》，中华书局 1985 年版，第 429 页。

⑤ （南朝梁）萧绎：《金楼子》卷 4，《文渊阁四库全书》（第 848 册），上海古籍出版社 1989 年版，第 844 页。

的，但文集是否真的盛于两汉呢？文集之名最早出现在《三国志·蜀书·诸葛亮传》："亮言教书奏多可观，别为一集"[①]。陈寿在撰史时将一些文字别为一集，"别集"之名由此而来，这也是集部初次脱落于史部。班固《汉书·艺文志》尊《七略》之体，创史志目录学先例，荀勖《中经》、王俭《七志》、阮孝绪《七录》虽有文章分类意识，但因为是史书，并没有对文章做文学界别的处理。直到晋挚虞《文章流别》及梁任昉《文章缘起》始有专论文体之书。

两汉文章写作繁盛，文体的发展再加之文人个性意识的觉醒，逐渐引发文人编集的兴趣。《隋书·经籍志》曰："总集者，以建安之后，辞赋转繁，众家之集，日以滋广。晋代挚虞，苦览者之劳倦，于是采擿孔翠，芟剪繁芜，自诗赋下，各为条贯，合而编之，谓之《流别》。"[②] 建安、黄初之间文学繁盛，曹丕《典论·论文》和陆机《文赋》都注意到不同文体的体质特性。刘勰在《文心雕龙》中提到了20多种文体；"故论说辞序，则《易》统其首；诏策章奏，则《书》发其源；赋颂歌赞，则《诗》立其本，铭诔箴祝，则《礼》总其端；纪传盟檄，则《春秋》为根。"[③] 颜之推《颜氏家训》同样提到了共20种文体；"诏命策檄，生于《书》者也；序述论议，生于《易》者也；歌咏赋颂，生于《诗》者也；祭祀哀诔，生于《礼》者也；书奏箴铭，生于《春秋》者也。"[④] 奏、议、书、论、铭、诔、诗、赋、箴、颂等文体在两汉至南北朝时期运用比较普遍，在文体的辨析话题中，记在此时还处于"隐身"状态。

南北朝开始人们开始有意识地将属于同一文体的文章编辑成集，如《北史·李概传》"自简诗赋二十四首，谓之《达生丈人集》"[⑤]，将诗赋单独编辑成集，属于较早的以文体分类编集的例子。南北二朝政治版图分裂，但文学却大放异彩。文学士的汇集和文学专家的出现进一步推动了编集之风尚。北齐于武平三年建立文林馆，招引了卢思道、魏收等大

---

① （晋）陈寿：《三国志》，中华书局1959年版，第927页。

② （唐）魏征等：《隋书》，中华书局1973年版，第1089页。

③ 范文澜：《文心雕龙注》，人民文学出版社1958年版，第22页。

④ （北朝齐）颜之推：《颜之推全集》，张霭堂译注，齐鲁书社2004年版，第124页。

⑤ （唐）李延寿等：《北史》，中华书局1974年版，第1212页。

批文学士，南朝萧子显于天监年间完成《南齐书》，其中“列传”部分罗列了丘灵鞠、祖冲之等文学专家。《南齐书·丘灵鞠传》言其“文集行于世”①，这一时期的编集有的是靠他人将文章汇集起来编辑成册，有的是自编为集，如《南齐书·张融传》称：“融自名集为《玉海》……文集数十卷行于世。”② 不管编集形式怎样，此时的文集已是有名也有实。

经、文、史并未完全分流也给编集造成“经学不专家，而文集有经义，史学不专家，而文集有传记，立言不专家，而文集有论辩”③ 的情况。《文选》的出现，以浓烈的“翰藻”和“篇章”意识强化了文学独立于经、史、子。唐人在编撰南北朝史志目录时便有意识地将文学家与儒学家分开，《北史》《南史》在“列传”中清楚地分出“儒林”和文苑。李百药《北齐书》同样如此，如李铉和刁柔被划为儒林类，颜之推与李广划分为文苑类。令狐德棻《周书》也列出《儒林列传》，《隋书》的“列传”部分除了文学和儒林，还加入了艺术。自此文章家和经学家成为两个独立的专家。

记在南北朝时期的表现形态一直游离于正式的文章学范围之外，因此在文集中鲜见其影。值得注意的是，范晔《后汉书》在择录班固著作时说：“所著《典引》、《宾戏》、《应讥》，诗、赋、铭、诔、书、文、记、论、议、六言，在者凡四十一篇。”④ 《文渊阁四库全书》中《孔北海集·提要》总结孔融的著述时言其“所著诗、颂、碑文、论议、六言、策问、表、檄、教、令、书、记凡二十五篇”⑤。这两处所罗列的文体中，记看起来是已独立且已成为正式的文体，因而才会和诗、颂等其他文体并列，但这些原文已不可查，固无法断定其貌。元人潘昂霄《金石例》中指出唐代独孤及的《风后八阵图记》是记体之始。

---

① （南朝梁）萧子显：《南齐书》，中华书局1972年版，第890页。

② （南朝梁）萧子显：《南齐书》，中华书局1972年版，第730页。

③ （清）章学诚著，叶瑛校注：《文史通义校注》，中华书局1985年版，第61页。

④ （南朝宋）范晔：《后汉书》，中华书局1965年版，第1386页。

⑤ （汉）孔融：《孔北海集》，《文渊阁四库全书》（第1063册），上海古籍出版社1989年版，第231页，

三 记的正式形成与繁盛

记体正式现身于总集是在相传为唐人所编《古文苑》中。《古文苑》总共收录歌、诗、赋、铭、记、杂文等21种文体，《古文苑》卷十八所录为记，记文只录一篇《汉樊毅修西岳庙记》，这篇记文的体制形态并不能和文体成熟时期的记体文相比。

要考察记体在不同历史时期的发展形态，可以通过分析以文体分类的总集中记体的分类情况、排序情况以及所收录的篇目数量来做参考。宋初朝廷组织大型编撰活动，李昉主持编撰的《文苑英华》以文体编目，收录了赋、诗、歌行、杂文、中书制诏、翰林制诏、策问、策、判、表、笺、状、檄、露布、弹文、移文、启、书、疏、序、论、议、喻对、连珠、颂、赞、铭、箴、传、记、哀册文、谥议、诔、碑、志、墓表、行状、祭文等38种文体。按文体的排名计算，记体排于第30位。记体文下分宫殿、厅壁、公署、馆驿、楼、阁、城、桥、河渠、祀庙、学校、讲论、文章、释氏、观、尊像、童子、宴游、纪事、刻侯、歌乐、图画、灾祥、质疑、寓言、杂记等共26类，《唐重修汉未央宫记》列为记体文之首。姚铉精选了唐代古赋、诗、颂、表奏书疏、制策、文、论、议、古文、碑、铭、记、箴诫铭、书、序、传录、纪事等17类文体编成《唐文粹》。其中记体排名12位，共收记体文269篇。这些记体文大致分为古迹、陵庙、小石岩穴、外物、府署、堂楼亭阁、兴利、卜胜、馆舍、桥梁、浮图、灾池、谶会、谶稿、书画琴物、种植等16类。记体文编目以古迹类为首，古迹收录张谓《宋武受命坛记》和独孤及《风后八阵图记》两篇。在其他以文体编目的总集中记体的情况大致如下：宋吕祖谦《宋文鉴》收录骚、诏、册等31种文体，记体排名13位，仅收录43篇记体文，没有记体的二次划分。元苏天爵所编《元文类》共收录39种文体，记体排名24位，共有53篇记体文。明程敏政《明文衡》同样收录39种文体，记体排名26位，共有102篇记体文，无二次划分。清薛熙所编《明文在》中记体排名32位，共有92篇记体文。他仅对序和记两类文体进行了更为详尽的二次划分，将记体细分为学宫、书院、应制、德政、图像、寺庙、书斋、山水、工作等。

除了《明文衡》，上述其他总集均沿袭《文选》以诗赋为首的编次习惯。《唐文粹》《宋文鉴》《明文衡》将源于政治的行政公文如诏、册、诰、表、奏、排于最前，其次是碑、铭、颂、赞等产生于礼乐制度的文体，这也符合中国文体价值谱系的分布规律。在众多礼乐性文体中，记体排序低于传统上所认为的雅文体如诗、骚等。这是因为记体的书写内容更偏重于审美与娱乐性。文体出现的早晚也对排序产生影响，就记体而言，成为正式的散文文体是在唐代，所以在总体排序上也落后于产生时间比它早的文体。

由文末所附图表可见，记体文在宋代相对比较繁盛。随着时间的推移，记体文在总集中的数量越来越少且记体文的位置排序越来越靠后。

宋代科举考试对记体文的繁盛起了推波之力。神宗年间王安石变法更改科举，以经义、论、策取士，改变了宋初以诗赋取士的唐制。因科考的需要，记、议、说等文体在宋代盛为流行，张耒《宛丘先生文粹》、秦观《淮海先生文粹》、黄庭坚《豫章先生文粹》、李廌《济南先生文粹》、陈师道《后山居士文粹》、晁补之《济北先生文粹》都收录论、议、说、议说、诗传、书、记、序、杂著等文体。科举考试的内容和体制的变迁，亦促进记体地位的提升。王应麟《辞学指南》载南宋绍圣元年，始立博学宏词科，礼部立试格十条，包括章、表、赋、颂、箴、铭、诫、谕、露布、檄书、序和记等十几种文体。绍兴三年，又立制、诏、诰、书、表、露布、檄、箴、铭、记、赞、颂、序等十二类文体，考试形式上“古今杂出六题，分为三场，每场一古一今，三岁一试如旧制”①。

宋人常常将自己的日常生活营造成充满情趣的审美性活动，修筑亭台楼阁、观览名胜古迹、描摹山水自然、品评琴棋书画，这些物质性和精神性叠加的活动都变成了亭台楼阁记的书写对象。宋人对于自然万物的观照都可以在记体文中找到相关的体验，但与享受山水之乐的六朝文人和沉迷于江南秀美之姿的明清文人有所不同的是，以天下为己任的宋人在记体文中所传达的情感往往超越了狭隘的个人主义而将视野提升至深厚的家国

① （宋）王应麟：《辞学指南》，《玉海》，东京中文出版社 1986 年版，第 3783 页。

情怀，如范仲淹《岳阳楼记》的忧乐情怀、苏轼《喜雨亭记》与民同乐的精神、曾巩《墨池记》的道德修养论，都是如此。记体文以记事的特质也深受宋人的喜爱，尤喜以之来表达友朋间的深厚情谊。朱光潜先生说：“文人往往费大半生的光阴于仕途羁旅，‘老妻寄异县’是常事。他们朝夕接触的不是妇女而是同僚与文字友。”[①] 如苏轼在暴晒书画时看到已故友文同之画，继而题名《文与可画筼筜谷偃竹记》以记二人深交过往。元丰二年苏轼被贬黄州后，秦观以《龙井题名记》记中秋后一日与苏轼、参寥夜访辩才法师之事托友人带给苏轼，苏轼又回寄于《秦太虚题名记》。

文学创作在意识形态的指引之下，记体文在宋代的兴盛也与宋廷“须信朝家重儒术”[②] 思想背景相关。宋人的尊道意识遍及身体、行事和文章之中，宋代学记也弥漫着尊孔尊道的创作指向。林纾认为写学记必须要深察经学儒术之道：“惟学记一种，非谌深于经学儒术者，不易至也。”[③] 宋代教育比较发达，自仁宗制诏州县立学后，学舍和书院等教育机构在南北各地斐然兴起。学记在内容上多以记录筑修孔庙、兴办学校或扶植风教为主，在形式上采用叙和论的模式，兼论时政要务和圣人之道，如祖无择《郴州学记》、曾巩《筠州学记》、王安石《繁昌县学记》等记文莫不浸以周孔圣道。“周情孔思，千态万貌，卒泽于道德仁义”[④]，这句话本是韩门弟子李汉用来形容韩文的，将其用于北宋学记也未尝不可。

唐宋时期，文学和经学泾渭分明，儒林与文苑相互交织，雅文学和俗文学存。记体文在整体上展现出文章经国之神圣性和辞章性情之娱美性。记在也在文人广泛的写作实践中，确立了其体制本色。

四　正体与辨体

文章的本色指的是其最根本、最基础的体制特性，记体的本色是叙事有法、语瞻不繁。吴讷《文章辨体序疏证》指出记体的正体是：“叙事

① 朱光潜：《诗论》，北京出版社 2011 年版，第 77 页。
② 刘乃昌、高洪奎：《王安石诗文编年选释》，山东教育出版社 1992 年版，第 111 页。
③ 林纾：《古文辞类纂》，慕容真点校，浙江古籍出版社 1986 年版，第 386 页。
④ （唐）李汉：《昌黎先生韩愈文集序》，《唐文粹》，浙江人民出版社 1986 年版，第 5 页。

之后，略作议论以结之”[1]，他将韩愈的《画记》和柳宗元的山水记视为记之正体。秦观《淮海集》卷三十八《五百罗汉图记》曰：“尝览韩文公《画记》，爱其善叙事，该而不烦缛，详而有轨律。”[2] 洪迈《容斋五笔》卷七《韩苏杜公叙马》曰：“秦少游谓其叙事该而不烦，故仿之而作《罗汉记》。”[3] 叙事详略有当是记之正体的最直观的体现，如《画记》依次描写人、马、牛以及作记缘由，没有太多缀辞。

王应麟《辞学指南》指出记体创作需遵守熟格律、重立意、语简赡三大原则。熟格律就是“熟考总类可也”，重立意就是“须就题立意”，语简赡即“不可太长不可近俗不可多用难字”[4]。南宋时人们提炼出记体的创作标准。朱熹认为：“记文当考欧、曾遗法，科简刮摩，使清明峻洁之中，自有雍容俯仰之态。”[5] 王应麟主张：“记序以简重严整为主，而忌堆叠窒塞；以清新华润为工，而忌浮靡纤丽。”[6] 以游记为例，相对于六朝时期寥寥以记的简单形态，唐宋游记寓情于景的写作理念反映出记体的发展与进步。柳宗元的山水记文以穷状其物为其最大特色，游记作品将自己的内心隐秘之情与景观游踪相结合，仕途之穷与精神之达通过写景抒情的方式展现出来。林纾云：“山水之记，本分两种。欧公体物之工不及柳，故遁为咏叹追思之言，亦自饶风韵。柳州则札硬砦，打死仗，山水有此状便写此状，如画工之绘事，必曲尽物态然后已。”[7] 游记的书写方式也从侧面反映出唐宋时期人与自然的关系已入和合之态，“自然”与“我”之间没有距离。

叶适认为记体经过八大家的书写才得以成熟，“记，虽愈及宗元，犹未能擅所长也。至欧、曾、王、苏，始尽其变态”[8]。文学观念在进步，文体也会随着时代的发展出现一些新的问题。尤其是对于书写来说，当

---

① （明）吴讷：《文章辨体序疏证》，凌郁之疏证，人民文学出版社 2016 年版，第 162 页。
② （宋）秦观：《淮海集》，徐培均笺注，上海古籍出版社 1994 年版，第 1217 页。
③ （宋）洪迈：《容斋五笔》，《容斋随笔》，上海古籍出版社 1996 年版，第 890 页。
④ （宋）王应麟：《辞学指南》，《玉海》，东京中文出版社 1986 年版，第 3836 页。
⑤ （宋）王应麟：《辞学指南》，《玉海》，东京中文出版社 1986 年版，第 3837 页。
⑥ （宋）王应麟：《辞学指南》，《玉海》，东京中文出版社 1986 年版，第 3837 页。
⑦ 林纾：《古文辞类纂》，慕容真点校，浙江古籍出版社 1986 年版，第 394 页。
⑧ （宋）叶适：《习学记言序目》，中华书局 1992 年版，第 733 页。

旧体难呈其意时，破体势在必然。破体也始于韩、柳。吴讷曰："然观韩之《燕喜亭记》，亦微载议论于中。至柳之记新堂、铁炉步，则议论之辞多矣。"① 宋代古文家皆以韩、柳之文人为圭臬，曾巩、三苏在作文尚欧或宗韩的同时也打破常规。记的正体是记叙，而韩、柳等人不囿于单纯的记叙而在行文中加入议论，两宋记体文甚至"以论为记"，如《西清诗话》载王安石和苏东坡就曾互相讥讽对方所作之记实为论说。介甫讥东坡《醉白堂记》为韩白优劣论，而东坡则斥介甫《虔州学记》为学校策。

除了作者个人的书写习惯以外，各种文体的互相融合也是破体的原因之一。破体也意味着不同文体的界限变得模糊，辨体便成为必要功课。章学诚认为文体辨析有三难："一是体式之孳乳，与日俱新。二是观念之锢弊，贤者不免。三是体义之混淆，自来即尔，文体相淆加大辨体的困难。" 孙梅在《四六丛话》中指出记体尤其容易和赋、论、序、碑等四类文体相互混淆："窃原记之为体，似赋而不侈，如论而不断，拟序则不事揄扬，比碑则初无诵美。"② 后文通过举例的方式对这几类文体作大致的辨别。

元陶宗仪在《缀耕录·文章宗旨》中说："赋者，古诗之流也，前极宏侈之视，后归简约之制……记者，所以记日月之远近，工费之多寡，主佐之姓名。叙事如书史法，《尚书·顾命》是也。叙事之后，略作议论以结之，然不可多。盖记者，以备不忘也。夫叙者，次序其语，前之说勿施于后，后之说勿施于前，其语次第不可颠倒。"③ 文学创作在传达心灵对于生命的感悟，创作者的情思运用于文辞之中则表现出心灵化的倾向，赋形成"赋心"，文形成"文心"。赋是古诗之流，而记是记叙之文，二者在根本特性上并不相同。记与序之间，序一般是序典籍之所以作也，多出现在卷首或卷末，有些署名"序某"或者"某序"的小文从名称上并看无记之名，但本质上还是属于记文。从创作的角度来讲，叙事之记

① （明）吴讷：《文章辨体序疏证》，凌郁之疏证，人民文学出版社 2016 年版，第 161 页。

② （清）孙梅：《四六丛话》，商务印书馆 1937 年版，第 371 页。

③ （元）陶宗仪：《辍耕录》，《文渊阁四库全书》（第 1040 册），上海古籍出版社 1989 年版，第 504 页。

难度要高于序论。章学诚在《章氏遗书》中指出二者的不同:“序论辞命先有题目,后有文辞,题约而文以详之,所谓意翻空而易奇也。叙事之文,题目即在文辞之内,题散而文艺整之,所谓事征而难巧也。”[①] 序本身含有赠序之意,故行文多揄扬而记没有这样的要求。

记与志、封禅文之间的边界也不甚明确。李兆洛《骈体文钞》卷二十三“碑记”类选录的《王仲宣荆州文学记》还有收录于《古文苑》的《樊毅修西岳庙记》,都有记的名称,但实际上是属碑铭之类。方苞谓:“碑记墓志之有铭,犹史有赞论,义法创自太史公。”[②] 《后汉书·祭祀志》中的《封禅仪记》和蔡邕《车驾上原陵记》虽以记为名,实质上也是典志类的封禅文。刘禹锡《救沉志》虽以志为名,实际上是记录贞元末年武陵郡水灾的记叙文。还有那些刻于石碑上的杂记文不免又与碑志文体相类。前面提到的《古文苑》中标识为记体文的《汉樊毅修西岳庙记》实际上是碑记。姚鼐《古文辞类纂·序》:“杂记类者,亦碑文之属。”[③] 曾国藩参照姚鼐《古文辞类纂》选编《经史百家杂钞》,其中记分为叙记和杂记,叙记所选之文多是带有叙事成分的《尚书》《左传》中的篇章,杂记选录之文既有典志类的《礼记》《周礼》,也有以记名篇的《荆州文学记》和《造戾陵遏记》等碑文。碑和记本为相互独立的文体,但墓碑记、塔记、坟记等都是二体相参的产物。文体相参造成两种或多种文体之间边界模糊、体制混沌,但是盘活了文体的发挥空间,增加了文体的体制弹性。

文体会虽随着时代的发展在自身体制传统上衍生出新的文体形态。作为二次创作的重要方式,宋代的檃栝对象少不了记体。林敬之《摸鱼儿》檃栝王绩《醉乡记》,三首《水调歌》分别檃栝欧阳修《昼锦堂记》、范仲淹《岳阳楼记》和王禹偁《黄州竹楼记》,两首《沁园春》分别檃栝白居易《庐山草堂记》与范仲淹《严先生祠堂记》,还有苏轼《醉翁操》、黄庭坚《瑞鹤仙》、林敬之《贺新凉》均檃栝于欧阳修《醉

① (清)章学诚著,叶瑛校注:《文史通义校注》,中华书局 1985 年版,第 606 页。

② (清)方苞:《书韩退之平淮西碑后》,《方苞集》,上海古籍出版社 2009 年版,第 111 页。

③ (清)姚鼐:《古文辞类纂》,中国书店出版 1986 年版,第 19 页。

翁亭记》。记体之所以被词体大量檃栝，也说明其在当时已取得经典化地位。晚清记体文的真实性、形象性、抒情性也被早期报告文学所借鉴。

附表　以文体编目的总集中记体的排序、篇数及分类

年代作者	书目	收录文体	记体排序	记体篇数	记体分类
（宋）姚铉	《唐文粹》	古赋、诗、颂、表奏书疏、制策、文、论、议、古文、碑、铭、记、箴诫铭、书、序、传录、纪事	12	269	古迹、陵庙、小石岩穴、外物、府署、堂楼亭阁、兴利、卜胜、馆舍、桥梁、浮图、灾沴、讌会、讌诰、书画琴物、种植
（宋）李昉	《文苑英华》	赋、诗、歌行、杂文、中书制诏、翰林制诏、策问、策、判、表、笺、状、檄、露布、弹文、移文、启、书、疏、序、论、议、喻对、连珠、颂、赞、铭、箴、传、记、哀册文、谥议、诔、碑、志、墓表、行状、祭文	30	303	宫殿、厅壁、公署、馆驿、楼、阁、城、桥、河渠、祀庙、学校、讲论、文章、释氏、观、尊像、童子、宴游、纪事、刻侯、歌乐、图画、灾祥、质疑、寓言、杂记
（宋）吕祖谦	《宋文鉴》	骚、诏、册、批答、诰、奏疏、表、箴、铭、颂、赞、碑文、记、序、论、策、议、说、书（启）、杂著、对问、移文、题跋、祭文、哀辞、行状、墓志、墓表、神道碑铭、传	13	43	无分类

续表

年代 作者	书 目	收录 文体	记体 排序	记体 篇数	记体 分类
(元) 苏天爵	《元文类》	赋、骚、乐章、诗、四言诗、五言诗、乐府歌行、七言诗、五言律、五言绝、七绝、宫词、诏赦、册文、制、奏议、表、笺、箴、铭、颂、替、碑文、记、序、书、说、题跋、杂著、策词、启、祝文、祭文、行状、墓志、墓碣、墓表、神道碑、传	24	53	无分类
(明) 程敏正	《明文衡》	檄、诏、制、诰、册、道祭文、赋、骚、乐府、琴操、表笺、奏议、论、说、解、辩、原、箴、铭、颂、赞、七、策问、问对、书、记、序、题跋、杂著、传、行状、碑、神道碑、墓碑、墓表、墓志、哀诔、祭文、字说	26	102	无分类
(清) 薛熙	《明文在》	赋、乐章、乐府、琴操、诗、赋、骚、七、演联珠、诏、制、诰、祝册谕、祭文、策句、檄、露布、颂、表、笺、奏疏、赞、箴、铭、原、议、论、辩、说、书、序(经史、应制、文集、诗集、乐府、志道、忠孝、纪游、赠贺、送行、寿、节寿)、记(学宫、书院、应制、德政、图像、寺庙、书斋、山水、工作)、碑(敕建、圣庙、精忠、勤德、神道)、墓碑、墓表、墓志铭、传、行状、书事、杂志、铭、冠词、哀词、诔词、祭文、公移、题跋	32	92	学宫、书院、应制、德政、图像、寺庙、书斋、山水、工作

(作者单位：中国社会科学院研究生院
陕西师范大学人文社会科学高等研究院)

论包恢著述及其版本流传

——以《敝帚稿略》为例

张翼驰

包恢是宋季之时著名的官员、重要的理学家和文学批评家。包恢著述带有鲜明的时代特色，其诗论观点颇具理学家眼光，在诗论核心问题上不乏新见。然而其治学为文甚至文学批评的成就多为其政绩所掩，亦是不争的事实。《敝帚稿略》是包恢唯一保存至今的文集，然而涉及的问题涵盖了政治、经济、军事、文化、教育以及文学批评等重要领域。尽管在《现存宋人别集版本目录》和《宋人别集叙录》中已经涉及了包恢《敝帚稿略》的相关情况，为我们提供了包恢著述版本流传研究的重要线索。然而包恢著述的文献学价值有待进一步深入。本文将围绕包恢著述考证、版本和流传三个方面发掘其文献学价值。

一　包恢著述考证

由《四库全书》本《敝帚稿略》文末所附包恢《自识》可知，《敝帚稿略》为包恢自编集。这是宋人文集的主要编辑方式，其流传也是以私下传抄的方式为主，所以也存在着流传并不广泛的问题。包恢门人郑无妄将其付梓，并作《书后》，谓“先生谦逊未遑，仅示其略。学者果能以谢上蔡读《论语》法读斯稿，则先生之文故略矣；而先生之体用一源、显微无间者，果可以详略求哉？无妄敬刻之，纯轩与四方之士共之”①，客观上促进了文集的流传。又据《四库全书总目》所言，《敝帚稿略》原目已不可考，目前所见为四库馆臣依据《永乐大典》编辑整理而成，所以现存本并非包恢编辑的原貌，因此对包恢著述的本来面目考察势在必行。

包恢门人郑无妄《书后》称：“无妄窃惟先生之文，若《易说》，若《周礼记》，若《讲义》，若《家传》，学者已争先睹之为快矣。独于文集之大成，则日月以俟，而未之见。无妄屡以此请，而先生谦逊未遑，仅示其略。”② 由此可知，包恢著有《敝帚稿略》《周礼记》《易说》《讲义》《家传》等。今仅存《敝帚稿略》，其他著述均已亡佚。

(一)《敝帚稿略》存目考证

包恢的著作今仅存《敝帚稿略》，因此其著述的流传以《敝帚稿略》为主。另据方回《读包宏翁〈敝帚集〉跋》称，其所见包恢《敝帚稿略》其中还有《开辟洪荒》《太极图策问》等篇目，而今存《四库全书》本无：

> 恢所著《开辟洪荒》有云：“昆仑圆通无形，众无穷极，即所谓无极而太极也。”自言之而自违之可乎？力辨象山非释氏禅学，口费气馁，他日乃曰“象山尝闻鼓声而悟”，然则非禅而何？少年见文公，乃父亦出文公之门，而为左袒，学之所入，不正强为说而心不明，则临富贵而失其守也。至为《太极图策问》，谓太极未有形，今以一圆形而为图则是有形矣。③

① (宋)郑无妄:《书后》,《敝帚稿略》附录,《景印文渊阁四库全书》(第1178册),台湾商务印书馆1986年版,第803页。

② (宋)郑无妄:《书后》,《敝帚稿略》附录,《影印文渊阁四库全书》(第1178册),台湾商务印书馆1986年版,第803页。

③ (元)方回:《读包宏翁〈敝帚集〉跋》,《全元文》第7册,凤凰出版社1998年版,第175—176页。

所以，至少在方回之时，《敝帚稿略》的篇目应不止今见八卷。

据光绪《江西通志》称："《敝帚稿略》八卷，包恢撰。《四库全书总目》，恢见经部礼类。"① 在今存《四库全书总目提要》中，包恢不在经部礼类而在集部别集类。若诚如光绪《江西通志》所言，包恢见于《四库全书总目》经部礼类，则其著作应不止于《敝帚稿略》。据同治《建昌府志》载："傅子渊先生祠在曾潭，祀宋儒傅梦泉，包恢有记。"② 同治《建昌府志》载："其从子涌请部使者疏于朝，敕祀乡贤。县大夫绘像于学宫祀之。又建专祠玉虚观侧，俾子弟以时致祭。涌迪功郎临川县尉，与包恢相友善，恢称其识趣不群，人品学术俱景行。"③ 同治《南城县志》载："其从子涌请部使者疏于朝，敕祀县乡贤。县大夫绘像学宫祀之。又建专祠玉虚观侧，俾子弟以时致祭。涌迪功郎临川县尉，与包恢相友善，恢称其识趣不群，人品学术俱景行。子渊云见包文肃公撰《祠堂记》及朱子文。"④ 另据同治《建昌府志》和同治《南城县志》，确有包恢撰《傅子渊祠堂记》⑤。《傅子渊祠堂记》不见于《四库全书》本《敝帚稿略》，《全宋文》中亦未收录。此外，同治《建昌府志·艺文志》称："《包文肃公集》十二卷，南城包恢著。"⑥ 然只有存目，并无具体文集可考。只能据此推测包恢文集除《敝帚稿略》八卷外，仍存下落不明的四卷。《宋人集丙编》民国南城李之鼎宜秋馆刻本除了包恢《敝帚稿略》八卷外另有补遗一卷，共两册。栾贵明辑《四库辑本别集拾遗》称："现存《永乐大典》录：包宏斋《敝帚稿略》四条，宏斋《敝帚稿》一条，包宏斋《敝帚稿略》一条。以上共六条，校《宋人集·丙编》本《敝帚稿略》八卷及《补遗》一卷，馆臣漏辑者一条，为《旌表陆氏门记》。"⑦ 此外，《全宋文》中辑佚篇目与李氏补遗中的篇目与大体相似、

---

① 光绪：《江西通志》卷107《艺文略》四，清光绪七年（1881）刻本。
② 同治《建昌府志》卷2之二，清同治十一年（1872）刻本。
③ 同治《建昌府志》卷8之三，清同治十一年（1872）刻本。
④ 同治《南城县志》卷8之一，清同治十二年（1873）刻本。
⑤ 见同治《建昌府志》卷9之三与同治《南城县志》卷9之三。
⑥ 同治《建昌府志》卷9《艺文志》，清同治十一年（1872）刻本。
⑦ 栾贵明辑：《四库辑本别集拾遗》，中华书局1983年版，第731—734页。

略有差异。清同治《建昌府志》中的其余四卷，并没有出现在李之鼎的宜秋馆刻本中。

现存包恢《敝帚稿略》篇目分为《四库全书》八卷本和《宋人集丙编》民国南城李之鼎宜秋馆刻本两种情况。其中八卷存目如下：

卷一：《奏平荻浦寇札子》《策问是非异同》《防海寇申省状》《禁铜钱申省状》

卷二：《答傅当可论诗》《答曾子华论诗》《答项司户书》《与留通判书》《论立身师法》《论五言所始》

卷三：《象山先生年谱序》《袁絜斋先生书抄序》《送陈司户序》《送吴规甫序》《肇庆府学二先生祠堂记》《盱山书院记》《凤山新城记》《君子轩记》

卷四：《咏春堂记》《玉虚观记》《韫玉轩记》《宜黄龙磜寨记》《真州分司记》《竹轩记》《玉成斋记》《远斋记》《易斋记》

卷五：《跋邓州通判饶公将鉴》《跋林次麟东宫事鉴》《跋郭省元玗帝王万世宝鼎鉴》《跋山谷书范孟博传》《跋象山先生二帖》《跋晦翁先生二帖》《跋克堂先生墨迹后》《跋晦翁先生帖》《跋潘侍郎磨镜帖》《书吴伯成游山诗后》《书徐致远无弦稿后》《书侯体仁存拙稿后》《书抚州吕通判开诗稿后》《书平寇录后》《陆象山先生赞》

卷六：《酒箴》《恕斋铭》《达观堂铭》《冯抚属墓志铭》《吴主簿墓志铭》《陈通判墓志铭》《李牧坡墓志铭》《吴规甫墓志铭》《汪氏墓志铭》

卷七：《拙默说》《桂林说》《山水源流说》《介轩说》《郑纯子字说》《李居仁字说》《吴九万字说》《送崔教授说》《朝闻夕死说》《容斋说》《祭王实斋文》《祭赵虚斋文》《祭赵宗丞文》

卷八：四言诗《李养源自号蒙泉求诗于东平包某作此以赠之》《临江合阜李仲章以省轩求诗》《赠饶仲信静镜》；五言古诗《留忠斋山茨》《赠写神丘照堂》《送蒙斋赴召六首》《雨后观新荷》《四明决狱由宁海道中》《观泉》《寿家君克堂先生》《马上口占感梅感事二首》《饯山泉吴守》《谢朱汀守惠古风》《病中答客》《病中口占》《和陈七峰七诗韵》《和吴伯成七夕韵》；七言古诗《歌晏恭人平寇伟绩》《天台石桥》《赵宗判请游岩溪》《莲花》；五言律诗《温州双峰寺》《和陆伯微韵二首》《挽

吴准斋》《雁荡灵岩》；七言律诗《过峡山寺》《江阴风寒地有感》《同陈守游碧落洞二首》《和陈翔卿韵》《再和二首》《和戴石屏见寄韵二首》《挽陈和仲二首》《寄题武夷橘林小隐》《送盱江吴守以言归二首》《同李文溪游通天窍》《江心寺》；五言绝句《谢王洪伯惠酒炭米五首》《酬袁守方秋崖遗宝带桥诗以顾我老非题柱客知君材是济川功为韵十四首》《金溪道中六首》；七言绝句《偶成五首》《题碧岩二首》《二月道中效赵章泉体四首》；文末附录中有包恢《自识》和门人郑无妄《书后》。

《宋人集丙编》民国南城李之鼎宜秋馆刻本在八卷本基础上增加了补遗一卷，补遗篇目为：《寄李俊彦先辈》《傅子渊祠堂记》《推官提名记》《临海进士登科题名记》《州学沂咏堂记》《三陆先生祠堂记略》；补遗末尾附有李之鼎《跋》。

据祝尚书《宋人别集叙录》载：

> 明《文渊阁书目》卷九著录“包宏斋《敝帚集》一部五册，阙”，《内阁书目》无其目。《菉竹堂书目》卷三亦载五册。原本久佚，今传乃大典本。……大典本录入《四库全书》。乾隆翰林院钞本（四库底本），今藏北京图书馆。民国十年（1921年），李氏宜秋馆据传钞四库本刊入《宋人集》丙编。①

也就是说，在明代包恢《敝帚稿略》应不少于五册，只不过原本久佚。《永乐大典》中保存的篇目经清代四库馆臣所编辑整理后，才有了今见《四库全书》本。

综上所述，根据明代记载推测，包恢《敝帚稿略》原文遗失过半，而据郑无妄所言包恢仍有其他著述，包恢的影响力必然不局限于《敝帚稿略》。宋末元初之际，方回、刘壎、吴澄、吴师道等人所见之本，由于年代较近必然较为接近原貌，所以他们对于包恢的评价值得关注。明代的存目进一步证实了包恢原本的数量，而《永乐大典》的保存为我们今天见到包恢文集提供了重要的文献保障作用。清代四库馆臣的整理编辑，

---

① 祝尚书：《宋人别集叙录》卷26，中华书局1999年版，第1286页。

使《敝帚稿略》得以保存继续流传。

(二)《敝帚稿略》以外的包恢著述考

据包恢门人郑无妄《书后》称，包恢还有《易说》《周礼记》《讲义》《家传》等著述。刘克庄在《跋包侍郎〈六官疑辨〉》云：“盖先儒疑是书者非一人，至宏斋始确然以为国师公之书，某心有所疑、理有未安者，如破痞刮膜矣。”“臣旧疑其书，近见包某《疑辨》，豁然与臣意合。若陛下因包某进讲，试取其书观之，便见其人见识高，非世儒寻行数墨者所能及。’上颔之。”[①] 即刘克庄记述了举荐包恢《周礼六官辨》的过程，亦表示了他对包恢学术的肯定，使得包恢《周礼六官辨》为度宗所知。欧良撰《代包恢进〈周礼六官辨〉表》，也证实了度宗确实看过包恢此书的事实。元代吴澄批评包恢的《周礼六官辨》云：“毁《周礼》非圣经，在前固有其人，而皆不若吾乡宏斋包恢之甚毫分缕晰逐节诋排，如法吏定罪，卒难解释。观者必为所惑，如近年科举不用周礼者，亦由包说惑之也。包说印行比之巽卿，正义其多十倍，然愚尝细观，不过深叹其无识而已。今巽卿所言比之于包，极为平恕，以包之苛细严刻，识者犹笑其为蚍蜉撼大树，而凡诸家之所诋愚，皆有说以答之，累千言未可既也，今不复言。”[②] 以上表明确有此书流传于宋元时期，《周礼六官辨》使得《周礼》不再作为科举取士的经典内容。包恢的《周礼六官辨》在宋末元初引起的反响不可谓不强烈，然而原本下落不明。此外，元人吴师道《礼部集》提及包恢所作《约斋说》[③]：

> 包恢宏斋所作《约斋说》，约之为义，前说详矣。窃观先儒释经，必以所释字帖本文，又随其意而上下之，然后其义可得，而通焉以约之约固为少，然曰处少则不顺，故以穷困释之。约礼之约，

---

① （宋）刘克庄：《跋包侍郎〈六官疑辨〉》，《全宋文》（第330册），上海辞书出版社2006年版，第34页。

② （元）吴澄：《答海南海北道廉访副使田君泽问》，《全元文》（第15册），凤凰出版社1998年版，第86页。

③ 因未说明是否存于《敝帚稿略》，暂存疑，故置于《敝帚稿略》以外的著述中。

> 固为要然。曰要之以理则不通，若曰反而束之，以极其要则善也。守约所守者，约也；说约说到至，约也；所守者约之，约要也，说约之约，与详对少而要也。是皆不可以不察也，详说之约又专以说言，而与诸条不同也。夫析理不精，则服行必差。苟例视之以训诂之学，而务笼统宏阔之言，好同而恶异，喜大而耻小，其弊可胜既哉！[①]

包恢《约斋说》已佚，于今本《敝帚稿略》中未见。

吊诡的是，《四库全书》成书于乾隆时期，包恢《敝帚稿略》已然只存八卷，然而在清代同治时期的《建昌府志·艺文志》却称“《包文肃公集》十二卷”，《四库全书总目·敝帚稿略》属于“集部别集，共八卷”，光绪《江西通志》中称“恢见《四库全书总目》经部礼类”，而这不得不让人联想《四库全书》的编纂宗旨。[②]

据《宋元学案补遗》“包氏家学”下，“补文肃包宏斋先生恢”之包宏斋语：

> 操若在，舍则无。本无形，何可拘执？无时节，莫知乡。本无所。何可测识？姑指曰此，此即所也。不必拘执，不必测识。养之自长，长而不没，勿忘勿助，至于纯熟。无此无非此，无所无非所。予欲无言，天何言哉！此所说。
>
> 黄东发跋曰：“宏斋之说曰：‘操若在，舍则无。本无形，何可拘？’余窃意其述，孟子之言心尔。抑孟子言操则存，存非若在而已也。言舍则亡，亡者不存则失之耳，非本无也。操存舍亡，孟子正欲人操而不舍，以求放心。若曰‘何可拘’，又几谓心不可操，宜任

---

① （元）吴师道：《包恢宏斋所作〈约斋说〉》，《全元文》（第34册），凤凰出版社1998年版，第180页。

② 参见李常庆《四库全书出版研究》，中州古籍出版社2008年版，第3页。自康熙时期起，清朝就以“崇儒重道”为基本国策，试图以儒家思想统一中国知识分子的思想并使之成为主流。而包恢《周礼六官辨》在宋元之际就使《周礼》的儒家经典地位遭到了重创，这或许可以视为包恢其他著述佚失的原因之一。

其舍之也。何其与孟子之本旨异乎？将别有所指者乎？或自得之得，果非他人之所能晓者乎？”①

综上所述，包恢《敝帚稿略》原集已佚，《四库全书》依据《永乐大典》辑录《敝帚稿略》共八卷，原目已不可考，其中文七卷，诗歌一卷。据方回所言，包恢《敝帚稿略》还应有《开辟洪荒》《太极图策问》篇。据吴师道说另有文《约斋说》，原文已佚不可考。另据同治《建昌府志》和同治《南城县志》，包恢著有《傅子渊祠堂记》。《宋元学案补遗》存包恢语录一条。《宋人集丙编》民国南城李之鼎宜秋馆刻本有《补遗》一卷，有《寄李俊彦先辈》《傅子渊祠堂记》《推官提名记》《临海进士登科题名记》《州学沂咏堂记》《三陆先生祠堂记略》和文末李氏《跋》。曾枣庄、刘琳主编《全宋文》中收录包恢文章除《敝帚稿略》外，另辑佚文10篇：《建昌登科录序》《石屏诗集序》《黎居士简易方序》《跋龙门二大字》《三陆先生祠堂记》《旌表陆氏门记》《州学沂咏堂记》《推官题名记》《临海进士登科题名记》《范君去非墓志铭》。《全宋诗》以文渊阁四库全书本《敝帚稿略》为底本，收录包恢诗歌90首，另收录残句1句。《全宋词》收录包恢词《水调歌头·三月初三》1首。以上为包恢著述情况大略。

二 现存《敝帚稿略》的版本情况

由于包恢著述目前仅存《敝帚稿略》，所以包恢著述部分以《敝帚稿略》为主。据《现存宋人别集版本目录》载，包恢《敝帚稿略》的版本大致分为八卷本和补遗本两种情况。其中，《敝帚稿略》八卷本有现存北京的清乾隆翰林院抄本（《四库全书》底本）和清乾隆翰林院抄本、南京图书馆藏清抄本和南京大学图书馆藏金陵大学抄本以及文渊阁、文津阁《四库全书》。而《敝帚稿略》补遗本，只在李之鼎宜秋馆刻本《宋人集

---

① （清）王梓材、冯云濠编撰，沈芝盈、梁运华点校：《宋元学案补遗》卷77，中华书局2012年版，第4441页。

丙编》中有。[①] 就目前所见包恢《敝帚稿略》的主要版本而言，都是出自《永乐大典》辑出的《四库全书》本，在集部别集类，大体情况如下。

一是清乾隆翰林院抄本（《四库全书》底本），藏于国家图书馆。8行21字，白口，红格，四周双边。版心下方有“宋集珍本丛刊”。无提要，书后有附录，内含包恢自识。中华再造善本《敝帚稿略》，一函二册。书中卷首称“据中国国家图书馆藏清乾隆翰林院抄本影印，原书板框，高二十二·五厘米，宽十五·二厘米”。该本无提要、无校对誊写之人、有附录，有朱批、眉批等修改校对的印记，有不同誊写的笔迹。中华再造善本基本上是以《四库全书》底本为基础影印而成。正文每卷之首为“钦定四库全书”“敝帚稿略卷之×宋包恢撰”[②]，其中“之”被涂掉。然而，中华再造善本与清翰林院抄本（《四库全书》底本）大抵相同却稍有出入。卷七于《吴九万字说》后有两篇《送崔教授说》，卷七有两个“十六”页。从文中可见，第一篇为笔误，第二篇才是正确的《送崔教授说》。

二是清乾隆翰林院抄本，藏于国家图书馆。8行21字，红格，白口，四周双边。较之于第一种版本底本，无修改痕迹。

三是文渊阁《四库全书·敝帚稿略》，底本目前藏于台北故宫博物院。包恢《敝帚稿略》，李传熊为详校官庶吉士，吕云栋为复勘主事，王兆泰誊录。目前通行的是景印文渊阁本《四库全书》。包恢《敝帚稿略》在文渊阁《四库全书》第1178册，第703—803页。在提要的末尾，书“乾隆四十六年九月恭校上”，可见《敝帚稿略》校订完成于乾隆四十六年（1781）九月。

四是文津阁《四库全书·敝帚稿略》，底本现藏于国家图书馆。通行于市面上的则是台湾地区商务印书馆文津阁《四库全书》影印本。在第

① “民国十年李氏宜秋馆据传抄四库全书本刊。《敝帚稿略》原本久佚，四库馆臣自《永乐大典》辑出，编为八卷。现存《永乐大典》录《敝帚稿略》六条。校宋人集丙编《敝帚稿略》及《补遗》，馆臣漏辑一条。漏辑者见《四库拾遗》。”参见四川大学古籍整理研究所沈治宏编《现存宋人别集版本目录》，巴蜀书社1990年版，第298页。其中漏辑者为《旌表陆氏门记》与栾贵明之说。

② “敝帚稿略卷之×”根据不同的卷数变化，如“敝帚稿略卷之一”。

1183册，第1—100页，为包恢《敝帚稿略》，共八卷。于“钦定四库全书”下书“集部敝帚稿略”，温汝适任详校官编修，纪昀复勘，杨应瑞誊录。在提要的末尾书“乾隆四十五年九月恭校上”，可见文津阁《敝帚稿略》校对完成于乾隆四十五年（1780）九月，早于文渊阁本一年。而且复勘人为纪昀，他是《四库全书》的总纂官之一。在内容篇目上与文渊阁本大体相同，在卷一末尾有“敝帚稿略卷一考证”。其内容为：“第一页前四行‘奏平荻浦寇札子’，按《宋史》包恢本传‘即日除直显文阁浙西提点刑狱，是时海寇为乱，恢单车就道，调澉浦分屯建寨。一日集诸军讨平之贼首与诸将姓氏俱不之载’，是奏足补《宋史》之未备，附识于此”；“第十四页后二行‘进武进勇校尉副尉’，按宋时官制，有进武校尉、进勇校尉及副尉等名。原本‘校’字下脱一尉字不合。今据《宋史·百官表》增入”；“第十六页‘后罢航广东运使’，按《宋史》本传，‘福建提刑时兼转运判官以侍御史周坦论罢，又四年，起为广东转运判官，权经略使’，注云：‘运使盖以其权经略使而统言之耳’，附识于此”。此外，在卷四《易斋记》后，有《敝帚稿略·卷四考证》，其云：“‘第二十二页前一行‘为复为临为泰为大壮为夬’，按：‘泰正月之卦也，原本脱为泰二字，今依《易》添入。’”并且后面有“详校官编修臣温汝适誊录监生臣杨应瑞”字样。其中，卷二《论五言所自始》题目较之于文渊阁本《论五言所始》多一字。第八卷诗歌中于《和陈翔卿韵》后为《再和陈守二首》，文渊阁本为《再和二首》。其中，从卷六开始，笔体有变化，在卷六文末书有“详校官编修臣温汝适”“誊录监生臣舒嘉谟”。书后的附录中亦有《自识》和门人郑无妄《书后》，在文末还有“详校官编修臣温汝适”“誊录监生臣舒嘉谟”字样。

五是南京图书馆藏清抄本。此清抄本与南京大学图书馆藏金陵大学抄本、浙江省图书馆藏文澜阁《四库全书》补抄本，皆源自《四库全书》体系，皆有《敝帚稿略》提要，且三个版本提要内容完全相同，异于文渊阁本、文津阁本，内容略有出入。南京图书馆藏清抄本，印有“嘉惠堂丁氏藏书之印”，提要的时间为“乾隆五十年二月”。

六是民国南城李之鼎宜秋馆刻本《宋人集丙编》中有包恢《敝帚稿略》两册。在八卷本基础上增加补遗一卷，后有李之鼎的跋。扉页上有

“敝帚稿略八卷庚申三月吴昌硕篆耑年七十七”，下一页有“宜秋馆校刊”字样。正文页首行为“钦定四库全书提要”“敝帚稿略别集类三南宋”。提要末尾为“乾隆四十五年九月恭校上”，于第一卷后附有“敝帚稿略卷一考证”，并注明“文津阁库本附此在卷一后”，可见是取自文津阁本。卷二《论五言所始》则与文渊阁本同。在《吴九万字说》文后和《送崔教授说》之前，有一段注：“四库全书考证云：‘其有飞而上者，亦仅如鸡之栖于树端，莺之迁于乔木而已。案以‘伐木丁丁，鸟鸣嘤嘤’一诗相沿成习，致成莺迁之误。如李绰尚书故实王楙野客丛书论之详矣。然其原始于梁昭明太子‘啼莺出谷，争传求友之声’。唐人诸诗沿之而误。盖犹以为莺也。原本作鹦，则因莺而又误，今改。”在第八卷后有附录《自识》和门人郑无妄《书后》，后有“敝帚稿略卷八”下有“南城易之门紫腴校”[①]。文中多处有校对痕迹，“补遗”下书“之鼎辑”，补遗篇目为：《寄李俊彦先辈》，文末注“李氏家谱”；《傅子渊祠堂记》文末注“建昌府志”；《推官提名记》，文末注“赤城集二”；《临海进士登科题名记》文末注“赤城集六”；《州学沂咏堂记》文末注“赤城集十二”；《三陆先生祠堂记略》文末注：“谢旻江西通志一百二十六。”在“补遗”末尾，有《跋》，其中介绍了宜秋馆本的版本来源，他说：“惜其集久经湮佚，馆臣辑诸《永乐大典》，得此八卷。旧曾传抄于江南图书馆，近又购得乾隆玺印库本，谨据校刊以资传布。”[②] 在补遗本系统中，藏园居士批注校对本为善本，目前藏于国家图书馆。

综上所述，目前所见包恢《敝帚稿略》的版本主要出自《四库全书》系统，体现为《四库全书》不同抄本之间的差异。就提要来看，南京图书馆藏清抄本与南京大学图书馆藏金陵大学抄本既非文渊阁本亦非文津阁本。此外，不同版本的差异主要表现为文渊阁本与文津阁本的差异，而南城李氏宜秋馆刻本综合了二者，并且有所补充。总体而言，文渊阁本系统中有不同的刻本和抄本，比较丰富全面地反映了文渊阁本的流传保存情况。而文津阁本则重在其中的考证价值，又由于文津阁《四库全

---

① 李之鼎辑：《宋人集丙编·敝帚稿略》，民国南城李氏宜秋馆刻本，第799页。

② 李之鼎辑：《宋人集丙编·敝帚稿略·跋》，民国南城李氏宜秋馆刻本，第799页。

书》成书晚于文渊阁《四库全书》，具体到包恢的《敝帚稿略》，则是文津阁本早于文渊阁本。加之，文津阁本的复勘人为纪昀，因此文津阁本更具文献学价值，值得更多关注。民国南城李之鼎宜秋馆刻本《宋人集丙编》在补遗、校刊方面的贡献尤为突出，而且综合了文渊阁本和文津阁本的优长。中华再造古籍善本的《敝帚稿略》则保存了最初的校对样态，可以从中还原《四库全书》当时的校对原貌。诸版本的八卷篇目基本一致，南城李氏宜秋馆刻本的补遗和跋也反映了民国时期对包恢研究的深入。其中清乾隆翰林院抄本（《四库全书》底本）、清乾隆翰林院抄本、南京图书馆藏清抄本、南京大学图书馆藏金陵大学抄本、中华再造善本、民国南城李之鼎宜秋馆刻本均为善本。

三　包恢著述的流传情况

据包恢门人郑无妄《敝帚稿略书后》可知，包恢还有《易说》《周礼记》《讲义》《家传》等著述。包恢作为南宋后期重要的理学家、文学批评家，然而他的著述并未被宋代重要的书目和总集收录。究其原因，笔者认为与《宋史》的编写立场有关。“大抵《宋史》排陆学，凡为陆学者，皆不详。故虚谷之诋，径畈虽不足信，然非虚谷集，亦莫知其所自出也。……盖三汤之源流已灭没，而五百年之后犹可爬搜得其一二，稍足为朱陆门墙补亡拾佚以正《宋史》之谬。”① 由此可见，即便是《宋史》亦并非全然客观公允，囿于门户之见对陆学语焉不详的问题尤为明显。比如，《宋史·包恢传》的记载多是政事，称其酷吏而已，其为学为文则不详，这与“凡为陆学者，皆不详”有关?

包恢著述的流传也从两个方面展开，即《敝帚稿略》和其他著述。《敝帚稿略》由包恢自编成集、经门人郑无妄刊刻而得以流传。宋元之际的方回、刘壎等人所见包恢《敝帚稿略》，应该最为接近文集原貌。明代《文渊阁书目》《菉竹堂书目》中皆载“包宏斋《敝帚集》一部五册”，虽然没有《敝帚稿略》的具体存目，亦可见元明对于包恢《敝帚稿略》

---

① 同治《饶州府志》卷26，清同治十一年（1872）刻本。

保存尚佳，至明仍有五册。清代四库馆臣从《永乐大典》中采掇编辑而得《敝帚稿略》八卷。《宋人集丙编》民国南城李之鼎宜秋馆刻本中有包恢《敝帚稿略》两册，其中《敝帚稿略》八卷，补遗一卷。

不仅如此，清代以降对于包恢《敝帚稿略》的研究在校对方面又有了新的进展。清人莫友芝撰的《藏园订补郘亭知见传本书目》中则记载了对包恢《敝帚稿略》的校对情况："《敝帚稿略》八卷，宋包恢撰。按：此书四库著录，莫氏未收。（补）清四库馆写本，朱丝阑，8 行 21 字。钤翰林院印。法式善旧藏，今在樊增祥先生处。（补）《敝帚稿略》八卷，补遗一卷，宋包恢撰。民国十年李之鼎宜秋馆刊宋人集本，在丙编。余曾据清四库馆红格写本手校一帙。"① 此外，傅增湘撰《藏园群书校勘跋识录》亦载有对包恢《敝帚稿略》的校对情况："《敝帚稿略》卷一末叶识曰：丁卯五月十四日，校于津门寓斋。卷二末叶识曰：丁卯五月十八日校。卷三末叶识曰：五月十八日校。卷四末叶识曰：五月二十日校。卷五末叶识曰：五月廿三日入山，宿清水院校此。卷六末叶识曰：宿清泉吟社，夜雨忽作，烦襟涤尽矣。丁卯夏至。卷七末叶识曰：丁卯夏至后日，校于盘青阁。卷八末叶钤'莱娱室''沅叔手校'印，并识曰：丁卯五月廿四日，依法梧门藏《四库》写本校毕。时逭暑于旸台清水院之盘青阁。藏园居士沅叔氏记。"②

《敝帚稿略》在宋元明的保存相对完好，然而由于未收入宋元的重要书目和总集中，多经由门人、同乡流传。明代由于收入相关书目和《永乐大典》而广为人知，并得以保存部分原文。清代关于包恢著述的记载差异迥然，在包恢的故乡江西其著述的数量记载总是相对详尽，仅从存目卷数而言，多于中央的记载。民国时期包恢文集的保存和流传，得益于南城李之鼎的校对刊刻。近代以来，包恢《敝帚稿略》亦得到《现存宋人别集版本目录》和《宋人别集叙录》的关注等。在包恢其他著述中，只有《周礼六官辨》的记载略胜于其他几部。其具体内容却无从考证，

---

① （清）莫友芝撰，傅增湘订补，傅熹年整理：《藏园订补郘亭知见传本书目》卷 13 下，中华书局 2009 年版，第 1245 页。

② 傅增湘撰，王菡整理：《藏园群书校勘跋识录》，中华书局 2012 年版，第 713 页。

只有宋元之际的刘克庄、欧良、吴澄等人的文章中尚存些许《周礼六官辨》的痕迹。在《周礼六官辨》之外，包恢曾著有《易说》，今已失传，然而包恢的诗文之中《周易》的影子无处不在。

从上述包恢著作流传情况可以得知，后人对于包恢著作进行研究的主要原因有二：一是出于江西后学对本土思想家的研究；二是国家的书目和总集的编纂对于文集的保存流传的重要贡献。今人包恢研究，最早发声的仍然是江西籍陈良运先生，这或许反映了包恢著作流传研究的现状。而李之鼎的这番话就是有力的证明："论者谓《宋史》载似道行公田时，文肃知平江，有买民田用肉刑之事，而本传不载。传中于公无一语贬辞，推许甚至，是与前说自相矛盾。托克托之修宋史，舛物芜杂，久有定论。综观生平出处，当时即以刚直著闻，似不当有此。迄今，吾南城文肃祠墓，依然子孙蕃庶。斯集得复显于世，库本采集之功也。遗文佚诗为之增辑于后焉。"①

四 余论

经由对包恢著述的考证、现存《敝帚稿略》的版本情况以及包恢著述流传情况的综合探赜，可略知包恢著述的文献学价值。首先，从包恢著述的数量而言，郑无妄所言《易说》《周礼记》《讲义》《家传》等，其数量较为可观。《周易》《周礼》是宋人宋学关注的核心领域，体现了包恢理学家的学术眼光。其次，就包恢的影响而言，他是生前被宋度宗比作"二程"的理学家。而且据元代吴澄的批评可知，包恢的《周礼六官辨》在当时得以大量印行、流传广泛，甚至使《周礼》被逐出科举内容之列，《周礼》的儒家经典地位遭到重创。再次，就包恢《敝帚稿略》的版本而言，文渊阁本的内容更为丰富，流传更为广泛，文津阁本因成书时间更早、有考证内容和复勘者为纪昀更具文献学意义和价值，李之鼎的刻本因综合了文渊阁本和文津阁本的优长并且增加了补遗内容而体现其文献学意义，中华再造善本则因还原了校对原貌而凸显其文献学意

① 李之鼎辑：《宋人集丙编·敝帚稿略·跋》，民国南城李氏宜秋馆刻本，第799页。

义。复次，就包恢著述保存的历史阶段而言，元明保存相对完好，《永乐大典》为目前保存包恢著述的最原始之处。清代是包恢著述保存最为吊诡的时期，此时关于包恢著述的记载存在诸多矛盾之处，集中表现为清代江西地区地方志与《四库全书》体系的差异。最后，就包恢著述的流传而言，清代是其流传的重要阶段，清代江西地方志的记载为我们探索包恢著述原貌提供了重要的线索，而《四库全书》本奠定了其版本流传的基础。清代至当代，研究包恢著述者多为江西学者亦是不争的事实。

仅就现存《敝帚稿略》而言，可作为宋末文人研究的校参书目，如叶寘、陈世崇、周密三人的笔记研究中，包恢《敝帚稿略》都是重要的校参书目之一。[①] 此外，其内容已经涉及了南宋后期社会所面临的政治、军事、经济、文化、教育、诗论等诸多领域。尽管篇幅有限，却言简意赅地指明了具体领域所存在的关键问题，在相关领域中甚至可以补专论之不足。如钱若水修《宋太宗皇帝实录校注》卷二十九“交易用钱”下云：“《宋史》卷四九一外国七作‘交易用铜钱’，包恢《敝帚稿略》卷一禁铜钱申省状即曰：‘倭所酷好者，铜钱而止’。《宋会要辑稿·食货》曰：太平兴国九年，日本国僧奝然等浮海而至，云其国（用）（周）铜钱，文曰‘干文宝’。”[②] 由宋代的相关记载可知，在涉及“交易用铜钱”方面，《敝帚稿略》确实可以作为《宋史》的补充材料。

而《敝帚稿略》的诗论价值尤为夺目，在有限的篇幅中涵盖了南宋后期诗论的核心议题，如反对“以文字为诗，以才学为诗，以议论为诗”，主张“自作主宰，自运意旨”，关注“以禅喻诗”“已发”“未发”“理趣”等宋代诗论的核心问题，强调“得其正”的宋诗观，提倡“以

---

① 参见（宋）叶寘撰，孔凡礼点校《爱日斋丛抄·笔记三种参校书目》，中华书局2010年版，第4页；（宋）陈世崇撰，孔凡礼点校《随隐漫录·笔记三种参校书目》，中华书局2010年版，第4页；（宋）周密撰，孔凡礼点校《浩然斋雅谈·笔记三种参校书目》，中华书局2010年版，第4页。

② （宋）钱若水修，范学辉校注：《宋太宗皇帝实录校注》卷29，中华书局2012年版，第133页。

汪洋淡泊为高”的诗歌宗尚等。[①] 李之鼎跋《敝帚稿略》云：“篇中有《桂林》《山水园流说》，其说与近今西人之言隐相符合。是其智能穷物，实不可及。”[②] 可见直到民国时，包恢思想中的义理仍不过时，其理学思想的深邃可见一斑。作为理学家，包恢在“和会朱陆”之时，十分重视理学穷物致知的内在要求。

包恢的著述并未多见于宋人著录之中，与包恢处于宋代不无关系。元人距离包恢的时代较为接近，其文集的保存相对完整，因此元人的评价似乎更接近包恢的著述的原貌。不可否认的是，但凡评判都是评判者主观立场的反映，还需要仔细分析辨别其中的原因。明代最为重要之处则在于《永乐大典》对于《敝帚稿略》的保存意义。清代的重要意义在于，四库馆臣从《永乐大典》中辑佚整理而成《敝帚稿略》八卷，奠定了今天研究包恢的重要文献基础。清代《四库全书》对于《敝帚稿略》的保存功不可没。《永乐大典》的残缺使包恢著述原貌成了不解之谜。虽然今见包恢著述在数量上并不足道，其版本流传系统亦并不复杂，然而其意义不容忽视，厘清其中的关系亦是还原包恢著述的原貌与发掘其文献学价值的题中之意。

（作者单位：陕西师范大学人文社会科学高等研究院、

陕西省社会科学院）

① 参见拙文《论包恢“真诗说”》，《文化与诗学》2017 年第 2 期。

② 李之鼎辑：《宋人集丙编·敝帚稿略·跋》，民国南城李氏宜秋馆刻本，第 799 页。

论《文体明辨序说》的辨体观

贾奋然

文章总集附论文体是中国古代文体批评独具特色的重要方式。文章总集汇聚众家众体，编者首先要对各类文体进行聚类区分，然后才能按文体将众多作品进行有序编排，因此，在总集编撰中对文体类型加以辨别并进行分类则成为极为自然的事情。

中国最早的文章总集被认为是挚虞的《文章流别集》，《隋书·经籍志》总集类云：虞撰“《文章流别集》四十一卷”，“《文章流别志、论》二卷”。①其中，《文章流别集》选辑各体文章，《文章流别志》原本附于《文章流别集》，后摘出别行，成为文体专论，但可惜此书已亡佚，据现存辑佚文，文集中所编撰和论及的文体有颂、赋、诗、七、箴、铭、诔、哀辞、哀策、对问、碑、图谶等。东晋李充著有《翰林》是与挚虞《文章流别集》相仿的总集，其中《翰林论》是其中的附论文体的部分。《翰林论》大约在赵宋以后亡佚，今仅存十数条，从辑佚文看，论及文体有赞、表、驳、论、奏、盟、檄、诗诸种。萧统《文选》是现存最早一部总集，编者以“文体编次”，网罗众家，搜珍剪秽，选录文体三十九类，但只在总序中简要论及集部选文的范围及文体分类情况，没有形成文体专论。到了明代吴讷的《文章辨体》和徐师曾的《文体明辨》依然承袭了《文章流别集》的总集编撰方式，一方面分体选文，另一方面依体序说，其中《文章辨体序说》和《文体明辨序说》被今人于北山、罗根泽摘出别行，成为中国古代文体论的集大成之作。徐师曾《文体明辨》“大

---

① （唐）魏征等：《隋书》卷35，中华书局1973年版，第1081—1082页。

抵以同郡常熟吴文恪公讷所纂《文章辨体》为主而损益之"[①]，分体更细，辨析更严，其中阐发了许多重要的古人关于文体的观念。自《四库全书总目·文体明辨提要》贬斥其"治丝而棼者"，后人论及此书也多沿袭《四库全书总目》之说，认为全书分体杂碎，不足为法。今人罗根泽等在《文章辨体序说　文体明辨序说》的"校点前言"中，对其评价较为公允，他们认为全书关于古代文体的分类，固然有些流于烦琐，但"对文学体类的研究，不只需要提纲挈领，也需要条分缕析"[②]。王运熙等人在《中国文学批评通史》也认为《文体明辨》"或考订其源流，或辨析其古今应用的变化，条分缕析，实为文体论集大成之作。……广收博取，成绩是值得肯定的"[③]。但今人对于《文体明辨序说》的深入研究及其文体观念的价值阐发极为少见，除了在一些批评史可见简单的评说外，几乎见不到专文加以论述。

本文认为，《文体明辨序说》是继刘勰《文心雕龙》议论文体之后，中国古代又一文体论集大成之作，在中国古代文体批评发展史中有着极为重要的意义。虽然它不及刘勰议论文体之"体大而虑周"，但也确实做到了分体愈细、辨析愈严，并全面总结了自先秦迄于明初的中国古代文体类型，特别是总结了齐梁以后新的文体类型，阐发了许多重要的文体观念，表现出鲜明的辨体意识，将中国古代的辨体批评再次推向了高峰。下文试初探《文体明辨序说》中所表现出来的辨体观念，希望以此抛砖引玉，引起学界对此论的足够重视和推动进一步的深入研究。

一 "文章必先体裁"

古人论文体往往首先不是出于建构完整文体体系的需要，而是为了

① （明）吴讷、（明）徐师曾：《文章辨体序说　文体明辨序说》，人民文学出版社 1998 年版，第 77 页。

② （明）吴讷、（明）徐师曾：《文章辨体序说　文体明辨序说》，人民文学出版社 1998 年版，第 2 页。

③ 王运熙、顾易生：《中国文学批评通史》（明代卷），上海古籍出版社 1996 年版，第 287—288 页。

一些实用的需要，诸如指导读者的阅读和指示写作各体文章的准则，这是最常见的目的。刘勰《文心雕龙》用大量篇幅议论了文体，这是基于文章“去圣久远，文体解散，辞人爱奇，言贵浮诡，饰羽尚画，文绣鞶帨，离本弥甚，将遂讹滥”① 的文坛现状，即文人写作不遵循必要的文体规范，各类文体体制趋于瓦解，刘勰希望通过“立范运衡”来纠正当时文坛写作中混乱的局面，为各类文体写作建立基本的体类范式。文人编纂总集的目的也大多是直接为鉴赏者和写作者确立各文体的鉴赏和习作范本，使他们能够窥文之全貌，得文之菁华，明文之体制。如《四库全书总目》所云：“删汰繁芜，使莠稗咸除，菁华毕出，是固文章之衡鉴，著作之渊薮矣。”② 赵梦麟在《文体明辨序》中阐发了徐师曾编纂《文体明辨》的“用心良苦”在于“昭艺林之矩矱，标制作之堂奥，千古人文，一览具见”③。因此，在总集编撰中，既要精选各类文体的范本，还要考证各类文体的源流演化，总结归纳各类文章体制的基本规范，对于文体体制的关注始终是古人议论文体的首要问题和终极目标。刘勰在《文心雕龙》中称文的体制为“大体”“大要”“大略”“纲领之要”等，强调“立体”“昭体”“位体”的重要性，如《总术》曰：“文场笔苑，有术有门。务先大体，鉴必穷源。”④《镕裁》曰：“草创鸿笔，先标三准：履端于始，则设情以位体。”⑤ 在“论文叙笔”二十篇中，刘勰通过“原始以表末，释名以章义，选文以定篇，敷理以举统”⑥ 的历史推演和逻辑演绎相结合的方法，对所论列文类的源流演化和体制特点作了精要阐述。徐师曾也自觉地将对文体体制的强调置于议论文体的显要位置，他充分发挥吴讷“文辞以体制为先”⑦ 的观点说：“夫文章之有体裁，犹宫室之有

① 范文澜：《文心雕龙注》，人民文学出版社 1958 年版，第 726 页。

② （清）永瑢等：《四库全书总目》卷 186，中华书局 1965 年版，第 1685 页。

③ （明）吴讷、（明）徐师曾：《文章辨体序说　文体明辨序说》，人民文学出版社 1998 年版，第 73 页。

④ 范文澜：《文心雕龙注》，人民文学出版社 1958 年版，第 657 页。

⑤ 范文澜：《文心雕龙注》，人民文学出版社 1958 年版，第 543 页。

⑥ 范文澜：《文心雕龙注》，人民文学出版社 1958 年版，第 727 页。

⑦ （明）吴讷、（明）徐师曾：《文章辨体序说　文体明辨序说》，人民文学出版社 1998 年版，第 9 页。

制度，器皿之有法式也。为堂必敞，为室必奥，为台必四方而高，为楼必狭而修曲，为筥必圜，为篚必方，为簠必外方而内圜，为簋必外圜而内方，夫固各有当也。苟舍制度法式，而率意为之，其不见笑于识者鲜矣，况文章乎？”①《刻文体明辨序》中进一步阐发徐师曾的观点说：“陶者尚型，冶者尚范，方者尚矩，圆者尚规，文章之有体也，此陶冶之型范，而方圆之规矩也。”② 徐师曾将文章体裁比喻为制度法式，这是写作者必须遵循的写作规范，如果写作者不懂作文法则，不遵循体裁规范，任意而为，则要贻笑大方了。《刻文体明辨序》又反复强调说：“文章必先体裁，而后可论工拙；苟失其体，吾何以观？”③ 《文体明辨·文章纲领》引宋代倪思之言：“文章以体制为先，精工次之。失其体制，虽浮声切响，抽黄对白，极其精工，不可谓之文矣。”④ 又引明陈洪谟之言曰：“文莫先于辨体，体正而后意以经之，气以贯之，辞以饰之。”⑤ 文学批评的首要标准是辨明文章体裁是否符合规范，然后才是看意气是否贯通，文辞是否工拙，如果“失其体”则无足可论了。体制论是中国古代文体批评中的核心理论，表明了古人自觉建构文体规范的努力。如果说刘勰还只是在“论文叙笔”中多次表现出对体制问题的关注的话，徐师曾则确实在全书的序言中将“体裁”作为一个核心观念来反复强调，并以此作为全书的基本构架方式。“文各标其体，体各归其类，条分缕析，凡若干卷云。”⑥ 文章各自按体编排，各类文体按类分辨。以文立体，以体辨文，这样一种以体选文的作法虽是总集编纂的一贯体

---

① （明）吴讷、（明）徐师曾：《文章辨体序说　文体明辨序说》，人民文学出版社 1998 年版，第 77 页。

② （明）吴讷、（明）徐师曾：《文章辨体序说　文体明辨序说》，人民文学出版社 1998 年版，第 75 页。

③ （明）吴讷、（明）徐师曾：《文章辨体序说　文体明辨序说》，人民文学出版社 1998 年版，第 78 页。

④ （明）吴讷、（明）徐师曾：《文章辨体序说　文体明辨序说》，人民文学出版社 1998 年版，第 14 页。

⑤ （明）吴讷、（明）徐师曾：《文章辨体序说　文体明辨序说》，人民文学出版社 1998 年版，第 80 页。

⑥ （明）吴讷、（明）徐师曾：《文章辨体序说　文体明辨序说》，人民文学出版社 1998 年版，第 75 页。

例，但为各体单独序说，追溯文章各体之流变，并对不同的文体类型详加辨析则表明了徐师曾已经具有了较萧统《文选》更为清醒和自觉的通过总集编纂来建构文体学的意识。

二 “假文以辨体”

《文体明辨》对于文体的分类和辨析极为细密，全书广取博收，几欲穷尽秦汉到明初所有的文体名目，并逐一加以辨别。从文体分类的情况看，刘勰《文心雕龙》分体34类，大类之下还分小类，总计论列文体达79种之多，萧统《文选》分体39类，吴讷《文章辨体》分体59类，至徐师曾《文体明辨》则分体127类，其中正集分体101类，外集分体26类。若要论及细分文体的条目则更难以计数。《文体明辨》分体过于细密的做法遭到了后人的批评，《四库全书总目》曰：“千条万绪，无复体例可求，所谓治丝而棼者欤。”[①] 从全书编目来看，分体杂碎固然是其弱点，但“条分缕析”对于辨别文体也当是极为重要的环节。徐师曾在《文体明辨序》中说：“盖自秦汉而下，文愈盛；文愈盛，故类愈增；类愈增，故体愈众；体愈众，故辨当愈严。”[②] 文体分类之所以越来越细密是由于随着诗文的不断发展，新的文类或文体细类不断出现，对之进行分类和加以辨别是十分有必要的。徐师曾编纂总集和辨析文类的方法是“假文以辨体，非立体而选文”[③]。这就是说，编者不是先验地设定文类，然后选择范本，而是依据大量体类相似的文章进行总结归纳，从而确定文体的不同类型的名目。虽然徐师曾采纳了前人在总集编纂和议论文体中许多固有的文体名目，但他也从繁富的文章中提炼归纳了许多新的文体名目。从全书观，在新增文类中，部分为新列，部分为细分。新出现的文体名目有的是魏晋南朝以后新出现的文类形式，如题跋、律赋、文赋、

---

① （清）永瑢等:《四库全书总目》卷192，中华书局1965年版，第1750页。

② （明）吴讷、（明）徐师曾:《文章辨体序说　文体明辨序说》，人民文学出版社1998年版，第78页。

③ （明）吴讷、（明）徐师曾:《文章辨体序说　文体明辨序说》，人民文学出版社1998年版，第78页。

近体律诗、排律诗、绝句诗、引、题名、诗余等。有的是自古已有，但作者不多，没有被归纳成特定的文体类型。后世逐渐繁盛的则被归纳成体，如：解，祖于扬雄《解嘲》，后人效之，作“解某”或“某解”；辩，原出于孟、庄，唐韩、柳始作，后人题作“某辩”或“辩某”；记，始见《禹贡》《顾命》，其名则自《戴记》《学记》诸篇，其盛自唐代开始。这些文体名目虽然魏晋之前已经出现，但在《文选》和《文心雕龙》都没有单独列体。《文体明辨》还新列了帖子词、上梁文、乐语、右语、道场版、道场疏、表、青词、募缘疏、法堂疏等民间实用性文体，这些文体虽被视为文人鄙事，学者勿求，但民间普遍使用，因此，“采而不削，聊以备一体”①。细分的文类名目有：敕榜、谕告、御札、批答、玺书、铁券文等为新增的昭诰文细分类目；墓碑文、墓碣文、墓表、碑阴文、墓志铭等为新增的墓碑细分类目；解、辨、原、释、评等为新增的论文细分类目；纪事为新增的传记类细分类目；规为新增的箴戒类细分类目等。

《文体明辨》分体细密，作者几乎穷尽古今出现的所有文体名目，确实做到了条分缕析，对各种文体名目考镜源流，详加辨别。从《文体明辨》对文体的辨析可知，导致文体类别增生的原因大约可以分为以下几种情况。

第一，封建社会等级森严，尊卑有等，上下有别，同一文体由于写作群体和施用对象的差异而被细分为不同的类型。如“书”是文人之间往来之辞，同是书体，天子之书独称“玺书”，天子之札独称“御札”(宋代以后的新名目)，人臣进御之书称“上书”，儒臣进讲之词称“说书”，名目繁多，显示了君臣上下之别。“谕祭文”本为祭体文，但天子遣使下之祭词，则别名为“谕祭文”，显示天子之极尊。墓碑、墓碣、墓表本是同一种文体，都是刻于墓碑上的文字，用以表达对先祖之悼念，但按照“唐碣制，方趺圆首，五品以下官用之，而近世复有高广之等，则其制益密矣”②。墓碣文以官阶之故，而别其名与墓碑文区分。墓表

---

① （明）吴讷、（明）徐师曾：《文章辨体序说　文体明辨序说》，人民文学出版社 1998 年版，第 170 页。

② （明）吴讷、（明）徐师曾：《文章辨体序说　文体明辨序说》，人民文学出版社 1998 年版，第 151 页。

“文体与碑碣同，有官无官皆可用，非若碑碣之有等级限制也”[①]。箴、规体本属同一文体，都是讽谏规劝之词，但“箴者，箴上之阙；而规者，臣下之互相规谏者也”[②]，即箴文“箴王阙”，规则是臣子之间相互劝告，由此区分二体。

第二，文体名目古今有别，《文体明辨》“假文以辨体”，在选择古今的某种类型文体范本的同时，出于便于览者翻阅和模仿等实用目的，沿用了古今各自不同的文体名目，并在不同的文体名目之下各自选择范本。徐师曾将古体名目与今体名目并列，虽详加辨别，但客观上却导致了文体名目繁多的情况。如：“命”是上古时期“王言”的统称，秦并天下，改“命”为“制”，遂有“制”的名目。汉代以后“王言”细分为四类：策书、制书、诏书、戒敕，功用各不相同，遂又有了更多的文体名目。“上书”是臣下敷奏谏说之辞的统称，汉代以后“上书”因其功用差异而细分为章、表、奏、议等更为具体的文体名目。古歌谣辞是上古诗歌的统称，后世诗歌的演化则逐渐出现了四言古诗、五言古诗、七言古诗、杂言古诗、近体歌行、近体律诗、绝句诗等不同的诗歌文体类型。徐师曾细分文类，并考辨各种文体名目之间的源流演化情况，但没有提纲挈领地归纳文体的总分主次，导致了文体名目繁多杂乱的情况。

第三，中国古代文体大多产生于实用的需要，特定的文体往往有着特定的表现对象，面对特定的人群和不同的功用目的，许多文体虽然体类相近，但往往有着不同的文体名目和写作格式，各有不同的体制规范。如章、表、奏、疏之类都是臣下敷奏谏说之词，“章”在汉代专用以谢恩，后汉也用之论谏庆贺，唐以后此文制亡。“表”在汉代主要用以陈请，后世则功用扩大，可用以论谏、请劝、进献、庆贺等。“奏”在汉代主要用以按劾，但也有其他的功能，并衍化了许多新的名目，《文体明辨》在“奏”的名目下罗列了奏、奏疏、奏对、奏启、奏状、奏札、封事、弹事八种名目，大体依功用差别而类分。

---

① （明）吴讷、（明）徐师曾：《文章辨体序说　文体明辨序说》，人民文学出版社1998年版，第151页。

② （明）吴讷、（明）徐师曾：《文章辨体序说　文体明辨序说》，人民文学出版社1998年版，第141页。

第四，文体名目细分导致文类增生。如论、说、原、辩、解、释等都是说理议论之文,《文体明辨》因其功用和写法稍别而加以区分。“论”是较早产生的文体名目，其立名出自《论语》，萧统《文选》分设论、史论和论三类,《文体明辨》则“广未尽之例，列为八品”[①]，分别为理论、政论、经论、史论（有评议、述赞二体)、文论、讽论、寓论、设论。在细分的名目中，前五类大致是由于议论对象的不同而加以区分，后三类则大体因议论方法的差别而加以区分，徐师曾将八大细目并列而立，“各录文于其下，使学者有所取法焉”[②]。其他一些文体名目也都出于对文章篇名的总结归纳，“说”出于《易·说卦》，是对经的阐释，“传于经义，而更出己见”；“原”为“推论其本原”之体，韩愈作《五原》，后人因之，遂有此名，“至其曲折抑扬，亦与论说相为表里，无甚异也”；“辩”为“执其言行之是非真伪而以大义断之”，后人作“某辩”“辩某”；“解”为“辩释疑惑，解剥纷难为主，与论、说、议、辩，盖相通焉”，后人作“解某”“某解”；“释”为“解之别名也”[③]，出于蔡邕《释悔》。这些文体名目本为“论”的分支，徐师曾也认为它们与论说体没有本质区分，但因后人大量使用这些名目命篇，且在写法上也有微小的差异，如“原”以溯源为主，“辨”以辩解为主，“解”“释”以解惑释问为主，它们各自有论述的侧重点和方法，因而单独列出，并加以细分，便于后人仿效。

三 “文有体，亦有用”

《刻文体明辨序》提出了“文有体，亦有用”[④] 的观点，《刻文体明

---

① （明）吴讷、（明）徐师曾:《文章辨体序说　文体明辨序说》，人民文学出版社 1998 年版，第 131 页。

② （明）吴讷、（明）徐师曾:《文章辨体序说　文体明辨序说》，人民文学出版社 1998 年版，第 131 页。

③ （明）吴讷、（明）徐师曾:《文章辨体序说　文体明辨序说》，人民文学出版社 1998 年版，第 132—134 页。

④ （明）吴讷、（明）徐师曾:《文章辨体序说　文体明辨序说》，人民文学出版社 1998 年版，第 75 页。

辨序》中也批驳了“文本无体，亦无正变古今”[①]的说法，提出了“文有体，也有正变古今”的观点，这些议论都涉及关于文体写作中的“体用”关系问题。

“文有体”，是指不同的文学类型有着不同的表现形态和较为稳定的体制规范，这是长期文学实践和理论总结的结果。《刻文体明辨序》曰：“体欲其辨，师心而匠意，则逸辔之御也。”[②]诸如诗有诗之体，赋有赋之体，文有文之体，各种文体有着各自较为稳定的体制形态和写作秩序，这是文体类型之所以被命名、被区分和稳定存在的前提条件。文之“体”构筑了一种类似遗传基因的机制，文人在写作之前往往会自觉或者不自觉地考虑到“体”的问题，虽然“师心而匠意”，但仍然会在写作中遵循一定的体制规范，将神思拉回到体制的大体限制之内；阅读者则对既定的体制形态的有着潜在期待，并在阅读中由于期待的满足和受挫而不断更新视域。因此，对不同之“体”的辨别是建立文体秩序的重要环节，也是使各种文体不至于混淆的有效保障。徐师曾《文体明辨》反复强调“文有体”，全书的基本构架体现为分体序说和分体选文，并对文体类型及其流变详加辨析。《文体明辨序》中批驳“文本无体”的观点时说：“《无逸》、《周官》训也，不可混于诰；《多士》、《多方》，诰也，不可同于训：此文之体也。”[③]《尚书》中的《无逸》《周官》《多士》《多方》诸篇虽然都是史官记录的官方文辞，但前两篇是训导之词，后两篇是告诫之词，它们在内容和写作方式上都有着差别，属于不同的文体类型，应该加以区分而不能随意混淆。徐师曾认为，文之体类不是先验生成的，而是从大量文章写作中归纳和总结出来的，文愈盛，则类愈增，而辨当愈严，这是徐师曾的基本的“立体”观念。《文体明辨》虽分体细密，名目繁多，但十分重视对不同的“体”的辨别，徐师曾为各“体”分别序

---

① （明）吴讷、（明）徐师曾：《文章辨体序说　文体明辨序说》，人民文学出版社 1998 年版，第 77 页。

② （明）吴讷、（明）徐师曾：《文章辨体序说　文体明辨序说》，人民文学出版社 1998 年版，第 75 页。

③ （明）吴讷、（明）徐师曾：《文章辨体序说　文体明辨序说》，人民文学出版社 1998 年版，第 77 页。

说，对众多的文体名目详加辨析，表现出鲜明的辨体意识。《文体明辨序说》中对文体的辨析大约包括以下的情况。

第一，对两种相近的文体进行辨别区分。他在“七言古诗序说”中区分“五古”与“七古”的差别时说：七言古诗“其为则也，声长字纵，易以成文，故蕴气雕辞，与五言略异”①。这是从声调、字数、情气、辞藻等方面区分二体。又说：“乐府歌行，贵抑扬顿挫，古诗则优柔和平，循守法度，其体自不同也。”② 这是从声调韵律和体制结构方面区分了乐府歌行与古诗之体的差异。在“表序说”中区分表体与笏记时说：“然表文书于牍，则其词稍繁；笏记宣于廷，则其词务简：此又二体之别也。”③这是从文体使用的不同场合和不同功用对二体进行区分。在“近体律诗序说”中区分律诗与古诗时说：“虽不及古诗之高远，然对偶音律，亦文章之不可缺者。”④ 这是从诗的风格、声韵、修辞等方面区分二体。正是因为文各有体，体各有异，故此应该严加辨析，才不至于导致文体混淆，难以区分的现象。

第二，辨别文体之古今正变。文虽有体，但文之体不是恒定不变的，而是处于不断演化和发展之中，特定的文体类型在历史发展中不断演化生成新的形态，这是文体的历史演化观念。《文体明辨》对前人总集编撰中“混正变而未分”⑤ 的做法极为不满，因此《文体明辨序说》指出文体有“正体”和“变体”之别，“正体”是文体的原初形态，“变体”则显示着原初形态的变化。如《文体明辨》将赋分为四体：古赋、俳赋、文赋、律赋，而以古赋为赋之“正体”。《赋序说》曰：“三国、两晋以

① （明）吴讷、（明）徐师曾：《文章辨体序说　文体明辨序说》，人民文学出版社 1998 年版，第 105 页。

② （明）吴讷、（明）徐师曾：《文章辨体序说　文体明辨序说》，人民文学出版社 1998 年版，第 105 页。

③ （明）吴讷、（明）徐师曾：《文章辨体序说　文体明辨序说》，人民文学出版社 1998 年版，第 122 页。

④ （明）吴讷、（明）徐师曾：《文章辨体序说　文体明辨序说》，人民文学出版社 1998 年版，第 107 页。

⑤ （明）吴讷、（明）徐师曾：《文章辨体序说　文体明辨序说》，人民文学出版社 1998 年版，第 78 页。

及六朝，再变而为俳，唐人又再变而为律，宋人又再变而为文。”[①] 俳赋、律赋、文赋都是古赋之变体，它们逐渐演化生成了新的赋体形式，显示了“赋”的古今正变过程。徐师曾受明代复古主义思潮的影响十分明显，在对待文体的古今正变的问题上，虽然承认古今文体的变化，但表现出以古为正、以今为变、崇古抑今的倾向。他极力推崇古赋，认为古赋“动荡乎天机，感发乎人心，而兼出于六义”，为“赋之正体，合赋之本义”，俳赋“尚辞”而“失于情”；文赋“尚理”而“失于辞”；律赋“其变愈下”，工于声律，而“情与辞皆置弗论”[②]。因此，徐师曾倡导“文士学其如古者，戒其不如古者，而后古赋可复见于今也”[③]。又如《颂序说》曰：“若商之《那》，周之《清庙》诸什，皆以告神，乃颂之正体也。至于鲁颂駉、閟等篇，则用以颂僖公，而颂之体变矣。”[④] 颂体由颂神向颂人的变化，导致了变体的出现。《碑文序说》曰：“其主于叙事者曰正体，主于议论者曰变体，叙事而参之以议论者曰变而不失其正。”[⑤] 碑文因写法的变化导致了碑文之变体，而“变而不失其正”才符合碑体的基本体制规范。《文体明辨》承袭《文章辨体》的作法，将所录文体分为内集、外集加以编排，以内集“录古今之文入正体者”[⑥]，而以外集作为附录录入文之“变体”，诸如杂句诗、杂言诗、杂体诗、诙谐诗、诗余等都作为诗的“变体”录入附录，以其为“闾巷家人之事，俳优方外之语”[⑦] 而加以轻薄。《文章辨体序说》曰：“四六为古文之变；

---

① （明）吴讷、（明）徐师曾：《文章辨体序说　文体明辨序说》，人民文学出版社 1998 年版，第 101 页。

② （明）吴讷、（明）徐师曾：《文章辨体序说　文体明辨序说》，人民文学出版社 1998 年版，第 101—102 页。

③ （明）吴讷、（明）徐师曾：《文章辨体序说　文体明辨序说》，人民文学出版社 1998 年版，第 102 页。

④ （明）吴讷、（明）徐师曾：《文章辨体序说　文体明辨序说》，人民文学出版社 1998 年版，第 142 页。

⑤ （明）吴讷、（明）徐师曾：《文章辨体序说　文体明辨序说》，人民文学出版社 1998 年版，第 144 页。

⑥ （明）吴讷、（明）徐师曾：《文章辨体序说　文体明辨序说》，人民文学出版社 1998 年版，第 7 页。

⑦ （明）吴讷、（明）徐师曾：《文章辨体序说　文体明辨序说》，人民文学出版社 1998 年版，第 78 页。

律赋为古赋之变；律诗杂体为古诗之变；词曲为古乐府之变”[①]，律诗、律赋、词曲等被视为变体而置于“外集”。

第三，辨别文体的名实关系。《文体明辨》中的文体名目大体依据篇名而确立，这些篇名相类的作品大体遵循较为稳定的写作程式而得以形成某一文体，如自唐代韩愈作《五原》，后人因之，作《原某》，或《某原》，皆为推论本原之作，遂有“原”体。因名立体的方法虽然简便可行，也便于学者阅览和模仿，但在文人写作常常会出现文体名目与实际写作不相符合的情况，不能一味地依据篇名而归入体类，因此，《文体明辨序说》对文体的名实关系也作了仔细辨别。如《问对序说》辨别了文体名实的三种情况：“名实皆问者”，如屈原的《天问》；“名问而实对者”[②]，如柳宗元的《晋问》；未标问、对之名但实为问、对之体者，如宋代刘敞《谕客》、柳开《应责》等。《引序说》曰：“汉班固虽作《典引》，然实为符命之文。”[③]《赞序说》曰：“其（班固）述赞也，名虽为赞，而实则评论之文。”[④] 上述二例都是名实不相符合的情况，只有详加辨析，才能真正确立某具体文章的体类。《文体明辨》还列“杂著”类，《杂著序说》曰：“以其随事命名，不落体格，故谓之杂著。”[⑤]“杂著”之称不是出自篇名，而是对那些没有遵循固有的文体名目和写作规范、随事命名的文章的总称。

“文有用”体现了作者运主观之思于既定之文体的过程，这既显示了既定之文体的客观制约性，也显示了作者的主观表现性。《文体明辨序》

---

① （明）吴讷、（明）徐师曾：《文章辨体序说　文体明辨序说》，人民文学出版社 1998 年版，第 10 页。

② （明）吴讷、（明）徐师曾：《文章辨体序说　文体明辨序说》，人民文学出版社 1998 年版，第 134—135 页。

③ （明）吴讷、（明）徐师曾：《文章辨体序说　文体明辨序说》，人民文学出版社 1998 年版，第 136 页。

④ （明）吴讷、（明）徐师曾：《文章辨体序说　文体明辨序说》，人民文学出版社 1998 年版，第 143 页。

⑤ （明）吴讷、（明）徐师曾：《文章辨体序说　文体明辨序说》，人民文学出版社 1998 年版，第 137 页。

谈及“文之用”大体有两种情况。其一，“体不诡用，用不离体”[①]。这是文之体与文之用吻合的状态。作者在固有体制之内表现不同的内容，这进一步巩固和强化了文体规范，也是“文用”的最基本表现形式，如“释”体出自蔡邕《释悔》，后世有郤正《释讥》、皇甫谧《释劝》、束皙《玄居释》等，都是题为“释某”或“某释”之作。又如枚乘初撰《七发》，后世遂有傅毅《七激》、张衡《七辩》、崔骃《七依》、马融《七广》曹植《七启》、张协《七命》等题为“七某”之作。正是因为有大量基于“文用”的效仿之作，才使这样一类文章能形成较为稳定的程式而被归纳成体。《文体明辨》的编撰也有着明显的“文用”目的，使后世文人能够尊其体而作文，故其在各体序说中常有“使学者有所取法焉”[②]、“亦以备一体云”[③]、“以垂式云”[④]、“以式学者”[⑤] 等语，表明了编撰总集的目的是为文人写作提供基本范式。但徐师曾对拘束于体制之内、亦步亦趋的模仿者极为鄙薄，认为这可能会导致“蹈袭之陋”[⑥]。《刻文体明辨序》说：“拘挛而执泥，则胶柱之瑟也”，“徒曰某体某体，模仿虽工，情神未得，是父老之拟新丰，而优孟之效叔敖也，奚裨哉？奚裨哉？”[⑦]《释序说》中批评后世的释体之作“词旨不过递相祖述而已”[⑧]，在选文中仅选录了蔡邕《释晦》和韩愈《释言》两篇作为范式。《七序

① （明）吴讷、（明）徐师曾：《文章辨体序说　文体明辨序说》，人民文学出版社 1998 年版，第 75 页。

② （明）吴讷、（明）徐师曾：《文章辨体序说　文体明辨序说》，人民文学出版社 1998 年版，第 109 页。

③ （明）吴讷、（明）徐师曾：《文章辨体序说　文体明辨序说》，人民文学出版社 1998 年版，第 125 页。

④ （明）吴讷、（明）徐师曾：《文章辨体序说　文体明辨序说》，人民文学出版社 1998 年版，第 117 页。

⑤ （明）吴讷、（明）徐师曾：《文章辨体序说　文体明辨序说》，人民文学出版社 1998 年版，第 139 页。

⑥ （明）吴讷、（明）徐师曾：《文章辨体序说　文体明辨序说》，人民文学出版社 1998 年版，第 134 页。

⑦ （明）吴讷、（明）徐师曾：《文章辨体序说　文体明辨序说》，人民文学出版社 1998 年版，第 75—76 页。

⑧ （明）吴讷、（明）徐师曾：《文章辨体序说　文体明辨序说》，人民文学出版社 1998 年版，第 134 页。

说》中也批评大多数的七体之作“递相摹拟，了无新意，是以读未终篇，而欠伸作焉”①。

其二，“用欲其神”。文体体制虽然对作者有一些限制性，但作者如果能“神而明之，会而通之”，则能“得其变化”，达到“用欲其神”②的境界。赵梦麟《文体明辨序》说世之荐绅学士，如果能“启函而识体，因体而会心”，则能达到“蜩若掇、锯有神、斤成风、庖合舞者”③之出神入化的境界，这是庄子所说的“养生”的最高境界，也可隐喻文学写作中守法而不拘泥于法、自由挥洒而不逾矩的自由审美创作的境界。但徐师曾认为要达到这种理想的写作状态，首先应该能够“识体”，即能熟练地掌握各种文体的体制规范和写作要领；其次，应该“因体而会心”，即使得各种规矩、法则内化为一种主体可自由操纵和发挥的无法之法，而不至于成为外在于主体的客观桎梏。徐师曾在《释序说》对唐代韩愈的《释言》大加赞赏，认为此作“别出新意，乃能追配邕文”④。《七序说》赞美《七发》《七启》《七释》三篇“辞旨闳丽，诚宜见采”，称赞唐代柳宗元《晋问》“体裁虽同，辞意迥别，殆所谓不泥其迹者欤”⑤。可见，徐师曾认为只有领会神情、融会贯通者，才能以突破体制限制自由发挥，写出有新意的作品来。顾尔行引《易》曰：“拟议以成其变化。”⑥《易》以六爻为体，六爻互动却导致无穷变化，文体的体用关系大体也若此。文有一定之体，这是在历史演化过程中逐渐生成的客观制约，而文之用则可因写作者个性和创造力的不同而变化无穷，在既定之

① （明）吴讷、（明）徐师曾：《文章辨体序说　文体明辨序说》，人民文学出版社 1998 年版，第 138 页。

② （明）吴讷、（明）徐师曾：《文章辨体序说　文体明辨序说》，人民文学出版社 1998 年版，第 75 页。

③ （明）吴讷、（明）徐师曾：《文章辨体序说　文体明辨序说》，人民文学出版社 1998 年版，第 74 页。

④ （明）吴讷、（明）徐师曾：《文章辨体序说　文体明辨序说》，人民文学出版社 1998 年版，第 134 页。

⑤ （明）吴讷、（明）徐师曾：《文章辨体序说　文体明辨序说》，人民文学出版社 1998 年版，第 138 页。

⑥ （明）吴讷、（明）徐师曾：《文章辨体序说　文体明辨序说》，人民文学出版社 1998 年版，第 75 页。

体中演绎生成美文佳作。同时，在文之用中也可以促进新体的萌生。任何新体都基于旧体之用，由体到用，由用生新体，这样才能促进文体的更新演化。如徐师曾《楚辞序说》曰："其辞稍变诗之本体，而以兮字为读，则夫楚声固已萌蘖于此矣。"① 楚辞本于诗而变于诗。《近体歌行序说》曰："盖即事命篇，既不沿袭古题，而声调亦复相远，乃诗之三变。"② 近体歌行源自乐府诗而发生变化。可见，文之用往往能导致新体之生，中国古代文体类型由少渐多、由简趋繁，大体就源于"用欲其神"的过程。

总之，《文体明辨序说》虽仅仅是总集所附序论，但却是中国古代较为完整的一部文体批评专论，特别是序文中所阐发的丰富的辨体思想和鲜明的辨体意识是中国古代文体学中的宝贵资源，对于我们今人的文体写作仍然有启发意义。

（作者单位：首都师范大学文学院）

---

① （明）吴讷、（明）徐师曾：《文章辨体序说　文体明辨序说》，人民文学出版社 1998 年版，第 100 页。

② （明）吴讷、（明）徐师曾：《文章辨体序说　文体明辨序说》，人民文学出版社 1998 年版，第 106 页。

李贽《说书》的文体辨析

屈彦奎　任竞泽

晚明思想家李贽（1527—1602）一生之中有三部自鸣得意的重要著作，"《藏书》予一生精神所寄也，《焚书》予一生事迹所寄也，《说书》予一生学问所寄也"[①]。《说书》又称《李氏说书》，与《藏书》《焚书》不同，"《李氏说书》今已不存，全貌无从窥探"[②]，研究者对《说书》是何种文体意见不一。部分学者认为《说书》文体为八股文，如张思齐先生认为"李贽《说书》两卷是其八股文的代表作，它们在八股文的发展史上起过重要的作用"[③]，黄强先生认为"李贽以《说书》中的四十四篇八股文实践了自己的理论主张，寄寓自己的思想和学问"[④]，何新所先生认为"李贽自己也以时文格式写作讲学文章"，"时人也颇看重李贽的时文"[⑤]。部分学者认为《说书》应该是评解性文体，如台湾地区学者邓克铭先生认为"李卓吾对《四书》之评解，比较完整的著作应是《说书》与《四书评》"[⑥]；张建业及张岚先生则认为"《说书》内容是对《四书》的解说和评论"[⑦]。也有学者认为《说书》包含八股文与其他文体，如龚

---

① 钱伯城笺校：《袁宏道集笺校》，上海古籍出版社 1981 年版，第 1635 页。

② 张建业主编：《李贽全集注》（第 3 册），社会科学文献出版社 2010 年版，第 187 页。

③ 张思齐：《李贽〈说书〉与明代八股文》，《西华大学学报》（哲学社会科学版）2009 年第 4 期。

④ 黄强：《论李贽的八股文观及其实践》，《扬州教育学院学报》2004 年第 4 期。

⑤ 何新所：《李贽时文观辨析》，《泉州师范学院学报》2002 年第 1 期。

⑥ 邓克铭：《李卓吾四书评解之特色：以"无物"、"无己"为中心》，《文与哲》2008 年第 13 期。

⑦ 张建业主编：《李贽全集注》（第 3 册），社会科学文献出版社 2010 年版，第 187 页。

笃清先生认为《说书》“收集了他所作讲章及八股范文”[①]；张荣刚先生认为“《说书》虽属于解经之书，但其文体形式属于八股时文”[②]。我们认为“说书”是一种讲说书义的文体，李贽《说书》的文体应为“说书”。现将理由胪列如下，以供探讨。

一 《说书》文体争论的文献依据及辨析

李贽《说书》真本可能已经亡佚，现存《李氏说书》《四书评》《道古录》是否就是《说书》还有争议。众多学者对《说书》文体形态的辨析多依据间接文献。认为其为八股文者多依据袁中道《李温陵传》、袁宗道《读〈孟子〉》、李维桢《续藏书序》及由云龙《姚安县志》。这些多为间接依据，看上去数量众多，实则尚有值得斟酌之处。而李贽的《答焦漪园》《焚书·自序》等文献，则可以帮助我们从新的角度对李贽《说书》的文体进行辨析。

（一）《说书》为八股文的文献依据尚需辨析

李贽未明确说过以八股文写作《说书》，但后人认为《说书》的文体为八股文并非偶然。其重要依据有袁中道、袁宗道、李维桢、《姚安县志》等相关表述，所以我们首先要辨析其中是否存在疑点。

首先，袁中道《李温陵传》中“时义”一词不是仅指八股文，也可以指“新义”，可以是文体，也可以是思想。袁中道《李温陵传》云：“后以时义诠圣贤深旨，为《说书》。”[③] 论者以“时义”一词为《说书》是八股文体之依据，而“时义”似乎更有其他含义。如《四库全书总目·经部·尚书日记》云：“前有李维桢《序》称：‘《书》有古文、今文，今之解《书》者又有古义、时义。《书传会选》以下数十家，是为古义。而经生科举之文不尽用。《书经大全》以下主蔡氏而为之说者，坊肆

① 龚笃清：《明代八股文史》，岳麓书社2015年版，第347页。

② 张荣刚：《晚明王学视域下的“以时文为古文”现象》，《凯里学院学报》2018年第4期。

③ （明）李贽：《焚书》，中华书局2009年版，第5页。

所盛行亦数十家，是为时义。'"[①] 将“古义”与“时义”对举，是从时间上区分其含义，接近“旧义”和“新义”。《四库全书总目·周易时义注》记载：“前有《自序》，谓以明经获隽，而烽火交讧，行路艰阻，因坐卧小楼，自为笺注，大都自忧患中来。盖有托而为之，故其言颇切时事云。”[②] 其作者章佐圣中明经科，此书是“自为笺注”，所以此书名中的“时义”应该不是八股文，“颇切时事”故称“时义”。故“后以时义诠圣贤深旨”似可释为“后来用时尚新义解释圣贤深奥的思想”。

其次，袁宗道《读〈孟子〉》中“四书义”也不是专指八股文，且袁宗道未明确说此数十首为《说书》。袁宗道《白苏斋类集·说书类》卷十九《读〈孟子〉》云：“李卓吾先生有四书义数十首，予最爱其《不得于言勿求于心不可》篇，后二股云：‘心无时而不动，故言之动即心之动，初不待求之而后动也。既不待求之而后动矣，而又何恶于求耶！心无时而或动，故言虽动而心不动，而又岂求之所能动也。既非求之所能动矣，而又何害于求耶！’看他彻的人，出语自别。”[③]“四书义”是一种与科举考试有关的文体，既可指考试内容，又可指文体。其与八股文有所区别，产生于八股文定型之前，而又使用于八股文废除之后。《明太祖实录》卷五十五已记载洪武考试之法，大略损益前代之制，初场四书疑问、本经义及四书义各一道，而此时八股文尚未定型；《清史稿·志八十三》记载：“光绪二十四年，湖广总督张之洞有变通科举之奏。二十七年，乡、会试首场改试中国政治史事论五篇，二场各国政治艺学策五道，三场四书义二篇、五经义一篇，其他考试例此。”[④] 这次变革废八股文体而改用“四书义”文体。安东强先生指出“若从文体正变的层面来考察，四书义和五经义摆脱了八股程式的束缚”[⑤]，则“四书义”又使用于八股文废除之后。所以“四书义”从文体形态上看不能等同于八股文。但袁

① （清）永瑢等：《四库全书总目》，中华书局 1965 年版，第 99 页。
② （清）永瑢等：《四库全书总目》，中华书局 1965 年版，第 68 页。
③ （明）袁宗道：《白苏斋类集》，上海古籍出版社 1989 年版，第 271 页。
④ 赵尔巽：《清史稿》（第 12 册），中华书局 1977 年版，第 3153 页。
⑤ 安东强：《清末废八股后的四书义与五经义》，《文学遗产》2015 年第 5 期。

宗道所说“后二股”又为八股文之术语，故此处袁氏所引文必须确定为《说书》才能得出《说书》有八股文的结论，而袁宗道未明确此说。邓克铭先生认为“其中‘四书义数十首’，极可能就是前述李卓吾在《焚书》自序中所说之‘《说书》四十四篇’”① 也属推测。论者以李卓吾先生有“四书义数十首”为依据认为袁宗道所指为《说书》，也是推测而尚难确证。

最后，李维桢《续藏书序》所见《说书》是否为真本无法确定，《姚安县志》所载《说书》应为伪书。李维桢《续藏书序》云：“《说书》以制义发孔、孟、曾、思之精蕴。”② 此处最为直接地明确指认《说书》为“制义”之作，即八股文之作。但是据李贽《焚书·自序》记载，《说书》首次在龙湖刊刻时间大约在万历十七年（1589），其后流传不广，影响也远逊于《焚书》《藏书》。李贽的学生汪本钶续刻李氏遗作在万历四十六年（1618），其间有很多假托李贽之名的伪作，焦竑在《李氏续焚书序》中说：“先生书既尽行，假托者众，识者病之。”③ 汪本钶在《续刻李氏书序》中说：“海以内无不读先生之书者，无不欲尽先生之书而读之者，读之不已或并其伪亦读矣。”④ 所以李维桢此时所见之《说书》是否为真本似乎也难以确定。及至《姚安县志》记载：“《说书》者，以制艺发孔、孟、曾、思之精蕴也，书共六十八卷。”⑤ 其说法与李维桢相似，但“书共六十八卷”与李贽《说书》四十四篇书目不符，则县志作者所见或为伪作，不能作为探讨此问题的依据。

（二）李贽自述文献显示《说书》不似八股文

以上几处文献作为《说书》为八股文的依据都有一定的疑问。更重要的是，以上文献与李贽自己的记述相抵牾。李贽《答焦漪园》及《焚

---

① 邓克铭：《李卓吾四书评解之特色：以“无物”、“无己”为中心》，《文与哲》2008 年第 13 期。

② 张建业主编：《李贽全集注》（第 11 册），社会科学文献出版社 2010 年版，第 359 页。

③ 张建业主编：《李贽全集注》（第 3 册），社会科学文献出版社 2010 年版，第 419 页。

④ 张建业主编：《李贽全集注》（第 3 册），社会科学文献出版社 2010 年版，第 421 页。

⑤ 张建业：《李贽研究资料汇编》，社会科学文献出版社 2013 年版，第 317 页。

书·自序》的描述显示《说书》不似八股文体。

首先，李贽《答焦漪园》描述《说书》篇幅不长而且零散，与八股文结体严谨完整相去甚远。李贽在给焦竑的信中说：“又一种则因学士等不明题中大旨，乘便写数句贻之，积久成帙，名曰《李氏说书》，中间亦甚可观。如得数年未死，将《语》《孟》逐节发明，亦快人也。”[①]“题中大旨”“乘便写数句贻之，积久成帙”等表明李贽只是讲说题中的大义，篇幅不长比较零散，不是完整严谨的篇章，这和八股文文体要求结体严谨完整相去甚远，倒是和“说书”文体相似。李贽欲将《论语》《孟子》逐节发明，因二书海量篇幅，以八股文写作几乎不可能完成，而事实也表明，李贽并未完成此超级工程。

其次，选择僵化的八股文不适合李贽《焚书·自序》中记述的《说书》的写作目的。李贽写作此书有“发圣言之精蕴，阐日用之平常，可使读者一过目便知入圣之无难，出世之非假”[②]的目的，这要求他以一种灵活的而不是僵化的文体进行创作。他认为“传注”“非以诱人，实以绝人”[③]，又怎能选择更加僵化的八股文呢？“其为说，原于看朋友作时文”[④]，可能是说他的写作启发来源于看朋友做时文，但并未说自己所写为时文，这里的时文即指八股文。自序中“亦佑时文”之“佑”无论释为“借助”还是“帮助”，都会否定《说书》文体为“时文”。若为“借助”，则意为《说书》借助了时文文体，而不借助时文文体的也有很多，至少不全是时文；若为“帮助”，则意为《说书》能帮助时文写作，而不能帮助的也很多，指的是思想上的特征，如“阐日用之平常”之类可能无助于时文写作。

李贽的记述为辨析《说书》文体形态提供了新的视角，但不能仅以此为据就得出结论，必须还有更加深入的探讨。

---

① （明）李贽：《焚书》，中华书局2009年版，第7页。
② （明）李贽：《焚书》，中华书局2009年版，第1页。
③ （明）李贽：《焚书》，中华书局2009年版，第1页。
④ （明）李贽：《焚书》，中华书局2009年版，第1页。

二　李贽的八股文观念、创作能力与创作心态

李贽是否会以八股文的形式进行专题性的创作，还可通过他的八股文观念、创作能力与创作心态来分析。文献显示，李贽对八股文一体并非盲目推崇，他“以时文为至文”肯定八股文的前提是“童心”；李贽的科举经历表明其八股文写作能力并不突出；而李贽在考中举人三四十年之后再以八股文写作《说书》的创作动机明显不足。

（一）李贽“以时文为至文”的前提是“童心”

有学者认为李贽的科举观是矛盾的，他既反对假道学，又肯定八股文。李贽未说过“以时文为至文”，他在《童心说》中曾有“为今之举子业，皆古今至文”的命题，又认为《说书》“是为千古绝唱，当与古文远垂不朽者也”①，使人产生他极力推崇八股文的印象。何新所先生指出：“李贽对时文及科举制度的观点，就充满了矛盾。”② 此种矛盾让学者困惑，黄强先生考察游国恩《中国文学史》、刘大杰《中国文学发展史》、李修生《中国文学史纲要》、余秋雨《戏剧理论史稿》等著作后发现，诸作对李贽在《童心说》中的“为今之举子业，皆古今至文”的观念，或避而不谈，或“任意删去”。③ 当代学者各抒己见，却莫衷一是。这就需要对《童心说》进行仔细辨析。李贽对至文的论述是为“童心说”张本，而非简单地“以时文为至文”。其讨论“至文”的前提为“苟童心常存”。李贽认为若童心常存，就不会受“道理”“闻见”蒙蔽，而“无时不文，无人不文，无一样创制体格文字而非文者”④。其后的论述认为各种文学体裁是“至文”皆本于“童心常存”这一前提，即如果有“童心”，那么即使是举子业的时文，也可以称为至文。张少康先生认为这表现了李贽强调“不能以时势先后来论，只要出于童心，即使举子业也无

① （明）李贽：《焚书》，中华书局2009年版，第46页。
② 何新所：《李贽时文观辨析》，《泉州师范学院学报》2002年第1期。
③ 黄强：《论李贽的八股文观及其实践》，《扬州教育学院学报》2004年第4期。
④ 张建业主编：《李贽全集注》（第1册），社会科学文献出版社2010年版，第277页。

可厚非”[①]，可谓得之。黄强先生也认为“李贽的八股文观已很清晰，其核心在于将‘童心’引入本意在于‘代圣贤立言’的八股文”[②]，也堪称确论。

有学者认为“李贽曾把‘今之举子业’的八股文看作与诗歌、古文、戏曲、小说并列的天下至文”[③]。若李贽“以时文为至文”则需将时文与诗歌、戏剧、小说等文体进行比较，论证时文具有与其他文体近似或超越的优越性，但此段论述之中并无此意。所以李贽不是从文体价值角度提出“以时文为至文”的，而是从思想内蕴“童心说”角度认为“以有童心之时文为至文”。

（二）李贽八股文写作能力并不突出

李贽以横议而非以八股文闻名。清李光地《重修泉州府学记》称：“夫泉僻处海滨，为九州风气裔末。然虚斋（即蔡清）以经解，锦泉（即傅夏器）、晋江（即李廷机）以制举业，李贽以横议，天下皆靡然宗之。”[④] 泉州诸多名士各有所长，李贽以横议闻名，符合其著作情况；不以八股文闻名，符合其科举经历。

李贽的著述情况可以显示其特长在于横议。汤显祖在《李氏全书总序》中评价他“李氏夙以书训世、经世、济世、骇世、应世、传世”[⑤]，其论敌张问达说他的著作“狂诞悖戾，未易枚举，刺谬不经，不可不毁”[⑥]，可见其思想活跃，擅长横议，这与其思想倾向也相符合。李贽在与耿定向的论辩之中也不落下风，《明史·耿定向传》记载“贽小有才，机辨，定向不能胜也”[⑦]，也可以看出李贽擅长辩论。

与横议相比，李贽的八股文写作能力则逊色得多。其科举经历既不

---

① 张少康：《中国文学理论批评发展史》（下册），北京大学出版社1995年版，第199页。
② 黄强：《论李贽的八股文观及其实践》，《扬州教育学院学报》2004年第4期。
③ 林红、李晓梅：《明代八股时文与文学的融通》，《长春大学学报》2007年第3期。
④ 张建业主编：《李贽全集注》（第26册），社会科学文献出版社2010年版，第310页。
⑤ 张建业主编：《李贽全集注》（第26册），社会科学文献出版社2010年版，第129页。
⑥ 张建业主编：《李贽全集注》（第26册），社会科学文献出版社2010年版，第289页。
⑦ （清）张廷玉：《明史》，中华书局1974年版，第5817页。

辉煌也不顺利，他只考中举人而未参加进士考试。在《卓吾论略》中李贽记述他七岁开始随其父学习读书作文，十二岁写下《老农老圃论》，虽受人称赞但自己并不觉得可贺，此后他对写八股文越来越不感兴趣。他记述道：

> 稍长，复愦愦，读传注不省，不能契朱夫子深心。因自怪，欲弃置不事。而闲甚，无以消岁日，乃叹曰："此直戏耳。但剽窃得滥目足矣，主司岂一一能通孔圣精蕴者耶！"因取时文尖新可爱玩者，日诵数篇，临场得五百。题旨下，但作缮写誊录生，即高中矣。居士曰："吾此幸不可再侥也。且吾父老，弟妹婚嫁各及时。"遂就禄。①

李贽年轻时对八股文的认识是"此直戏耳"，认为八股文只是游戏，这已经显示出李贽对八股文写作的轻视态度。他考中举人是大量背诵时文然后进行誊录甚至剽窃的结果。中举后他一方面顾虑亲人，另一方面认为无法再侥幸，故未继续参加进士考试。这表明李贽对八股文态度上轻视，能力上缺乏，对自己的八股文创作信心不足。

（三）李贽缺乏专题性写作八股文的动机

李贽对年轻时"欲弃置不事"的八股文，能否在其科举之后又感兴趣进而进行一种专题写作呢？这恐怕也不可能，因为《说书》成书时间大约在万历十七年（1589）前后，与其考中举人时隔近四十年。明代虽有以八股文著称者，如王鏊、钱福、孙鑛等人，但是绝大多数士人在考中进士后都会对八股文弃而不顾。吴承学先生指出："绝大多数文人都明白八股文是百无一用之文体，但实际上又是他们取得功名利禄的最有用的工具。他们通常是骂八股文，但又不得不研习八股文，而一旦取得功

---

① （明）李贽：《焚书》，中华书局2009年版，第84页。

名，则过河拆桥，鄙视八股文。”[①] 这样大的时间跨度很难让人相信李贽在中举后又对八股文产生了兴趣，并进行四十四篇八股文的专题性写作。后代对李贽的评价以及在八股文的选本之中也未见推崇这个只考中举人的李贽的八股文。

八股文写得好不足取荣，写不好适足取辱，因而文人不愿专择八股文集结成书，即使有也只是部分收录。若李贽将四十四篇八股文集结专书，实属罕见。此外，因八股文写作应该规范，官方有固定程式以供他人借鉴。想在科举考试之中获得好的成绩，必须在平常的学习之中写作尽量规范的时文，而不能以不规范的时文为榜样。平常尽量规范，考场才能规范，平常不规范，考场多半不规范。而当时供士人模仿的八股文多由官府发布，李贽缺乏写作八股文的必要。

既然不为示范，那么李贽能否为射利求名而私刻八股文呢？“成化年间是坊刻时文选本涌现之始”[②]，至隆庆万历时期，书商私刻八股文风气正盛。蒋寅先生指出：“八股文通常不入文集，试帖诗也不入诗集，少数名家工为此体，不忍自弃，或坊贾射利，往往单行其书。”[③] 李贽甚至曾为大中丞李公所选时文作《时文后序》，但李贽为射利求名而私刻八股文的动机仍然不足。

首先，从精神品格看，李贽非“射利”之人。李贽主动辞官，既不积蓄产业，又无身家之累，虽非大富大贵，亦非饥寒交迫，其衣食有靠不算缺钱。李贽赞赏鲁仲连“宁贫贱而轻世肆志”为“一生主意”[④]，追求“士贵为己，务自适”[⑤]，“大凡我书，皆为快乐自己”[⑥]，其读书写作不是为钱。且“时文一道不切人事，无益性情，苟非设科取士，则无一人为之矣”[⑦]，李贽若为“射利”写作八股，有损性情，不符其“自适”

① 吴承学：《简论八股文对文学创作与文人心态的影响》，《文艺理论研究》2000 年第 6 期。

② 胡海义：《八股文考论三题》，《中国文学研究》2016 年第 3 期。

③ 蒋寅：《科举阴影中的明清文学生态》，《文学遗产》2004 年第 1 期。

④ 张建业主编：《李贽全集注》（第 5 册），社会科学文献出版社 2010 年版，第 101 页。

⑤ （明）李贽：《焚书》，中华书局 2009 年版，第 258 页。

⑥ 张建业主编：《李贽全集注》（第 3 册），社会科学文献出版社 2010 年版，第 142 页。

⑦ 转引自蒋寅《科举阴影中的明清文学生态》，《文学遗产》2004 年第 1 期。

“快乐自己”的精神追求。

其次，从创作背景看，追求重视科举、擅长八股之名，对于身处耿李论战之中的李贽未必是好事。耿定向和李贽的论战始于1584年，重要原因之一是耿定向批评李贽“超脱，不以功名为重，故害我家儿子”[①]。耿李论战在文化界备受瞩目，李贽已因“超脱”不重功名获得批评，若一边与耿定向论战，一边大写八股文，则耿定向批评失据，而李贽授人以柄或显示弱。李贽《说书》为自刻，《说书·自序》说：“而恶自表暴，又不肯借人以为重。”[②] 李贽与科名、文名甚重的焦竑、袁宗道、袁宏道、袁中道兄弟等人友情深笃，却未请其作序借以为重而低调地自序，也不似求名。

最后，从选文类型及读者对象看，李贽《说书》与坊刻八股文存在诸多不同。一是晚明时期建宁、杭州、南京等地私刻八股文风气尤甚，李贽自刻《说书》地点在龙湖，非此风气中心。二是胡海义先生认为八股文“以选文来源与作者身份分类的八种选本”[③] 分别为程墨、房稿、行卷、社稿、朱（硃）卷、窗稿、名稿、乡会试录。从作者身份或来源看，程墨为考官或中式者，房稿为进士，行卷为多人合集，社稿为文社士子，朱（硃）卷为杂录型选本，窗稿是应试举子日常习作名稿为八股名家，乡会试录汇集中式者的姓名、籍贯、名次等。李贽《说书》与此七种均不符。（“由于窗稿的市场不广，书坊的逐利动机不强，因此抄本相对较多。”[④]）李贽《说书》写于其科举30多年后，且断续至1600年仍嘱咐其学生汪本钶代为出版，亦不似平日科举习作之窗稿。三是李贽欲将《论语》《孟子》逐节发明，不似坊刻八股要精选优秀作品的出版行为。四是李贽曾在1600年给汪本钶的信中提到“恐场事毕，有好汉看我《说书》以作圣贤者，未可知也”[⑤]，说明其读者对象为科举已毕之人，与八股文选本多为欲参加科举之人的读者对象不同。

---

① （明）李贽：《焚书》，中华书局2009年版，第37页。

② （明）李贽：《焚书》，中华书局2009年版，第62页。

③ 胡海义：《八股文选本类型考析》，《湖南师范大学社会科学学报》2018年第1期。

④ 胡海义：《八股文选本类型考析》，《湖南师范大学社会科学学报》2018年第1期。

⑤ 张建业主编：《李贽全集注》（第3册），社会科学文献出版社2010年版，第140—141页。

因此，无论是在对待时文的态度上，还是在其八股文写作的能力上，抑或在其创作心态与创作必要性上，李贽都缺乏专题写作四十四篇八股文并集结成书的基础。以八股文形式宣传自己的学说，在文体上不是明智选择；以举人身份写八股文供人模仿，在行为上说服力也不足。

三 《说书》文体为“说书”

辨析《说书》的文体形态，最好考察原文。但《说书》的特殊性在于其真本或已失传，而其究竟是世传《李氏说书》《四书评》还是《道古录》还有争议，故而难以仅凭原文辨析其文体形态，需要结合古代的目录著作对其的分类以及相关学者的评论。现存被认为是《说书》的作品的文体形态不似八股文而更接近“说书”，古代的书目著作也将《说书》归为“经部浅说”类，侧面支持其为“说书”文体。

(一) 现存被认为是《说书》的著作均不是八股文

八股文有比较固定的程式，以程朱理学经义为指导，“代圣人语气为之”“体用排偶”，并逐渐形成了基本固定的结构，即由“破题、承题、起讲、入题、起股、中股、后股、束股、收结”等部分组成。其股对部分的“起股、中股、后股、束股”要求使用整齐的排偶句式，所以叫八股，或者八比。其篇幅也有规定，既不能太长，也不能太短。吕思勉先生指出:“此等规则，虽亦小有出入，但原则上是始终遵守的。”① 八股文是一种比较好辨认的文体，是与不是，比较一下便知。现存被认为是李贽《说书》的著作的文体都不是八股文。

李贽的《说书》一说为今传本《李氏说书》，郑振铎先生曾经论及此书而没有提出疑问②，崔文印先生则通过考证认为今传本《李氏说书》是拙劣的伪作③；二说为《四书评》，鄢烈山先生在《狂人李贽传》中持此

① 吕思勉:《中国通史》，中国画报出版社 2012 年版，第 115 页。

② 陈福康:《郑振铎〈求书日录〉佚稿》，《文献》2005 年第 1 期。

③《中国哲学》编辑部:《中国哲学》(第 1 辑)，生活 · 读书 · 新知三联书店 1979 年版，第 309 页。

说法[①]，而崔文印先生则认为《四书评》是叶昼假托之作[②]；三说为《道古录》，如《四库全书总目》即持此说[③]，今之学者如张思齐先生曾据此说对其进行整理点校并将《道古录》作为《说书》收入《八股文总论八种》[④]。张建业先生主编《李贽全集注》则认为《说书》已经失传。现存基本可以确定为《说书》篇目的文章《不患人之不己知患不知人》，被李贽附录于给焦竑的信《复焦弱侯》中，我们可以借此窥一斑而知全豹，考察《说书》的文体形态。

首先，《四书评》为评点之作，其文体不是八股文，无须赘述。

其次，《李氏说书》除去已经考证为伪作的部分，有六篇也被收于李贽的《焚书》和《藏书》中[⑤]，分别是《与友人书》《与焦弱侯》《兵食论》《答邓石阳》《答刘宪长》《童心说》，其文体也不是八股文。以上文章有些写于《说书》刊刻之后，恰能证明今传本《李氏说书》为伪作，本不足为凭。即使上述六文为《说书》之篇目，其文体为“书”“论”“说”，也与八股文相去甚远。

最后，《道古录》文体亦非八股文。比如《道古录·第五章》，篇幅较长，无法全录，其内容体制概言之则以“用健曰”“予谓”“用健曰”，“曰”两问两答对话的形式，讨论了《大学》之中“壹是皆以修身为本”的问题。学生刘用健提问，老师李贽回答，这在八股文之中是没有的。从整篇看，它不符合“代圣人立言”之“代”的特征；从局部看，刘用健和李贽均使用了对偶的句子，但是同样不能称之为股对，至多能说李贽无意识中带上了排偶的习气。《道古录》其他篇章大抵如此，采用的是对话语录体的形式。

以上被认为是《说书》的著作文体都不是八股文。

---

① 鄢烈山：《威风悲歌：狂人李贽传》，广东人民出版社 2012 年版，第 94 页。

② 崔文印：《〈四书评〉不是李贽著作的考证》，《哲学研究》1980 年第 4 期；崔文印：《李贽〈四书评〉真伪辨》，《文物》1979 年第 4 期。

③ 张建业：《李贽研究资料汇编》，社会科学文献出版社 2013 年版，第 288 页。

④ 张思齐：《李贽〈说书〉与明代八股文》，《西华大学学报》（哲学社会科学版）2009 年第 4 期。

⑤ 张建业主编：《李贽全集注》（第 3 册），社会科学文献出版社 2010 年版，第 187 页。

(二)现存《说书》作品的文体应是“说书”

考察《说书》现存篇目，似乎更能说明其文体为“说书”。“说书”是中国古代一种讲说书义的文体，它有北宋时文、经筵讲章以及民间解说书义等形态。李贽的《说书》应该与袁宗道《白苏斋类集·说书类》的文体相同，都属于解说书义的文体。对比参照，或许看得更加明显。

《说书》有一篇残存篇目，即李贽给焦竑的《复焦弱侯》信的《不患人之不己知患不知人》，张岱先生认为“李贽用这句话作了一篇文章，收在《说书》里”①：

> 近有《不患人之不己知患不知人》(《说书》)一篇。世间人谁不说我能知人，然夫子独以为患，而帝尧独以为难，则世间自说能知人者，皆妄也。于问学上亲切，则能知人；能知人则能自知。是知人为自知之要务，故曰“我知言”，又曰“不知言，无以知人”也。于用世上亲切不虚，则自能知人；能知人由于能自知。是自知为知人之要务，故曰“知人则哲，能官人”，“尧、舜之知而不遍物，急先务也”。先务者，亲贤之谓也。亲贤者，知贤之谓也。自古明君贤相，孰不欲得贤而亲之，而卒所亲者皆不贤，则以不知其人之为不贤而妄以为贤而亲之也。故又曰“不知其人，可乎”。知人则不失人，不失人则天下安矣。此尧之所难，夫子大圣人之所深患者，而世人乃易视之。呜呼！亦何其猖狂不思之甚也！况乎以一时之喜怒，以一人之爱憎，而欲视天下高蹈远引之士，混俗和光之徒，皮毛臭秽之夫，如周丘其人者哉！故得位非难，立位最难。若但取一概顺己之侣，尊己之辈，则天下之士不来矣。今诵诗读书者有矣，果知人论世否也？平日视孟轲若不足心服，及至临时，恐未如彼“尚论”切实可用也。②

---

① 张建业主编:《李贽全集注》(第1册)，社会科学文献出版社2010年版，第117页。

② 张建业主编:《李贽全集注》(第1册)，社会科学文献出版社2010年版，第111页。

这篇文章从整体上也缺乏八股文之中"破题、承题、起讲、入题、股对"等基本结构，局部上虽然有对偶句子，但是也不能称为股对。因此这篇文章很难称为八股文。

而此文更符合"说书"的文体特征。"说书"是一种讲说书义的文体，南宋吕祖谦在编《宋文鉴》时将苏轼《南省说书》选入，并将其归为"说书"一体，标志着"说书"被正式确认为一种文体。① 明代徐师曾《文体明辨》也将"说书"列为一体②。此后朱荃宰《文通》引用《文体明辨》序题，也收入"说书"一体。及至贺复征编集《文章辨体汇选》，也持徐师曾之说。晚明之后又有许多以"说书"命名的著作，比较著名的有李贽的《李氏说书》，袁宗道《白苏斋类集·说书类》三卷。其他的如明万历詹在泮《说书随笔》、明天启陈天定《陈氏说书》、明崇祯褚笈《子云居说书》、明崇祯林宗仁《林氏说书》、清康熙田雯《蒙斋说书》、清雍正丁恺曾《说书偶笔》、清乾隆张正笏《说书唾余》、清同治陈震《篑墅说书》、（约）清光绪于振熙《训蒙说书》、清陈凤友（一说为其妻多恭人，具体年代未详）《素斋说书》等。现存可见的如袁宗道《白苏斋类集·说书类》以及清雍正丁恺曾《说书偶笔》，都是典型的"说书"类作品。

结合现存"说书"各类作品及徐师曾在《文体明辨》中的总结，我们可以看出"说书"文体具有以下基本特征：内容多是针对经史作品进行书义讲说，没有独立题目，常以所解说的章节或语句为题，文体相对灵活，篇幅简短，或有问有答，或义明即止，语言上则时常伴有口语。《不患人之不己知患不知人》多次用"故曰""故又曰"解释词义，也是讲说书义；所引语句涉及《论语》《孟子》《尚书》等经典，应与《白苏斋类集·说书类》一样，同属于"说书"之体。

《说书》用"说书"命名，应为用文体命名。否则文体为八股文，而书名为"说书"，两相悖谬，书名含义和文体之间就矛盾了。

---

① （宋）吕祖谦：《宋文鉴》，中华书局 1992 年版，第 1532 页。

② （明）吴讷、（明）徐师曾：《文章辨体序说　文体明辨序说》，人民文学出版社 1998 年版，第 140 页。

(三)古代书目将《说书》归为"经部浅说"类

李贽《说书》被《澹生堂藏书目》等一些古代书目类著作收录。这些古代书目将其安排在"经部浅说"类,本身就是对其思想及文体的辨析,这种安排也符合"说书"的文体定位;而《李温陵集》的编者顾大韶对《说书》的评论,也支持其更符合"说书"的文体特征。

首先,《澹生堂藏书目》经部中将明代李贽的《说书》、苏轼的《南省说书》和各类经筵讲章并列在一起,将其归为浅说类。[①]《南省说书》被《宋文鉴》及《文体明辨》等列入"说书"一体,而《李氏说书》与《南省说书》并列,由此可见古人对李贽《说书》的文体认识。

其次,《千顷堂书目》将《说书》归为经部四书类,此类同列作品还有张居正的《四书直解》、罗汝芳的《四书一贯》、林兆恩的《四书正义》、徐渭的《四书解》等。张居正所作《四书直解》是对四书内容的解说,现存于世,其文体不是八股文而是解说类文体应无疑问。

最后,《徐氏红雨楼书目》也将《说书》收入经部。这些书目的收录方式反映了古代对《说书》的文体认识。

此外,《李温陵集》编者顾大韶虽未将《说书》选入,但是对其思想和文体有过评论。他说:"《说书》数十篇,放于体而弱于辞,放于体而戾今,弱于辞而乖古,虽云理胜,未睹成章。"[②] 这是难得的从文体角度对《说书》进行的文体批评。顾大韶指出《说书》在文体上的"放"和文辞上的"弱"的毛病——"虽云理胜,未睹成章",指出了其思想上的长处和文体上的不完整的短处。这与八股文有严格的体式要求不符合,却和现存各类"说书"作品文体灵活相符合,所以可以侧面印证《说书》文体应为"说书"。

---

① (明)祁承㸁:《澹生堂藏书目》,《续修四库全书》(第919册),上海古籍出版社2002年影印本,第571页。

② 张建业:《李贽研究资料汇编》,社会科学文献出版社2013年版,第200页。

四 结语

综上所述，《说书》文体之所以困扰诸多学者，既与《说书》真本未流传下来有关，也与诸多文献相互抵牾有关。通过分析李贽的八股文观念、科举经历、八股文创作能力，根据对被认为是《说书》的著作以及现存《说书》篇目的文体形态考察，结合《澹生堂藏书目》等对《说书》的归类，可以看出李贽《说书》应是以文体命名，其文体应该和晚明时期很多类似作品一样是“说书”。探析《说书》的真伪及文体形态对李贽研究乃至晚明的文学及思想研究都具有重要的文献及文学价值。

首先，李贽的儒学思想。《说书》作为李贽对儒家经典的解说，其写作应基本处于耿李论战高峰期及其“异端”思想形成期，准确把握《说书》的文体形态及思想内涵，或许可以更深入地理解李贽的思想，一些学界不愿提及的或被认为是矛盾的问题，如李贽对科举的态度及李贽对儒家思想的阐释等，都可以有一个更深入的探讨空间。

其次，李贽的心学思想。《说书》的思想或许受到心学思想的启发，借讲说儒家经典书义来阐发心学思想。李贽在给焦竑的信中提道：“有《出门如见大宾篇》（《说书》），附往请教，尚有《精一》题《圣贤所以尽其性》题未写出，容后录奉。”[①] 而王阳明《传习录·徐爱录》之中亦曾探讨“精一”“尽心知性”的话题，“但朱子之训，其于《书》之‘精一’，《论语》之‘博约’，《孟子》之‘尽心知性’，皆有所证据。以是未能释然”[②]。李贽未写之二题与此是否为巧合，抑或来源于此？其时焦竑已中状元，李贽无须科举，所请教者应不是讨论如何写作八股文，那是否在探讨心学思想？

再次，李贽的文体学思想。舍“传注”而取“说书”，李贽对不同的文体有何认识？为传播思想而选择相对灵活自由的文体，这种文体选择是否体现了李贽“体为用选”的文体学思想？王阳明曾提出“夫体用一

① 张建业主编：《李贽全集注》（第1册），社会科学文献出版社2010年版，第110页。

② （明）王守仁著，邓艾民注：《传习录注疏》，（台湾）法严出版社2000年版，第12页。

源也，知体之所以为用，则知用之所以为体者矣”① 的文体学思想。李贽的体用思想和王阳明的“体用一源”思想是否有联系？

最后，李贽的文学思想。“说书”一体常伴有口语，顾大韶评《说书》“弱于辞”，薛冈评价李贽文章“其所为文，皆恒入俗话，仅加之乎者也而已”②。若《说书》有此特点，则李贽对“口语”“俗话”写作是何态度？李贽《说书》是否影响到袁宗道的“说书”，二者有无联系？其对语言的态度是否影响了袁宏道的公安体？袁宏道倡卑靡浅俚之体，这与李贽的语言态度是否有联系？

学界对《焚书》《藏书》的研究已经深入而广泛，但对《说书》的研究却尚待深入。探究《说书》的文体及思想内涵会对解决这些相互联系的问题产生帮助。

（作者单位：陕西师范大学文学院）

---

① 曾枣庄：《中国古代文体学》上卷，上海人民出版社2012年版，第586页。

② 张建业主编：《李贽全集注》（第26册），社会科学文献出版社2010年版，第248页。

明代诗话的文体观念

党圣元

罗根泽先生称誉明代是继六朝之后又一个文体学集大成的时代[①]，近四十年来明代文体学研究一直受到学界的关注，相关专著论文科研成果极为丰硕；而明代诗话作为历代诗话及明代诗论的重要组成部分，其中包含极为丰富的文体史料，目前学界相关研究却不够充分，着眼于整个明代诗话文体学研究的只有吴承学等《明代诗话的文体史料与文体批评》一篇论文[②]，该文虽然题目为宏观观照，但也只是对其中六部诗话进行论述，而明代诗话创作颇为繁盛，多达一百三十余部，故而仍具有很大的可开拓空间。笔者通过全面阅读辑录、分类分析《全明诗话》所收的九十一部明代诗话中的文体文献，从本色与当行、拟体与效体、得体与失体、定体与大体、唐宋诗之争与唐宋体之辨、“一代有一代之文学”与“一代有一代之文体”等方面全面阐释并系统构建明代诗话的文体理论体系，以见明代诗话的文体观念在历代诗话学、明代诗学史、明代文体批评史上的地位和影响。

一　本色与当行

隶属于辨体尊体论的本色当行说，自宋代严羽以来颇为盛行，明代

① （明）吴讷、（明）徐师曾：《文章辨体序说　文体明辨序说》，罗根泽、于北山点校，人民文学出版社 1982 年版，第 1 页。

② 吴承学、何诗海：《明代诗话中的文体史料与文体批评》，《文艺理论研究》2008 年第 4 期。

诗话中的相关文献也很多，尤以胡应麟《诗薮》所论为代表。王水照在界定“尊体”时以本色当行来释读，并且就以胡应麟之论为依据。如王水照在引述胡应麟《诗薮》所谓“文章自有体裁，凡为某体，务须寻其本色，庶几当行”[①] 之后，进一步解释道：“强调的‘本色’即是文体的质的规定性。”[②]“尊体，要求遵守各类文体的审美特性、形制规范，维护其‘本色’‘当行’。”[③] 胡应麟之外，明人诗话中如王世贞、江盈科、谢肇淛、冯嗣宗、谢榛、李东阳等都有不同角度的论述。上所引胡应麟之论堪为总纲，其意义在于胡应麟将“体制为先”论（即“文章自有体裁”），与“本色当行”说（即“凡为某体，务须寻其本色，庶几当行”）完美地结合起来，也因此成为现当代文体学者常常引述的经典论断。我们从如下几个方面来看明人诗话中的本色当行说。

一是针对创作中诸如“以文为诗”类的文体之间的“破体”现象，认为这种文体融合和渗透现象不符合本色当行的“辨体”规范，涉及诗与词、古文与时文、文与笔、诗与史之间的文体辨析，如李东阳《麓堂诗话》：“六朝、宋、元诗，就其佳者，亦各有兴致，但非本色，只是禅家所谓‘小乘’，道家所谓‘尸解’仙耳。”[④] 其继承严羽“以禅喻诗”的辨体论颇为明显。江盈科《雪涛小书诗评》：“当行：近日王缑山论文，谓时文中只宜入时文调，用古文虽极好，亦非当行……余谓论诗亦然，诗自有诗料，著个文章字不得。试看唐人诗句，何一句一字非诗。近时文人用文笔为诗，敷畅曼衍……推而论诗论文，皆若此，乃称当行。”[⑤] 胡应麟《诗薮》：“南唐中主、后主皆有文……盖温、韦虽藻丽，而气颇伤促，意不胜辞，至此君方是当行作家，清便宛转，词家王、孟。其诗今存者四首，附《鼓吹》末，与晚唐七言律不类，大概是其词耳。凡词人以所长入诗者，其七言律，非平韵《玉楼春》，即衬字《鹧鸪天》

---

① 周维德集校：《全明诗话》，齐鲁书社 2005 年版，第 2499 页。

② 王水照：《宋代文学通论》，河南大学出版社 1997 年版，第 63 页。

③ 王水照：《宋代文学通论》，河南大学出版社 1997 年版，第 77 页。

④ 周维德集校：《全明诗话》，齐鲁书社 2005 年版，第 489 页。

⑤ 周维德集校：《全明诗话》，齐鲁书社 2005 年版，第 2755 页。

也。"[①] 谢肇淛《小草斋诗话》："少陵以史为诗，已非风雅本色，然出于忧时悯俗，牢骚呻吟之声，犹不失《三百篇》遗意焉。"[②] 周叙《诗学梯航》："欲情缘而离深僻，欲经史而离书生。须是本色，须是当行。"[③] 所谓"与晚唐七言律不类，大概是其词耳"，"凡词人以所长入诗者"，"谓时文中只宜入时文调，用古文虽极好，亦非当行"，"近时文人用文笔为诗"，"少陵以史为诗，已非风雅本色"，"以史断为诗"，"须是本色，须是当行"，等等，都涉及"以词为诗""以古文为时文""以史为诗"等"破体"现象，正与本色当行之"辨体"相抵牾，也从范畴的对立义角度解释了"本色"与"当行"的"体制为先"辨体内涵。

二是论"乐府"诗体的本色当行，以谢榛、王世贞、胡应麟、冯嗣宗为主，所谓"不失乐府本色"，"殊非乐府本色"，"要其本色，自是梁、陈及唐人手段"，"自是乐府本色"云云，皆是。如谢榛《四溟诗话》："傅玄《艳歌行》，全袭《陌上桑》……已含此意，不失乐府本色。"[④] "孔雀东南飞……其古朴无文，使不用妆奁服饰等物，但直叙到底，殊非乐府本色。"[⑤] 王世贞《艺苑卮言》："《木兰》不必用'可汗'为疑，'朔气''寒光'致贬，要其本色，自是梁、陈及唐人手段。"[⑥] "曹公莽莽，古直悲凉。子桓小藻，自是乐府本色。"[⑦] 冯嗣宗《说诗补遗》："《何尝快篇》，直逼汉体，上渐沧浪之天，或乐人援《东门行》耳，与'朝日乐相乐'，皆乐府本色。"[⑧] "汉诗之古劲，清商之纤巧，自是乐府，非五言绝句本色。"[⑨] 胡应麟《诗薮》："《董逃行》，实缘董卓作，然本色已全无此意。"[⑩] "乐府虽酷是本色，时有俚语，不若子建纯用

---

① 周维德集校：《全明诗话》，齐鲁书社 2005 年版，第 2695 页。
② 周维德集校：《全明诗话》，齐鲁书社 2005 年版，第 3513 页。
③ 周维德集校：《全明诗话》，齐鲁书社 2005 年版，第 106 页。
④ 周维德集校：《全明诗话》，齐鲁书社 2005 年版，第 1305 页。
⑤ 周维德集校：《全明诗话》，齐鲁书社 2005 年版，第 1367 页。
⑥ 周维德集校：《全明诗话》，齐鲁书社 2005 年版，第 1900 页。
⑦ 周维德集校：《全明诗话》，齐鲁书社 2005 年版，第 1906 页。
⑧ 周维德集校：《全明诗话》，齐鲁书社 2005 年版，第 3862 页。
⑨ 周维德集校：《全明诗话》，齐鲁书社 2005 年版，第 3838 页。
⑩ 周维德集校：《全明诗话》，齐鲁书社 2005 年版，第 2495 页。

己调。"[①] 以上分别从文体源流、表现方式、语体特征、体制同异、风格体貌等不同方面，对"乐府"诗体的体制规范也即"本色当行"进行观照。

三是在评论某一诗人之具体诗作时，往往以是否符合本色当行进行文体批评，这是王世贞诗体批评的一大特色，如其《国朝诗评》："王子衡如外国人投唐，武将坐禅，威仪解悟中，不免露抗浪本色。"[②] 《明诗评》："（王九思）诗格浑浑，中岁仿何、李，如优孟孙叔，容笑颇似。暮年率易，遂露本色。"[③] "诗如杨柳受风，煦然不冽。又如学究论天下事，亹亹竟日，本色自露。""献章襟度潇洒，神情充预，发为诗歌，毋论工拙，颇自风云。间作廋语，殊异本色。"[④]

胡应麟、谢肇淛、胡震亨、冯嗣宗等也往往在评论汉以来诗人诸如项羽、"苏、李"、"枚、蔡"、阮籍、左思、谢灵运、卢照邻、骆宾王、胡曾、李白、杜甫、王维、储光羲、韦应物、柳宗元、曹唐、王建等人诗歌时，以"本色当行"为文体批评方法和褒贬优劣标准，如胡应麟《诗薮》："苏、李录别，枚、蔡言情，嗣宗感怀，太冲咏史，灵运纪胜，虽代有后先，体有高下，要皆古今绝唱。为其题者，不用其格，便非本色。"[⑤] "项王不喜读书，而《垓下》一歌，语绝悲壮。'虞兮'自是本色。"[⑥] "照邻《古意》，宾王《帝京》，词藻富者故当易至，然须寻其本色乃佳。"[⑦] 谢肇淛《小草斋诗话》："胡曾《咏史》，玉川《月蚀》，堕恶道矣。《琵琶》《长恨》，虚实相半，犹近本色。"[⑧] "太白选诗所以不及子昂者，稍涉豪放耳。如《赠何七判官》《月下独酌》等篇，语虽奇崛，终非本色。""曹唐游仙已入别调，王建、王涯宫词借以叙事，遂伤本色。"[⑨]

---

① 周维德集校：《全明诗话》，齐鲁书社 2005 年版，第 2505 页。
② 周维德集校：《全明诗话》，齐鲁书社 2005 年版，第 1989 页。
③ 周维德集校：《全明诗话》，齐鲁书社 2005 年版，第 2011 页。
④ 周维德集校：《全明诗话》，齐鲁书社 2005 年版，第 2024 页。
⑤ 周维德集校：《全明诗话》，齐鲁书社 2005 年版，第 2504 页。
⑥ 周维德集校：《全明诗话》，齐鲁书社 2005 年版，第 2515 页。
⑦ 周维德集校：《全明诗话》，齐鲁书社 2005 年版，第 2520 页。
⑧ 周维德集校：《全明诗话》，齐鲁书社 2005 年版，第 3503 页。
⑨ 周维德集校：《全明诗话》，齐鲁书社 2005 年版，第 3510 页。

胡震亨《唐音癸签》："千载仅有杜诗，千载仅有杜公诗遭耳。凡诗，一人有一人本色。"① 冯嗣宗《说诗补遗》："大抵后人读李歌行，不寻其豪放杰出，神奇天纵之本色，而惊其跅弛谲诡，长短不齐之变调。"② 以上分别从题名、用字、词藻、虚实、风格、语体、叙事、体性、变调等不同侧面道出了"本色当行"之理论内涵的复杂多变。

四是评论某一诗体诸如四言、绝句、歌行、词、咏物诗等，往往根据此类诗歌的文体规范，探讨如何遵守方为本色当行，这以胡应麟及其论四言诗为主。分开来说，论四言诗方面，如胡应麟《诗薮》："晋四言，惟《独漉篇》词最高古……大有汉风，几出魏上。然是乐府语，非四言本色也。"③ "临淄《矫志》，大类铭箴；邯郸《答赠》，无殊简牍；薛莹《献主》，章疏之体；普人《独漉》，乐府遗风：皆非四言本色，甚矣，合作之难也！""代有名篇，虽非本色，不可尽废，漫尔笔之……右诸语或类古诗，或类乐府，或近文词，较之《雅》《颂》则远，皆四言变体之工者。"④ "魏武'对酒当歌'，子建'来日大难'，已乖四言面目，然汉人乐府本色尚存。"⑤ "'臣罪当诛，天王圣明'，意则美矣，然语非商、周本色。"⑥ 论骚体、歌行方面，如《诗薮》："乐府长短句体，亦多出《离骚》，而辞大不类。乐府入俗语则工，《离骚》入俗字则拙。如……句格大同，工拙千里，盖榜䌷实风谣类，非《骚》本色也。"⑦ "惟歌行则晚唐、宋、元，时亦有之，故径路丛杂尤甚。学者务须寻其本色，即千言巨什，亦不使有一字离去，乃为善耳。"⑧ 论绝句方面，如《诗薮》："自少陵绝句对结，诗家率以半律讥之。然绝句自有此体，特杜非当行耳。"⑨ 论词方面，如江盈科《闺秀诗评》："口头语组织成词，畅于众耳。此词

---

① 周维德集校：《全明诗话》，齐鲁书社 2005 年版，第 3768 页。
② 周维德集校：《全明诗话》，齐鲁书社 2005 年版，第 3921 页。
③ 周维德集校：《全明诗话》，齐鲁书社 2005 年版，第 2486 页。
④ 周维德集校：《全明诗话》，齐鲁书社 2005 年版，第 2490 页。
⑤ 周维德集校：《全明诗话》，齐鲁书社 2005 年版，第 2491 页。
⑥ 周维德集校：《全明诗话》，齐鲁书社 2005 年版，第 2492 页。
⑦ 周维德集校：《全明诗话》，齐鲁书社 2005 年版，第 2498 页。
⑧ 周维德集校：《全明诗话》，齐鲁书社 2005 年版，第 2521 页。
⑨ 周维德集校：《全明诗话》，齐鲁书社 2005 年版，第 2567 页。

家当行也。”[①] 论咏物诗方面，如冯嗣宗《说诗补遗》：“咏物诗，粘着题面则太板笨，离去本色则太迂浮，托物寄兴，如班姬之制，则工妙自然。”[②] 其中，或以“变体”为参照，如“皆四言变体之工者”，或以“破体”来释读，如“大类铭箴”“无殊简牍”，这二者最能看出“本色当行”的“正体”和“辨体”内蕴。

要之，“本色当行”一直是元明以来戏曲杂剧及其曲学剧论的批评术语，近四十年来学界研究也几乎围绕这一领域，但是我们通过以上明代诗话中此类文体的史料和辨体观点可以看出“本色当行”已经成为诗文评中各类文体批评的专用术语，正如李勤印所云：“自两宋起，在文学批评领域出现了一个新的审美概念——‘本色当行’。‘本色当行’的含义相当广泛。其核心在于：守本持一，强化诗词曲的体制差异；以自然为本，强调抒情体制发抒性灵的艺术功能。在论者心目中，‘本色当行’甚至取代了传统的占有优越地位的诗教，从而成为我国封建社会后期文艺批评的一条重要标准。”[③]

二 拟体与效体、得体与失体、定体与大体

与本色当行说相似，拟体与效体也是辨体尊体这一文体学核心范畴的理论分支，其与得体、正体、常体、有体、定体的内蕴相通，都主张遵守某一文体的写作规范。其中得体与失体、常体与变体、正体与变体、有体与无体、定体与大体等都与辨体与破体一样，往往以对立统一的辩证形态对举出现；而本色与当行、拟体与效体则是一组内蕴相近的平行范畴，往往以这种正面的范畴形态出现。至于二者的对立形态，本色当行则如上文所论，大多在具体的文体批评时加一个“非”字诸如“虽非本色”“便非本色”“终非本色”“非《骚》本色”“非商、周本色”“非四言本色”等，且“本色”运用之频次远远高于“当行”。拟体与效体

① 周维德集校：《全明诗话》，齐鲁书社 2005 年版，第 2792 页。
② 周维德集校：《全明诗话》，齐鲁书社 2005 年版，第 3841 页。
③ 李勤印：《“本色当行”辨》，《北京师范学院学报》（社会科学版）1989 年第 4 期。

由于具有独立的批评内涵，在行文中涉及的基本是平平的正面论述，往往以“相类”道出，大多没有与之相应的对立或反面范畴，即便加以反对和批驳，也多借“本色”和“本调”及其“失体”等相关范畴来说明，如江盈科《雪涛诗评》：“矫而效人，终丧本色。”① 冯嗣宗《说诗补遗》：“拟乐府，不可失本调，不必用本事。”② 从中也看出拟体、效体与本色当行关联密切，我们也因此顺应上文先论拟体与效体。

其一，拟体与效体。自六朝以来就有对某一人文体或某一类体裁的效仿和拟作，这一创作方式对作者最基本的要求就是有很好的辨体能力，要能细致地分辨所效仿文体的语体风格、体裁、题材等体制规范进而模拟创作。“在中国古典诗歌中，诗题或诗序出现‘效某某体’等显性标志的诗歌可以称作‘效体’诗。‘效体’诗生成于六朝，并在此期确立了三种创作范式。其发展大致伴随着古人对‘体’的内涵的认识变化，总的趋向是从效法体貌、风格，逐渐转向效法体裁、形式。”③

“此篇盖戏效其体”；“亦步骤此体”；“若拟旧题，必各仿其始制之体，此为妙诀”；“每效一体，宛出其人，时或过之”；“拟《郊祀》，须得其体气典奥处；拟《铙歌》，须得其步骤神奇处”；“所拟辞，节奏意度，亦绝与今所传汉词相类”；“少陵不效四言，不仿《离骚》，不用乐府旧题，是此老胸中壁立处”：明人诗话中往往有诸如此类文体批评，我们集中起来，便可以看出拟体与效体的创作方法和文体理论内涵。具体如瞿佑《归田诗话》：“昌黎《陆浑山火》诗，造语险怪……此篇盖戏效其体，而过之远甚。东坡有《云龙山火》诗，亦步骤此体，然用意措辞，皆不逮也。”④ 周叙《诗学梯航》：“《琴操》之后乐府继兴，由汉及唐，为体不一……若拟旧题，必各仿其始制之体，此为妙诀。”⑤ 胡应麟《少室山房诗评》：“歌行自青莲、工部以至高、岑、王、李、玉川、长吉，

---

① 周维德集校：《全明诗话》，齐鲁书社 2005 年版，第 2752 页。
② 周维德集校：《全明诗话》，齐鲁书社 2005 年版，第 3834 页。
③ 叶汝骏：《“效体”诗原论》，《北京社会科学》2017 年第 2 期。
④ 周维德集校：《全明诗话》，齐鲁书社 2005 年版，第 13 页。
⑤ 周维德集校：《全明诗话》，齐鲁书社 2005 年版，第 96 页。

近献吉、仲默，诸体毕备。每效一体，宛出其人，时或过之。”① 胡应麟《诗薮》：“拟《郊祀》，须得其体气典奥处；拟《铙歌》，须得其步骤神奇处。”“《铙歌》十八章……要亦当时体制……如《郊祀歌》……等篇，步骤往往相类……皆有拟《铙歌》辞。当时去汉未远，诸人固应见其全文，而所拟辞，节奏意度，亦绝与今所传汉词相类。推此论之，《铙歌》体制，概可见矣。”② 从上述所引文献可以看出，宋元以来的效体与拟体之论多围绕杜甫、韩愈或歌行、乐府等展开，正如管琴所言：“唐代文人中，韩愈是善用‘效体’的代表……效体现象在唐代并不是个例，杜甫在唱和、酬赠诗中也善用效体。”③ 以上分别从造语遣词、语体风格、用意措辞、旧体始体、经典诗人、当时体制、体气步骤、节奏意度等不同方面总结了拟体与效体的“相类”“妙诀”，从中也能看出拟体与效体的“辨体”意蕴。

其二，得体与失体。得体，是辨体理念的逻辑延伸。辨体即尊体，要求文学创作遵守文体的写作规范，这样才能得体，避免失其体制。“得体与辨体、尊体密不可分，是中国古代文体学理论的核心范畴；同时作为中国古代辨体批评的一组对立范畴，得体与失体也成为辩证地观照和阐释辨体与破体及尊体与变体这两组对立范畴的关键，其重要性不言而喻。”④

明人诗话中论得体者，如陈凤《拘虚诗谈》：“玄宗《经鲁祀孔子》诗……得帝王之体，意亦纯正。”⑤ 谢榛《四溟诗话》：“韦孟诗，《雅》之变也；《昭君歌》，《风》之变也：《三百篇》后，二作得体。”⑥ “江淹拟颜延年，辞致典缛，得应制之体，但不变句法。”⑦ 梁桥《冰川诗式》：

---

① 周维德集校：《全明诗话》，齐鲁书社 2005 年版，第 2474 页。

② 周维德集校：《全明诗话》，齐鲁书社 2005 年版，第 2496 页。

③ 管琴：《韩愈诗文之效体现象与“杜诗韩笔”再论》，《陕西师范大学学报》（哲学社会科学版）2017 年第 1 期。

④ 康倩：《传统文学批评中的“得体”论》，《云南师范大学学报》（哲学社会科学版）2019 年第 2 期。

⑤ 周维德集校：《全明诗话》，齐鲁书社 2005 年版，第 675 页。

⑥ 周维德集校：《全明诗话》，齐鲁书社 2005 年版，第 1312 页。

⑦ 周维德集校：《全明诗话》，齐鲁书社 2005 年版，第 1315 页。

“长篇排律……若韩、柳，虽肆才纵力，工巧相矜，要之未为得体。”① “辞体：辞贵古远淳畅，自《三百篇》、楚骚中来，方得体。”② “唐子西云：琴操非古诗，非骚词，惟退之为得体。”③ 郭子章、相奎《豫章诗话》：“以上四诗，皆不怨不怒，温柔敦厚，深得风人之体。”④ 胡应麟《诗薮》：“排律起句，极宜冠裳雄浑，不得作小家语。唐人可法者，卢照邻……此类最为得体。”⑤ 其文体批评往往在指出此类体裁的文体规范诸如“辞体”的“贵古远淳畅”、“琴操”与“古诗”“骚词”不同、“排律”的“宜冠裳雄浑”等之后，进而判断是否“得体”，即是否符合这种文体规范，所以“得体”既是通过“辨体”得出的褒贬结论，也是一种文体批评标准和原则。

论失体者，如谢榛《四溟诗话》：“长篇之法，如波涛初作二层紧于一层。拙句不失大体，巧句最害正气。”⑥ 郭子章、相奎《豫章诗话》：“宫词诗法：大凡宫词之体，不淫不怨尽矣。唐人作宫词，或赋事，或抒怨，或寓风刺，或其人早负才华，不得于君，流落无聊，托此自况。若概以怨观之，则失风人之意矣。”⑦ 胡震亨《唐音癸签》：“长歌但看其通篇大势。中间偶有拙句，不失大体；著一巧句，最害正气。”⑧ 所谓“不失大体”的“大体”指某类文体必须遵守的基本写作规范，类似于“体制为先”的辨体意识，同样为古代文体批评中的常用范畴；“最害正气”的“正气”实则就是“正体”“体气”，与“本色”“得体”大体相似。

作为古代文体学上的一组对立范畴，历代批评家对“得体与失体”多有论述。如《文心雕龙·檄移》称隗嚣之檄“得檄之体矣”⑨，《定势》

---

① 周维德集校：《全明诗话》，齐鲁书社 2005 年版，第 1610 页。
② 周维德集校：《全明诗话》，齐鲁书社 2005 年版，第 1635 页。
③ 周维德集校：《全明诗话》，齐鲁书社 2005 年版，第 1636 页。
④ 周维德集校：《全明诗话》，齐鲁书社 2005 年版，第 2455 页。
⑤ 周维德集校：《全明诗话》，齐鲁书社 2005 年版，第 2541 页。
⑥ 周维德集校：《全明诗话》，齐鲁书社 2005 年版，第 1316 页。
⑦ 周维德集校：《全明诗话》，齐鲁书社 2005 年版，第 2454 页。
⑧ 周维德集校：《全明诗话》，齐鲁书社 2005 年版，第 3598 页。
⑨ 范文澜：《文心雕龙注》，人民文学出版社 1958 年版，第 378 页。

篇称“苟异者以失体成怪”[①]。刘勰常常将“失体”称为讹体、乖体等。钟嵘《诗品》中亦称“思光诗”“缓诞放纵，有乖文体”[②]。又称阮瑀等人诗“并平典不失古体”[③]。再如严羽《答吴景仙书》：“不若诗辩雄浑悲壮语，为得诗之体也。”[④] 兹不赘举。

其三，定体与不定体。文体论中的正体与变体、变而不失其正、定法与不定法、活法等与“定体与不定体”之内蕴很相似，都是辨体与破体这一辩证通变观的不同表述。我们通过以下文献一则可以看出这组文体范畴和本色与当行及得体与失体的相通之处，一则也可借此反映出本色与当行及得体与失体之间的辨体辩证关系。主要包括如下两个方面。

一方面，从体制为先的辨体角度，肯定“有定体”，如梁桥《冰川诗式》：“予为《诗式》作定体一卷，言诗有定体也……抑皆诗之正体。”[⑤]“予为诗格，业已定体、练句，贞韵、审声矣。特示人以规矩准绳，以为方圆平直者也。”[⑥]《艺薮谈宗》：“谢榛《诗说》：固有定体，人各有悟性。”[⑦] 即任何文体都有固定的体制规范和规矩准绳，需要在创作时严格遵守，同时“诗有定体”也即“诗之正体”，说明了“定体”与“正体”的密切关系。

另一方面，从打破文体的变体角度，肯定“无定体”，辩证地看待诗体的变革创新，往往称“体无定体、名无定名”“素无定体”“而诗无定体”等。如谢榛《四溟诗话》：“《文式》：‘放情曰歌，体如行书曰行，兼之曰歌行……’此虽体式，犹欠变通。盖同名异体，同体异名耳。同名者，若……同体者，若……体无定体，名无定名，莫不拟斯二者，悟

① 范文澜：《文心雕龙注》，人民文学出版社 1958 年版，第 531 页。

② （南朝梁）钟嵘著，吕德申校释：《钟嵘〈诗品〉校释》，北京大学出版社 1986 年版，第 205 页。

③ （南朝梁）钟嵘著，吕德申校释：《钟嵘〈诗品〉校释》，北京大学出版社 1986 年版，第 173 页。

④ （宋）严羽著，郭绍虞校释：《沧浪诗话校释》，人民文学出版社 1961 年版，第 252 页。

⑤ 周维德集校：《全明诗话》，齐鲁书社 2005 年版，第 1645 页。

⑥ 周维德集校：《全明诗话》，齐鲁书社 2005 年版，第 1687 页。

⑦ 周维德集校：《全明诗话》，齐鲁书社 2005 年版，第 3120 页。

者得之。”[1] 梁桥《冰川诗式》：“五言古诗，虽无定句，《十九首》尚矣。”[2] 胡应麟《诗数》：“古诗窘于格调，近体束于声律。惟歌行大小短长，错综阖辟，素无定体，故极能发人才思。李、杜之才，不尽于古诗，而尽于歌行。孟襄阳戢才短，故歌行无复佳者。”[3] 费经虞《雅伦》：“口号、口占，皆有其名，而诗无定体。凡诗皆可名之，但无长篇耳。”[4] 可见，“无定体”涉及诗体名称、句式、格调、声律、大小、短长、才气等诸多方面，是“无定名”“无定句”，而“同名异体，同体异名”这一文体理论的提出更说明了文体现象的“错综阖辟”和多姿多彩。

尤为重要的是，关于“定体与不定体”“定体与大体”“有体与无体”及“常体与变体”之间的辩证辨体论，王世贞所谓“诗有常体，工自体中；文无定规，巧运规外”已经成为文体通变观的经典论断，往往为现当代文体学者所频频引用，足见其在中国古代文体观念史上的地位和影响。详见王世贞《艺苑卮言》：“诗有常体，工自体中；文无定规，巧运规外。乐《选》律绝，句字夏殊，声韵各协。下迨填词小技，尤为谨严。《过秦论》也，叙事若传。《夷平传》也，指辨若论。至于序、记、志、述、章、令、书、移，眉目小别，大致固同。”[5] 再如明苏伯衡《空同子瞽说》则把“辨体”论和“活法”论结合起来：“尉迟楚好为文，谒空同子，曰：‘敢问文有体乎？’曰：‘何体之有？《易》有似《诗》者，《诗》有似《书》者，《书》有似《礼》者，何体之有？’‘有法乎？’曰：‘初何法？典谟训诰，《国风》《雅》《颂》，初何法？’”[6] 总之，明人诗话这类辨体论都继承了刘勰《文心雕龙·通变》所谓“夫设文之体有常，变文之数无方”[7]，南朝齐张融《门律自序》所谓“夫文岂有常体，但以有体为常”[8]，王若虚所谓“或问：文章有体乎？曰：无。

---

① 周维德集校：《全明诗话》，齐鲁书社 2005 年版，第 1329 页。
② 周维德集校：《全明诗话》，齐鲁书社 2005 年版，第 1615 页。
③ 周维德集校：《全明诗话》，齐鲁书社 2005 年版，第 2524 页。
④ 周维德集校：《全明诗话》，齐鲁书社 2005 年版，第 4656 页。
⑤ 周维德集校：《全明诗话》，齐鲁书社 2005 年版，第 1889 页。
⑥ 蔡景康：《明代文论选》，人民文学出版社 1993 年版，第 46 页。
⑦ 范文澜：《文心雕龙注》，人民文学出版社 1958 年版，第 519 页。
⑧ （唐）李延寿：《南史》卷 32，中华书局 1978 年标点本，第 1738 页。

又问：无体乎？曰：有。然则果何如？曰：定体则无，大体须有”①，等等，前后相承之迹宛然，一并成为古代文体正变论和通变观的经典范式。

三 唐宋诗之争与唐宋体之辨

唐宋诗之争影响下的唐宋体之辨及初盛中晚四唐体之分是元明以来文学史、批评史中的重要文学现象，其源头在南宋严羽《沧浪诗话》的《诗体》篇，其中的“以时而论”着眼于不同时代不同时期的文体特征，包括建安体及初唐体、盛唐体、大历体、元和体、晚唐体、本朝体、元祐体、江西宗派体等②，以论唐宋体为主。明代诗话中则又涉及元体、明体（国朝体）等。

其一，唐宋诗之争与唐宋体之辨。唐诗宋诗之争与唐体宋体之辨是中国文学史和批评史上的重要文学论争，其发端主要在南宋以来以张戒、严羽为代表的诗话之中，其实质也主要是以严羽为代表的崇唐抑宋，反对宋诗“以文为诗”的破体现象。在此基础上，不同时代文体或诗体的正变盛衰、继承创新及其优劣褒贬之批评也颇为兴盛。如李金慧所云：“唐诗和宋诗两种诗歌范型的优劣高下是南宋以来诗歌领域争论的热点话题，以致酿成中国古典诗歌史上长达八百多年的唐宋诗之争。”③ 现当代学术研究主要集中于清代，明代的唐宋诗之争研究极少，我们从明诗话及其文体学角度研究，希望有抛砖引玉之效。

关于唐宋诗比较的，如谢榛《四溟诗话》：“唐诗如贵介公子，举止风流；宋诗如三家村乍富人，盛服揖宾，辞容鄙俗。”④“诗不厌改，贵乎精也。唐人改之，自是唐语；宋人改之，自是宋语：格词不同故尔。”⑤

---

① （金）王若虚著，胡传志、李定乾校注：《滹南遗老集校注》，辽海出版社 2006 年版，第 427 页。

② （宋）严羽著，郭绍虞校释：《沧浪诗话校释》，人民文学出版社 1961 年版，第 52 页。

③ 李金慧：《唐宋诗之争的萌芽和滥觞》，《学习与探索》2008 年第 5 期。

④ 周维德集校：《全明诗话》，齐鲁书社 2005 年版，第 1309 页。

⑤ 周维德集校：《全明诗话》，齐鲁书社 2005 年版，第 1324 页。

“把握住则不失唐体，否则流于宋调，此写情难于景也，中唐人渐有之。”[①] 王世贞《艺苑卮言》：“八句皆拗体也，然自有唐、宋之辨，读者当自得之。”[②] 张蔚然《西园诗麈》：“唐宋偏。唐诗偏近《风》，故动人易；宋诗偏近《雅》《颂》，故入人难。唐人之于《风》也，即《雅》《颂》体亦以《风》焉，所以偏也。”[③] 胡应麟《诗薮》：“苏、黄初亦学唐，但失之耳……宋、唐体制，遂尔悬绝。”[④] 所谓“自有唐、宋之辨”，“宋、唐体制，遂尔悬绝”云云，都可见其“唐宋诗之争”的实质就是唐宋体之辨的时代文体论争。

关于唐、宋、元的诗体比较批评，往往以唐诗为参照依据，辨析宋诗与元诗的优劣高下和文体源流。一方面是宋诗与元诗之间的优劣比较及其争议，如李东阳从与唐诗渊源关系的远近深浅角度来比较，认为元诗高于宋诗，如其《麓堂诗话》：“宋诗深，却去唐远；元诗浅，去唐却近。”[⑤] 而针对这一论断，都穆和游潜都持反对意见，认为“陋哉见也”和“是可笑欤”，如都穆《南濠诗话》：“昔人谓：‘诗盛于唐，坏于宋。’近亦有谓元诗过宋诗者，陋哉见也。”[⑥] 游潜《梦蕉诗话》：“宋诗不及于唐，固也；或者矮观声吠，并谓不及于元，是可笑欤！”[⑦] 另一方面是宋元诗放在一起与唐诗进行高下比较，认为宋元诗皆不及唐诗，如朱谏《李诗辨疑》：“此诗格力虽不足……犹不失为唐人风调也……内有豪放之气，宋、元以下拘拘于常律者，又有所不及也。”[⑧] 游潜《梦蕉诗话》：“乃直谓：‘唐有诗，宋、元无诗’。”[⑨] 胡应麟《诗薮》：“唐人诗如初发芙蓉，自然可爱；宋人诗如披沙拣金，力多功少；元人诗如镂金错采，

---

① 周维德集校：《全明诗话》，齐鲁书社 2005 年版，第 1336 页。
② 周维德集校：《全明诗话》，齐鲁书社 2005 年版，第 1926 页。
③ 周维德集校：《全明诗话》，齐鲁书社 2005 年版，第 2463 页。
④ 周维德集校：《全明诗话》，齐鲁书社 2005 年版，第 2638 页。
⑤ 周维德集校：《全明诗话》，齐鲁书社 2005 年版，第 480 页。
⑥ 周维德集校：《全明诗话》，齐鲁书社 2005 年版，第 509 页。
⑦ 周维德集校：《全明诗话》，齐鲁书社 2005 年版，第 829 页。
⑧ 周维德集校：《全明诗话》，齐鲁书社 2005 年版，第 563 页。
⑨ 周维德集校：《全明诗话》，齐鲁书社 2005 年版，第 829 页。

雕绘满前。三语本六朝评颜、谢诗，以分隶唐、宋、元人，亦不甚诬枉也。”[①] 其中，胡应麟的“本六朝评颜、谢诗，以分隶唐、宋、元人”最为形象恰切，将唐人的体貌风格优点、宋元的瘦硬藻饰缺点及其缺点的不同之处形容得淋漓尽致。

关于唐、宋、元与“国朝”“当代”“明代”之辨，一方面是唐宋与“国朝”并提，或辨其文体源流，不置可否，如谢榛《四溟诗话》：“诗至三谢，乃有唐调；香山九老，乃有宋调；胡、元诸公，颇有唐调；国朝何大复、李空同，宪章子美，翕然成风。”[②] 或认为“宋人诗远不及唐”而“本朝诗远过于宋”，抬高明诗地位，如谢肇淛《小草斋诗话》：“宋人诗远不及唐，而必自以为唐者杜撰之也。本朝诗远过于宋，而常有堕入于宋者，苏误之也。”[③] 另一方面是唐、宋、元、明四朝交错比较，或者从文体源流及其变体破体的角度出发，所谓“一变乎宋者”“明诗所以知宗夫唐者”“以理学为诗”“以词曲为诗”“以议论、时政为诗”，及“元诗似唐，当代之诗似宋”云云，似乎不加褒贬，但唐体高于宋元明体的价值判断已隐含其中，所谓“唐以诗为诗”也。具体如谢肇淛《小草斋诗话》：“元诗所以一变乎宋者，谢皋羽之功也。明诗所以知宗夫唐者，高廷礼之功也。”“唐以诗为诗，宋以理学为诗，元以词曲为诗，本朝好以议论、时政为诗。”[④] 游潜《梦蕉诗话》：“或问：‘谓元诗似唐，当代之诗似宋，然欤?’曰：‘元有唐之气，当代得宋之味。’”[⑤] 可见，四朝诗体之间的渊源承传和优劣比较已成明代诗学的重要内容并引起了学术争鸣。

关于宋、元辨体，胡应麟所论最为全备，往往在比较宋诗与元诗风格体貌迥异的同时，寻绎其形成背后的文体因素，并加以优劣高下之对比，如胡应麟《诗薮》：“何仲默云：‘宋人似苍老而实粗卤，元人似秀峻

---

① 周维德集校：《全明诗话》，齐鲁书社 2005 年版，第 2654 页。

② 周维德集校：《全明诗话》，齐鲁书社 2005 年版，第 1037 页。

③ 周维德集校：《全明诗话》，齐鲁书社 2005 年版，第 3511 页。

④ 周维德集校：《全明诗话》，齐鲁书社 2005 年版，第 3512 页。

⑤ 周维德集校：《全明诗话》，齐鲁书社 2005 年版，第 841 页。

而实浅俗。'"[①]"宋人调甚驳，而材具纵横，浩瀚过于元；元人调颇纯，而材具局促，卑诹劣于宋。然宋之远于诗者，材累之；元之近于诗，亦材使之也。"[②]"宋近体人以代殊，格以人创……元则不然，体制音响，大都如一。""元人力矫宋弊，故五言律多草草无复深造。"[③]"宋五言律胜元，元七言律胜宋。歌行绝句，皆元人胜。"[④]这类宋元诗体体裁风格之辨体，对于宋元文学史的重写具有重要的文体史意义。

其二，四唐之分与四唐辨体。"初盛中晚"的"'四唐'说萌芽于唐末评诗品诗的时代批评氛围……到高棅，'四唐'说才得以完善和定型，并成为影响唐诗研究相当深远的一种分期学说"[⑤]。明代诗话中有大量的此类文献，尤其是从辨体理论的角度对其分期特点进行观照，可补高棅选诗说之理论缺失。明诗话中的"四唐"说辨体色彩最为浓厚，辨体意识最为明朗，辨体理论最为全备，大体包括如下几个方面。

关于"初盛中晚"之"四唐"辨体，评论者往往在备论"初盛中晚"时称："诗必自运，而后可以辨体；诗必成家，而后可以言格"；"时代声调，故自必不可同"；"虽初、盛、中、晚，调迥不同"；"须要识得何者为初唐？何者为盛唐？何者为中唐、为晚唐"；"辨尽诸家，剖析毫芒，方是作者"；"初盛之与中晚，以气格辨；唐之与宋，以兴趣辨"；"此何待知者而辨也"；等等。详见王世懋《艺圃撷余》："唐律由初而盛，由盛而中，由中而晚。时代声调，故自必不可同。然亦有初而逗盛，盛而逗中，中而逗晚者。何则？逗者，变之渐也，非逗，故无由变。"[⑥]"今世五尺之童，才拈声律，便能薄弃晚唐，自傅初盛，有称大历以下，色便赧然。然使诵其诗，果为初邪？盛邪？中邪？晚邪？大都取法固当上，究论诗亦莫轻道。诗必自运，而后可以辨体；诗必成家，而后可以

① 周维德集校：《全明诗话》，齐鲁书社2005年版，第2638页。
② 周维德集校：《全明诗话》，齐鲁书社2005年版，第2650页。
③ 周维德集校：《全明诗话》，齐鲁书社2005年版，第2651页。
④ 周维德集校：《全明诗话》，齐鲁书社2005年版，第2653页。
⑤ 张红运：《"四唐"说源流考论》，《贵州社会科学》2006年第4期。
⑥ 周维德集校：《全明诗话》，齐鲁书社2005年版，第2153页。

言格。”[①] 胡应麟《诗薮》：“曲江之清远，浩然之简淡，苏州之闲婉，浪仙之幽奇，虽初、盛、中、晚，调迥不同，然皆五言独造。”[②] 郝敬《艺圃伧谈》：“宋人诗大抵多险僻，尚雕巧，盖滥觞于唐中、晚诸家。中唐家有险僻者，晚加雕琢。盛唐绝无此矣。律诗求气格骨力不难，初、盛、中、晚之分不在此。”[③] 谢肇淛《小草斋诗话》：“高棅曰：‘今试以数十百篇之诗，隐其姓名，以示学者，须要识得何者为初唐？何者为盛唐？何者为中唐、为晚唐？……辨尽诸家，剖析毫芒，方是作者。’”[④] 显而易见，反复“辨”初盛中晚之四唐体格体貌之别，明言这种文体批评为“辨体”、为“变体”，是辨体与破体交互发展的过程，并辩证地看待四唐之划分和演变，让我们在传统唐诗体“初盛中晚”之分的文学史知识视域下，感受到文体史和文体批评史之辨体意识和理论价值。

关于初盛晚、盛中晚之“三唐”辨体，或着眼于初唐和晚唐在篇体与名句之间的各有所偏，而称赏盛唐“篇与句称”的兼而有之，如张蔚然《西园诗麈》：“三唐。近体师唐固也，世动称不作大历以后语，则晚可废乎？曰：初唐有篇而无句，晚唐有句而无篇，初唐有骨而无声，晚唐有声而无骨。盛唐篇与句称，声偕骨匀，随所意探，毋为耳食。化而裁之存乎变，神而明之存乎人。”[⑤] 或从“文体的边界”角度来看待三唐之划界和区分，即“盛、中、晚界限斩然”，这已经属于当下学界热点理论“文学的边界”的主要内蕴，并与客观的时代政治背景结合起来，所谓“文章关气运”云云，如胡应麟《诗薮》：“盛唐句，如……晚唐句，如……而盛、中、晚界限斩然。故知文章关气运，非人力。”[⑥] 或从“百家争鸣”和“百花齐放”的“家数”之辨来看待三唐，如谢肇淛《小草斋诗话》：“盛唐诗不济以中晚，犹堂皇无亭榭，觉欠变幻风景。”[⑦] 他认

① 周维德集校：《全明诗话》，齐鲁书社 2005 年版，第 2155 页。
② 周维德集校：《全明诗话》，齐鲁书社 2005 年版，第 2528 页。
③ 周维德集校：《全明诗话》，齐鲁书社 2005 年版，第 2914 页。
④ 周维德集校：《全明诗话》，齐鲁书社 2005 年版，第 3509 页。
⑤ 周维德集校：《全明诗话》，齐鲁书社 2005 年版，第 2464 页。
⑥ 周维德集校：《全明诗话》，齐鲁书社 2005 年版，第 2527 页。
⑦ 周维德集校：《全明诗话》，齐鲁书社 2005 年版，第 3511 页。

为与中晚唐诗相比，虽然盛唐诗如玫瑰牡丹，但也需小草般的中晚唐诗来衬托相济，方显其华丽气象，形成多姿多彩的唐诗艺苑风景。

关于晚唐与盛唐、盛唐与中唐、中唐与晚唐的“二唐”之辨，如所谓“前人分唐盛中次第，亦是辨其诗格，不专论时代”，“二诗语极相似，然盛唐、中唐分焉，试辨之”云云，一个“辨”字将“辨体”意识体现得颇为鲜明。一是论盛唐与晚唐之辨，或着眼于晚唐与盛唐并非截然不同，而是偶然你中有我或我中有你，如田艺蘅《香宇诗谈》：“长孙左辅之《寄衣曲》，盛唐之晚唐也。马戴之《蓟门怀古》诗，晚唐之盛唐也。”① 或明辨七绝体之优劣，认为盛唐之“超”远胜晚唐之“陋”，如胡应麟《诗薮》：“七言绝，体制自唐，不专乐府。然盛唐颇难领略，晚唐最易波流。能知盛唐诸作之超，又能知晚唐诸作之陋，可与言矣。”② 二是论中唐与晚唐之辨，或从诗与词辨体的角度来统论中晚唐《杨柳枝》类七绝体，如冯嗣宗《说诗补遗》：“中晚七言绝句，有《杨柳枝》《竹枝》《渔父》，本词曲，非诗也。以为词则佳，以为诗则丑。”③ 或从诗人诗作之语体辨析来划分盛唐、中唐，如杨慎《升庵诗话》：“张子容诗……二诗语极相似，然盛唐、中唐分焉，试辨之。”④ 三是论盛唐与中唐之辨，如冯嗣宗《说诗补遗》：“前人分唐盛中次第，亦是辨其诗格，不专论时代……较其大量，以此分区。”⑤ 此论最具辨体理论意义，所谓“亦是辨其诗格，不专论时代”，将盛中唐的次第划分，超越传统以“时代”为界的文学史藩篱，转而强调其文体学上的辨体意蕴，当然可以由盛中唐而推及“四唐”，堪称唐诗史上初盛中晚之文学史划分向文体史转变的理论铁证，其辨体经典意义值得重视。

---

① 周维德集校：《全明诗话》，齐鲁书社 2005 年版，第 1509 页。
② 周维德集校：《全明诗话》，齐鲁书社 2005 年版，第 2566 页。
③ 周维德集校：《全明诗话》，齐鲁书社 2005 年版，第 3961 页。
④ 周维德集校：《全明诗话》，齐鲁书社 2005 年版，第 1008 页。
⑤ 周维德集校：《全明诗话》，齐鲁书社 2005 年版，第 3953 页。

四 “一代有一代之文学”与“一代有一代之文体”

“一代有一代之文学”这一文学史现象，实则是“一代有一代之文体”的文体史问题，这与时代文体、流派体派及诗人诗体都密不可分。“一代有一代之文学”之学术命题可以说是在明代发展成熟的，其中明代诗话中的文献言论最为丰富。这一文学史观实则就是“一代有一代之文体”的文体史论，有学者已经看到二者的学科关系和理论意义：“‘一代有一代之文学’论作为20世纪文学研究中最重要的学术命题之一，其最主要的影响表现在20世纪文学史观的建构上。”至于其文体学意义，则云：“‘一代有一代之文学’论之所以发轫于金元，绝非偶然。因为对历代代表性文学样式的总结，必须具备的基本前提是：文学发展需要一定的时间跨度，而且文学体裁相对完备，只有这样才有利于在文体间进行比较和选择。而我国古代的文体序列至于元代已基本齐备。”① 其实进一步来看，这是“一代有一代之文学，而实际上一代也有一代之学术”的关系问题。②

首先是关乎“一代有一代之文体”之类的经典说法，如：李东阳《麓堂诗话》所谓“欲超乎时代土壤之外，不亦难乎”③；朱谏《李诗辨疑》所谓“诗有一代之体制，人有各人之学识”④，“安得以易代之体制”⑤；胡应麟《诗薮》所谓“顾体由代异，材以人殊，世有推迁，道有升降”⑥，“诗之体以代变也”，“诗之格以代降也”，“故宋人不得不变而

---

① 齐森华、刘召明、余意：《“一代有一代之文学”论献疑》，《文艺理论研究》2004年第5期。

② 王立：《古代文学研究的“大文学”理念及学术史思考》，《广东社会科学》2018年第3期。

③ 周维德集校：《全明诗话》，齐鲁书社2005年版，第489页。

④ 周维德集校：《全明诗话》，齐鲁书社2005年版，第529页。

⑤ 周维德集校：《全明诗话》，齐鲁书社2005年版，第549页。

⑥ 周维德集校：《全明诗话》，齐鲁书社2005年版，第2483页。

之词，元人不得不变而之曲。词胜而诗亡矣，曲胜而词亦亡矣”①；邓云霄《冷邸小言》所谓“说者谓一代有一代诗，一人有一人作”②；费经虞《雅伦》所谓“诗体有时代不同，有宗派不同，有家数不同”，“诗之不同，如人之面。学者能辨别其体调，分其高下，始能追步前人；然一家有一家之体，不能备载”③，“诗人体格，时代风尚，或一人别调，遂以名之”④，“时代不同，体制随异”⑤；郝敬《艺圃伧谈》所谓“从来有一代文章，便有一代习气”⑥；赵士喆《石室谈诗》所谓“宋诗乃不及其词，元诗乃不及其曲”，“声音之道，在殷周则为雅颂，东迁以后则为风，楚则为骚，汉魏则为乐府、五言古，唐则为律，宋则为词，元则为曲。盖随气运为升降”，“彼汉之骚，齐梁陈之五言古，唐之乐府，宋之诗，元之词”⑦；胡应麟《诗薮》所谓“虽风格体裁，人以代异”⑧；等等。我们通过这样摘录罗列起来，便可以清晰地看出关于“一代有一代之文学”与“一代有一代之文体”这一文学史和文体史重要论题在明人诗话中已是一种普遍认识，甚至成为一种独特的文体批评思潮，这对于重新审视“明代文体集大成”这一论断有重要意义。

其次是关于“时代”与“气运”的文体盛衰发展观。所谓“一代有一代之文体”，主要是“时代”与“气运”使然，这与王国维所谓“一代有一代之文学”的文体盛衰发展观相似：“文体之间始终存在以新代旧的竞争法则，旧体自成习套，唯有创新文体……王国维沿着‘兴、盛、衰’的逻辑，指出了文体间和某文体自身的演变规律。”⑨ 如田艺蘅《香宇诗谈》：“‘诗关气运’，此语诚然。固不特周召、郑卫，皎然可辨也。汉世浑厚高古，魏国雄俊秀发，两晋平典风丽，六代富艳绮靡。汉称东

---

① 周维德集校：《全明诗话》，齐鲁书社 2005 年版，第 2484 页。
② 周维德集校：《全明诗话》，齐鲁书社 2005 年版，第 3485 页。
③ 周维德集校：《全明诗话》，齐鲁书社 2005 年版，第 4462 页。
④ 周维德集校：《全明诗话》，齐鲁书社 2005 年版，第 4466 页。
⑤ 周维德集校：《全明诗话》，齐鲁书社 2005 年版，第 4467 页。
⑥ 周维德集校：《全明诗话》，齐鲁书社 2005 年版，第 2916 页。
⑦ 周维德集校：《全明诗话》，齐鲁书社 2005 年版，第 5155 页。
⑧ 周维德集校：《全明诗话》，齐鲁书社 2005 年版，第 2501 页。
⑨ 杨柏岭：《王国维词“人间”苦痛的新体认》，《学术界》2019 年第 7 期。

都，魏首建安。太康、永嘉，体分二轴。宋、齐、梁、陈，气出一机。精鉴详评，自然可别。”[①] 或通过“皎然可辨也”辨析周召、郑卫之治世与亡国之音的不同，以及汉世、魏国、两晋、六代四个世代风格的不同；或通过“自然可别”，辨识太康、永嘉二体之别，即体分二轴，以及南朝宋、齐、梁、陈之体气相同，即气出一机。王世贞《艺苑卮言》云：“有盛则有衰”，“未可以时代优劣也”[②]；胡应麟《诗薮》云：“固时代之盛衰，亦人之事工拙耶”[③]，“盖时代然也”[④]；赵士喆《石室谈诗》云：“元美虽善论体裁，然不能旷观于时代之外”[⑤]，“故善此体者，不尽以时代拘”，“诗文固系世运，然大概自其创业之君”[⑥]。诸如以上种种，皆是。这种与时代世运相关的文学发展论，正是继承了刘勰《文心雕龙·时序》所谓“时运交移，质文代变”，“歌谣文理，与世推移”，“文变染乎世情，兴废系乎时序”[⑦]，以及《通变》所谓“设文之体有常，变文之数无方”的文学史观[⑧]，正如笔者所言：“通变与时序是中国古代文论中关于文学发展、文学与时代关系的两个主要范畴，或曰关键词。这两个文论范畴具有深厚的哲学、文化根基。”[⑨] 这与宋以来关于“变而不失其正”的“通变”文体观和辩证辨体论亦有鲜明的承传关系，如在辨体理论的正变观中，朱熹的核心主张就是“变而不失其正”[⑩]，只不过明人诗话中更多与文体演变结合起来，文体史的理论色彩更为浓厚。

最后是按朝代顺序的历代诗体之盛衰正变，包括先秦、两汉、魏、晋、六朝至唐、宋、元、明的时代诗体特点及其盛衰演变规律等。如王世贞《艺苑卮言》：“西京之文实，东京之文弱，犹未离实也。六朝之文

① 周维德集校：《全明诗话》，齐鲁书社 2005 年版，第 1509 页。
② 周维德集校：《全明诗话》，齐鲁书社 2005 年版，第 1921 页。
③ 周维德集校：《全明诗话》，齐鲁书社 2005 年版，第 2524 页。
④ 周维德集校：《全明诗话》，齐鲁书社 2005 年版，第 2691 页。
⑤ 周维德集校：《全明诗话》，齐鲁书社 2005 年版，第 5134 页。
⑥ 周维德集校：《全明诗话》，齐鲁书社 2005 年版，第 5144 页。
⑦ 范文澜：《文心雕龙注》，人民文学出版社 1958 年版，第 671—675 页。
⑧ 范文澜：《文心雕龙注》，人民文学出版社 1958 年版，第 519 页。
⑨ 党圣元：《通变与时序》，《西北大学学报》（哲学社会科学版）2015 年第 6 期。
⑩ 任竞泽：《辨体与变体：朱熹的文体学思想论析》，《厦门大学学报》（哲学社会科学版）2016 年第 6 期。

浮，离实矣。唐之文庸，犹未离浮也。宋之文陋，离浮矣，愈下矣。元无文。"[1] 胡应麟《少室山房诗评》："《三百篇》以迄于今，诗歌之道，无虑三变：一盛于汉，再盛于唐，又再盛于明。典午创变，至于梁、陈极矣。唐人出而声律大宏，大历积衰。至于元、宋极矣。明风启而制作大备。"[2] "至骚不如楚，赋不及汉，古诗不逮东、西二京，则唐与明一也。"[3] 胡应麟《诗薮》："魏之气雄于汉，然不及汉者，以其气也。晋之词工于汉，然不及汉者，以其词也。宋之韵超于汉，然不及汉者，以其韵也。"[4] "古风两汉，近体三唐，能事毕矣。宋、元以降，世谓无诗。"[5] 冯嗣宗《说诗补遗》："诗至晚唐，而气骨尽矣，故变而之苏、黄。至苏、黄，膏润竭矣，故变而之元，至国朝而法戒备。"[6] 这其中，又以周叙《诗学梯航》之"叙诗"篇最为代表。如其所谓"作诗之为体始具""诗体变矣""其成一代之声鸣""遂成一代之词""大抵诗之盛衰与世升降"，及"而唐诗遂自成一体，于是诗之与法，始皆大变"，"唐诗之体自分而为四，唐诗之格遂离而为十"[7]，等等，受篇幅所限不可备录。这类依据朝代盛衰而演变的文论史料往往为文学史家和批评史家所关注并频频引用，但是我们从文体学的角度加以审视，其学术效验和理论意义便自不同，也进一步印证了一部文学史或者说文学批评史在某种意义上来说就是一部文体史或者说文体批评史这样一个学术命题。

明清以来文学流派繁荣，明代尤为显著，在某种意义上说一部明代文学史就是文学流派发展的历史，而文学流派与文体理论之间的"体"与"派"密不可分，因此，从明代文学流派史和文体史融合的角度来观照明代文学史，正与"一代有一代之文学"和"一代有一代之文体"的文学史和文体史关系如出一辙。以诗话为代表的明代文学批评史关于这

① 周维德集校：《全明诗话》，齐鲁书社 2005 年版，第 1904 页。
② 周维德集校：《全明诗话》，齐鲁书社 2005 年版，第 2467 页。
③ 周维德集校：《全明诗话》，齐鲁书社 2005 年版，第 2478 页。
④ 周维德集校：《全明诗话》，齐鲁书社 2005 年版，第 2500 页。
⑤ 周维德集校：《全明诗话》，齐鲁书社 2005 年版，第 2695 页。
⑥ 周维德集校：《全明诗话》，齐鲁书社 2005 年版，第 3962 页。
⑦ 周维德集校：《全明诗话》，齐鲁书社 2005 年版，第 88 页。

一“体派史”所论极为丰富，堪称在文体史和文学流派史视域下文学史和批评史有机结合的学术范型。

历代诗话是文学流派史或者说体派史理论的渊薮，这一点在明代诗话中体现得最为充分。虽然严格意义上的“诗话体”和“文学流派”都源于北宋中后期，即《六一诗话》和“江西诗派”，但是宋代诗话中对流派宗派还很少论及，如徐丹丽认为：“早期诗话不是诗歌流派的纲领，也没有在理论上对诗歌流派的成长起提挈作用。”① 明代诗话则不然，以“江西诗派”为代表的文学流派，其理论内涵包括了命名、源流、形成、发展、演变的体派史料源泉，这以朱奠培、胡应麟、冯嗣宗为代表。

朱奠培关注苏黄诗派、江西诗派及元诗四大家等诗派的源流，尤其着眼于其与韩愈“以文为诗”之破体与宗派关系，称韩愈为“实派诗之远祖也”，“为派诗之宗，皆韩之流也”，“皆自派诗中来”，这对于研究宋元文学流派及其体派源流具有重要的理论意义。详见其《松石轩诗评》：“韩愈之作……全是文笔。宋人多学之，实派诗之远祖也。”② “若欧阳修克循韩愈之轨辙，兼欲追其步骤。王安石仅韩愈之形似，莫能及其神采。苏轼欲效韩愈之驰骋，而无其制度，厥后其能杰出，终以自成一家者。黄庭坚、陈师道之作，如长江大河，浩然之气，可得而见矣。黄则滂濞而驰骛，陈乃汪洋而潋滟，为派诗之宗，皆韩之流也。”③ “虞集、杨仲弘、揭曼硕、范梈，骨皆自派诗中来，且是学韩、杜而画虎不成也。”④ 冯嗣宗则结合“体”与“派”对“二张三孟冲淡一派”进行了辨析，如其《说诗补遗》：“体裁之正大者，神韵未尝不超；意象之幽远者，精采似欲小减。此二张三孟冲淡一派，虽自成绝调，律家三昧，正受固当有归。”⑤ 再如胡应麟《少室山房诗评》：“国初吴诗派昉高季迪，越诗派昉刘伯温，闽诗派昉林子羽，岭南诗派昉于孙蕡仲衍，江右诗派

---

① 徐丹丽：《论早期诗话与诗派的关系——诗话和江西诗派为例》，《江西师范大学学报》(哲学社会科学版) 2005 年第 1 期。

② 周维德集校：《全明诗话》，齐鲁书社 2005 年版，第 464 页。

③ 周维德集校：《全明诗话》，齐鲁书社 2005 年版，第 469 页。

④ 周维德集校：《全明诗话》，齐鲁书社 2005 年版，第 472 页。

⑤ 周维德集校：《全明诗话》，齐鲁书社 2005 年版，第 3836 页。

昉于刘崧子高。五家才力，咸足雄据一方，先驱当代，第格不甚高，体不甚大耳。”① 其分别对明初五大地域诗派的盟主领袖、成员组织及格调体格特征进行辨析，这对于了解明代文学流派的文学史意义具有很好的文体学理论价值。

在某种意义上，明代的文体集大成之说可以说集辨体理论之大成，学界近四十年来对明代文体学的研究也主要集中于辨体批评研究且成果丰硕，其中明代诗话中围绕“文章以体制为先”的辨体观念文献也很丰富。至于本文中的本色与当行、拟体与效体、得体与失体、定体与大体等文体理论，应该都属于辨体与破体这一对立范畴的理论延伸和拓展。此外，虽然“唐宋诗之争”和“一代有一代之文学”早已成为文学史研究热点问题，但是明代诗话中这两类繁复的文献还没有得到应有的关注，而笔者从文体学视域即“唐宋体之辨”及“一代有一代之文体”来重新审视这两个传统文学史和批评史命题，可以在一定程度上丰富补充古代文体学的理论体系及深化认识文学史和文体史的学科关系。

（作者单位：陕西师范大学人文社会科学高等研究院）

---

① 周维德集校：《全明诗话》，齐鲁书社 2005 年版，第 2468 页。

许学夷《诗源辩体》的辨体理论体系

——兼及其辨体论的开拓意义和文献价值

任竞泽

明代是继魏晋南北朝又一个文体集大成的时代（罗根泽语），最典型的标志就是，与“辨体”相关的文体著作和总集选本相继涌现，诸如吴讷《文章辨体》、徐师曾《文体明辨》、贺复征《文章辨体汇选》以及许学夷《诗源辩体》等。其中《诗源辩体》则成为中国古代诗学辨体批评的终结者和总结者，形成了系统而完备的辨体理论体系，对钟嵘《诗品》、严羽《沧浪诗话》及其唐代诗学辨体观都有所继承和拓展。最为重要的是，他在“先体制而后工拙”这一传统的命题之下，又提出了“先体制而后气格”和“不先体制而先性情”这两个相联系而又颇为不同的主张，尤其是关于“诗先定其正变，而后论其浅深”的论断，则更具有重要的文体理论革新意义，奠定了其在中国古代辨体理论发展史上的重要地位。本文通过对《诗源辩体》中辨体文献资料的全面辑录、细致分析和深入阐释，从中也能凸显其重要的文体文献学价值。

一　先其体制，辨其纯杂

许学夷以“辩体”名书，在凡例和自序中“辩体”这一范畴反复出现，并贯穿于全书之中，以此强调他是以辨体为主的。他的辨体理论内涵有相互关联的几层，或者说我们可以从几个角度来进行审读和观照，但无疑自宋以来兴起的“先体制而后工拙”的辨体理论当是其首要的和核心的意蕴，并成为他具体评价历代诗人诗作的批评方法和准则。

这一辨体论在书中凡出现七次，其出现的时代位置和频次都有深意。其理论总纲出现在该书卷三十四的《总论》之始，可以说是对辨体的一个全面总结，从中可以看到其重要性。《总论》第四则称“予作《辩体》，自谓有功于诗道者六”[①]，其三为“论汉魏五言，而先其体制”，其四为“论初、盛唐古诗，而辨其纯杂”[②]。他把“先其体制”和“辨其纯杂”离为二，其实二者的含义是相同的。我们着重谈“先其体制”，因为另六条文献都是与此相关的，最后对“辨其纯杂”进行简要解读。《总论》第五则便对“先其体制”做了进一步的阐发：“不读《三百篇》，不可以读汉魏；不读汉魏，不可以读唐诗。尝观论汉魏五言者，多不先其体制，由不读《三百篇》也。又观选唐人五言古，多不辨其纯杂，由不读汉魏也。”[③] 他认为评论汉魏五言古诗，应该“先其体制”，先看到它的文体源头在三百篇，所谓“由不读三百篇也”，不但点出论诗者的症结，而且为学诗者指出门径。

最先提到的三处辨体文献在有关隋及初唐的论述中。

其一，《诗源辩体》卷十一云：“或问：‘唐末之纤巧，与梁陈以后之绮靡，孰为优劣？’曰：‘诗文俱以体制为主，唐末语虽纤巧，而律体则未尝亡；梁陈以后，古体既失，而律体未成，两无所归，断乎不可为法。’”[④] 他认为，唐末诗“纤巧”，梁陈以后诗“绮靡”，纤巧和绮靡，二者之低劣难分伯仲，那么要辨其优劣，唯有“诗文俱以体制为主”这一批评标准。具体来说，“唐末语虽纤巧”，已无古诗体制，但“律体”尚存；而梁陈以后古体、律体“两无所归”，无体制可循，故而唐末诗应优于梁陈以后之诗。

其二，《诗源辩体》卷十二云：“诗，先体制而后工拙。王、卢、骆七言古，偶俪虽工，而调犹未纯，语犹未畅，实不得为正宗，此自然之理，不易之论。然不能释众人之惑者，盖徒取其工丽而不识正变之体故

① （明）许学夷著，杜维沫校点：《诗源辩体》，人民文学出版社1987年版，第314页。

② （明）许学夷著，杜维沫校点：《诗源辩体》，人民文学出版社1987年版，第314页。

③ （明）许学夷著，杜维沫校点：《诗源辩体》，人民文学出版社1987年版，第314页。

④ （明）许学夷著，杜维沫校点：《诗源辩体》，人民文学出版社1987年版，第137页。

也。故予论初唐七言古为破第二关。学者过此无疑，其他不难辨矣。"[①]他认为王勃、卢照邻、骆宾王的七言古诗，虽然有偶俪的工巧之长，但这已是杂以律诗之法，而非语调纯畅的古体诗正宗了。但当时人不能秉持“先体制而后工拙”的辨体准则，正相反，是“先工拙”即“徒取其工丽”而“后体制”即“不识正变之体”也。也就是说，在辨体和正体、破体和变体这一对立的概念范畴之间，他以辨体为先，主张尊体，遵守正体正宗的体制规范，反对古体中杂有律体，因为这已是“破体”了，即其“论初唐七言古为破第二关”，也就是“破体”的第二阶段。所以学者若知道这一点，“其他不难辨矣”。

其三，《诗源辩体》卷十四云：“初唐五言，古、律混淆，古诗既多杂用律体，而排律又多失粘，中或有散句不对者，此承六朝余弊，盖变而未定之体也。……尝观刘伯温《春秋明经》，虽近时义，而首尾不同，盖亦变而未定之体也，今举业家安得复仿之耶？故诗虽尚气格而以体制为先，此余与元美诸公论有不同也。”[②]初唐五言因“古、律混杂”，已是破体，但由古体到律体之变还在形成阶段，真正的律体尚未定型，即“盖变而未定之体也”，所以他着眼于当时科举考试律诗这一实际，并指出刘基《春秋明经》诗“盖亦变而未定之体”，因其虽似科举时文之体，但是又有“首尾不同”的违背律诗文体体制规范的缺陷，因而指出“今举业家安得复仿之耶”。虽然初唐诗有气格，但不能只看到气格而忽略了初唐诗非正宗律体，即这不符合“以体制为先”的辨体准则。

《诗源辩体·后集纂要》卷一云：“吴复序云：‘诗先性情而后体格。’……予谓：《国风》体制既定，故专论性情，即所谓认性、认神也。学汉魏而下，不先体制而先性情，所以去古日远耳。”[③]首先批判了吴复所云“诗先性情而后体格”这个与“先其体制”相违背的论断，认为从《国风》开始，便是先定体制而后才能专论性情，也因此“学汉魏而下，不先体制而先性情，所以去古日远耳”。

---

① （明）许学夷著，杜维沫校点：《诗源辩体》，人民文学出版社1987年版，第142页。
② （明）许学夷著，杜维沫校点：《诗源辩体》，人民文学出版社1987年版，第153页。
③ （明）许学夷著，杜维沫校点：《诗源辩体》，人民文学出版社1987年版，第393页。

"不先体制而先性情"这个论断很大胆，与"先体制而后工拙"又有所不同，因为"体制"和"工拙"都属于语言艺术形式方面的，这从宋代王安石、黄庭坚和倪思以来，差无异议。但是主张"不先体制而先性情"可以说是犯了自古以来先质后文、为情而造文、道为根本文为枝叶的理论大忌。这种理论不胜枚举，仅以第一个提出"辨体"概念且偏重风格意境的唐代诗僧皎然为例，他在"辨体有一十九字"中也是称"风律外彰，体德内蕴"，"共一十九字，括文章德体风味尽矣"[①]——所谓"体德""德体"指以德为根本，为"内"；"风律"指体制风貌风味，为"外"，二者的主次关系已是分明了，这正如"德体""风味"的先后顺序一样。又如《诗式·文章宗旨》称"真于情性……不顾词彩"[②]，他认为古人如《诗经》虽然重视"丽词"体制等语言艺术形式，"但古人后于语，先于意"[③]，也就是应该意在语先和先情而后文。许学夷为了强调他"先其体制"的理念，不惜冒古今之大不韪，在"先体制而后工拙"的基础上，进一步提出"不先体制而先性情"的主张，可谓石破天惊，其正确与否当然是值得商榷的，但我们从中可以看出他强调"体制为先"的辨体观在他整个理论体系中的核心地位和重要作用。

《诗源辩体·后集纂要》卷二云："予谓：诗先体制而后气格，仲默、昌谷、君采、用修诸人多学六朝、初唐，似过而实不及也。"[④] 他针对明代诗歌复古者如何景明、徐祯卿、薛蕙、杨慎等人学六朝、初唐之体制，未看到六朝、初唐皆非古体之正、古律混杂、律体未定型的特征，违背了"诗先体制而后气格"的学诗顺序和原则。

需要指出的是，本则中"诗先体制而后气格"可以说又是许学夷对辨体理论的一个创举。如前所述，在论初唐时他也提出了"诗虽尚气格而以体制为先"的主张，这在"先体制而后工拙"和"不先体制而先性情"这一质文观念之外，又提到"气格"这一综合了质文的诗歌风格美学观念，这就把"先其体制"的重要性抬高到文学的各个方面。而且更

① 张伯伟：《全唐五代诗格汇考》，凤凰出版社 2002 年版，第 407 页。

② 郭绍虞、王文生：《中国历代文论选》（第 2 册），上海古籍出版社 2001 年版，第 76 页。

③ 郭绍虞、王文生：《中国历代文论选》（第 2 册），上海古籍出版社 2001 年版，第 88 页。

④ （明）许学夷著，杜维沫校点：《诗源辩体》，人民文学出版社 1987 年版，第 407 页。

为重要的是，“先体制而后气格”显然是对曹丕以来“文以气为主”这一命题的反拨和背离，其理论革新意义是不言而喻的。

以上我们列举分析了许学夷“先其体制”的文献理论内涵和理论价值，值得注意的是，这几条文献在书中所处位置颇有深意，也能从中看出他的理论宗旨。《总论》开始便提出他有功于诗道者六，其中两条就是“先其体制”和“辨其纯杂”，接下来一则又对这两个辨体理论进行了具体的解释，这无疑说明了“先其体制”在全书理论体系中的总纲意义和总结作用。此外，另外三则都集中出现在隋及初唐，我们亦能从中看出隋及初唐在中国诗学史和中国古代辨体理论发展史上的关键地位：即如上文所述，隋及初唐正处在由古体向律体转变的过渡时期，古体渐趋消亡，律体尚未定型，所以这时学诗论诗者都需要具有一定的辨体眼光和视野，方能不入迷途，走向正轨。此外，《诗源辩体·后集纂要》两卷，卷一宋元列一条，卷二明代列一条，其意在使这一辨体观念能够成为一条主要线索贯穿终始。此外，以明代诗坛大家为反面例证，亦能看出他的“先其体制”理论并非蹈空之谈，是与当时的创作风气和理论实践相结合的，具有很强的现实针对性，其价值不可小觑。

最后，我们再看一下许学夷自诩所谓“有功于诗道者”之言是否言过其实，其功绩在哪里。可从三个方面来看：其一，“先体制而后工拙”这一辨体理论自刘勰、刘善经、徐寅、王安石、黄庭坚、陈师道、张戒、倪思到祝尧、郝经等，论者已多，其演变脉络颇为清晰，具体可参见拙文《曹雪芹的文体学思想——兼及脂评本〈红楼梦〉的文体文献学价值》[1]，兹不赘述。显然，如果仅从此层面来看，许学夷称自己“有功于诗道”显然是难以令人信服的。其二，他在“先体制而后工拙”这一传统的为人熟知的命题之下，又提出“先体制而后气格”和“不先体制而先性情”这两个相联系而又颇为不同的主张，这当是功绩之一。其三，与明代以“辨体”为名的文体著作诸如《文章辨体》《文体明辨》《文章辨体汇选》等相比，《诗源辩体》可以说是唯一把“先其体制”及辨体、

---

① 任竞泽：《曹雪芹的文体学思想——兼及脂评本〈红楼梦〉的文体文献学价值》，《文艺理论研究》2014年第4期。

破体作为线索贯穿于整个著作中的，这继承了祝尧《古赋辨体》的作法，当是其另一个功绩。以此来看，其所言非虚。

关于“辨其纯杂”，是以锦帛为喻，属于辨体尊体中的“本色”“当行”论。如《诗源辩体》卷三十六云：“王昌龄体虽近古，而未尽善；储光羲格虽出奇，而不合古；其他体制未纯，声韵多杂，未若李、杜、岑参滔滔自运，体既尽纯，声皆合古耳。”[①] 显然，许学夷是以古体、正体等为纯体，而近体、变体为杂体的。这种“本色”论如《诗源辩体》卷三十四所云：“今之学者，或先平正而后诡诞，或先藻丽而堕庸劣，盖识见不足，以诡诞为新奇，以庸劣为本色耳。”[②] 宋明以来文论中“本色”“当行”的说法颇为流行，如宋严羽《沧浪诗话·诗法》云：“须是本色，须是当行。”[③]《诗辨》云：“惟悟乃为当行，乃为本色。”[④] 胡应麟《诗薮内编》卷一：“文章自有体裁，凡为某体，务须寻其本色，庶几当行。”[⑤] 何为本色？王水照先生解释道：“强调的‘本色’即是文体的质的规定性。”[⑥]“尊体，要求遵守各类文体的审美特性、形制规范，维护其本色、当行。”[⑦] 这种以布帛本色为喻的辨体主张，严羽称作“辨家数如辨苍白”，即《答吴景仙书》所云：“作诗正须辨尽诸家体制，然后不为旁门所惑。今人作诗，差入门户者，正以体制莫辨也。世之技艺，犹各有家数。市缣帛者，必分道地，然后知优劣，况文章乎？仆于作诗，不敢自负，至识则自谓有一日之长，于古今体制，若辨苍素，甚者望而知之。”[⑧] 以缣帛苍素为喻尊体和本色，这最早当源于《文心雕龙·定势》[⑨]，刘勰以五色之锦为喻来“铨别”杂体，认为节文互杂，要以“本采为地”，正如吴承学所云：“他指出各种文体的体制可以互相融合，互

---

① （明）许学夷著，杜维沫校点：《诗源辩体》，人民文学出版社 1987 年版，第 355 页。

② （明）许学夷著，杜维沫校点：《诗源辩体》，人民文学出版社 1987 年版，第 318 页。

③ （宋）严羽著，郭绍虞校释：《沧浪诗话校释》，人民文学出版社 1961 年版，第 111 页。

④ （宋）严羽著，郭绍虞校释：《沧浪诗话校释》，人民文学出版社 1961 年版，第 12 页。

⑤ （明）胡应麟：《诗薮》，上海古籍出版社 1958 年版，第 21 页。

⑥ 王水照主编：《宋代文学通论》，河南大学出版社 1997 年版，第 63 页。

⑦ 王水照主编：《宋代文学通论》，河南大学出版社 1997 年版，第 77 页。

⑧ （宋）严羽著，郭绍虞校释：《沧浪诗话校释》，人民文学出版社 1961 年版，第 252 页。

⑨ 范文澜：《文心雕龙注》，人民文学出版社 1958 年版，第 530 页。

相吸收……刘勰既承认文体的相参，又强调文体的本色，辨证地论述了文体风格的多样化与统一性。”①

二 以古入律和以律入古

辨体和破体是中国古代文体学一对辩证对立的概念范畴。辨体是尊体，是对经过历代积淀而形成的文体规范的继承和遵守，而破体则是对传统旧有的文体写作要求之束缚的突破和革新，二者之间应是辩证和平衡的关系。但自刘勰以来，历代大多是以“体制为先”的辨体观为独尊，二者有主次轻重的地位不同，许学夷便全面提倡辨体、尊体而对破体、变体持反对态度，当然在具体论述破体时也会出现不同的立场倾向。许学夷的这种“破体”观体现在文体之间的融合，主要涉及古体和律体之间的渗透相参，包括“以古入律”或“以律入古”及其对二者的褒贬态度和价值倾向，当然还提到“以文为诗”等问题。关于“破体”之中的文体融合问题，吴承学先生在《从破体为文看古人的审美价值取向》一文中所论颇详，他称：“然而宋代以后，破体为文成为一种风气：以文为赋、以文为四六、以文为诗、以诗为词、以古为律等在在可见。于是出现了一种破体的通例……更为具体地说，以文为诗胜于以诗为文，以诗为词胜于以词为诗，以古入律胜于以律为古，以古文为时文胜于以时文为古文。”②

古律之辨以及以古入律和以律入古的破体观是《诗源辩体》的重要线索，贯穿终始。吴承学先生在《从破体为文看古人的审美价值取向》一文中的“以古入律与以律入古”这一部分便三引其文献说明这一问题。在说明这个问题时，吴先生引用了明代几个批评家的言论，如李东阳《麓堂诗话》云：“古诗与律不同体，必各用其体，乃为合格，然律犹可间出古意，古不可涉律。”胡震亨《唐音癸签》卷三引王世贞语：“古乐府、选体、歌行，有可入律者，有不可入律者，句法、字法皆然。惟近

---

① 吴承学：《辨体与破体》，《文学评论》1991年第4期。

② 吴承学：《从破体为文看古人的审美价值取向》，《学术研究》1989年第5期。

体必不可入古耳。"① 可见，在明代，这个问题的讨论已是非常普遍，许学夷的相关批评可以说是这种文学思潮的反映。在前所论"先其体制"的文献中，我们已经看到他往往是以古律之辨来说明观点的。《诗源辩体》中相关的古律之辨文献极为丰富，我们通过全面的搜索摘录和分类辨析，可从古律之辨和诗文之辨来分别阐述。

首先，以古入律和以律入古。他认为这两种破体观在唐代很普遍，且在他的辨体尊体主导思想下，认为二者都有缺陷，过犹不及。如书中卷七："古律之诗虽各有定体，然以古为律者失之过，以律为古者失之不及。唐人长于律而短于古，故既多以古为律，而又多以律为古也。"② 当然，他对这两种破体观的褒贬态度和价值取向又是极为鲜明的，并且符合前所举吴承学先生所云"破体之通例"。

一方面，许学夷极力反对"以律入古"和"以近体入古"，如《诗源辩体》卷十七："五言古至于唐，古体尽亡，而唐体始兴矣。然盛唐五言古，李、杜而下惟岑参、元结于唐体为纯，尚可学也；若高适、孟浩然、李颀、储光羲诸公，多杂用律体，即唐体而未纯，此必不可学者。王元美谓'惟近体必不可入古'……若今人作散文而杂用四六俳偶，亦是文体之不纯也。"③ 引用王世贞之论，如上所言，可以看出在明代这已成为风气。又如《诗源辩体》卷三十四："诗有本末。体气，本也；字句末也。本可以兼末，末不可以兼本。予少学古诗，于汉魏主体，于李杜主气，故于元嘉以后之诗，多所不喜，而于唐人以律为古者，尤所痛疾。"④

另一方面，许学夷肯定以老杜为代表的"以古入律"和"以歌行入律"。关于以古入律，如《诗源辩体》卷二十："以古入律，气格亦近高岑。"⑤ "盛唐高岑五言、子美七言，以古入律，虽是变风，然气象风格自

① 吴承学：《从破体为文看古人的审美价值取向》，《学术研究》1989 年第 5 期。
② （明）许学夷著，杜维沬校点：《诗源辩体》，人民文学出版社 1987 年版，第 178—179 页。
③ （明）许学夷著，杜维沬校点：《诗源辩体》，人民文学出版社 1987 年版，第 177 页。
④ （明）许学夷著，杜维沬校点：《诗源辩体》，人民文学出版社 1987 年版，第 326 页。
⑤ （明）许学夷著，杜维沬校点：《诗源辩体》，人民文学出版社 1987 年版，第 225 页。

胜。"[①] 关于以歌行入律，如《诗源辩体》卷十九："子美七言律……沉雄含蓄，是其正体……以歌行入律，是为大变。"[②] "王元美云：'老杜以歌行入律，亦是变风，不宜多作，多作则伤境。'愚按：子美七言以歌行入律，虽是变风，然豪旷磊落，乃才大而失之于放，盖过而非不及也。"[③]《诗源辩体》卷三十："子美七言以歌行入律，豪旷磊落，乃才大而失之于放，其机趣无不灵活。"[④] 《诗源辩体》卷三十一："于、刘五七言律……虽气格遒紧而实出于矫，非若盛唐诸公以古为律者、出于才力之自然也。"[⑤] 而他所引述的李东阳的观点则更见全面，可以作结：《诗源辩体》卷十七："李宾之云：'律犹可间出古意，古不可涉律调。如崔颢"黄鹤一去不复返，白云千载空悠悠"，乃律间出古，要自不厌。'"[⑥]

其次，关于诗文之别和以文为诗。关于诗与文的区别及其原因，他在卷一论《诗经》时便提出了，可见他对这一问题的重视。《诗源辩体》卷一："诗与文章不同，文显而直，诗曲而隐。"[⑦] 又如："赵凡夫云：'诗主含蓄不露，言尽则文也，非诗也。'愚按：风人之诗，含蓄固其本体，若《谷风》与《氓》，恳款竭诚，委曲备至，则又无不佳。其所以与文异者，正在微婉优柔，反覆动人也。"[⑧] 把诗文之辨放在卷一，目的很明确，即"此论不惟得风人之体，救经生之弊，且足以祛后世以文为诗之惑"[⑨]。也就是说，最终是为后来论"以文为诗"张目和伏笔的。

关于以文为诗，他认为宋人蔚成风气的"以文为诗"的直接源头在唐代杜甫、白居易和韩愈等，而又可以远溯至陶渊明。例如，《诗源辩体》卷六："或问予：'子尝言元和诸公以议论为诗，故为大变，若靖节

---

① （明）许学夷著，杜维沫校点：《诗源辩体》，人民文学出版社 1987 年版，第 227 页。

② （明）许学夷著，杜维沫校点：《诗源辩体》，人民文学出版社 1987 年版，第 218 页。

③ （明）许学夷著，杜维沫校点：《诗源辩体》，人民文学出版社 1987 年版，第 219 页。

④ （明）许学夷著，杜维沫校点：《诗源辩体》，人民文学出版社 1987 年版，第 286 页。

⑤ （明）许学夷著，杜维沫校点：《诗源辩体》，人民文学出版社 1987 年版，第 295—296 页。

⑥ （明）许学夷著，杜维沫校点：《诗源辩体》，人民文学出版社 1987 年版，第 171 页。

⑦ （明）许学夷著，杜维沫校点：《诗源辩体》，人民文学出版社 1987 年版，第 4 页。

⑧ （明）许学夷著，杜维沫校点：《诗源辩体》，人民文学出版社 1987 年版，第 5 页。

⑨ （明）许学夷著，杜维沫校点：《诗源辩体》，人民文学出版社 1987 年版，第 5 页。

“大钧无私力”“颜生称为仁”等篇，亦颇涉议论，与元和诸公宁有异耶？’曰：靖节诗乃是见理之言，盖出于自然，而非以智力得之，非若元和诸公骋聪明、构奇巧，而皆以文为诗也。”① 卷二十八：“白乐天五言古，其源出于渊明，但以其才大而限于时，故终成大变；其叙事详明，议论痛快，此皆以文为诗，实开宋人之门户耳。”② 卷二十四：“《后山诗话》云：‘诗文各有体，韩以文为诗，杜以诗为文，故不工耳。’愚按：退之五言古……议论周悉……又似书牍，此皆以文为诗，实开宋人门户耳。然可谓过巧，而不可谓不工也。”③

许学夷对“以文为诗”是肯定的，并且最为推崇的就是白居易，书中多次提及，对其在诗中运用叙事和议论的散文手法都很为赏识。如卷二十八：“或问：‘子言乐天五言古叙事详明，以文为诗，今观杜子美《新婚别》、《垂老别》、《无家别》等，亦皆叙事，何独谓乐天以文为诗乎？’曰：子美叙事，纡回转折，有余不尽，正未易及；若乐天，寸步不遗，犹恐失之，乃文章传记之体。试以二诗并观，迥然自别矣。”④“乐天五言古，叙事详明者难以句摘，议论痛快者略摘以见。……皆议论痛快，以理为胜者也。”⑤“乐天七言古，叙事详明者未可句摘，议论痛快者略摘以见。如……等句，亦皆议论痛快、以理为胜者也。”⑥“乐天五言律：如……等句，遂大入议论；如……等句，则快心自得，宋人门户多出于此。”⑦“乐天五言律有……七首，实开宋人冗滥之门”，“乐天七言律，如……等句，亦大入议论……一篇，体制更奇，此皆以文为诗，实开宋

---

① （明）许学夷著，杜维沫校点：《诗源辩体》，人民文学出版社1987年版，第103页。

② （明）许学夷著，杜维沫校点：《诗源辩体》，人民文学出版社1987年版，第271页。

③ （明）许学夷著，杜维沫校点：《诗源辩体》，人民文学出版社1987年版，第252—253页。

④ （明）许学夷著，杜维沫校点：《诗源辩体》，人民文学出版社1987年版，第271页。

⑤ （明）许学夷著，杜维沫校点：《诗源辩体》，人民文学出版社1987年版，第271—272页。

⑥ （明）许学夷著，杜维沫校点：《诗源辩体》，人民文学出版社1987年版，第274页。

⑦ （明）许学夷著，杜维沫校点：《诗源辩体》，人民文学出版社1987年版，第275—276页。

人之门户耳。”① “乐天七言绝，如……等篇，亦快心自得，此亦以文为诗，亦开宋人之门户耳”，“退之五、七言古虽开宋人门户，然欧、苏而外无人能学；惟乐天律、绝，悉开宋人门户，而宋人实多学之。”② 可以看出，他认为“以文为诗”涵盖了白居易各体诗歌，或叙事，或议论，包括五七言古体和五七言近体律绝，而这都实开宋人之门户，其影响远超杜、韩。

三　诗有源流，体有正变

《诗源辩体》的辨体首要任务就是辨诗体之源流正变，例如，卷三十四称：“予作《辩体》，自谓有功于诗道者六：论《三百篇》以至晚唐，而先述其源流，序其正变，一也。”③ 其重要性从书名中已自看出，而《自序》《凡例》和卷一篇首《总论》中更是反复申说。例如，《自序》云：“尝谓：诗有源流，体有正变，于篇首既论其要矣。”④ 二者互文见义，即诗体有源流正变，其源者为正，流者为变；源头之正者当辨体、尊体，流别而变者为变体、破体，故而是一种着眼于辨体和破体的文体通变观。

具体来说，何为诗体源流正变，这在“篇首既论其要矣”，即卷一周论《诗经》所云：“诗自三百篇以迄于唐，其源流可寻，而正变可考也。学者审其源流，识其正变，始可于言诗矣。”⑤ “统而论之，以三百篇为源，汉、魏、六朝、唐人为流，至元和而其派各出。析而论之，古诗以汉魏为正，太康、元嘉、永明为变，至梁陈而古诗尽亡，律诗以初、盛唐为正，大历、元和、开成为变，至唐末而律诗尽敝。”⑥ 关于源流，以

---

① （明）许学夷著，杜维沫校点：《诗源辩体》，人民文学出版社 1987 年版，第 276—277 页。

② （明）许学夷著，杜维沫校点：《诗源辩体》，人民文学出版社 1987 年版，第 277—278 页。

③ （明）许学夷著，杜维沫校点：《诗源辩体》，人民文学出版社 1987 年版，第 314 页。

④ （明）许学夷著，杜维沫校点：《诗源辩体》，人民文学出版社 1987 年版，第 1 页。

⑤ （明）许学夷著，杜维沫校点：《诗源辩体》，人民文学出版社 1987 年版，第 1 页。

⑥ （明）许学夷著，杜维沫校点：《诗源辩体》，人民文学出版社 1987 年版，第 1 页。

《诗经》为源，余者为流，很明确，故而书中论及源流处并不多，而以正变为主。关于正变，明辨古律，而古诗和律诗又各有正变。在诗体正变中，又以论变为主，反复论及五言、七言之古体、律体、绝句的各种变体，从而清晰地勾画出中国古代诗体的正变即辨体破体之发展史。

第一，关于论诗体正变，大体分为三个阶段：第一个阶段是论《诗经》《楚辞》之文体正变，在卷一和卷二中。《诗经》《楚辞》中的辨体，多以正风变风、正雅变雅以及小雅和大雅之正变来区分和表述。共有八则文献，择其要者如卷一："《周南》、《召南》，文王之化行，而诗人美之，故为正风。自《邶》而下，国之治乱不同，而诗人刺之，故为变风。是风虽有正变，而性情则无不正也。"① "风人之诗，虽正变不同，而皆出乎性情之正。"② "《小雅》《大雅》之辩，前贤既详论之矣。概以二雅正变之体言之，正雅坦荡整秩，而语皆显明；变雅迂回参错，而语多深奥。是固治乱之不同，抑亦文运之一变也。"③ 卷二："严沧浪云：'风雅颂既亡，一变而为《离骚》，再变而为西汉五言。'愚按：《三百篇》正流而为汉魏诸诗，别出而乃为骚耳。"④

第二个阶段是论汉魏至晚唐五代之古体律体和正体变体的复杂演变和发展，共三十一卷，这是重点和主体。共二十则相关文献，摘要如卷三："汉魏五言，本乎情兴，故其体委婉而语悠圆，有天成之妙。五言古，惟是为正。详而论之，魏人渐见作用，而渐入于变矣。"⑤ 卷四："魏之于汉，同者十之三，异者十之七，同者为正，而异者始变矣。……盖魏人虽见作用，实有浑成之气，虽变犹正也。"⑥ 卷二十："元和诸公所长，正在于变。或欲于元和诸公录其正而遗其变，此在选诗则可，辨体，终不识诸家面目矣。"⑦ 卷二十五："贾岛五言律虽多变体，然中如……尚

① （明）许学夷著，杜维沫校点：《诗源辩体》，人民文学出版社 1987 年版，第 2 页。
② （明）许学夷著，杜维沫校点：《诗源辩体》，人民文学出版社 1987 年版，第 8 页。
③ （明）许学夷著，杜维沫校点：《诗源辩体》，人民文学出版社 1987 年版，第 24 页。
④ （明）许学夷著，杜维沫校点：《诗源辩体》，人民文学出版社 1987 年版，第 32 页。
⑤ （明）许学夷著，杜维沫校点：《诗源辩体》，人民文学出版社 1987 年版，第 45 页。
⑥ （明）许学夷著，杜维沫校点：《诗源辩体》，人民文学出版社 1987 年版，第 71 页。
⑦ （明）许学夷著，杜维沫校点：《诗源辩体》，人民文学出版社 1987 年版，第 250 页。

有初盛唐气格，惜非完整……今并录冠于前，先正后变也。”①

第三个阶段是《诗源辩体·后集纂要》中的宋元和明代的正变之体，各为一卷，所论最为简略。如《后集纂要》卷二：“君采五言律……至学子美变体。”②“用修五言律多出初唐……余篇亦无弱调，变体最工。”③“然献吉之卤莽率意，昧于杜之变，元美之支离深晦，昧于杜之奇，于奇、变皆无所得也。”④

第二，对于正体和变体之间的辩证关系，许学夷虽然主要倾向是崇正黜变的，但他看到变体也是发展的必然趋势，故而有一定程度的认可和肯定。但前提是变体和破体要适度，不可过分以至于陷入“变怪”“怪变”“怪恶”“怪僻”“僻涩”“极变”“奇变”之中。相关论述约有十五则文献，择要如卷二十六：“卢仝杂言《有所思》一篇……以下，始多变怪……极其变怪……等句，皆极其变怪者也……尤怪僻不可解。”⑤《诗源辩体·后集纂要》卷一：“圣俞、鲁直之诗俱属怪变。”⑥“或疑圣俞、鲁直怪僻句采入《辩体》过多，恐读者易厌。”⑦“宋人首称苏黄，黄诸体恣意怪僻，为变中之变。”⑧“黄鲁直诸体，生涩拗僻、深晦底滞者，悉出圣俞。”⑨“陈无己诗学鲁直……其诸体怪僻少于鲁直，而深晦过之。”⑩

从上所列举文献可以看出，这种破体过度现象，即“变体”的由“变”至“怪”是有一个发展过程的，大体是由中唐卢仝、刘叉发端，晚唐杜牧、李商隐继之，到宋代的梅尧臣、黄庭坚达到极致，被许学夷贬为“千古诗道之厄”，尤其认为黄庭坚的恶劣影响是“流毒终于宋世”。

第三，五言和七言的几次发展演变，包括五言七变和七言八变，显

---

① （明）许学夷著，杜维沫校点：《诗源辩体》，人民文学出版社 1987 年版，第 258 页。

② （明）许学夷著，杜维沫校点：《诗源辩体》，人民文学出版社 1987 年版，第 412 页。

③ （明）许学夷著，杜维沫校点：《诗源辩体》，人民文学出版社 1987 年版，第 412 页。

④ （明）许学夷著，杜维沫校点：《诗源辩体》，人民文学出版社 1987 年版，第 418 页。

⑤ （明）许学夷著，杜维沫校点：《诗源辩体》，人民文学出版社 1987 年版，第 264—265 页。

⑥ （明）许学夷著，杜维沫校点：《诗源辩体》，人民文学出版社 1987 年版，第 381 页。

⑦ （明）许学夷著，杜维沫校点：《诗源辩体》，人民文学出版社 1987 年版，第 381 页。

⑧ （明）许学夷著，杜维沫校点：《诗源辩体》，人民文学出版社 1987 年版，第 382 页。

⑨ （明）许学夷著，杜维沫校点：《诗源辩体》，人民文学出版社 1987 年版，第 385 页。

⑩ （明）许学夷著，杜维沫校点：《诗源辩体》，人民文学出版社 1987 年版，第 386 页。

示出许学夷鲜明的文学史观和清晰的文体史视野，而这都是以辨体为划分方法和批评标准的。卷七："明远五言，既渐入律体，中复有成律句而绮靡者。……故必至永明乃为四变耳。"[①] "明远乐府七言……《行路难》体多变新，语多华藻，而调始不纯，此七言之三变也。"[②] 卷八："元嘉五言，再流而为永明……此五言之四变。"[③] "永明五言，再流而为梁简文及庾肩吾诸子……此五言之五变也。"[④] 卷九："梁简文以下乐府七言，调多不纯，语多绮艳，此七言之五变也。"[⑤] 卷十二："五言自汉魏流至陈隋，日益趋下……四子才力既大，风气复还，故虽律体未成……此五言之六变也。"[⑥] "七言古自梁简文、陈、隋诸公始，进而为王卢骆三子……此七言之六变也。"[⑦] 卷十三："初唐七言古，自王、卢、骆再进而为沈宋二公……此七言之七变也。"[⑧] 卷十三："五言自王、杨、卢、骆，又进而为沈宋二公……此五言之七变也。"[⑨] 卷十五："初唐沈宋二公古、律之诗，再进而为开元天宝间高、岑、王、孟诸公……七言，乃其八变也。"[⑩]

第四，许学夷的"正变观"也就是他的"古律观"，这种文学史观和文体史观简单来说就是由正至变、从古到律、自变体向破体而循序演进的一个过程。也如上述正变观所说的，具体包括三个阶段：第一个阶段是在南朝宋齐年代，其特点是"渐入律体"或者说"变律之渐"，以谢灵运、鲍照、沈约、谢朓为代表。如卷七："然灵运体尽俳偶，而明远复渐入律体。"[⑪] "明远五言四句，声渐入律，语多华藻，然格韵犹胜。"[⑫] "玄

---

① （明）许学夷著，杜维沫校点：《诗源辩体》，人民文学出版社 1987 年版，第 116—117 页。

② （明）许学夷著，杜维沫校点：《诗源辩体》，人民文学出版社 1987 年版，第 117 页。

③ （明）许学夷著，杜维沫校点：《诗源辩体》，人民文学出版社 1987 年版，第 121 页。

④ （明）许学夷著，杜维沫校点：《诗源辩体》，人民文学出版社 1987 年版，第 128 页。

⑤ （明）许学夷著，杜维沫校点：《诗源辩体》，人民文学出版社 1987 年版，第 129 页。

⑥ （明）许学夷著，杜维沫校点：《诗源辩体》，人民文学出版社 1987 年版，第 139 页。

⑦ （明）许学夷著，杜维沫校点：《诗源辩体》，人民文学出版社 1987 年版，第 141 页。

⑧ （明）许学夷著，杜维沫校点：《诗源辩体》，人民文学出版社 1987 年版，第 145 页。

⑨ （明）许学夷著，杜维沫校点：《诗源辩体》，人民文学出版社 1987 年版，第 146 页。

⑩ （明）许学夷著，杜维沫校点：《诗源辩体》，人民文学出版社 1987 年版，第 155 页。

⑪ （明）许学夷著，杜维沫校点：《诗源辩体》，人民文学出版社 1987 年版，第 116 页。

⑫ （明）许学夷著，杜维沫校点：《诗源辩体》，人民文学出版社 1987 年版，第 117 页。

晖五言……皆入律而绮靡者也。”[①] “休文论诗，有‘八病’之说，此变律之渐。”[②] 第二个阶段是在齐梁之际，其特点是“声愈入律”和“声多入律”，又进了一步。如卷九：“刘孝威五言，语渐绮靡，声愈入律”，“吴均五言，声渐入律，语渐绮靡，在梁陈间稍称遒迈。”[③] “王筠五言，语渐绮靡，声愈入律”，“柳恽五言，声多入律，语多绮靡。”[④] 第三个阶段是在梁、陈及隋朝、初唐，其特点是“声尽入律”，所论最多、最详尽。包括梁陈的庾肩吾、萧刚、庾信、徐陵、阴铿、何逊、陈后主、江总，隋朝的卢思道、李德林、薛道衡、隋炀帝，以及初唐的太宗、虞世南、魏征等。共十二则文献，择要列次如下，以见大概。卷九：“庾肩吾五言……声尽入律，语尽绮靡”，“梁简文庾肩吾五言四句，声尽入律，语尽绮靡，而格韵愈卑。”[⑤] 卷十：“王褒五言，声尽入律而绮靡者少”，“陈后主五言，声尽入律，语尽绮靡。”[⑥] 卷十一：“卢思道、李德林、薛道衡五言，声尽入律，而卢则绮靡者尚多。”[⑦] 等等。

总之，这三个“从古到律”的渐变阶段，虽然程度不同，但概括来说，都具有“古律混淆”的弊病，而语言上则以“绮靡”为主要特征。如卷十二：“汉魏五言终变而为律，七言终变而为古者……则亦古律混淆矣。”[⑧] 卷十三：“五言自汉魏流至元嘉，而古体亡。自齐梁流至初唐而古律混淆，词语绮靡。”[⑨] 卷十四：“初唐古、律混淆，古诗每多杂用律体。”[⑩] 卷十五：“曰：古律混淆，本不及乎法。五七言不拘律法者，则既入乎法而不拘耳。”[⑪]

---

① （明）许学夷著，杜维沫校点：《诗源辩体》，人民文学出版社 1987 年版，第 121—122 页。

② （明）许学夷著，杜维沫校点：《诗源辩体》，人民文学出版社 1987 年版，第 123 页。

③ （明）许学夷著，杜维沫校点：《诗源辩体》，人民文学出版社 1987 年版，第 126 页。

④ （明）许学夷著，杜维沫校点：《诗源辩体》，人民文学出版社 1987 年版，第 127 页。

⑤ （明）许学夷著，杜维沫校点：《诗源辩体》，人民文学出版社 1987 年版，第 128 页。

⑥ （明）许学夷著，杜维沫校点：《诗源辩体》，人民文学出版社 1987 年版，第 133 页。

⑦ （明）许学夷著，杜维沫校点：《诗源辩体》，人民文学出版社 1987 年版，第 135 页。

⑧ （明）许学夷著，杜维沫校点：《诗源辩体》，人民文学出版社 1987 年版，第 143 页。

⑨ （明）许学夷著，杜维沫校点：《诗源辩体》，人民文学出版社 1987 年版，第 144 页。

⑩ （明）许学夷著，杜维沫校点：《诗源辩体》，人民文学出版社 1987 年版，第 151 页。

⑪ （明）许学夷著，杜维沫校点：《诗源辩体》，人民文学出版社 1987 年版，第 159 页。

第五，关于诗体正变的理论，许学夷也依据传统的“先体制而后工拙”经典命题，进一步提出了“诗先定其正变，而后论其浅深”的说法。如卷三十：“诗先定其正变，而后论其浅深……其说本于宋人，此不识正变而徒论深浅也。”① 卷三十三：“予作《辩体》……正欲分别正变，使人知所趋向耳。宋朝诸公非无才力，而终不免于元和、西昆之流，盖徒取快意一时而不识正变之体故也。”② 卷三十五：“揭曼硕谓‘识诗体于源委正变之余’，可谓得其要领。”③“略不识正变之体，而注释又多穿凿。”④ 卷十二：“诗，先体制而后工拙……然不能释众人之惑者，盖徒取其工丽而不识正变之体故也。”⑤

所谓“诗先定其正变，而后论其浅深”“此不识正变而徒论深浅也”“盖徒取快意一时而不识正变之体故也”“识诗体于源委正变之余”“略不识正变之体”“徒取其工丽而不识正变之体”云云，可以说是对旧有辨体理论的扩展和延伸。因为传统的“先体制而后工拙”主要指辨体、尊体而言，而“诗先定其正变”则同时着眼于“正变”，即“辨体”和“破体”或者说“尊体”和“变体”，视野更为开阔，具有很大的文体理论革新意义，这当在中国古代辨体理论批评发展史上书上浓重的一笔。六朝和明代作为两个文体学集大成的时代，具体体现在“六朝文体学的整体建构”和“明代的辨体批评”上⑥，而《诗源辩体》则是明代辨体批评著作中理论体系最为系统完备的，应当引起学界的更大关注。

（作者单位：陕西师范大学文学院）

① （明）许学夷著，杜维沫校点：《诗源辩体》，人民文学出版社 1987 年版，第 286 页。

② （明）许学夷著，杜维沫校点：《诗源辩体》，人民文学出版社 1987 年版，第 317—318 页。

③ （明）许学夷著，杜维沫校点：《诗源辩体》，人民文学出版社 1987 年版，第 340 页。

④ （明）许学夷著，杜维沫校点：《诗源辩体》，人民文学出版社 1987 年版，第 342 页。

⑤ （明）许学夷著，杜维沫校点：《诗源辩体》，人民文学出版社 1987 年版，第 142 页。

⑥ 陈志扬：《清代文体学的考证倾向及其成绩》，《贵州社会科学》2013 年第 10 期。

从地方志到地域总集

——论《吴郡文编》的选文分类新变

蒋旅佳

自公元前514年吴王阖闾建城，吴郡地区至今已有两千五百余年的历史。据《隋书·经籍志》记载，三国时期即有陆凯《吴国先贤传》、韦昭《三吴郡国志》、顾微《吴县记》等典籍记述该地的乡贤人物、地理沿革。唐宋时期，吴越地区已成为重要地域文化中心。南宋以降，吴郡地区人文益盛。最迟于明中期，吴郡已成明三大文人集团所在地之一。吴郡"山水之清淑，人文之彬郁，皆甲于他郡"①，而"儒林文苑，代必有人"②。吴郡创作风气之盛与人文风俗、自然山水结合一起，造就了诗文作品丰富的地域文化特色。吴郡地域总集编纂历史悠久。现存吴郡最早的地域总集，为南宋德祐年间郑虎臣编纂《吴都文粹》（10卷），辑录魏晋六朝至南宋时吴郡名胜诗文643首。明钱穀纂成《吴都文粹续集》（56卷补遗2卷），一方面补《吴都文粹》选文之漏，另一方面续辑南宋至明中叶吴郡诗文。清吴伟业《吴郡文献》于上述两书之外，增补明中叶以后之文。顾沅（1799—1851）《吴郡文编》在郑、钱、吴三书的基础上，去其重复又广搜博取，增益明末以来两百年吴郡文章。《吴郡文编》在地域总集编纂的传统上承接宋明，弥补了清初以来地域文章采集的空缺。

本文拟从地域诗文作品的收录层面考察吴郡地域总集的生成及其与

① （清）董国华：《〈吴郡文编〉序》，载（清）顾沅辑《吴郡文编》（第1册），上海古籍出版社2011年影印本，第7页。

② （清）梁章钜：《〈吴郡文编〉序》，载（清）顾沅辑《吴郡文编》（第1册），上海古籍出版社2011年影印本，第5页。

地方志的密切关系，在对比诸本吴郡地域总集的文献来源、选文标准以及分类体例等层面，发掘顾沅如何在承接前人编纂传统的基础上又加以新变。顾沅一方面广搜博取地方志、金石书画以及诸家文集之地域文献，另一方面又以明确的选文标准筛选文章，完善类目体例，最终使《吴郡文编》成为吴郡地域总集的集大成者。

一　从地方志到地域总集

——吴郡地域诗文的兼录与专录

地域总集是总集发展到一定阶段的产物，其编纂的兴起主要得益于地域空间意识的强化与地域文化（文学）的发展兴盛。而地方志的编纂流传，极大强化了人们的地方观念，推动地域乡邦情结的认同和地域文化的弘扬，在一定程度上为地域总集的编纂分类提供了参照借鉴之本。

吴郡志书编纂渊源悠久。发展到宋代，既有《姑苏志》《苏州记》《吴郡录》等地记类之作，又有《（吴郡）旧图经》《吴县图经》《（吴郡古）图经》《（吴）郡图经》等图经类纂作，而《（吴郡）旧志》《（吴郡）续志》《苏州图经》等则合地记与人物传记为一书。宋以前，方志多为地理书、风俗记、都邑簿之类，大抵详于地理，略于人文；宋代方志“图经”“政纪”“人物传”“风土记”“古迹”“谱牒”“文征”诸目荟萃，无所不备。地方志从早期科学地理学著作逐渐演进为人文地理学著作，人文化性质日益凸显。宋代地方志将历史人文与自然地理紧密结合，体现在收录文献的广泛性上，凡文献内容关涉具体地域空间的一概裒辑入志。宋朱长文撰《吴郡图经续记》分 28 门，上卷分封域、城邑、户口、坊市、物产、风俗、门名、学校、州宅、南园、仓务、海道、亭馆、牧守、人物 15 门，中卷分桥梁、祠庙、宫观、寺院、山、水 6 门，下卷分治水、往迹、园第、冢墓、碑碣、事志、杂录 7 门。四库馆臣评其“征引博而叙述简，文章尔雅，犹有古人之风”①。范成大《吴郡志》（50

① （清）永瑢等：《四库全书总目》，中华书局 1965 年版，第 597 页。

卷）征引浩博而叙述简核，分39门目类编文献，“条章粲然”①，体例堪称“地志之善本”②。然地方志之体用既以“稽考方域、详究规制”为例，虽设“艺文”之类，以明一地人文之盛，然于文章则不能尽载。

从文献来源的层面看，地域总集或依附于地方志，或取资于地方志，或修地方志之余编纂，或补地方志文献不足，地域总集与地方志在收录地域诗文史料方面具有相互关联的密切关系。《吴郡图经续记》于正志之后又汇编吴郡古今文章成《吴门总集》附后，开启了后世地方志体例“文征”之先河。朱长文此举不仅赋予了地理书兼有郡志和地域总集的性质，同时也在一定程度上认同了地域总集附属于地方志的身份地位。宋郑虎臣感吴郡文人之盛况，虽地方志编纂渊源不断，却无吴郡诗文专集，故依范成大《吴郡志》之体例，编《吴都文粹》10卷。郑虎臣敏锐地体察到宋代地方志人文化的编纂意识，完成了地域诗文从地方志兼存到地域总集专录的变身，开启了吴郡地域总集编纂的先河。也正源于此，后世吴郡地域总集的文献来源、选文方式以及分类体例等方面都与地方志结下了不解之缘。编纂者纷纷承接前人的体例传统，又于细节中加以新变，从而彰显地域总集所寄寓的编纂宗旨和价值功用。

二　广征博取、细加甄别

——《吴郡文编》文献来源与选录标准

因地域总集和地方志在辑存文献方式标准和保存地域诗文史料、弘扬地域文化价值功用层面取向一致，故二者在录文层面上存在一定程度的同源互补关系。③早期地域总集录文方式与地方志一样，以作品内容题材是否关乎地域地理信息作为选文标准，凡语涉此地的文字，皆可采入，是以文存人，而非以人存文。如《吴都文粹》所录，“凡吴中名山大川，

① （宋）赵汝谈：《〈吴郡志〉序》，载（宋）范成大撰，陆振岳校点《吴郡志》，江苏古籍出版社1986年点校本，第1页。

② （清）永瑢等：《四库全书总目》，中华书局1965年版，第598页。

③ 蒋旅佳：《论宋代地域总集编纂分类的地志化倾向》，《中山大学学报》（社会科学版）2016年第3期。

官廨学校，名宦人物以及仙宫梵宇，古迹之所留传，昔贤之所纪咏，略备载焉”①。《吴都文粹续集》“自说部类家，诗编文稿，以至遗碑断褐，无不甄录”，“吴中文献，藉以不堕”②。

作为“合一州一邑为一集者”③，《吴郡文编》沿袭《吴都文粹》《吴都文粹续集》《吴郡文献》“以地为断”④ 的选文体例，广辑主题内容关涉吴郡地理信息的文学作品。顾沅是清代著名藏书家，生平喜购书、刻书、藏书。二十年间，建有怀古书屋、艺海楼、辟疆园、赐砚堂、秘香阁等多处藏书楼，所藏以秘本、善本居多。且在编书过程中，顾沅又得到诸多藏书家前辈和好友不吝慨借罕传秘本，助其搜访文献。《吴郡文编》在接收前人总集文献的基础上，“去其重复，共得一千余篇”⑤，博取苏太直隶州等府州县志及名胜小志、历代以来诸大家文集中的地域文献，旁搜历代金石书画之文，同时增益明末以来两百年吴郡诸家文集之作，以显本朝“文治之隆”与“人文之薮”⑥。相比而言，郑、钱、吴三书对于其选文的主题内容与体裁样式等方面几乎没有严格要求，皆极尽搜访之能事，凡属吴郡地域之文必选，以求全求博为唯一宗旨。而《吴郡文编》存录作品除注重广博之外，同时也注重选文内容和文体样式，做到“既博既精、其难其慎”⑦。文章总集自《文章流别集》《文选》始诗文并收，《吴都文粹》《吴都文粹续集》《吴郡文献》亦是。其后，《采风类记》《百城烟水》纂成，两部诗歌总集对吴郡地域的诗篇搜集几近完备，《吴郡文编》为避重复，故不录诗歌。

---

① 张金吾著、以惠民整理：《爱日精庐藏书表》卷35，中华书局2012年版，第602页。

② （清）永瑢等：《四库全书总目》，中华书局1965年版，第1719页。

③ （清）李元度：《天岳山馆文钞》卷25，清光绪六年（1880）刻本。

④ （清）叶昌炽：《语石》卷6，清宣统元年（1909）刻本。

⑤ （清）顾沅：《吴郡文编·凡例》，《吴郡文编》（第1册），上海古籍出版社2011年影印本，第8页。

⑥ （清）顾沅：《吴郡文编·凡例》，《吴郡文编》（第1册），上海古籍出版社2011年影印本，第8页。

⑦ （清）董国华：《〈吴郡文编〉序》，载（清）顾沅辑《吴郡文编》（第1册），上海古籍出版社2011年影印本，第7页。

《吴郡文编》明确提出选文内容只有关乎“乡邦利病、名贤事迹”[①]，才可采录编用。郑、钱、吴集中已录之文，如若不合上述标准，《吴郡文编》一律剔除。比如，《吴都文粹续集》卷五十五“诗文集序”类收录陆龟蒙《从书序》、张栻《文正公尺牍刊跋》、朱熹《文正公与兄弟书跋》、范文英《刻政府奏议跋》等序跋类作品，《吴郡文编》“书序”“集序”等类目则没有收录。相比而言，皇甫湜《著作顾况集序》、白居易《苏州南禅院白氏文集记》、柳宗元《凌助教蓬屋题诗序》、许自昌《重刊甫里先生文集序》、都穆《刻松陵集跋》、宋朱思《乐圃余稿序》等作品，因其皆属《吴都文粹续集》收录作品年限之内，而钱穀未能尽录，顾沅将其补录于“集序”类。《吴郡文编》既以郑、钱、吴三书为底本，又删《吴都文粹续集》所录之篇，盖因诸篇不合顾沅选文标准之故。石韫玉于《〈吴郡文编〉序》一方面极言选文之难，认为“文章载道，古有成言，而风语华言亦灾梨枣”，“玉台宫体每多累德之词，昭明选楼亦收美心之论”，批评《玉台新咏》《文选》选文之不足；另一方面又盛赞顾沅《吴郡文编》选文之严，以其可继“昔贤不朽之业”[②]。由此可见，《吴郡文编》对于地域文献的选录不仅仅停留在反映区域地理信息的层面，而更多地侧重于作品本身所关涉的地域人文属性及其背后的价值功用。

在文章内容上，《吴郡文编》注重关涉乡邦利病、名贤事迹的作品。而对于作品的文体样式、声律辞藻，顾沅也有自己的要求。《吴郡文编》不录诗歌，盖因不与《采风类记》《百城烟水》重出。《吴郡文编·例言》明确指出，四六骈俪之文，若徒具辞采而无俾故实，一概舍而不录。顾沅并非单纯反对骈俪之文，其注重的不是文体，而是文章所寓含的主题内容和价值观念。骈俪之文，多为绘声镂影之作，因过分注重辞藻声律等因素，而于实际内容则多有忽视，因此顾沅将这些“无俾故实”之作剔除在外，意在突出《吴郡文编》选文的实际作用。

---

① （清）顾沅：《吴郡文编·凡例》，《吴郡文编》（第1册），上海古籍出版社2011年影印本，第8页。

② （清）石韫玉：《吴郡文编·序》，载（清）顾沅辑《吴郡文编》（第1册），上海古籍出版社2011年影印本，第4页。

《吴都文粹》《吴都文粹续集》皆有收录赋，并按照赋的主题内容归并至各类目。《吴郡文编》将“赋”单独设一类目，平列于其他类目之间，则体现了顾沅的文体辨析和价值判断观念。“赋”之文体于文字中最为近古，不可不备一体。然就《吴郡文编》所录的赋来看，主题多关涉吴郡城邑、古迹、名胜、物产、怀古之作，如《苏州赋》《吴都赋》《北池赋》《姑苏台赋》《吊阖闾故》《吊故宫赋》《枇杷赋》《水仙花赋》《郁李花赋》等。关注点在于赋所反映的地域城邦沿革、古迹名胜、物产风俗、人文情怀等方面的内容，且赋纵横铺陈的写作方式，在一定程度上承担标示、记录和描写地理空间的功能，这正是顾沅有俾故实选文标准的体现。

《吴郡文编》260卷，在前人总集基础上增录3000余篇作品，收录作家多达1600位，搜访之丰让人叹为观止。在这种情况下，顾沅对选录作品的主题内容和文章体式又提出严苛的选录标准，做到选文“博”“精”兼顾，“难”“慎”并行，堪称吴郡地域总集集大成之作。

三　调整类目、分层编次
——《吴郡文编》分类体例的地方志化

总集按作品文体形态分门别类的传统自《文章流别集》《文选》以来，历代多有沿袭。顾沅念及《吴郡文编》卷帙浩繁，若以文体分门，则翻检不便。《吴郡文编》在汲取前人总集文类成果之上多有创建，建立起相对完备的分类体例。《吴郡文编》分类辑文，共分志序、堤防、山水游记、水利、赋役、桥梁坊巷、公廨、学校、坛庙、僧寺、道院、宅第园林、列传、政绩、记事、赠送、庆挽、行状、冢墓、墓碑、墓志碣、书序、集序、书画金石、杂文、赋26类目。在26类目中，堤防、水利、赋役、桥梁坊巷、公廨、坛庙、园林、政绩、记事近乎事类目，而山水游记、列传、行状、墓碑、墓志碣、书序、集序、杂文、赋等则为文体类目。将文体类目与事类平列于同一级分类之中，看似杂芜，背离分类的基本原则，实则为了方便后人检索取则而设，更具实用性。《吴郡文编》实际上是借鉴了地方志的编纂体例来编次地域文学作品。从这个层面上看,《吴郡文编》与《吴都文粹》《吴都文粹续集》的体例取向一脉相承。

(一)类目名称的变更、增设与类目顺次的调整

《吴都文粹》不仅在收录文献上“刺取”[①]《吴郡志》,与“地志相表里”[②],其编次分类亦明显袭用《吴郡志》的编纂体例。虽《吴都文粹》未设置有明确的分类门目,但在篇章作品的编排上却体现了以类编次的倾向,即将相同主题诗文汇为一类,吴郡之城郭沿革、土物风神、山水名胜、寺庙官宇,尽囊括于《吴都文粹》作品编排之中。[③] 这一切显然得益于《吴郡志》平列门目体例的影响。

《吴都文粹》直接仿效地方志的类目体例,在《吴都文粹续集》的分类中得以实现运用。《吴都文粹续集》前45卷按主题内容(事类)编纂诗文后,于第46卷始采用历代诗文总集常用的按文体分类编次作品的体例。[④]《四库全书总目》著录《吴都文粹续集》分类21门,后人书目多沿其说,实误。馆臣原只抄撮各卷首类目为一门,如卷一为“都邑、书籍”,《四库全书总目》便合“都邑、书籍”为门类一。今检卷一所录,自晋左思《吴都赋》始至明徐祯卿《吊故宫赋》,皆为都邑赋,故按“都邑”门属为最善;而自朱长文《〈吴郡图经〉续记续》始至卷末钱福《重刊〈吴越春秋〉序》止,为书籍序跋之类,属之“书籍”类最为恰当。由此观来,“都邑”“书籍”应分属两门,故《吴都文粹续集》前46卷实分29门。《中国诗学大辞典》解说《吴都文粹续集》编纂体例时言“第四十九卷至五十二卷为‘杂文’,所收皆为诗”[⑤],又误。《吴都文粹续集》第49卷、第50卷有“诗”,第51卷、第52卷有“诗词”,有

---

① 余嘉锡:《四库提要辨证》,中华书局1980年版,第1578页。

② (清)永瑢等:《四库全书总目》,中华书局1965年版,第1702页。

③ (宋)郑虎臣编:《吴都文粹》,《景印文渊阁四库全书》(第1358册),台湾商务印书馆1965年版。

④ (明)钱榖编:《吴都文粹续集》,《景印文渊阁四库全书》(第1385册),台湾商务印书馆1965年版。

⑤ 傅璇琮、许逸民等主编:《中国诗学大辞典》,浙江教育出版社1999年版,第802页。

“诗”“诗词”两个文体类目，并非“杂文”,“诗词”类亦有少量词作录入。《吴都文粹续集》中“人物”“学校”“风俗”“古迹”“祠庙”“山”“桥梁”直接移取于《吴郡志》;“都邑”“城池”取于《吴郡志》“城郭”,“书籍”取于《吴郡志》“县志”,“学校”“社学”“义塾”取于《吴郡志》“学校附县学”,“公廨”“仓场”取于《吴郡志》“仓库场务附市楼”,《吴都文粹续集》在地方志的基础上或细分，或合并；至于“花果”“食品”等类,《吴郡志》“杂咏”类可含括，“坟墓”类亦可入《吴郡志》“冢冢”。至于“杂文”“诗”“诗词”“诗文集序”则从《吴郡志》“杂咏”“杂志”演化而来。

《吴郡文编》的编次分类在延续钱穀《吴都文粹续集》套用方志分类编次作品的基础上，通过适当的增设、归并、替换类目名称，调整类目编排顺次，使其类目设置更显科学系统、成熟合理。《吴郡文编》类目名称设置多与《吴都文粹续集》相同或相近，类目完全相同的有“学校”“公廨”“坛庙”“杂文”；相似的更多，如《吴郡文编》的“赋役”之于《吴都文粹续集》的“徭役”,“冢墓”之于“坟墓”,“僧寺”之于“寺院”,“道院”之于“道观”。在《吴都文粹续集》的基础上,《吴郡文编》合其“山”“山水”为“山水游记”，拆《吴都文粹续集》“桥梁坊巷”为“桥梁”“市镇”，用“宅第”“园池”两目替换《吴都文粹续集》“宅第园林”。

《吴都文粹续集》立“题画”类专门收录吴郡题画诗文文献。题画诗文在中国由来已久，汉代即有萌芽之作，隋唐已形成相对成熟的题画诗文作品，两宋及元，创作云蒸霞蔚，至明清而兴盛。吴中郡县素以山水秀丽、人文汇聚而著称，题画诗文尤盛。《吴都文粹续集》“题画”类的设置，实则兼顾了题画诗文发展演变的时代和地域性两个方面特点。钱穀作为明代吴门画派第二代传人代表，创作有大量以本郡山水风景为素材的画作，如今藏北京故宫博物院《虎丘小景图》，其上即有题画诗。《吴都文粹续集》将“题画”单独设类，与钱穀文人画家的身份不无关系，更重要的是，题画作品在反映地域文化特色有其他作品不能匹及的独特之处。顾沅显然是体察到钱穀的匠心，立“书画金石”类，收历代金石书画之文。

《吴都文粹续集》“书籍”类收录图谱、地方志、史书之序跋；又立“诗文集序”类收录吴郡诗文集之题跋之作，“送序”归入“杂文”类，虽已体现区分“书序”“集序”“赠（送）序”之意，然于体例设置上尚未明确。《吴郡文编》立“赠送”类收录“赠序”“送序”类作品，又设“书序”“集序”类收录书籍序跋作品，文体类目的设置体现了顾沅的文体分类意识。《吴郡文编》又增设“志序”单独收录历代方志序跋作品，且位居诸类目之首，有突出吴郡方志编纂传统源远流长用意。《吴郡文编》易《吴都文粹续集》“人物”为“列传”，广搜博取吴郡先贤列传作品，符合“关乎乡邦利病、名贤事迹”的选文标准。

《吴都文粹续集》“杂文”类收录文体甚为芜杂，《吴郡文编》“杂文”类以体分之，将所录作品按分体区分，先“表”后“疏”再“议（谥议）”“书（上书）”等依次编次。

《吴郡文编》主要的编纂宗旨就是保存地域文献，通过选文“以补志乘之缺，以储文献之资”[①]。《吴郡文编》延续宋代以来地域总集编次分类传统，仿效地方志按作品内容关涉的地理因素分类编次，最大程度地匹配了选文的地域特质，这正是地域总集编次分类所欲企及的理想体例。《吴郡文编》在承继《吴都文粹续集》分类体例的基础上通过类目调整合并，建立了更为成熟的分类体例。

（二）二次分类“仍以七属”，分县编录

《吴郡文编》卷帙浩繁，作品数倍于《吴都文粹续集》，且所分各类篇章数量不等，“堤防”类三卷收录59篇作品，“冢墓”类二卷录文仅43篇，而“墓志碣”类收录22卷作品255篇作品，“坛庙”类收录20卷381篇作品。若依《吴都文粹续集》借鉴地方志平列类目的分类方式，仅取事类编，各类之文按时代先后编排，则不便后人翻检查阅。故《吴郡文编》于26类目之下，“仍以七属”[②]，仿照康熙卢志（《苏州府志》）之

---

① （清）梁章钜：《〈吴郡文编〉序》，载（清）顾沅辑《吴郡文编》（第1册），上海古籍出版社2011年影印本，第6页。

② （清）顾沅：《吴郡文编·凡例》，《吴郡文编》（第1册），上海古籍出版社2011年影印本，第9页。

例，再以文章县域之属细分。例如，“堤防”类，卷11（堤防一）录《吴山总记》《吴县疆域图说》《吴县城图说》等文；卷12（堤防二）录《昆山县新筑砖城记》《修葺昆山城池纪略》《昆山县四难三易记》等作，又录《重建常熟县城记》；卷13（堤防三）录《吴江城记》《吴江县修城碑阴记》，后续接《请分立太仓州疏》《太仓州新建城楼记》，续而录《奏建嘉定县省札》《重修嘉定县城池记》，续录《崇明县前迁信新城记》《崇明县迁新城记》以及《崇明县赵公海堤记》。可见，“堤防”类所录之文以吴县、昆山县、常熟县、吴江县、太仓州、嘉定县、崇明县分之；各县之文，以时代次之，崇明县“堤防”之文，先录明张寰《崇明县前迁信新城记》，次王世贞《崇明县迁新城记》，后续录清柏谦《崇明县赵公海堤记》。《吴郡文编》在26类目之下，进一步分县编录，从而建立类目清晰、层次分明的分类结构。

《吴都文粹续集》《吴郡文编》不仅在类目设置上套用地方志类目编次诗文作品，同时还在类目排列上依循地方志类目先建置沿革、地理生态而后风俗人情、古迹名胜，附以诗文杂事的排列顺次，将“杂文”“诗词”“集序”“书序”等文体类目平列附于“都邑”“书籍”“市镇”“坟墓”一般地方志类目之后，虽在关注诗文作品地域特质之时兼顾了文体类型，然文体属性位居地域属性之后，正是地域总集的特色所在。

四　地域总集编纂分类传统视野下《吴郡文编》新变的意义

顾沅《吴郡文编》的结集成书，无论是从保存地域文献、彰显本朝人文盛郁的编纂宗旨层面，还是从历代地方志综辑作品的选文来源层面，抑或是借鉴地方志类目体例编次作品的分类方式层面，都沿用吴郡地域总集一以贯之的编纂传统。

地域总集选录作品时注重彰显地域属性，故在保存地域文学史料、展示地域文学底蕴、弘扬地域文化等层面已与一般总集区别开来，而趋同于地方志。地域总集收文方式更多偏向于“网罗放佚，使零章残什，并有所归”，务求文献广博赅备。从宋孔延之《会稽掇英总集》开始，其后董弅《严陵集》、李兼《宣城总集》、袁说友等《成都文类》、林师箴等《天台集（前集、续编）》（李兼重新编次刊刻）、林表民《赤城集》和《天台续集别编》等，编纂者都极尽所能地裒集文学作品，力求赅备。吴郡地域总集自南宋郑虎臣《吴都文粹》开始，到明钱穀《吴都文粹续集》以及清吴伟业《吴郡文献》，也一直秉持着历代地域总集穷尽全录式的存文方式搜集地域诗文作品。

《吴郡文编》一变此前地域总集穷尽全录式的存文方式，转为“博”“精”兼顾、“难”“慎”并行的选文标准。首先，因《采风类记》《百城烟水》二书于吴郡地域诗篇搜集完备，《吴郡文编》不录诗歌。其次，因《吴郡文编》继《吴都文粹》《吴都文粹续集》《吴郡文献》之后，汇三家旧编文献，所得地域诗文已然汗牛充栋，而顾沅本人尤喜抄书、藏书，且得多位藏书家好友助其搜访，复采历代方志、近代名流文集以及金石书画，加之明清之际吴郡诗文繁盛空前，故而可资顾氏纂集的文学作品更是浩如烟海。面对菁芜杂陈、良莠并蓄的文章作品，顾沅明确提出文章主题内容必关乎“乡邦利病、名贤事迹”方可存录的选文标准。最后，四六骈俪之文，若其主题内容和价值功用无俾于故实，一概舍而不录。这种删汰繁芜、去粗取精的选文方式，本质上源于顾沅寄寓《吴郡文编》区别于一般地域总集功能价值的编纂理想，即通过严格把关作品的主题内容，存实用文章，去浮华空洞之作，使《吴郡文编》在保存文献的基本功能之外，同时具备可资考证、有裨故实的功用价值。

从《吴都文粹》仿效《吴郡志》编次作品，到《吴都文粹续集》直接套用地方志平列门目体例分类编次诗文，宋代地域总集借鉴地方志类目体例分类编次的观念意识，在明人地域总集的分类实践中得以承继运用并逐渐固定完善。清代顾沅在承继前人地域总集分类体例成果的基础上，结合《吴郡文编》自身的选文情况进一步探索创建，通过增设、合并、替换钱穀《吴都文粹续集》类目名称和调整类目顺次，形成科学系统、合理有序的类目体例；同时兼顾各类目文章数量不一的特点，再以文章内容的县域归属细分，最终建立起类目明晰、层次分明的分类系统。

《吴郡文编》分类编次作品的方式成为地域总集编次分类的经典体例之一，奠定了其在中国古代地域总集编纂史的重要地位。在地域文化的视野下，《吴郡文编》将吴郡地域总集分类的地方志化传统承继下来并发扬光大，其编纂分类具有重要的文化意义。

（作者单位：陕西师范大学文学院）

近代文话中的辨体批评论

党圣元　赵　静

“以辨体为先”是中国古代文体批评的固有传统。元祝尧《古赋辨体》称“宋时名公于文章必辨体”，可见自宋代起文章辨体已蔚然成风。“辨”作为一种理论方法与批评实践贯穿整个古代文体批评史，围绕“辨”而孳生的一系列理论话语，丰富并深度影响了中国传统文体批评系统。辨体方面的文体批评在传统诗文评著述中可谓俯拾即是，诸如体式之辨引发的尊体与破体、正体与变体、得体与失体、合体与乖体等一系列关于文章体制的讨论，基于辨体而生发的文体形态分类与归类相关的问题，“同族”或“异族”文体的形制之辨所昭晰的文章做法理论等，不一而足。降及有清以至近代，这种文体批评传统依然持续，然“辨”之准则、趋向、内容等具体话语维面因时代语境之移异产生了某些程度的变化。近代辨体批评在西学话语重构本土学理思维的文化语境下发生了“辨”之视角的改变，产生了辨“体”的新内容。考察近代辨体批评的理论样态，近代文话文本研究必不可少。近代文话中的辨体批评论述甚夥，涵盖多个问题层面，若加以爬梳，庶几可捕捉中国传统辨体批评近代转进的逻辑脉络。

为了方便梳理近代文话中的辨体批评论述，我们不妨将“辨”之理论话语结构加以厘分：其一，基本理论——重要性、地位、功能、原则等关涉辨体批评之逻辑基础；其二，内容指向——源流、正变、体制、作法等辨体批评之具体内容；其三，“体”外——体用关系之辨及以辨体为旨归的文体归类等关乎文体但非着眼文体形态本身的问题。这三种类型的辨体批评话语通过历代补充逮至清代已足够丰赡，但相关论说并未消歇，一直持续至近代，并在近代文话中得到拓展与新变。

一　辨体之基本理论

对于第一种类型的理论话语即辨体之基本理论而言，近代文话或继续强化辨体之于文体批评的重要性，或基于传统“文本同而末异”的文体认知框架总结重释传统辨体原则，显示出传统辨体批评之基础性问题在近代文体批评中的充分展开与延伸。

（1）“辨”之重要性：“文章莫先于辨体”

辨体在近代文体批评中的功能丝毫没有减弱，反而有所加强。近代文论家在论析文体问题时总是将辨体推至理论前台，作为其展开阐说的逻辑基础。纵观中国古代文体发展史，随着各种文体形态的发展完备，文章体类不断增加，众体之家数愈来愈多，正如周祺《国文述要》所云：“夫文章之体，世愈久而愈增；述作之规，家愈多而愈密。”① 这就使得厘分各家创作之文体特点与规范颇为必要，辨体越发凸显其重要性。

对于不同文体类型来说，须先明辨其体性特征，胡朴安《论文杂记》总结各类文体作法时说：“欲作文，先辨体……至于典雅华丽之分，缓急疾徐之异，顿挫曲折之法，征实应虚之殊，尤宜相题取势，循体生情也。”② 事实上，对于“中国的古代文体，如古诗、近体诗、词、曲、赋、颂、诏、奏、疏等，每一种都有自身不可替代的外在形状、面貌、构架”③，文章创作的实质即为“循体生情”，辨体明性是文家进行创作的前提。若欲使文章达到一定的效果，亦需视辨体为首要，来裕恂《汉文典·文章典》在论及文体时称：“文章莫先于辨体，体立而经以周密之意，贯以充和之气，饰以雅健之辞，实以渊博之学，济以宏通之识，然后其文彬彬，各得其所。”④ 辨体意味着“守”体，即遵守各种文体的基本规范，却不可拘滞于此，周祺指出：“夫设文之体有常，而变文之数无

① 余祖坤：《历代文话续编》，凤凰出版社 2013 年版，第 1026 页。
② 王水照：《历代文话》，复旦大学出版社 2007 年版，第 9115 页。
③ 郭英德：《中国古代文体学论稿》，北京大学出版社 2005 年版，第 5 页。
④ 王水照：《历代文话》，复旦大学出版社 2007 年版，第 8617 页。

方。盖有常者定于谋篇，而无方者归于运笔。”[1] 运笔是“无方”而自由的，也是有限度的，如章廷华《论文琐言》云：“文以法律为主，则运动变化可以自由；无法律，则士多将器，号令散而无纪。”[2] 持守各种文体规范，在各体创作中不可缺少，孙德谦论骈文创作时认为：“余尝谓作为骈文，亦不可无分别。”[3] 就是强调骈文创作时区分文体各类特征与规范的必要性。

(2)“辨”之原则：“理”同而“体”殊

近代文话对于辨体批评之原则有相应论述。所谓原则，不是单一向度的，而是多元意义的，包括文章体制辨析的各个层面，“辨”的机理也确在乎此。那么，“辨”是在求同之层面还是在逐异之维度展开呢？显然，“辨”要基于“文本同而末异”的认知框架来展开。比如，傅守谦《汉阳傅氏文学四法例论》中论“文体”与“文理”关系：

> 元气鼓荡于两间，凡物之所秉受，宜无以异也。然物之形质各异，则秉受之气，亦不能无异。文之有理也，犹物之有元气也；文之有体也，犹物之有形质也。元气本无异，因物各有形质而异；理本无殊，因文各有体而殊。故理公也，体私也；理同也，体独也。不得其公而同者，不足以范围万变；不得其私而独者，不足以曲尽其能。……盖文之所以为文者，本由物相杂而立名；天以星辰成推迁，地以山川为脉络，若皆块然无别，则亦暗然无文。故论文理，则宜会合以观其通；论文体，则宜剖析以观其别。[4]

不难看出，傅氏此说是对传统本末论的进一步运用。文章“理同”而“体独”，需要“公而同”与“私而独”相结合才能达到“范围万变”“曲尽其能”的辨体效果，文体之异在于“末异”，“辨”只有在求同存异的实践中才能实现其意义和价值。文体与文理，二者在文体演变的过

---

① 余祖坤：《历代文话续编》，凤凰出版社2013年版，第1025页。
② 王水照：《历代文话》，复旦大学出版社2007年版，第8395页。
③ 王水照：《历代文话》，复旦大学出版社2007年版，第8426页。
④ 余祖坤：《历代文话续编》，凤凰出版社2013年版，第1114页。

程中各有其位置与功能，发挥着不同的作用。

再者，辨体批评之关注“末异”，意为各种文体依其规范不同而行文有异。例如，文章分骈散两体，句式决定了文之体式。孙德谦《六朝丽指》有云：“骈散合一乃为骈文正格。倘一篇之内，始终无散行处，是后世书启体，不足与言骈文矣。且所谓骈者，不但谓属对工丽，如一句冗长，当化作两句，或两句尚嫌单弱，则又宜分为四语，总视相体而裁耳。”① 孙德谦将化用“散行”看作骈体创作之“正格”，认为骈散体式的运用，应根据为文时的具体需要加以裁断，即“相体而裁”。不独行文规范，行文风格也同此理，刘师培在《汉魏六朝专家文研究》中说：“名理之文须明隽，碑铭须庄重，哀吊须缠绵，咏怀须宛转：相体而施，固非一成不变也。”② 其言“相体而施”与孙德谦“相体而裁”道理无二。至于不同体类之辨，唐恩溥《文章学》则强调：“凡此诸类，体制不同，命意自异，而其所辨者，又多在于几微毫芒之间。”③ 辨文章诸类，着力点在于文体体制之细微处。同时，体式和内质相辅相成，刘咸炘论体式和内质二者的关系时认为，“盖观文之道有二：辨体式者，必探其源而严其别；论容质者，必极其流而广其变。二者固不可偏废也”④。对文章内质来说，“言之有物与否，固不在于体制”⑤，体制只是提供框架，无法决定内质的优劣。于文章体式来说，“文各有体，本无高下。高下者，分别相对之权词耳。为古文者斥下时文，恐乱其体可也，而时文不以是贱也”⑥。各类文体当平允而视，无分贵贱，才是辨体之正确态度。

二 辨体之内容指向

辨体话语结构中第二类型的问题，指向辨体批评的具体内容。吴承

---

① 王水照：《历代文话》，复旦大学出版社2007年版，第8451页。
② 万仕国辑校：《刘申叔遗书补遗》，广陵书社2008年版，第1551页。
③ 王水照：《历代文话》，复旦大学出版社2007年版，第8738页。
④ 王水照：《历代文话》，复旦大学出版社2007年版，第9799页。
⑤ 王水照：《历代文话》，复旦大学出版社2007年版，第9793页。
⑥ 王水照：《历代文话》，复旦大学出版社2007年版，第9792页。

学指出："'大体''体制''辨体'，主要的功能和目的在于'划界限'和'比高下'，即通过对某一体裁、文类或文体一定的内在质的规定性的把握，划分各种体裁、文类或文体之间的内外界限，划分各种体裁、文类或文体内部的源流正变的界限，并分别赋予高下优劣的价值判断和价值评价。"① 诚如此说，界限、高下、源流、正变等问题是传统辨体理论的基本内容。沿承传统，近代文话中的辨体批评亦立足于这些维度，然而在沿袭的同时也显出了新变特征——在解构了传统中蕴含高下优劣价值评判的"正变"理论后，从文体源流捋梳的角度辩证对待文体形态演化中的"正"与"变"，将文体之辨落脚到文章作法层面，视"正变"为文体演进中文章体制的自然"变通"，并施用进化思维于辨体批评实践，尽量淡化"正变"论的"政教"底色，以示与时俱进。

（1）源流、正变之辨

"六经"在古代文体发展史上一直具有很高的地位，"文本于经"是中国古代文体思想的重要传统，也是一种占据主流的"文体源流论"。近代文话以"尊经"立场述说文体源流，如孙德谦认同六朝"文本六经"说，其云："文章体制，原本六经，此说出之六朝，其识卓矣"；并举出《文心雕龙·宗经》《颜氏家训·文章篇》中的说法，指出刘、颜两家："所言虽有异同，而以文体为备于经教则一，可见六朝之尊经矣。"② 他认为，"尊经"是六朝一种普遍性的文体观。我们知道，伴随文之自觉，经书的文体优越性逐渐被发现、确认，除刘、颜两家之外，另有晋傅玄称"《诗》之《雅》《颂》,《书》之《典》《谟》，文质足以相副"，"浩浩乎其文章之渊府也"③；陆机《文赋》云"倾群言之沥液，漱六艺之芳润"④等，皆是尊六经为文章各体写作的源泉。可见，孙氏对六朝文体观的认知极为符合当时的状态。关于"经"为古代文体之渊薮，胡朴安《论文

① 吴承学：《中国古代文体学研究》，人民出版社 2011 年版，第 14 页。

② 王水照：《历代文话》，复旦大学出版社 2007 年版，第 8447 页。

③ （清）严可均辑：《全上古三代秦汉三国六朝文·全晋文》卷 49，中华书局 1958 年版，第 1740 页。

④ 张少康：《文赋集释》，人民文学出版社 2002 年版，第 36 页。

杂记》认为："六经为文章之祖，后之言文者莫外焉。"[①] 关于以"经"为源，陈康黼《古今文派述略》指出，后世文体的演变始自战国："古今文派，自群经子史外，其源皆导于战国。"[②] 参较章学诚之"至战国而后世之文体备"[③]，陈说以战国为后世文派演变之始，可视为在章说基础上的"接着讲"。

而对于文体流别，近代文体论家并未详细条梳，这种状况刘咸炘已做概括。他认为，王葆心以"逆流""顺流"概论文派，存在矛盾未洽之处："王葆心作《古文辞通义》，论古今文派分为逆流、顺流。谓主秦汉者为逆流，主唐宋者为顺流。此说似是而实未通。"[④] 但近代文话对于具体的文体形态流变论说较详，如论骈文定型及流派嬗变，陈康黼云："晋初，士衡、太冲名满天下，缀学之士竞相摹仿，于是风气大变，骈文之体格始成。"[⑤] 孙德谦甚至认为骈文之源还可追溯至更早，与六经同生共出："说者谓东汉以后，骈文之体既成，此固探源立论。其实文之有骈体，所从来者远，六经、百家，无不用之。"[⑥] 骈体来源久远，并于发展过程中体式渐备，王承治《骈体文作法》详尽勾勒出了骈文体式的迁变史：六朝以后，骈体的各种类型逐渐确定并成为文坛典范，也正是自六朝始，骈文开启了几次重大迁变——"永明体""徐庾体""三十六体"[⑦]（王承治对此的大幅论说文字，因文繁而不赘列）；由六朝骈文到唐代骈文再到宋代骈文的"骈文三变"，奠定了骈体成型的坚实基础。这精细勾勒出了骈体发展源流。又如，论演义之体的定型，来裕恂的论说较能揭示出规律："演义之体，起于宋末，原于传体者也。魏晋以来，皆用内传、外传之体，至宋末词人，分为章回，混以街谈俚谚之语，发为议论叙事之文，于是演义之体出。"[⑧] 论小说文体的源流，刘师培云："然古代

---

① 王水照：《历代文话》，复旦大学出版社 2007 年版，第 9115 页。
② 王水照：《历代文话》，复旦大学出版社 2007 年版，第 8155 页。
③ （清）章学诚著，叶瑛校注：《文史通义校注》，中华书局 2014 年版，第 57 页。
④ 王水照：《历代文话》，复旦大学出版社 2007 年版，第 9723 页。
⑤ 王水照：《历代文话》，复旦大学出版社 2007 年版，第 8160 页。
⑥ 王水照：《历代文话》，复旦大学出版社 2007 年版，第 8424 页。
⑦ 余祖坤：《历代文话续编》，凤凰出版社 2013 年版，第 1176—1177 页。
⑧ 王水照：《历代文话》，复旦大学出版社 2007 年版，第 8664 页。

小说家言，体近于史，为《春秋》家之支流，与乐教固无涉也。”[①] 而对于历代各类文体的流变及规律，马絅章《效学楼述文内篇》所言堪为总结：“由源以至委，则顺而易；体古以法新，则变而醇；如卤莽而灭裂，而以捷速为功，是犹航断港绝潢，而思达于海也。”[②] 总体来看，近代文话中的文体源流之辨依然是因循传统，重视“源”的回溯，对“流”的理梳并无太多颠覆性的突破，只在具体论说某类文体的源流时在前代基础上稍作归纳延展。

观文体源流，必涉正变之辨，正是“不变者道，而变者其载道之文耳”[③]。于此，近代文话多有论述。对文章来说，“变”是为了拓展文体境界，刘咸炘曰：“凡一文体之初，境必狭，后境转广，则体必有变。”[④] 以故，吴铤《文翼》云：“文能变，则其境不穷。”[⑤]“变”与“守正”不宜拘泥，姚鼐《惜抱轩语》指出：“夫文章之事，欲能开新境，专于正者，其境易穷，而佳处易为古人所掩。近人不知诗有正体，但读后人集，体格卑卑，务求新，而入纤俗，斯固可憎厌；而守正不知变者，则亦不免于隘也。”[⑥] 惟变方能求新，一味固守旧体，结果只能使文境愈隘。但正变也只是相对意义上的，以“时”而不以“人”，叶燮《汪文摘谬》曰：“《诗》风、雅之有正变也，盖自毛、郑之学始。成周之初，虽以途歌巷谣，而皆得列于正。幽、厉以还，举凡诸侯夫人、公卿大夫阅世病俗之所为，而莫不以变名之。正变之云，以其时，非以其人也。”[⑦] 诗之正变是指不同的时代风气投射于诗所产生的痕迹，它不因某个特殊的人为转向。所谓“诗有源流，体有正变”[⑧]，也即强调说明了诗随时风丕变而体有所变的因果必然性。另如金石文字，愈“变”而文境愈阔，即如姚鼐所云：“大抵作金石文字，本有正体，以其无可说，乃为变体，始于

① 刘师培：《刘师培全集》（第2册），中共中央党校出版社1997年版，第91页。
② 余祖坤：《历代文话续编》，凤凰出版社2013年版，第1856页。
③ 王水照：《历代文话》，复旦大学出版社2007年版，第9662页。
④ 王水照：《历代文话》，复旦大学出版社2007年版，第9791页。
⑤ 余祖坤：《历代文话续编》，凤凰出版社2013年版，第609页。
⑥ 余祖坤：《历代文话续编》，凤凰出版社2013年版，第404页。
⑦ 余祖坤：《历代文话续编》，凤凰出版社2013年版，第33页。
⑧ （明）许学夷著，杜维沫校点：《诗源辩体》，人民文学出版社1987年版，第1页。

昌黎作《殿中少监马君志》。因变而生奇趣，文家之境以是广矣。”[①] 姚鼐肯定金石文字“变体”之价值，与其“变”能“开新境”之文体正变观相呼应。

又如骈体，大都尊六朝为“正”，概因六朝“徐庾体”有后世骈文不及之处，孙德谦云：“若以唐文较之，唐代骈文，无不壮丽，其源出于徐、庾两家。徐、庾文体，亦极藻艳调畅，然皆有遒逸之致，非仅如唐文之能为博肆也。作为文章，固当学汉、唐，以论骈体正宗，则宜奉六朝为法。”[②] 以六朝骈文为正，成了后来骈文作法的不二法则：“骈体文字，以六朝为极则。作斯体者，当取法于此，亦犹诗学三唐，词宗两宋，乃为得正传也。”[③] 不独孙德谦，王承治亦认为当以六朝骈文为范，云：“骈文体制，至六朝而始成，其格律句调，为后来骈文家所取法。”[④] 可见，六朝骈文在骈体发展史上的地位为历代所公认，至近代也是如此。再如赋体，来裕恂认为“赋者，敷陈其事而直言之也。义在托讽，是为正体”，然赋体之“变”在宋：“至宋，以文体为赋，虽亦用韵，实非赋之正宗。”[⑤] 宋代“以文为赋”，来裕恂称宋赋“实非正宗”，换言之，宋代破体之风使宋赋也开始走向开放，文与赋的文体互动生成可称为赋之“变体”。对于八股文，焦循将之提升为“一代之文体”，刘咸炘说：“焦里堂谓明二百七十年镂心刻骨于八股，如胡、归、唐、章数十家，洵可继楚骚、汉赋、唐诗、宋词、元曲而立一门户，是也”；他在肯定八股为诸文体外之一门户的同时，指出其在有明一代的流变：“论其源流，大氐化、治、正、嘉为正，而隆、万、启、祯为变。正者不过注疏讲义之支流，变者乃成知言论世之渊海。此犹诗至李、杜、韩、白，词至苏、辛也。”[⑥] 还将这种流变以正变名之。

此外，对于通变和守正与文体形态更替之间的关系，刘咸炘有更为

---

① 余祖坤：《历代文话续编》，凤凰出版社 2013 年版，第 402 页。
② 王水照：《历代文话》，复旦大学出版社 2007 年版，第 8455 页。
③ 王水照：《历代文话》，复旦大学出版社 2007 年版，第 8424 页。
④ 余祖坤：《历代文话续编》，凤凰出版社 2013 年版，第 1230 页。
⑤ 王水照：《历代文话》，复旦大学出版社 2007 年版，第 8656 页。
⑥ 王水照：《历代文话》，复旦大学出版社 2007 年版，第 9795 页。

清晰的认识。他认为，文体之变不是各类文体形态之间非此即彼式的全然置换："盖所谓变者，止是更开一境，非遂取前者而代之。如诗词曲，虽同为乐辞，以入乐言，似若相代，然三者各成其体，各有其美。故曲既兴，词虽不入乐，而词仍存；词既兴，诗虽不入乐，而诗仍存也。"[①]诗词曲虽有功能上的更替关系，但三体本身各美其美、各用其用，完全可以共存。这也说明了正体与变体共在是文体演进的常态。刘咸炘进一步强调："盖诗虽兴，而赋体自在也，铺陈物色，固有宜赋不宜诗者矣。词虽兴，而诗体自在也，叙事显明，固有宜诗不宜词者矣。曲可述情，而述情之晦者不如词，故词虽衰于元，而近日复兴起。时文虽兼叙事，终不同于平话。平话尚不能代曲，而况时文乎？由是言之，则通变与守正，固未尝相妨矣。"[②] 文体的各种形态因其功用而得以存留，故而通变与守正彼此不相妨碍，可以调和共存。因为很多时候，文体形态的变迁常常会出现通变与守正之间的矛盾，但二者所形成的张力是文体发展演进不可缺少的动力，故而通变与守正不是绝对的"你死我活"式替换关系，而是在文体演进历程中发挥各自应有的作用。从这个意义上来说，刘咸炘的文体正变观具有融通的理论品格。

（2）体制之辨与作法通变

古人有云："文章以体制为先，精工次之。失其体制，虽浮声切响，抽黄对白，极其精工，不可谓之文矣。"[③] 足以见出体制之辨在古代辨体批评中的重要地位。同样，辨析文章体制也是近代文话中辨体批评的重要内容。譬如辨骈文体制，王葆心从"尊体"角度强调骈散界限："一篇之中俪词单笔，互衍而无体也。"[④] 孙德谦认为，骈文不能有"赋"气："骈文宜纯任自然，方是高格，一入律赋，则不免失之纤巧。吾观《文心雕龙·诠赋》与《丽辞》各自为篇，则知骈俪之文，且不同于赋体矣。

① 王水照：《历代文话》，复旦大学出版社 2007 年版，第 9802 页。

② 王水照：《历代文话》，复旦大学出版社 2007 年版，第 9729 页。

③ （明）吴讷、（明）徐师曾：《文章辨体序说　文体明辨序说》，人民文学出版社 1998 年版，第 14 页。

④ 王水照：《历代文话》，复旦大学出版社 2007 年版，第 7036 页。

故文虽小道，体裁要在明辨也。"[①] 认为骈文若掺入"赋"气，则易流于"纤巧"，自降位格。不难看出，孙德谦的骈文之辨有明显的高下界分意识。近代骈文"尊体"，刘师培的相关论说不容忽略。他以"偶语韵词"作为衡量文与非文的标准："是则文也者，乃英华发外秩然有章之谓也。由古迄今，文不一体，然循名责实，则经史诸子，体与文殊；惟偶语韵词，体与文合。"[②] 他指出："秦、汉以降，文体日滋。然集字为句，骈异而同，抽句匪只，摛词非单，而骈字以音为主，偶文以韵为宗。"[③] 骈偶才能称得上文，这种"文"之界定体现出推举骈体的辨体立场，是其标骈文为正宗的逻辑基础。并进而认为，"文章既立各体之名，即各有其界说，各有其范围。句法可以变化，而文体不能迁讹，倘逾其界畔，以采他体，犹之于一字本义及引申以外曲为之解，其免于穿凿附会者几希矣"[④]。他强调文章各体界限实际上是为骈散划界，以便在辨体实践中彰显"尊体"而为其"骈体正宗"说[⑤]提供支撑。

近代以来，骈散合一的认同度越来越高，多数论家在骈文辨体时对待骈散的态度逐渐松缓，接受散语入骈文以提升体格，李审言在《答陈含光书》中称："弟论骈文，以自然为宗，以单复相间为体。"[⑥] 也有论者提倡援"古"入"骈"，使骈文达到"骨清"的效果，如章廷华主张："凡作骈文，从古文入手，其骨里乃清。学《骚》体亦然。骨里不清，但效堆垛，则无味。"[⑦] 由此可见，骈体既须守持文体规范与界限，又无须"独善其身"，当与散体互动才能葆有文体生命力。

除了骈文辨体，还有古文与时文的体制之辨。古文为"高"而时文为"陋"是较为普遍的认识，王葆心在言及桐城派古文发展脉络时称："方其盛时，陋者援时文以为古文，高者且能援古文为时文。"[⑧] 自桐城派

---

① 王水照：《历代文话》，复旦大学出版社 2007 年版，第 8426 页。
② 刘师培：《刘师培全集》（第 2 册），中共中央党校出版社 1997 年版，第 78 页。
③ 刘师培：《刘师培全集》（第 2 册），中共中央党校出版社 1997 年版，第 75 页。
④ 万仕国辑校：《刘申叔遗书补遗》，广陵书社 2008 年版，第 1541 页。
⑤ 刘师培：《刘师培全集》（第 2 册），中共中央党校出版社 1997 年版，第 79 页。
⑥ 余祖坤：《历代文话续编》，凤凰出版社 2013 年版，第 1046 页。
⑦ 王水照：《历代文话》，复旦大学出版社 2007 年版，第 8404 页。
⑧ 王水照：《历代文话》，复旦大学出版社 2007 年版，第 7130 页。

早期作家"以古文为时文"意欲扩大古文影响力始，这种古文与时文的体位观就已奠定，即使文章"破体"，也要遵循引古文入时文的"下行"路线，忌"逆向而行"，引时文入古文，这似乎是不证自明的破体惯例。时文的文体地位向来不高，孙德谦在析别骈文与时文差异时说："时文久已废弃，固无烦赘言，凡文中发抒议论，善取翻腾作势，即是时文变相，按之六朝，则无是也。"① 他指出，"发抒议论、善取翻腾作势"是时文体相，骈文创作不可显露此"相"。于古文创作而言，有骈体"相"就算不上"真古文"，吴铤《文翼》曰："予谓曹子建《求通亲亲表》，气极雄极古，惟用'友于'二字，乃竟开骈体剪截字句法门，所以不得为真古文。"② 除了要摒除骈体"相"，古文的特征还在于"首尾一气"，讲究气之贯通，故而有高步瀛引梅伯言《与孙芝房书》曰："古文与他体异者，以首尾一气，不可断耳。"③

又如叙记文，来裕恂认为贵在"简"与"质"："文最难于叙记，亦最繁于叙记。叙记之文，贵简而赅，质而不俚，务使其事其人其物之精神，跃然毕见而后工。"④ 至于叙记文的表现技法，刘师培认为，叙记、议论不可两掺："至于文章体裁，本有公式，不能变化。如叙记本以叙述事实为主，若加空论即为失体。"⑤ 持"议论不入叙记者"还有高步瀛，他认为："叙事之文，尤尚体要。善为文者，其记事记人，不假议论，而其事之情伪毕见；不待铺排，而其人之精神自出，得其要也。"⑥ 综合刘师培与高步瀛的叙记观来看，二人都认为，叙记有其文体规范，与议论有巨大区别，二体属性不可混淆。

再如小说文体，章廷华区分其与史体之别，云："史体与小说之距离，不能以寸。语语严重则为史，一涉纤佻则近小说矣。"⑦ 又言："小说

---

① 王水照：《历代文话》，复旦大学出版社 2007 年版，第 8426 页。
② 余祖坤：《历代文话续编》，凤凰出版社 2013 年版，第 621 页。
③ 余祖坤：《历代文话续编》，凤凰出版社 2013 年版，第 1272 页。
④ 王水照：《历代文话》，复旦大学出版社 2007 年版，第 8618 页。
⑤ 万仕国辑校：《刘申叔遗书补遗》，广陵书社 2008 年版，第 1541 页。
⑥ 余祖坤：《历代文话续编》，凤凰出版社 2013 年版，第 1284 页。
⑦ 王水照：《历代文话》，复旦大学出版社 2007 年版，第 8391 页。

与正史之别，几不能言，学者可于佻与庄、轻与重之间求之。”[①] 他认为，二者有庄严、轻重之别，可谓抓住了史体与小说文体特征的根本性差别。

另外，刘咸炘还强调史、子、词赋的体制之异：“史体凝蓄，子家质白，词赋浓密，各为专法，不能相通。”[②] 如论曲，刘咸炘批评明代以来的以“词”为“曲”：“明以降，曲之所以衰，不独以词法入曲一端，其最大原因在偏重声音，不重文辞。观于檃括、翻谱两体可知。”[③] 他认为，这种破体路数会使“曲”失去本色：“词与曲虽相近，而终有别。曲之词宜以松快为贵，若过多凝蓄，便与词同，非曲之本色矣。”[④] 需要补充说明的是，从这些论说来看，近代文体论家在辨析文章体制的过程中已渗透了相应文体创作技法的讨论，体现出较为变通的文章作法观。

（3）新语使用与文体演化

近代辨体批评对传统辨体内容框架的突破，除上述各类文体体制之辨外，译词新语的接受最可称得上新质之一。晚清以来，西学进入中国本土学术场域，体现于文章写作就是外来语汇的使用。面对它的强大冲击力，深受传统浸染的众学人多表现出抵抗态度。王葆心认为：“从前文章禁及释老，犹今日不可混入不关学语之译词，其事同也。”[⑤] 他指出，尽管文体之中西碰撞不可避免，但中国文体有“中国法度”：“甄述东西政学及笔札有涉时故者，自宜用译家名词。若随风而偃，亦若非此不工者，则浅陋甚矣。须知中国文体具体谨严，有墙壁以为之坊。为中国文字，守中国法度，如衣服饮食之各适其宜。趋风尚而不顾此心之安，贤者不为也。”[⑥] 然而传统学术规范与文体尺度在中西古今的大碰撞中显出相当程度的退缩与失守。尤其文体，一大批传统文体因不合时宜、不合时用而遭到淘汰或改良。对应时需，夹杂新语、便于传播的报章文体成为文体舞台上的主角。然而，作为新变种的报章体，尽管其具有压倒性

① 王水照：《历代文话》，复旦大学出版社 2007 年版，第 8402 页。
② 王水照：《历代文话》，复旦大学出版社 2007 年版，第 9742 页。
③ 王水照：《历代文话》，复旦大学出版社 2007 年版，第 9787 页。
④ 王水照：《历代文话》，复旦大学出版社 2007 年版，第 9788 页。
⑤ 王水照：《历代文话》，复旦大学出版社 2007 年版，第 7085 页。
⑥ 王水照：《历代文话》，复旦大学出版社 2007 年版，第 7119 页。

的文体影响力，却仍然不能获取有旧文体情结者的绝对信服。比如，孙学濂对报章文体威胁古文文体便极为担忧："自近世报章论说文兴，古文几中绝。盖报章论说，语取繁复，绝不修辞，中惟以新名词联缀成文，或强嵌成语。后生小子所习祇教科书，乃追声逐影，亦欲自命文人。……吾向有言：'十年外无人不能文，而古文遂绝迹。'是言其终验乎！"① 他忧心古文文体在报章文体的冲击下会走向终结的命运。另外，马纲章对于报章文体引发的文体俗化趋势也颇为不满，称其为"最下"等："俗行文字，芜浅也，非通适也。文法之高者，其造句必简，承接少而翕合多，已具前论；其尤高者，为诗赋、为骈文，省去代、助、连、介诸字，自生变化，此为专门之学。唐以后古文次之，小说家又次之，最下为公牍、报章文字。"② 但他并未全盘否定俗行文字，认为用之译西书较古文字更为切合严复的译书之道："侯官严氏云：'译书之道，贵信、达、雅。'以俗行文字译西书，较以古文字译，难易倍蓰，工拙悬殊，此非訾言也。"③

此外，施用进化论的学理逻辑于文章辨体，是近代辨体批评又一新特点。受进化论学说的影响，近代文体论家倾向以"递变"逻辑辨析文体形态之迁变，如刘咸炘云："近世专门名家，如周介存之论词，包慎伯之论碑帖，王静安之论古文籀篆，皆改易各立之观，而代以递变，此诚评论之进步，虽不名为演化论，实演化论也。故曰'演化之观念可取'也。夫学者之通病，在求同而忽异，强散以为连。演化之例宜施于同质，其不同质者则不可施。"④ 他指出，这种思维模式的使用前提在于对象的"同质"，"进化"之说只适用于同一文体内部的发展演化方面的评说，而不适用于跨文体的评说，也就是说他认为新文体不能"进化"掉旧文体，新旧应该并存才是。因此，他便相应地指出，实践过程中的弊端亦即存在"求同忽异"的同质化倾向，造成了不同文体间的错讹混用现象。

---

① 余祖坤：《历代文话续编》，凤凰出版社2013年版，第827页。
② 余祖坤：《历代文话续编》，凤凰出版社2013年版，第1855页。
③ 余祖坤：《历代文话续编》，凤凰出版社2013年版，第1856页。
④ 王水照：《历代文话》，复旦大学出版社2007年版，第9736页。

三 “体”外之辨

如果我们将源流、正变、体制、作法这些着眼文体本身或曰内部的辨体问题视为“体”内之辨的话，那么体用、文质及以归类为手段的体类辨析则可称为“体”外之辨。需要指出，这里所言“体”之内外指向辨体的具体内容，与前述“辨”之重要性、原则、地位、功能等问题在辨体批评话语结构中隶属不同的层级，即存在后者统摄、导引前者的上下层关系。还应该说明的是，此处之“内”“外”，不具有绝对界线，只是为了区分“辨”之着力点与文体形态之间具体关联的紧切程度。在近代文体境遇中，“体”外之辨的价值更加凸显，如体用关系越发被注意，因“用”立“体”、明“体”显“用”的传统越发得到发挥。而“体”之多样性亟待一种具备概括能力的范畴或概念加以统括，故传统的“文质”对举又被重新使用，但不是“粗线条”式的搬用，而是创造性的借用，用以标示重辞或重质两种相对举的体派。对于具体的体类，烦琐的分类状态早已不合时宜，传统“二分”“三分”式归类思维又被重拾，融合舶来之文体分类法形成新的归类范式。但这些传统辨体方式的近代运用不仅仅是一种继承，也被赋予了新的内涵和意义。

（1）体用与文质之辨

文之“体”与文之“用”二者的关系蕴含了传统辨体论的精神内质，在某种意义上说，辨析文之“体”的最终意旨是明晰文之“用”，继而体用之思亦是近代辨体批评有意强化的维度之一。按照张岱年的说法，体用是中国传统哲学的基本范畴，既可以意指“实体与作用的关系”，又可以用来表达“原则与应用的关系”[①]。近代文话中的文章体用之辨含括这两种意义范型，不仅仅局限于辨析文体形制以明其用，还在于因“用”而立“体”，也就是循文之“用”的变化明确“体”的属性与原则。鉴于此，近代辨体批评的目光投向了对文体形态改良的评价，来裕恂称“近今”为“文章改良时代”：“文以明道，文非即道。……夫文以适用

---

① 张岱年：《文化与哲学》，中国人民大学出版社2006年版，第81页。

为主，繁华则损枝，膏腴则害骨，无关大道，不周世用，如倡优妓乐，适耳目而已。近今文学之士，颇知中国文章之弊，故于论说、诗歌、小说等，力为改良，以求适用，此又文章之善变者也。”[①] 倡导文体应“改良，以求适用”，充分体现了近代辨体观念中的经世致用色彩，也是文体因时而变的规律性展现。

然致用要先“斟体”而后“显用”，王葆心云：“文之为学，难言矣……然而虚灵无薄，变化繁数，须先斟剂大体，而后附物，以显厥用，其用力最难。”[②] 他强调，文章应当以“体”明“用”。胡怀琛《文则》以“载道”为“文之用”：“文何所用？曰：文者所以代言也。言语之用有时而穷……至言著作，则曰文以载道。载道，文之用也。”[③] 作为载道之具，刘师培认为：“文章之用有三：一在辩理，一在论事，一在叙事。文章之体亦有三：一为诗赋以外之韵文，碑铭、箴颂、赞诔是也；一为析理议事之文，论说、辨议是也；一为据事直书之文，记传、行状是也。”[④] 在刘师培看来，“文章之体”是依据“文章之用”来划分的，也就是说，文类划分以“用”为准。而近代之文章“体”“用”关系并不平衡，通常是所指“狭”、所用“广”，徐昂指出：“今所谓文章之文，只人文之一部分，其范围颇狭，而致用则广。”[⑤] 从这一点来看，近代体用之辨较传统有更加清晰的明“体”显“用”意识。

同时，近代文话中与体用之辨相伴随的还有文质之辨，如刘咸炘即善以文质考量历代文体，他这样区分汉代词赋的体性差异：“汉世词赋，枚、东出于荀，马、扬出于屈、宋。荀赋质而屈赋文，亦犹《礼记·檀弓》诸篇与《子思》诸篇之异也。”又以文质概论晋代文风：“自晋以下，嵇康、李康，子家也，质多于文；张华、潘岳，赋家也，文多于质；陆、范则彬彬矣。傅、任疏而存质；江、鲍、刘则密而过文，犹不失质；

---

① 王水照：《历代文话》，复旦大学出版社 2007 年版，第 8695 页。

② 王水照：《历代文话》，复旦大学出版社 2007 年版，第 7033 页。

③ 王水照：《历代文话》，复旦大学出版社 2007 年版，第 9612 页。

④ 万仕国辑校：《刘申叔遗书补遗》，广陵书社 2008 年版，第 1517 页。

⑤ 王水照：《历代文话》，复旦大学出版社 2007 年版，第 8895 页。

徐、庾则纯文矣。”[①] 并且，他论说文派的变迁也以文质为标准：“欲论辞派，须先辨体。文集者，名主篇翰，专指词赋之流及告语之文而言，经说、史传、子家不與也。以体论，则经说、史传、子家皆主质，词赋主文，告语可文可质。以辞派论，则词赋自有定法，历久不变；经说、史传、子家、告语，则文质递迁，而有流派。”[②] 他还进一步指出，文派迁变发展的本质在于文质的此消彼长：“文派之变，大都为文质相救。”[③] 不难发现，刘咸炘论说框架中的文质已抽象为两种互相对举的文体风格类型，而这种对于文质概念的新认知不能说与当时的学术氛围无关。民初之际，文质不仅适用于文体风格的析辨，还跃出文章的范囿，用以界定学术与学科，正像王葆心所说的：“学校所讲，文、质二学尽之，此欧人国学、功令所分也。与质学相比而言之，文学其范围之广大，则以凡属古今文及哲学为主，而历史、舆地、政治为辅。”[④] 刘咸炘以文质析论辞派，区别传统经史子集四部之学，是这种风气下的产物。

（2）以辨体为旨归的文体分类

辨体常常与文体分类相伴并行，在文体分类论域中，辨体是手段，文体分类是目的；而在辨体批评视域中，文体分类是手段，辨体是目的。这样论断辨体与文体分类的关系并不是要割裂二者的内在关联，则是为了分析二者之于传统文体批评的功用。本文此处论述的文体分类是指后者，实际上指文体归类，即谓“欲明文章之体制，先述文体之分类”[⑤]。

近代文话中的文体分类不是琐细意义上的体类划分，而是文章体制类型的某种概括。如徐昂云：“文之构成，不外案判。以体而言，记叙案也，论说判也。记叙类之传与志皆案也，论赞与铭辞皆判也。纯粹记叙，有案有判。”[⑥] 他在《文谈》中将文章大体分为案与判两种类型，这是一种归类办法，其实与传统“六朝文笔对言，则文与笔分；若诗笔对言，

① 王水照：《历代文话》，复旦大学出版社 2007 年版，第 9746 页。
② 王水照：《历代文话》，复旦大学出版社 2007 年版，第 9740 页。
③ 王水照：《历代文话》，复旦大学出版社 2007 年版，第 9802 页。
④ 王水照：《历代文话》，复旦大学出版社 2007 年版，第 7052 页。
⑤ 余祖坤：《历代文话续编》，凤凰出版社 2013 年版，第 1353 页。
⑥ 王水照：《历代文话》，复旦大学出版社 2007 年版，第 9030 页。

则笔即谓文"[①] 的归纳效果同声相应。我们知道，清代作为古代文体学发展的总结期，在文体分类中逐渐浮现出归类偏好。传统文体二分思维在清人的辨体实践中被大量使用，这种倾向也为近代辨体批评所延续。徐昂还从"文体之原"的角度坚持文体二分："文体之原，记叙与论说二者而已，犹之阴阳两仪也。记叙主摄纳，属阴性；论说主发抒，属阳性。记叙系以论说，太阴中有少阳也；论说中参叙述，太阳中有少阴也：此两体实可以记概之，犹之太极混沌也。记叙者，记事物之文也；论说者，记言之文也。叙论攸分，诸体皆从此两体孳生。"[②] 他在文体二分法与传统阴阳两分哲学之间建立起了思维对应关系。晚清文体论家邵作舟《论文八则》也认为"文章之体，虽有纪、传、志、状、碑、颂、铭、诔、诏、告、表、疏、序、论、杂体之殊，总其大要，不外纪事、议论两端"[③]，他将"文章之体"归为"纪事、议论"两类，体现的亦是建立在阴阳两分哲学基础上的文体二分观念与方法。

王葆心《古文辞通义》引清初古文家邵长蘅之说："文体有二，曰叙事，曰议论，是为定体。"[④] 他在此基础上将文体归为三类："文章之体制既不外告语、记载、著述三门，文章之本质亦不外述情、叙事、说理三种。"[⑤] 受舶入之西方纯文学观与文体分类方式的激发，文类"三分"法在近代以来渐趋成型，王葆心以"告语、记载、著述"三门对应"述情、叙事、说理"三体，正是本土文体分类体系建构的显在努力，在当时具有一定的代表性。同时，刘师培指出："近世以来，正名之义久湮。由是，于古今人之著作，合记事、析理、抒情三体，咸目为'古文辞'。"[⑥] 所言亦是此种"三分"归类法，而其说法恰是将三分法的确立归功于本土文体传统。高步瀛也认为文章应概括为三大类："文章之类别，可括为

---

① 余祖坤：《历代文话续编》，凤凰出版社 2013 年版，第 1279 页。

② 王水照：《历代文话》，复旦大学出版社 2007 年版，第 9000 页。

③ 薛玉琴、徐子超、陆烨编：《中国近代思想家文库·邵作舟卷》（十四法第五），中国人民大学出版社 2015 年版，第 315 页。

④ 王水照：《历代文话》，复旦大学出版社 2007 年版，第 7171 页。

⑤ 王水照：《历代文话》，复旦大学出版社 2007 年版，第 7719 页。

⑥ 刘师培：《刘师培全集》（第 2 册），中共中央党校出版社 1997 年版，第 93 页。

三：一说理，二叙事，三言情。”[①] 另有以派统类者，周祺《国文述要》云：“学文之法，当先别其类，次分其派。其类不别，则无以名其文；其派不分，则无以通其类。文之类甚夥，不能缕分，以统类计之，析为两派：一曰论说派，以剖析意旨为主，而制、诰、檄、移、疏、奏、书、启、序、记、志、传之类皆其派也；一曰辞赋篇派，以敷陈词采为主，而诗、歌、赞、颂、箴、铭、骚、七、连珠、符命之类皆其派也。文类虽繁，两派足以该举矣。”[②] 无论是文体归类之两分还是三分，都是近代辨体批评实践中文体归类意识的充分体现。

文体归类并非近代新生，而是作为一种传统贯穿于古代文体分类史并在清代文体分类实践中得到加强。只是近代以来这种归类意识更为凸显，与辨体批评结合得更为紧密。除了沿袭传统二分与三分归类思维外，“经”之于文体的统摄功能在辨体批评实践中也未缺席。古代文体学素有“宗经”传统，孙学濂认为：“六经”框架内：“文体之分，在《易》有爻、有彖、有象；在《书》有典、谟、贡、训、诰、命、誓；在《诗》有风、雅、颂；在《礼》、《春秋》，有经、有传、有记。”[③] 用六经统摄各类文体亦有归类之功效。此外，孙氏还统观历代文体归类的变化，在清晰勾勒“从六经到刘勰、萧统再到姚鼐”的文体分类脉络的基础上，肯定姚鼐的文体归类贡献并辩证看待其文体分类成就：“夫姬传扩归、方绪余，少少近古，固清代一散文家；若曰通文史之源，达制作之本，吾斯之未能信也。”他还改造姚氏之说为文体归类立新法，“总厘为二十九类”[④]，即论辩、序跋、奏对、书说、赠文、诏令、传状、碑志、杂记、箴铭赞颂、辞赋、哀祭、议、考、说、解、旨、引、题辞、评、例、对、檄、移、策、册、约、录，表现出较为自觉的以辨体为旨归的文体类归意识。

对于其他论者如李兆洛的文体分类模式，孙学濂也持开放态度，并立足古代文体分类史给予评价，有云：“析别文体，始于刘彦和《文心雕

① 余祖坤：《历代文话续编》，凤凰出版社 2013 年版，第 1280 页。
② 余祖坤：《历代文话续编》，凤凰出版社 2013 年版，第 1022 页。
③ 余祖坤：《历代文话续编》，凤凰出版社 2013 年版，第 814 页。
④ 余祖坤：《历代文话续编》，凤凰出版社 2013 年版，第 815 页。

龙》，其后梁太子萧统辑《文选》，则分赋、诗、符命、史论、史述赞、论、诠序、上书、弹事、笺、奏记、移、檄、难、对问、说、辞、颂、赞、连珠、箴、铭、诔、哀、碑文、墓志、行状、吊文，凡二十九类。……视刘书无诏策、谐隐、杂文、祝盟，体觉未备。后代选本，多有出入，或部居简略，或分类繁碎。至清李申耆《骈体文钞》，乃括刘、萧之旨，析为三十一类。虽亦不尽谛确，而通校各家，总集殆无有能逾此者。”[①] 他高度肯定李兆洛选辑《骈体文钞》的归类之功，但也并未无视其不足，认为其也有“不尽谛确”之处。再有，高步瀛析文类之别，亦主“三分”法，体现出较为明显的现代文体归类意识：

> 窃以文章之类别，实不出说理、叙事、言情三大端，有论议、记载、词章三门，已可包括无遗。故斟酌诸家，析为十六类，以三门括之如左：
>
> 议论门七类——论辩类　传注类　序跋类　赠序类　诏令类　奏议类　书说类
>
> 记载门四类——传状类　碑志类　叙记类　典志类
>
> 词章门五类——词赋类　箴铭类　颂赞类　哀祭类　诗词类[②]

孙学濂、高步瀛等人的这种分“门”别“类”的辨体批评实践显示了分类方法对于近代文体归类的方法论价值，这些都足以见出近代文体批评实践中以归类为路径的辨体意识。

四　结语

以上从辨体之重要性、原则、内容以及“体”外三个层次理梳了近代文话中的辨体批评观念。针对所厘分的辨体话语结构的三类问题，其中透露的辨体批评观的新变体现于文体归类意识的强化、融通的源流正

---

① 余祖坤：《历代文话续编》，凤凰出版社2013年版，第895页。

② 余祖坤：《历代文话续编》，凤凰出版社2013年版，第1354—1355页。

变观、强烈的明“体”显“用”意识等方面。当然，本文依凭于文话的考察仅仅展现了近代辨体批评的一个侧面，或许尚且不够，尤需对文话之外的文体批评资料进行分梳与阐析，以展现近代辨体批评的多重面相，而这也恰是近代辨体批评有待开掘的阐释空间，相关探究只能诉诸今后了。

（作者单位：陕西师范大学人文社会科学高等研究院、
陕西师范大学文学院）

曾国藩《经史百家杂钞》的文体分类观

杨新平

随着古代各类文体的不断衍生和各体文章的日渐积累，为便于判别文体、据体作文，文体分类就成为势在必行之事。纵观中国古代文体分类史，古人的文体分类与总集选本的编纂关系密切，诸如《文选》《文苑英华》《唐文粹》《宋文鉴》《元文类》《明文衡》《文章辨体》《文体明辨》《骈体文钞》等历代产生过重要影响的总集或选本，皆按体分类，依类编次，反映出编选者的文体分类思想。桐城派作为清代影响最大的散文流派，选本编纂也是他们探究文体源流、区判文体类别、辨析文章体制的重要依凭。在桐城派所编数量众多的文章选本中，能够继承《文选》类选本的编纂方式而在文体分类方面产生重大影响者莫过于姚鼐《古文辞类纂》（以下简称《类纂》）和曾国藩《经史百家杂钞》（以下简称《杂钞》）。

曾国藩为文私淑姚鼐，对其《类纂》更“服膺有年”①，自称于“四书”“五经”《史记》《汉书》《庄子》及韩文之外，“又好《通鉴》《文选》及姚惜抱所选《类纂》、余所选《十八家诗抄》四种”②，可知《类纂》为其案头常备书之一。其教育晚辈习文，亦每以《类纂》是崇。③ 因此，他

---

① （清）曾国藩:《曾国藩全集·读书录》，岳麓书社 2012 年版，第 401 页。

② （清）曾国藩:《曾国藩全集·家书之一》，岳麓书社 2012 年版，第 426 页。

③ 如咸丰六年十一月初五《谕纪泽》称“欲明古文，须略看《文选》及姚姬传之《古文辞类纂》二书”，并叮嘱其读《汉书》时，“凡文之为昭明暨姚氏所选者，则细心读之；即不为二家所选，则另行标识之”。(《曾国藩全集·家书之一》，岳麓书社 2012 年版，第 295—296 页)

编选《杂钞》时在选文定篇方面取资于《类纂》甚多①；在文体分类层面亦深受《类纂》沾溉，所谓“论次微有异同，大体不甚相远”②，但又非亦步亦趋，而别具自家面目。其间之因革，颇能体现桐城派文体分类思想的演进。

目前有关《杂钞》的文体分类思想虽有一些研究成果有所论述③，但分析尚欠深透，还有进一步深入探讨的必要性。因此，本文在细致观照《杂钞》文体分类的总体原则及其特点的基础上，着重选取赠序、叙记、典志、颂赞、箴铭、碑志等代表性文类，以《类纂》的文体分类为参照系，分析其中所体现的分合损益、更易部居等文体现象，借此透视曾氏在文体分类观念上的继承与创新及其对后世的影响。

一　分级归类，部居谨严

《杂钞》是曾国藩于咸丰元年前后酝酿，至咸丰十年方操选政而编成的文章选本。曾氏在是选《序例》中针对姚鼐等人编纂选本时因尊经而“不复上及六经”，又因“史多不可胜录”而“不载史传”的现象进行了批评，认为这是数典忘祖之举。因此，他编纂《杂钞》时“每类必以六经冠其端”，并广采史传、诸子之文入选，完成了这部括囊四部之文的选本。④

曾国藩既以“杂”名选，就已寓示其所选文章类型的复杂多样性。那么，他如何妥置这些文体差异显著的四部之文呢？曾氏对照姚氏《类纂》，对其选文进行了文体类分，《序例》云：

---

① 如咸丰十一年正月二十四日《谕纪泽》云：“所选古文，已钞目录寄归。其中有未注明名氏者，尔可查出补注，大约不出《百三名家全集》及《文选》《古文辞类纂》三书之外。”（《曾国藩全集·家书之一》，岳麓书社 2012 年版，第 571 页）

② （清）曾国藩：《经史百家杂钞》卷首，清光绪二年（1876）传忠书局刻本。

③ 相关论述参见吴未意《论〈经史百家杂钞〉的文体学贡献》，《名作欣赏》2011 年第 8 期；左政《曾国藩〈经史百家杂钞〉编选特色的研究》，硕士学位论文，广西师范学院，2013 年；谢鹏《曾国藩古文文体论研究》，硕士学位论文，湖南师范大学，2013 年；吴未意、岑亚霞《曾国藩的文体观研究》，硕士学位论文，四川大学，2015 年。

④ （清）曾国藩：《经史百家杂钞》卷首，清光绪二年（1876）传忠书局刻本。

> 姚姬传氏之纂古文辞，分为十三类。余稍更易为十一类：曰论著，曰词赋，曰序跋，曰诏令，曰奏议，曰书牍，曰哀祭，曰传志，曰杂记，九者，余与姚氏同焉者也；曰赠序，姚氏所有而余无焉者也；曰叙记，曰典志，余所有而姚氏无焉者也；曰颂赞，曰箴铭，姚氏所有，余以附入词赋之下编；曰碑志，姚氏所有，余以附入传志之下编。①

他首先依《类纂》之例，在单一文体中归纳出了二级文类，其所分十一类文体是在《类纂》所分十三类的基础上损益而成。但曾氏并未止步于此，之后他又在二级文类中归纳出三级门类，将十一类文体总为三门：一为著述门，包括论著、词赋、序跋三类；二为告语门，包括诏令、奏议、书牍、哀祭四类；三为记载门，包括传志、叙记、典志、杂记四类。如此则体以类聚，类依门合，经过逐级抽绎，创构了以门、类、体为层级而部居谨严的文体纲目。

曾国藩文体分类最大的创新就在于三级纲目的设置。中国古代文体分类是从区别单一文体开始的，但随着新文体的不断衍生，这种分类方式呈现出越发细碎繁杂的趋势，体制愈辨愈细，文体越分越多。② 然物极必反，当人们逐渐意识到文体分类繁碎的弊端后，便出现了对文体进行分门归类的反向运动。就文章选本而言，在简化文类方面最具代表性者有真德秀《文章正宗》、储欣《唐宋八大家类选》、姚鼐《类纂》等。真氏将古今文章归为辞命、议论、叙事、诗赋四类；储氏则将八家文纳入奏疏、论著、书状、序记、传志、辞章六类，每类中又统括若干单一文体，形成二级文体类目；姚氏亦循储氏之法而分为十三类。至曾氏则又在二级文类的基础上设立三级门类，这在古代文体分类由博返约的进程中堪为典范。

从曾国藩所分三门文体之命名和归类来看，著述门偏于主观性较强

---

① （清）曾国藩：《经史百家杂钞》卷首，清光绪二年（1876）传忠书局刻本。

② 如萧统《文选》所分文体有39类，李昉等《文苑英华》38类，姚铉《唐文粹》23类，吕祖谦《宋文鉴》59类，苏天爵《元文类》43类，程敏政《明文衡》41类，吴讷《文章辨体》59类，徐师曾《文体明辨》127类，贺复征《文章辨体汇选》132类，等等。

的文体，其中论著类以议论、说理为主，词赋类主于描写和抒情，曾氏称此二类为“发明吾心之所欲言者”①，即属于较能充分展现作者才情个性的文体；序跋类兼具说明、叙述、议论功能，是“人有所著，吾以意从而阐明之者”②，读者亦需具备较强的理解力、感受力及阐释力，方能发明著作之意蕴。告语门均为应用性文体，其中书牍类作为古人交流思想、传达感情的文体，写作不拘绳墨，议论、抒情、叙述皆可，往往能表现出作者的真性情，具有较强的主观性；诏令、奏议、哀祭这三类的写作则具有程式化特征，客观性较强，但也体现出一定的主观化色彩，如诏令、奏议以议论、说理为主，重在发明义理、敷析治道，在某种程度上反映了秉笔者的政治思想和理念；哀祭类多为祭悼死者而作，感情色彩较浓，但其哀情表达常常带有象征性，与诗赋等文体表现鲜明的个性情感者有所不同。据此而论，则告语门以主客观兼具的文体为主。记载门为“记载事实以传示于后世者”③，偏于客观性较强的叙事类文体。古代的叙事文体，无论传志类所收史传、碑志、传状等记人者，还是叙记类所收编年体记事者，抑或典志类所收记载典章制度者，大多追求叙述的客观性。至于杂记类所收碑记、学记、山水游记、台阁名胜记、书画杂物记等，部分作品或有较强的情感色彩，但大多还是以客观的描写、叙述见长。由此可见，曾国藩的文体分类实践暗含着以议论、抒情、说明、叙述等手段作为文类区分因素的观念，其三门分类法大抵体现出偏于主观、兼具主客观或侧重客观的文体分野。

曾国藩的三门分类除在主客观方面各有侧重外，其各门之内又据不同的具体标准进行文体区判。著述门大致以有韵与否作为分类依据。《序例》称论著类为“著作之无韵者”，词赋类为“著作之有韵者”，序跋类为“他人之著作序述其意者”。这三类文体中，论著和词赋两类以有韵无

① （清）曾国藩：《笔记二十七则·文》，《曾国藩全集·诗文》，岳麓书社2012年版，第424页。

② （清）曾国藩：《笔记二十七则·文》，《曾国藩全集·诗文》，岳麓书社2012年版，第424页。

③ （清）曾国藩：《笔记二十七则·文》，《曾国藩全集·诗文》，岳麓书社2012年版，第424页。

韵相区分，标准分明；序跋类未明言有韵与否，而是从文体功用角度指出是为他人著作撰写的具有解释说明性质的文辞，表面来看其分类标准并不统一，不过从用韵与否的角度体察，则序跋类实亦属无韵之文，因此说著述门大致以用韵与否进行分类似不为过。告语门是以作者与文体所施用对象的关系作为区分标准。《序例》称诏令类是“上告下者”，奏议类是“下告上者”，书牍类是“同辈相告者”，哀祭类是“人告于鬼神者”。以上四类均为朝廷和民间的实用文体，因施用对象明确，故分类标准非常统一。记载门则以文章内容或表现对象作为判别准则。《序例》称传志类为“所以记人者”，叙记类为“所以记事者”，典志类为“所以记政典者”，杂记类为“所以记杂事者”。以上四类文体在表现内容方面各专一域，叙记类与杂记类虽同为记事之体，但前者以记历史大事为主，后者则以记琐事小物为主。因此，记载门的分类标准在逻辑上亦较分明。

曾国藩由单一文体归纳二级文类时，则借鉴吸收了姚鼐以功用相近原则类聚文体的做法。因《杂钞》选文范围含括四部，所收文体较《类纂》更为丰富，故曾氏在进行文体归类时亦将许多性质功能相近者聚为一类，以统括诸体，简化文类，如论序跋类云：“经如《易》之《系辞》，《礼记》之《冠义》《昏义》皆是；后世曰序、曰跋、曰引、曰题、曰读、曰传、曰注、曰笺、曰疏、曰说、曰解皆是。”① 他基于解释说明的文体功能而将源于解经的传、注等体亦纳入序跋类，这在文体分类史上无疑是创新之举。又论哀祭类云：“经如《诗》之《黄鸟》《二子乘舟》，《书》之《武成》《金縢》祝辞，《左传》荀偃、赵简告辞皆是；后世曰祭文、曰吊文、曰哀辞、曰诔、曰告祭、曰祝文、曰愿文、曰招魂皆是。”② 《类纂》于哀祭类收录了哀悼死者的吊文、悼文、祭文、哀辞等体，《杂钞》则从“哀悼”和“祭祀”的功能出发，将诔和告祭（祭庙、祭天地山川）亦纳入哀祭类，丰富了哀祭类文体的构成。又论传志类云：“经如《尧典》《舜典》，史则《本纪》《世家》《列传》，皆记载之公者也；后世记人之私者，曰墓志铭、曰行状、曰家传、曰神道碑、

---

① （清）曾国藩：《经史百家杂钞》卷首，清光绪二年（1876）传忠书局刻本。

② （清）曾国藩：《经史百家杂钞》卷首，清光绪二年（1876）传忠书局刻本。

曰事略、曰年谱皆是。”[①]《类纂》限于体例而不录史传，《杂钞》则从前四史中选录史传23首，扩大了文体范围；年谱是用编年方式记载个人生平事迹的文体，其性质与传记、行状等相近，此体《类纂》未曾提及，曾氏将之归入传志类，颇具卓识。

要之，曾氏《杂钞》在借鉴吸收真德秀、姚鼐等人文体分类经验的基础上，设立了三级文体纲目，层次更为丰富，逻辑亦较鲜明，显示出纲举目张的优越性。因此，张舜徽称：“这种分类法，比较细密精当。以著述、告语、记载三门统括诸类，若网在纲，有条不紊，较姚氏又进一步了。”[②]

二　删汰“赠序”，复归传统

曾国藩自称其文体分类与姚鼐异趋者首先在赠序一类，所谓“姚氏所有而余无焉者也”。赠序渊源甚早，姚鼐以老子赠别鲁君与孔子之言、孔子赠别弟子颜渊和子路之语、鲁君于梁王之宴避席而进以忠告之词等为例，指出此体源出于古人离别赠言之义。后姚永朴《国文学》评《古文辞类纂序》云：“此篇于赠序发源，引《老子》《檀弓》《国语》当之。迁安郑东父（杲）曰：‘《诗·崧高》云：‘吉甫作颂，其诗孔硕，其风肆好，以赠申伯。’盖即赠序之权舆。’富阳夏伯定（震武）亦曰：‘《燕燕》序云：‘庄姜送归妾。’《渭阳》首云：‘我送舅氏。’皆有赠言之意。’此说似足补惜抱所未备。”[③] 姚氏所引郑、夏两家之说，将《诗经》中临行送别之诗视作赠序之滥觞，这一方面是基于文本于经的文体观念，另一方面则主要着眼于古人送别由赠言向赠别诗的转进。至汉魏六朝时代，当赋诗赠别之风兴盛以后，赠别诗便取代了先秦时期那种“致敬爱，陈忠告”[④] 的临别赠言的功能。后来随着赠别诗的发展演进，某些赠别诗前出现了交代赠别缘由等的序。此种诗序经过进一步发展又脱离了诗歌

---

① （清）曾国藩：《经史百家杂钞》卷首，清光绪二年（1876）传忠书局刻本。
② 张舜徽：《清儒学记》，齐鲁书社1991年版，第343页。
③ 姚永朴：《国文学》卷4，清宣统二年（1910）京师法政学堂铅印本。
④ （清）姚鼐：《古文辞类纂》卷首，清光绪二十七年（1901）求要堂刻本。

而独立成体，最终脱胎为赠序体。西晋时期即已出现了完整的赠序，如傅玄《赠扶风马钧序》、潘尼《赠二李郎诗序》。逮至唐代，韩愈等大量创作赠序，此体遂蔚成大国。宋代以后，出现了字说赠序，如欧阳修《章望之字序》《张应之字序》，苏洵《仲兄文甫说》《名二子说》等。明代又兴起了用于祝寿相赠的寿序，姚鼐根据为用相近的原则，将之纳入赠序类。通过对赠序源流的梳理可知，其体式主要有三种："一是临别分手赠言，二是解析名字赠言，三是祝贺寿辰赠言。"①

唐代以后，虽然赠序在创作中已经独立成体，并衍生出一些功能相近的文体，但在姚鼐《类纂》出现之前的总集或选本中，赠序常被归入"序"类，未能在文体分类中获得独立的文体地位。例如，《文苑英华》于"序"类中列有"饯送"和"赠别"两体，姚铉《唐文粹》于"序"类亦设有"饯别"一体，魏齐贤、叶棻《圣宋名贤五百家播芳大全文粹》于"序"类中录入石介、欧阳修、陈瓘三人的赠序四首，贺复征《文章辨体汇选》将"序"类分为二十四体，其中包括"赠送"和"寿祝"两体。上述选本的编选者对于赠序的文体特性认识不够，故在文体分类时将之笼统地归入"序"类。吴讷《文章辨体》未列赠序，但在"序"体下论及赠序云："近世应用，惟赠序为盛。当须取法昌黎韩子诸作，庶为有得古人赠言之义，而无枉己徇人之失也。"② 以赠序名体，并倡导以韩愈赠序为法，可见明人对于赠序文体属性的认识渐趋深入。降至明末，王志坚《四六法海》始将诗文序、宴集序、赠别序、城山序区别为类，并立而行，显示出将赠序独立设类的文体意识。后直至姚鼐编选《类纂》时，在借鉴和吸收前人文体分类思想的基础上，方以赠序单独设类。王先谦《骈文类纂序》云："王氏《法海》，赠别序自为编，姚氏《类纂》因之，增入寿序。"③ 至此，赠序终于在文体分类中获得了独立的文体地位。

然而，曾氏《杂钞》在进行文体分类时却不再单设赠序类，而于序

---

① 叶当前：《桐城派与赠序文体》，《中山大学学报》（社会科学版）2014 年第 5 期。

② （明）吴讷、（明）徐师曾：《文章辨体序说　文体明辨序说》，人民文学出版社 1998 年版，第 42 页。

③ 王先谦：《骈文类纂》卷首，清光绪二十八年（1902）思贤书局刻本。

跋类选入韩愈《赠郑尚书序》《送李愿归盘谷序》《送王秀才埙序》及欧阳修《送徐无党南归序》四篇赠序，这就忽视了姚鼐将赠序从序跋中独立出来的文体学意义，重又复归于古代赠序与序跋不分的情形。曾氏所以持此种分类思想，主要原因有二：一是曾氏认为赠序源出古代的赠别诗序，后世赠序有序无诗，则于体为乖；二是赠序（尤其是寿序）多为酬应而作，牵率不实之文为数众多，故曾氏出于针砭而竟斥“宇宙间乃不应有此一种文体”①。

曾国藩在文体分类时不设赠序类首先与其辨体思想有关。其《书〈归有光文集〉后》有云：“自周《诗》有《崧高》、《烝民》诸篇，汉有‘河梁’之咏。沿及六朝，饯别之诗，动累卷帙。于是有为之序者。昌黎韩氏为此体特繁，至或无诗而独有序，骈拇枝指，于义为已侈矣。有光则不必饯别而赠人以序，有所谓贺序者，谢序者，寿序者。”②《易问斋之母寿诗序》亦云：“古者以言相赠处，至六朝、唐人朋知分隔，为饯送诗，动累卷帙，于是别为序以冠其端。昌黎韩氏为此体尤繁。间或无诗而徒有序，于义为已乖矣。元明以来，始有所谓寿序者……而为此体者，又率称功颂德，累牍不休。无书而名曰序，无故而谀人以言，是皆文体之诡，不可不辨也。”③ 上引两段材料是曾氏辨析赠序、寿序体制的集中论述。就其所论而言，他虽亦认同赠序与古人赠言有渊源关系，但更强调饯别诗为赠序产生的直接源头。他认为赠序既因诗而生，理应附诗而存，故当保持赠序产生之初时诗、序合一的体制。在曾氏看来，赠序存在之价值就在于申述饯别之意，为后面的赠诗起到说明、导引的作用，若去诗存序则与其原初体制相悖，而元、明以后兴起的寿序更偏离了赠序为饯别而作的含义。因此，曾氏将韩愈等所作有序无诗的赠序和归有光等所作无故称功颂德的寿序，目为“骈拇枝指”，斥其为“文体之诡”。相较于姚鼐着眼“赠送”这一功用而将赠序独立设类，并将寿序归于赠序类，曾国藩则恪守赠序类之诗序合一的原则和“饯别”之功用，

① （清）曾国藩：《复吴敏树》，《曾国藩全集·书信之二》，岳麓书社 2012 年版，第 331 页。

② （清）曾国藩：《曾国藩全集·诗文》，岳麓书社 2012 年版，第 227 页。

③ （清）曾国藩：《曾国藩全集·诗文》，岳麓书社 2012 年版，第 178 页。

汰除赠序类。姚、曾二人所论侧重点不同，导致了他们对于赠序、寿序之体制和归类的认识产生了分歧。

曾国藩不立赠序类还与他对寿序的批判密切相关，其矛头所向主要集中于寿序创作中的“虚谀”“溢量”现象。曾氏对此不惜辞费，屡予指摘。《黄矩卿师之父母寿序》云：“国藩伏思，自宋景濂以寿文入集，厥后踵为之者，大抵甄叙行能，终以谀颂。”[①] 又《何母廖夫人八十生日诗序》称其“夙陋明季文士遇人生日，辄以谀词相混，为不达于属文之律”，故反复告诫作寿诗、寿序者：“君子于其所尊敬，不敢为溢量之语”，“贡人以谀而长溢志，亦非君子所宜出也。”[②]《郭壁斋先生六十寿序》亦畅发警戒之意云：“吾闻君子之事亲也，可以无所不至，独称其亲之善，则不敢溢词以邻于诬。君子之于友也，可以无所不至，道扬世德，则不敢虚述以近于谀。”[③] 曾氏对于寿序写作中充斥着谀词溢语可谓深恶痛绝，故频示劝谕之意。寿序写作之所以会多谀词溢语，曾氏认为主要原因有二：一是“后世以制科爵人，或布衣旦莫而至公卿。于是人子咸思以禄仕尊其亲，而父母亦惟恐其子终身庶人，而亟望其进取”；二是“后世轻德术而右文艺，虽有曾、闵之行，不敌帖括之工之驰誉速也”，所以“居今之日而悖俗从古，不借禄与名而悦其亲者，虽贤者有所不能”[④]。正是基于对寿序写作中以禄名悦亲而导致虚誉不实之风盛行的强烈不满，曾氏在编选《杂钞》时将之剔除于选域之外，在文体分类中则自然予以删汰。

曾国藩虽然对寿序多有批判，但因他身居高位，又以古文为擅场，故朋旧亲好之间向其乞序者甚众。他“虽知其事微薄，而不忍拒孝养者之请”，故“牵率以从事”[⑤]，创作了不少寿序。其文集所收160余首古文中，有寿诗序5首、寿序20首。曾氏对寿序之弊了然于胸，因此他对此

---

① （清）曾国藩：《曾国藩全集·诗文》，岳麓书社2012年版，第258页。

② （清）曾国藩：《曾国藩全集·诗文》，岳麓书社2012年版，第184—185页。

③ （清）曾国藩：《曾国藩全集·诗文》，岳麓书社2012年版，第249页。

④ （清）曾国藩：《王静庵同年之母七十寿序》，《曾国藩全集·诗文》，岳麓书社2012年版，第264—265页。

⑤ （清）曾国藩：《王荫之之母寿序》，《曾国藩全集·诗文》，岳麓书社2012年版，第254页。

种文体提出了更高的要求。《田岷圃先生六十寿序》云："寿序者犹昔之赠序云尔。赠言之义，粗者论事，精者明道，旌其所已能，而蕲其所未至。"[①] 主张寿序写作须以"论事""明道"为归，要据实而书，即《黄矩卿师之父母寿序》所谓"因事而致其敬，相与为辞，以示不忘"，故"其为辞也，贵约而韵，质而不蔓"[②]。以故，曾氏本人作寿序时好发议论，不为空言，力求明道，如《黎樾乔之兄六十寿序》批判君臣、友朋之间以诡辞虚语相互欺瞒的风气云："近世以来，士大夫相与为县遁之言。县遁者，设与之论东方，则泛称西事以应之，又变而之北，或变而之南。将东矣，则诡辞以遁之，虚悬其语而四无所薄，终不使其机牙一相抵触。友朋会合，咨寒而问暄，同唯而共诺，漠然不能相仁。臣下入告，则择其进无所拂，退无所伤者言之。一有不安，终不敢言。一时率为孤县善遁之习。背怨向利，所从来深已。"[③] 又《田岷圃先生六十寿序》批评当世之士"干人"以求禄利的不良世风，《孙鼎庵先生六十寿序》批判科举制度使士人"熏心仕宦"而大夺其"志"的现象，皆属剖析毫芒、切中时弊之论，确是为明道而作的有为之文，与那些"虚谀""溢量"之作有云泥之别。吴曾祺《文体刍言》尝谓："此体元时偶一见，至明中叶以后，乃盛行于时。惟所语多谀词浮泛，故体稍卑，至能者为之，独能纬以议论，亦时有足称者。"[④] 但在寿序园地中能如曾国藩所作以议论、明道相胜者为数不多，由此亦不难理解曾氏要将寿序排逐于选文和文体视野之外。

要之，曾国藩在文体分类时将已从诗序中独立出来且大行于世的赠序复归于序跋类中，在文体观念上不能不说是一种倒退，故施畸《中国文体论》称："赠序与序跋绝不同源，姚氏所推考者是也。……曾氏不问质德，不考渊源，惟其名之同，遂悍然合于序跋，是岂非自信太过，而昧厥源流耶。"[⑤] 不过曾氏对于赠序的删汰别择除了他对赠序的理解和姚

---

① （清）曾国藩：《曾国藩全集·诗文》，岳麓书社 2012 年版，第 252 页。
② （清）曾国藩：《曾国藩全集·诗文》，岳麓书社 2012 年版，第 258 页。
③ （清）曾国藩：《曾国藩全集·诗文》，岳麓书社 2012 年版，第 260 页。
④ 吴曾祺：《涵芬楼文谈·附录》，商务印书馆 1933 年版，第 22 页。
⑤ 施畸：《中国文体论》，立达书局 1933 年版，第 87 页。

鼐略有差异外，主要出于对赠序类中寿序体多谀词溢语的针砭，具有很强的现实针对性。实际上他对赠序并非一概否定，从其《读书录》对《韩昌黎文集》中赠序的评语来看，评价颇高，并未贬低其成就。可见曾氏主要因持不同的辨体思想和针对赠序类文章创作实际的考量，将之摒弃于二级文类之外。

三 增益“叙记”“典志”，凸显经世之旨

相较于姚鼐《类纂》，曾氏《杂钞》在二级文类划分方面最大的创变莫过于增设了“叙记”和“典志”两类，亦即其所谓“余所有而姚氏无焉者也”。《序例》论此二类文体云：

> 叙记类，所以记事者。经如《书》之《武成》《金縢》《顾命》，《左传》记大战、记会盟，及全编皆记事之书，《通鉴》法《左传》，亦记事之书也；后世古文如《平淮西碑》等是，然不多见。
>
> 典志类，所以记政典者。经如《周礼》《仪礼》全书，《礼记》之《王制》《月令》《明堂位》，《孟子》之“北宫锜章”皆是；《史记》之八“书”，《汉书》之十“志”，及三《通》，皆典章之书也；后世古文如《赵公救灾记》是，然不多见。①

这两类都是以“记”为标志的叙述类文体，二者之区别在于叙记类以记叙历史事件为主，典志类以记载典章制度为主。从选文来看，此二类中有四篇见于《类纂》，包括叙记类所选韩愈《平淮西碑》，典志类所选欧阳修《五代史职方考》(《类纂》仅录其序)、曾巩《越州赵公救灾记》和《序越州鉴湖图》，姚氏将此四篇分别类属于碑志、序跋及杂记类。从姚、曾对这四篇文章的文体归类来看，姚鼐是据为用不同的原则进行区划，曾国藩则是依文章内容及其表达特点予以甄别。由此不难管窥二人文体分类观念之差异。

---

① (清) 曾国藩:《经史百家杂钞》卷首，清光绪二年 (1876) 传忠书局刻本。

在上述四文以外，此二类所选皆为《类纂》所未及者。曾国藩于“叙记”类选经、史、集部中的记事之文，特别注意到《资治通鉴》对《左传》体例的效法，其选文除《尚书》中的《金縢》《顾命》和《平淮西碑》外，皆选自《左传》与《资治通鉴》，共计30篇。又《杂钞》于“传志”类选入前四史中的人物传记23篇。可以看出，曾氏对于史书编年体、纪传体文章兼收并蓄，相比姚鼐更加重视史书体裁。这不仅有助于彰显“叙记”文之大体规格，对于后学掌握史家文法无疑亦具有借鉴与示范意义。

典志类所录为古代记载典章制度之文，包括《尚书·禹贡》、《周礼》中的《大司乐》《大司马》《职方氏》《大司寇》、《仪礼》中的《士冠礼》《士相见礼》《觐礼》、《礼记》中的《祭法》《投壶》、《史记》中的《天官书》《封禅书》《平准书》、《汉书·地理志》、《唐书·兵志》、《新五代史·职方考》及曾巩《越州赵公救灾记》《序越州鉴湖图》18篇，涉及礼制、官制、天文、地理、经济、军事、赈灾等社会生活的诸多方面。这类文章可以为承学者提供广泛的知识储备，有助于全面提升其文化素养，进而培养其经世之志与致用之术。

曾国藩于《杂钞》中增设“叙记”与“典志”两类，重视选录有裨实用之文，与其力主经世致用的思想密不可分。曾氏久历戎行，又长期执掌国柄，其为文为学皆以经世为归，黎庶昌称其“详览前史，求经世之学”①，李元度亦称其“毅然有效法前贤、澄清天下之志，讲求经世学”②。他曾在姚鼐所倡“义理、考据、辞章”之说的基础上加入“经济”一项，突出以文经世的理论诉求，故其论学论文常涉经世之旨。如咸丰元年八月廿二日记云：“天下之大事，宜考究者凡十四宗，曰官制，曰财用，曰盐政，曰漕务，曰钱法，曰冠礼，曰昏礼，曰丧礼，曰祭礼，曰兵制，曰兵法，曰刑律，曰地舆，曰河渠，皆以本朝为主，而历溯前代之沿革本末，衷之以仁义，归之于易简。前世所袭误者，可以自我更

---

① 黎庶昌：《曾文正公年谱》，大达图书供应社1935年版，第5页。

② （清）李元度：《曾文正公行状》，《天岳山馆文钞》卷14，清光绪六年（1880）爽溪精舍刻本。

之；前世所未及者，可以自我创之。”① 其所究心者无一不系经国济民之术。又《送江小帆同年视学湖北序》批判科举弊政，认为士子皆以功利相尚，徒精于制艺却无实际才干，而“今欲稍返积习，莫若使之姑置制艺而从事经史，奖一二博通之士以风其余。于覆名扃试之外，别求旁搜广采之术”②。其开出的救弊之方是舍制艺而转事经史，以开阔手眼，培养经世之才。

取法经史，可以说是曾国藩将经济之学落实到学问文章之中的必由之径，此种思想源于理学大师唐鉴。曾氏道光二十一年七月十四日记载，他曾问唐鉴“经济宜何如审端致力?”唐氏诲之曰：“经济不外看史，古人已然之迹，法戒昭然；历代典章，不外乎此。”③ 聆此指授后，锐意经史，以求经世，成为曾国藩十分自觉的理论追求，他对此反复予以强调。道光二十三年正月十七日《致诸弟》云：“经以穷理，史以考事。舍此二者，更别无学矣。”④ 同治元年十二月《复夏教授》又云：“经济之学，诸史咸备，而渊源全在六经。”⑤ 由此可见，曾氏于《杂钞》中增立叙记、典志两类文体，并以经、史之文为根底，正是其经世思想驱使使然。他于两类文体侧重选录“记事”“记政典”之作，从其平日论文之语亦能窥得渊源。咸丰元年七月初八日记指出：“经济之学，吾之从事者二书焉，曰《会典》，曰《皇朝经世文编》。”⑥《会典》指《大清会典》，曾国藩在世时清廷修有康熙、雍正、乾隆、嘉庆四朝会典，记录吏、户、礼、兵、刑、工各部之职能及制度，是清代的行政法典。《皇朝经世文编》为贺长龄、魏源等编辑清初至道光间的官方文书、论著、书札等而成的文章总集。魏源《皇朝经世文编·五例》称：“盖欲识济时之要务，须通当代之典章；欲通当代之典章，必考屡朝之方策。”⑦《杂钞》“典

---

① （清）曾国藩：《曾国藩全集·日记之一》，岳麓书社2012年版，第246页。

② （清）曾国藩：《曾国藩全集·诗文》，岳麓书社2012年版，第241页。

③ （清）曾国藩：《曾国藩全集·日记之一》，岳麓书社2012年版，第92页。

④ （清）曾国藩：《曾国藩全集·家书之一》，岳麓书社2012年版，第49页。

⑤ （清）曾国藩：《曾国藩全集·书信之五》，岳麓书社2012年版，第334页。

⑥ （清）曾国藩：《曾国藩全集·日记之一》，岳麓书社2012年版，第236页。

⑦ （清）贺长龄等：《皇朝经世文编》卷首，清光绪二十五年（1899）上海中西书局石印本。

志”类选录历代记录典章之作，当也受到魏源之说及《皇朝经世文编》的沾溉。又曾氏咸丰八年九月二十六日《加罗忠祜片》云：“窃以先哲经世之书，莫善于司马文正公《资治通签》。其论古皆折衷至当，开拓心胸。……又好叙兵事所以得失之由，脉络分明；又好详名公巨卿所以兴家败家之故，使士大夫怵然知戒。实六经以外不刊之典也。”[①] 可见《杂钞》“叙记”类选录《资治通鉴》之文亦可谓渊源有自。总之，这两类文体的设立是以突出经世精神为依归，期望后学通过学习经史之文了解历代治乱兴衰、典章制度等，以掌握经国济民之术，进而成为任事有所持循的经世之才。

姚永朴《国文学》在评《经史百家杂钞序》时曾指出曾氏文体分类与姚氏不同者有三，其二即“于杂记外，更益以典志、叙记两类也”，又称“此则惜抱非不知之，第以其例既不选经、史，则其他私家著作，能合于此两类者寥寥，故括之于杂记类中，而不别出两类之目也”。[②] 意谓《类纂》未涉及这两类文体，因限于体例而有所不为也。但是，选本体例的不同正折射出二人文体观念的差异，姚鼐知之而不为，固然有限于体例的原因，但究其根本则在于他对文章经世功能的重视程度不及曾国藩。而曾氏专设叙记和典志两类有关历史与政典的叙事体裁，与其身为宰臣而治国理政的经历有关。作为一代名臣，曾氏论文格外重视文章的经世致用功能，因此在选本编纂与文体分类中亦着意突出以史为鉴、遵典守制的用心。

四 “颂赞”诸部类之分合暨姚、曾文体观之分殊

颂赞、箴铭、碑志三种文类的“更易部居”是《杂钞》与《类纂》在文体分类方面又一显著的分殊所在。曾氏自称将姚氏所分颂赞、箴铭两类附入辞赋类，将碑志类附入传志类。据前文所论可知，曾氏是以有

---

① （清）曾国藩：《曾国藩全集·书信之一》，岳麓书社 2012 年版，第 663—664 页。

② 姚永朴：《国文学》卷 4，清宣统二年（1910）京师法政学堂铅印本。

韵与否作为划分词赋类的标准，这就不难理解他要将颂赞、箴铭两类韵文亦归入词赋类。而姚鼐《类纂》论词赋时则称“辞赋固当有韵，然古人亦有无韵者，以义在托讽，亦谓之赋耳”[①]，可见他判定词赋归属时并未局限于有韵无韵的形式特征，还辅以是否发挥讽谏功能这一效用标准。姚氏将颂赞、箴铭与词赋并列为类，主要基于它们的文体功用与词赋有异，因为箴铭是“圣贤所以自戒警之义”，赞颂系“《诗·颂》之流，而不必施之金石者也”[②]，这体现了其文体分类所秉持的“为用不同”原则。由此可知，姚、曾二人判别颂赞、箴铭的着眼点不同：一以文体功用为绳，一以文体形式为准。曾氏以有韵与否为标准将颂赞、箴铭归入词赋类，但从《杂钞》所录此二类作品来看，其中多数文章前有或长或短的序，而序文多为散体，故这些作品实际上是韵散结合的。当然若就颂、赞、箴、铭之正体而论，则其分类标准的一致性倒也无可指摘。

《杂钞》词赋类除纳入颂赞、箴铭以外，还选录了少数碑刻文。例如，李斯《峄山刻石》《泰山刻石》《琅邪台刻石》《之罘刻石》《碣石刻石》《会稽刻石》、班固《封燕然山铭》、元结《大唐中兴颂》等记功碑文。在《类纂》中皆属于碑志类，曾氏则以有韵为标准而归入词赋类，因为李斯文均为韵文，班固、元结二人之文则是散体序与韵文的结合。另如巩玮《光武济阳宫碑》和曹植《制命宗圣侯孔羡奉家祀碑》两篇为《类纂》所无，它们亦属于功德碑，前文颂扬了汉光武帝刘秀平定祸乱、光复汉统、巡行四方、封禅天下的丰功伟绩，后文称颂了曹丕封孔子二十一世孙孔羡为宗圣侯，并下诏复修鲁郡孔庙，以奉孔子之祀的功德。此二文以颂扬为主，体近于“颂”，且体制同样是散体序与韵文的结合，故曾氏亦将之归入词赋类。由此来看，曾国藩基本上是以有韵与否作为划分词赋类的唯一标准，就其分类依据的一致性而言固无可厚非，但从文体性质功用的角度来看，颂赞、箴铭、碑刻与词赋差别较大，《类纂》分之，更显合理。姚永朴《国文学》曾指出：“箴铭、颂赞与词赋其用本不同，惜抱分之，讵云非是。但文正或并或附，犹对策之合于奏议，檄

---

① （清）姚鼐：《古文辞类纂》卷首，清光绪二十七年（1901）求要堂刻本。

② （清）姚鼐：《古文辞类纂》卷首，清光绪二十七年（1901）求要堂刻本。

移之合于诏敕耳，夫何为不可耶！”[①] 认为姚、曾分类各有准绳，不宜强分轩轾。这也表明任何文体分类都难以做到完美无缺，放之四海而皆准，只要能符合各自所持的分类原则，就可备一家之说。

另从《杂钞》和《类纂》中词赋类的排序和选文比重来看，亦颇能透视姚、曾文体观念之差异。词赋在《类纂》十三类文体中位居十二，而在《杂钞》十一类文体中则位列第二，这种排序并非随意所为，而是与他们的文体观念有关。《类纂》十三类文体中论辩、序跋、奏议、书说、赠序、诏令、传状、碑志、杂记前九类皆为散文，箴铭、赞颂、辞赋、哀祭后四类均为韵文，其文体排序有区别有韵之文与无韵之文的用意，而先散体后韵文的排列又暗寓推尊古文之微意。《杂钞》则更为重视词赋体，此种倾向不仅体现在文体排序上，在选文比重方面也有鲜明的反映。《类纂》于词赋类只录55首，即使加上箴铭（20首）与颂赞（5首）两类，总共亦不过80首；《杂钞》词赋类则选录多达147首，选文数量高居各类文体之首。曾氏对词赋体的喜好，从其平日读书论文之语即可窥得一二，如咸丰八年十月二十五日《谕纪泽》云：“余惟文章之可以道古，可以适今者，莫如作赋。”[②] 同治二年三月初四日《谕纪泽》云：“嗣后宜将《文选》最惬意者熟读，以能背诵为断，如《两都赋》《西征赋》《芜城赋》及《九辩》《解嘲》之类皆宜熟读。”[③] 又同治六年二月初六日记云：“余近年最好扬、马、班、张之赋，未能回环朗诵，偶一诵读，如逢故人，易于熟洽。”[④] 可见他无论己身所好，还是勉励晚辈，均视词赋为重点学习对象。同时曾氏还认为词赋在各类文体之中是最难创作者之一，其《笔记二十七则》论《杂钞》十一类文体有云：“其九类者，占毕小儒，夫人而能为之。至词赋敷陈之类，大政典礼之类，非博学通识殆庶之才，乌足以涉其藩篱哉？”[⑤] 认为其他九类文体普通之人皆可以作，唯独词赋和典志两类则非博学通识之才不能作，可见曾氏对

① 姚永朴：《国文学》卷4，清宣统二年（1910）京师法政学堂铅印本。
② （清）曾国藩：《曾国藩全集·家书之一》，岳麓书社2012年版，第389页。
③ （清）曾国藩：《曾国藩全集·家书之二》，岳麓书社2012年版，第127—128页。
④ （清）曾国藩：《曾国藩全集·日记之三》，岳麓书社2012年版，第372页。
⑤ （清）曾国藩：《曾国藩全集·诗文》，岳麓书社2012年版，第424页。

于词赋之推崇其来有自。曾国藩之所以如此重视词赋，当与他注意吸收词赋富于藻采又颇具气势的长处，以重塑桐城派文风的考量有关。曾氏能够改变桐城派古文纡徐醇厚的传统风格，另辟雄奇恣肆一路文风，正是得益于词赋的学习。吴汝纶《与姚仲实》所称曾氏古文“以汉赋之气运之，而文体一变”①，即指此而言。

关于碑志类的文体归属，曾氏自称“附入传志之下编”，这主要是针对《类纂》所录碑志中的墓碑文而言的。实则《类纂》所录碑志文根据内容和用途可分为纪功碑文、宫室庙宇碑文和墓碑文三种。其中墓碑文如墓志铭、墓碣铭、墓表、神道碑文等都是记述死者生平事迹之体，曾国藩将之与史传、行状、事略等同归于传志类，因传志类是以“记人”为主的叙事性文体，故从文体性质来看，这种归并是合理的。至于纪功碑文和宫室庙宇碑文，《杂钞》则分别归入以记历史大事为主的叙记类和记日常杂事为主的杂记类中。如韩愈《平淮西碑》为纪功碑文，记述了唐宪宗平定吴元济叛乱之事，故被纳入叙记类中。蔡邕《陈留东昏库上里社碑》、王延寿《桐柏庙碑》、韩愈《南海神庙碑》《处州孔子庙碑》《衢州徐偃王庙碑》《柳州罗池庙碑》《袁氏先庙碑》《乌氏庙碑》、苏轼《表忠观碑》等碑文则被纳入杂记类中，这些碑文除了记述立庙缘由、经过等外，还常颂扬某人的政绩德业，兼具记人功能，不纯以记事为主。但“杂记”类从其立名来看，本身就寓有一定的包容性，因此将庙碑文归入杂记类并无龃龉之感。要之，曾氏将三种碑文以叙述内容之别，分别归于三种不同的文类，亦不失为一种新颖的分类尝试。

五　曾国藩《经史百家杂钞》文体分类观之影响

随着《杂钞》在晚清民国时期的广泛流播，曾国藩的文体分类思想很快便对后世文家的文体分类产生了影响。首先得此沾溉者为曾门四大弟子之一的黎庶昌，他在编选《续古文辞类纂》时承祧整合了姚、曾的

① 施培毅、徐寿凯校点：《吴汝纶全集》（第3册），黄山书社2002年版，第52页。

文体分类思想，于《类纂》十三类文体之外，增益《杂钞》所分叙记、典志两类，意在补姚选所未备。

光绪后期，王葆心在其《古文辞通义·总术篇》“以至简之门类檃栝文家之体制”条引述了其友李伟的文体分类论，李伟高度肯定曾氏《杂钞》的文体分类成就，称“世无文正，生其后者虽欲以宏纲巨目笼盖往籍，何可得乎？”又称他将文体分为三门十五类，亦“本曾氏序目而少增变之，间采姚氏之说以归完备”①。李氏所分文体为：一告语门，包括诏令、奏议、书牍、赠言、祭告五类；二记载门，包括载言、载笔、传志、典志、杂记五类；三著述门，包括论著、诗歌、词赋、传注、序跋五类。与曾氏分类相较，其间差异主要体现在二级文类的归纳方面。首先，告语门增入曾氏所弃赠序类（李称“赠言”），其分类当是依据文体功能相近的原则，因为从“告”之功能来看，赠序亦属赠送相告之体，这是从文体功用角度区分文类的新尝试。其次，记载门之载笔类接近于曾氏所分叙记类，而最大的变化在于载言类，王葆心称此为《论语》类记言体，这就在曾氏所分记人（传志类）、记事（叙记类、杂记类）、记典章（典志类）体外，又增入记言一体，丰富了记载门之构成。最后，著述门增入诗歌类，并将曾氏序跋类所列传、注诸体析出而设为二级文类。传注类的设立较曾氏分类而言是一次革新，而王葆心接着又对此作了进一步发展。王氏在《古文辞通义·关系篇》讲述文章作法时依文体类型分述之，其所述文体包括告语文、记载文、解释文、议论文四类，其中告语文、记载文、议论文三类基本上可以对应曾氏所分三级文体门类（议论文接近于著述门），最大的变化在于王氏新增的解释文这一门类。关于解释文，王葆心释云：“此解释文即近世合形体、音韵、训诂三种以成文之体。专言三种尚不成文，必合此三种附诸经典用之，而此解释文体始成。”② 可知所谓“解释文”实相当于李伟著述门所立传注类，是指以解析说明为主的注释考据文体。所不同的是，王葆心将李伟设为二级文类

① 王葆心：《古文辞通义》卷13，载王水照编《历代文话》（第8册），复旦大学出版社2007年版，第7705页。

② 王葆心：《古文辞通义》卷18，载王水照编《历代文话》（第8册），复旦大学出版社2007年版，第8001页。

的“传注”改称“解释文”，而与告语、记载、著述三门文体并列为类。这样从曾国藩将传、注作为单个文体归入序跋类，到李伟将传注从序跋类析出而设为二级文类，再到王葆心将传注类改称解释文而设为三级门类，体现了文体分类观念的演进。而李、王二人对于传注类文体的区划较曾氏分类显然是一种进步，因为传、注等解经体裁在广义上虽然也符合曾氏界定序跋类所谓阐明他人著作之意的标准，但与序跋体毕竟差别较大，故李、王着眼于其形式特征而独自设类或门则更趋合理。

至于李伟文体分类的总体特点，王葆心总结道：“绎厥指归，可知告语门者，述情之汇；记载门者，记事之汇；著述门者，说理之汇也。三门之中对于情、事、理三者有时亦各有自相参互之用，而其注重之地与区别之方要可略以情、事、理三者画归而隶属之。”[①] 他认为李伟是以情、事、理三者作为文体分类的依据，并引王世贞、陆桴亭、章学诚等人之论辅证之。以情、事、理作为文体分类标准，逻辑较为清晰，但王氏称告语门主于情，然奏议、诏令作为朝廷公文显然不以述情见长；称著述门主于理，然诗歌、词赋是偏于述情而非说理者，故其所论与李氏的文体分类实践并不十分契合。

清民鼎革之际，桐城派后学姚永朴、徐世昌及高步瀛再次对《杂钞》的文体分类进行了发展改造。1914 年，姚永朴《文学研究法》印行，他依曾氏所分三门文类设“著述”“告语”“记载”三门，论述文体分类和辨体问题，其所论著述门分论辩、词赋、箴铭、序跋四类，告语门分诏令、奏议、书牍、赠序、哀祭五类，记载门分典志、叙记、杂记、纪传、碑志、赞颂六类。徐世昌仍借助选本方式进行文体分类，其所编《古文典范》将文体分为三门十类：一论说门，包括论辩、序跋、书牍三类；二叙记门，包括传状、碑铭、典志、杂记四类；三词赋门，包括骚赋、箴颂、哀记三类。[②] 高步瀛则在其文学讲义《文章源流》中将文体分为三门十六类：一论议门，包括论辩、传注、序跋、赠序、诏令、奏议、书

① 王葆心：《古文辞通义》卷 13，载王水照编《历代文话》（第 8 册），复旦大学出版社 2007 年版，第 7715—7716 页。

② 徐世昌：《古文典范》，中国书店 2010 年版，前言第 2 页。

说七类；二记载门，包括传状、碑志、叙记、典志四类；三词章门，包括词赋、箴铭、颂赞、哀祭、诗词五类。

从三人所分三级文类来看，他们都延承了曾氏三门分类法，但也有新的发展。从三门文体名称来看，姚永朴沿用了曾氏的三门文体命名，徐世昌则对三门文体完全改易新的名称，高步瀛除记载门仍沿用曾氏命名外，其余二门亦另立新名。徐、高二人在三级文体类目设置和命名方面的变化，当是借鉴和吸收了李伟、王葆心以情、事、理三者划分文体的经验。高步瀛《文章源流》分析曾氏文体分类之成就与不足时指出："然著述、告语，范围太廓，分界为难，而以词赋入著述门，尤多龃龉；其记载门增入叙记、典志二类，则曾氏之卓识，超越前人矣。窃以为文章之类别，实不出说理、叙事、言情三大端，有论议、记载、辞章三门，已可包括无遗。"[①] 以此衡之，则徐、高基本上也是以说理、叙事、抒情三者作为三门分类的依据，其中"论说"或"论议"门主于说理，"叙记"门或"记载"门主于叙事，"词赋"或"词章"门主于抒情。其实姚永朴也十分重视从情、事、理三者观照文体差异，不过他未将此三者与曾氏三门文体作整体对应，而是根据三门内所辖二级文类的特点分别归于理、情、事三者，《文学研究法·范围》指出，四部之文皆不出说理、述情、叙事三者，"大抵集中，如论辩、序跋、诏令、奏议、书说、赠序、箴铭，皆毗于说理者；词赋、诗歌、哀祭，则毗于述情者；传状、碑志、典志、叙记、杂记、赞颂，皆毗于叙事者"[②]。要之，以理、情、事三者作为区判文体的重要标准，已成为清季民初学者的共识，这正是对曾国藩文体分类观念继承与发展的结果。

从三人所分二级文类来看，则各具特点和创新。姚永朴的分类特点：首先，是将著述门中曾氏归入词赋类的箴铭类再次独立，恢复其二级文类的地位。其次，继承了李伟的分类观念，将曾氏汰弃的赠序类纳入告语门。最后，将记载门之传志类区分为纪传和碑志两类，这是《杂钞》

① 高步瀛：《文章源流》，载余祖坤编《历代文话续编》（下册），凤凰出版社 2013 年版，第 1359 页。

② 姚永朴著，许结讲评：《文学研究法》卷 1，凤凰出版社 2009 年版，第 27 页。

传志类所收主要为正史纪传和碑志的缘故；而值得注意的是，他将曾氏著述门中的赞颂类划归记载门，这是其他人所未作过的分类尝试，察其用意，当主要是因颂体行文以铺叙为主，赞体为“纂集其美而叙之也”①，也具有一定的叙述性，故姚氏将赞颂类亦归入以叙事为主的记载门。徐世昌与高步瀛的文体分类思想较为接近，但亦存在一些细微差异，故将二者结合起来看其分类特点则更为显豁。首先，徐世昌《古文典范》将曾氏原归于告语门的书牍类划入论说门，而具体选文中书牍类实录有书说、奏议、诏令、赠序四类文体，如此则与高步瀛《文章源流》所分论议门基本一致，只不过高氏将徐选书牍类所含四类文体皆列为二级文类，且将具有解释说明性质的传注类亦归入论议门。他们如此划分，皆是着眼于上述诸类文体兼具议论说理功能而进行的分类探索。值得注意的是，徐氏将赠序作为单一文体而归入书牍类颇具创意，这当是因作为文人送别之体的赠序与作为文人间往来交流之体的书牍，其为用有相似之处，故被统括于一类之中；这相对于李伟着眼于“告语”功能而将“赠言”与“书牍”并列为类，无疑又是一次新的分类尝试。其次，徐氏叙记门所收文类与高氏记载门大致相同，差别在于徐氏径以叙记作为三级门类，故其二级类目列有杂记类，高氏则以叙记作为二级文类，而将杂记视为单一文体附入叙记类。另外，《古文典范》于碑铭类还录有“彝鼎铭”体，选《毛公鼎铭》《盂鼎铭》等三代铜器铭文36篇，这是曾国藩、李伟、高步瀛分类时均未涉及者，是对曾氏文体分类的丰富和拓展。最后，徐氏词赋门所收骚赋、箴颂、哀记三类中，“箴颂”类实际所录文章包括箴铭、颂赞两类，与高氏词章门不同者是徐氏将“词赋”设为一级门类，故将“骚赋”列为二级文类，而高氏以“词章”为一级门类，故列“词赋”为二级文类。此外，高氏基于抒情标准而在词章门中增入诗词类，徐氏则因其所编为古文选本，故未涉诗词类。要之，徐、高二人在曾国藩文体分类的基础上又进行了新的文体归并和分类尝试，所设三级文体纲目的逻辑关系较为统一，二级类目的分合损益亦有某些新的尝试，对桐城派文体分类思想进行了最后的发展与提升。

① （汉）刘熙：《释名》卷6，中华书局1985年版，第101页。

总之，曾国藩《杂钞》是继姚鼐《类纂》后又一部在文体分类方面做出卓越贡献的桐城派文章选本，其分类层次丰富，逻辑性较强，且所收文体扩增至《类纂》所未及的经、史，堂庑甚大，影响深远，深得后人称许。马其昶《诸家评点古文辞类纂序》云：“姚选分十三类，曾文正公更约为三门十一类，曰论著、曰告语、曰记载，与姚说小别大同。学者诚准此二家以辨文体，晰如也。盖审同异，别部居，可以形迹求也。”①宋晶如、章荣《广注经史百家杂钞》扉页提要云：“本书体例略与姚氏《古文辞类纂》相仿，然分类之精与取材之博实有过之。”② 均认为《杂钞》的文体分类可以媲美《类纂》，且对后者有所超越，有后出转精之效。曾氏的文体分类思想能为我们充分认识古代文体间的相似性与差异性、文体集群的层级性等，提供有益的启示与借鉴，至今仍具有重要的文体学价值。

（作者单位：西北大学文学院）

① 徐树铮：《诸家评点古文辞类纂》卷首，1916 年都门书局铅印本。

② 宋晶如、章荣：《广注经史百家杂钞》，1936 年国学整理社铅印本。

刘师培文体论及其学术史意义

赵 静 党圣元

刘师培的学术研究涉及文学、经学、民族学、历史学、伦理学等诸多领域，且著述丰富，共同构成视野宏阔、门类多样化的学术思想系统。程千帆先生称刘师培为中国近代史上的“学术奇才”①，当不为过。在刘氏的学术思想结构中，文学思想是重要组成，特别是文体研究，贯穿其文学研究的全部过程。目前对于刘氏文学思想的研究中，尽管文体论的相关成果多有出现②，但已有研究并未将其加以统观，故依然存在进一步阐发的空间。刘氏文体论可以视作一个具有整体性内涵的有机结构，本文试从释“文”方式、文笔之辨、文类观、文体风格、文章作法几个层面探究其以形式性文学观为统摄、以辨体为核心的逻辑脉络，揭示其阐释的文体学问题所蕴含的学术价值和意义。

一 释“文”：“文”的界定与文体的发生

何者谓“文”？对“文”的认识与界定是每一个文体研究者都无法回避的根本性问题，直接决定其文体认知结构谱系的生成。刘师培充分发

---

① 刘师培：《中国中古文学史讲义》，程千帆等导读，上海古籍出版社2001年版，第1页。

② 关于刘师培文体论研究的相关成果，多为论文，目前所见有：施秋香《论刘师培的文体思想》，《山西青年管理干部学院学报》2013年第1期；董丽娟《刘师培论文章辨体》，《广播电视大学学报》（哲学社会科学版）2013年第3期；施秋香、佴荣本《论刘师培的“骈文正宗”观》，《南京师大学报》（社会科学版）2008年第4期；慈波《刘师培的变与不变：从骈体正宗说到文学史研究》，《中山大学学报》（社会科学版）2014年第5期；柯镇昌《刘师培的文体学思想及其研究方法刍议》，《中国社会科学院研究生院学报》2015年第4期；等等。

挥小学家之长，从字源考索入手，搜集《说文解字》《广雅》《释名》等小学文献释“文”。按照他的解释，所谓“文”者，原指事物之“象”，特征在于“饰”，是“会集众彩”的结果，意义衍变后用来指“文字”，“文字”组织而成“文章”。源于“藻缋成章”的原初训释，“文章”别体为“彣彰”。依此标准，他进一步厘分“文”的范围为三层：“就事物而言，则典籍为文，礼法为文，文字亦为文；就物象而言，则光融者为文，华丽者亦为文；就应对而言，则直言为言，论难为语，修词者始为文。文也者，别乎鄙词俚语者也。”①“是则文也者，乃英华发外秩然有章之谓也。”② 事物、物象因具备秩然有章的“华丽”饰彩能够称为“文”，言辞亦是如此。当文字组合为文章时，也以是否“修词”为限，缺乏“修词”的“鄙词俚语”自是难以进入“文”之殿宇了。显然，刘氏以“本同末异”的识文策略考索“造字之基”“正名之指”，是为“文”之“殊途”（各种体态的文章）寻找“同轨”（“文”之本训），其在追本求源基础上所做的界定凝练出了“文”之“藻缋”性特征。

刘师培此番释“文”逻辑基于他在文学研究中对中古析文思维的认同与借鉴。刘勰《文心雕龙·原道》有云：“文之为德也大矣，与天地并生者何哉！夫玄黄色杂，方圆体分；日月叠璧，以垂丽天之象；山川焕绮，以铺理地之形；此盖道之文也。”③“道之文”为广义之“文”，即天地之间的“物象”。《文心雕龙·情采》继续言之：“故立文之道，其理有三：一曰形文，五色是也；二曰声文，五音是也；三曰情文，五性是也……庄周云辩雕万物，谓藻饰也。韩非云艳采辩说，谓绮丽也。绮丽以艳说，藻饰以辩雕，文辞之变，于斯极矣。”④ 刘勰所论广义之文包括形文、声文、情文，构造机理有三：五色、五音、五性；对于狭义的文辞而言，“绮丽以艳说”“藻饰以辩雕”是变化的极致。以形式性特征为桥梁，“文”的内涵由事物推衍至文辞，在《文心雕龙》的文学概念中已充分见出。刘师培沿着“文”之字源发生学逻辑，亦着重从藻饰方面的

① 陈引驰编校：《刘师培中古文学论集》，中国社会科学出版社 1997 年版，第 183 页。
② 陈引驰编校：《刘师培中古文学论集》，中国社会科学出版社 1997 年版，第 205 页。
③ 范文澜：《文心雕龙注》，人民文学出版社 1958 年版，第 1 页。
④ 范文澜：《文心雕龙注》，人民文学出版社 1958 年版，第 537 页。

形式性元素寻绎“文”之含义的衍生轨迹，因循了中国古典文学自中古时期渐趋自觉的重视文体藻饰特征的论文宗尚。

刘师培的释“文”路径在当时不乏同道。同时代的章太炎也以小学方式释“文”，但聚焦点截然不同。《国故论衡·文学总略》开篇这样界定“文”和“文学”：“文学者，以有文字著于竹帛，故谓之文。论其法式，谓之文学。凡文理、文字、文辞，皆言文。言其采色发扬谓之彣；以作乐有阕，施之笔札，谓之章。《说文》云：‘文，错画也。象交文。’‘章，乐竟为一章。’‘彣，䰠也。’‘彰，文彰也。’”① 章氏关注的是“著于竹帛”的文字，即最广泛意义上的书面语，他着眼于“文”之书写载体，从书写表达的形式与功能角度界定“文章”。相较而言，刘师培将“文”局限于具有藻饰的“偶词俪语”之文，二人识“文”视野之广狭有异。由于关注点在“文”之内实，故章太炎不满于将“文章”只认作“彣彰”，认为“文章”具有比“彣彰”更加广阔的内涵，包括以“彣彰”形式存在的“华叶”之文和不“彣”的“冲淡”之文。他对“文”的宽泛界定承续了中国传统的“杂文学”观，所持守的是“文”之“传统义”②。胡云翼认为：“章炳麟所说‘著于竹帛之谓文，论其法式谓之文学’，即是说所有著作皆文学。这样广泛无际的文学界说，乃是古人对学术文化分类不清时的说法，已不能适用于现代。”③ 蒋鉴璋也说：“此义过泛，今所不取。”④

合观章、刘二人界定之“文”，路径相类却效果迥异。晚清民初之际，西学冲击中国传统学术，由西方输入的“纯文学”观念逐渐成为主流文化群体的共识。置身其中的刘师培，对西学的接受是自觉的，主动用西学方法阐释中国学问，他的论说一方面是对中国传统“文学”概念

---

① 章太炎撰，庞俊、郭诚永疏证：《国故论衡疏证》，中华书局2011年版，第340—341页。

② 需要补充说明的是，这里将章太炎所持观念定位为“文”之“传统义”，并非刻意忽略他吸纳西学而转向“复古”的文学认知理路，仅着眼于其“文学”定义与传统的高度相似以作为比较对象，显出刘师培“文”之界定与时流的一致性，毫无优劣高下的价值评判之意。

③ 胡云翼：《新著中国文学史》，北新书局1937年版，第5页。

④ 蒋鉴璋：《中国文学史纲》，亚细亚书局1933年版，第3页。

的充分考察，另一方面也是对时下舶来之审美性纯文学观的呼应。相较于章太炎所持“文”之“传统义”，刘师培所释可曰“文”之“现代义”，更为切合时代潮流。

与界定“文”的入思方式相同，刘师培认为“欲溯文章之缘起，先穷造字之源流”[①]，亦从字源角度考察文体的发生。在《文学出于巫祝之官说》一文中，他从解字入手，将“祠”的意义与“文词”相联系，指出“祠”的含义由“文词”之“词”而来。并用相同的逻辑得出，“祝”为“祭主赞词者”，其释义也与“词”有关。又引《周易》关于“巫”的解释作为参证，得出“盖古代文词，恒施祈祀，故巫祝之职，文词特工”的结论，进而指出早期文体的功用在于“颂以成功告神明，铭以功烈扬先祖”。并认为，“今即《周礼》祝官职掌考之，若六祝六词之属，文章各体，多出于斯”；既然“与祠祀相联”，“是则韵语之文，虽匪一体，综其大要，恒由祀礼而生”[②]。这里，刘师培所考文体是韵文，虽是论述文体之渊源，但更确切地说是将“韵文”类文体的发生归溯于“六祝”，将文体体制雏形归源于“六词”。刘氏为何只考韵文类文体之源呢？他通过分析口语向书面语的过渡规律，将韵文认定为文章的源初形态，云：“上古之时，先有语言，后有文字。有声音，然后有点画；有谣谚，然后有诗歌。谣谚二体，皆为韵语。‘谣’训‘徒歌’，歌者永言之谓也。‘谚’训‘传言’，言者直言之谓也。盖古人作诗，循天籁之自然，有音无字，故起源亦甚古……然当此之时，歌谣而外，复有史篇，大抵皆为韵语……韵语偶文，便于记诵，举民生日用文字，悉列其中，盖《史篇》即古代之字典也。”[③] 从口头语到记于竹帛的书面文字，由谣谚到诗歌、史篇，皆与韵语相关，“韵语偶文”因“便于记诵”的特点具有强大的生命力，并对后世文体的发展起到了极大的影响作用。从这个意义上说，韵文承载了早期文体的特点，是发生期文体形态之重要一种。刘师培言韵文一体“由祀礼而生”，举《周礼》祝官所掌“六祝六词”文体特点

① 陈引驰编校：《刘师培中古文学论集》，中国社会科学出版社 1997 年版，第 210 页。
② 陈引驰编校：《刘师培中古文学论集》，中国社会科学出版社 1997 年版，第 217 页。
③ 陈引驰编校：《刘师培中古文学论集》，中国社会科学出版社 1997 年版，第 227 页。

证之，其认可“六祝六词”的文体史价值，未将后世所有文体皆溯诸王官，持论相对平允。刘氏如此认可韵文类文体，不仅是基于韵文的文体史意义，更是其释“文”旨趣在文体考察实践中的具体展示。

刘师培溯源文体于“巫祝之官”（当然，其言“巫祝之官”是指王官，即史官），与他对古代学术的早期形成和官守关系的认识（关于“古学出于官守”说，见于他的《古学起原论》《古学出于史官论》《补古学出于史官论》《古学出于官守论》等一系列相关著述）属于同一思维。这种文体探源方式可名为“文体出于王官”说。其实，早于刘师培，章学诚已指明六经与王官的联系：“学者崇奉六经，以谓圣人立言以垂教，不知三代盛时，各守专官之掌故，而非圣人有意作为文章也。”① 实斋认为，六经乃“先王之正典”，三代已有之，由史官所掌，非圣人之独家文字，即谓“六经皆史也”②。此说对“文本于经”的学术传统构成了强大的冲击。我们知道，自儒学独尊，汉代形成了依经立论的文学批评范式，至魏晋以后文学自觉，人们逐渐重视经书文章的文体形式之美，五经遂被作为效法的典范以及后世文体补偏救弊的最优法则。例如，陆机主张“倾群言之沥液，溯六艺之芳润”③，傅玄视经书为“文章之渊府”④，刘勰结合各类文体形态的发展说明文章各体与五经的关联。《文心雕龙·宗经》提出：“故论说辞序，则《易》统其首；诏策章奏，则《书》发其源；赋颂歌赞，则《诗》立其本；铭诔箴祝，则《礼》总其端；纪传铭檄，则《春秋》为根：并穷高以树表，极远以启疆，所以百家腾跃，终入环内者也。”⑤ 尤其《文心雕龙》的以“经”论“文”，使“文体源于五经”说获得了文体批评史的权威地位。经过历代的不断阐发，逐渐形成了“文本于经”的文体批评统系。然章学诚“六经皆史”的著名命题，解构了六经作为“源”的至高地位，遂使“文本于经”这种文体探源观面临质疑，启导了后继对文体作更进一步的溯源。同样注意到古代学术

① 章学诚著，叶瑛校注：《文史通义校注》，中华书局1985年版，第231页。

② 仓修良：《文史通义新编新注》，商务印书馆2017年版，第1页。

③ 张少康：《文赋集释》，人民文学出版社2002年版，第36页。

④ （清）严可均辑：《全上古三代秦汉三国六朝文》，中华书局1958年版，第1740页。

⑤ 范文澜：《文心雕龙注》，人民文学出版社1958年版，第22—23页。

与王官之间关系的还有章太炎，曾撰文《诸子学略说》，主张“古之学者，多出于王官”，提出“诸子出于王官”[①]说。综合二章之论来看，能够发现一条“王官之学—六经、诸子学术—后世文章”的学术进路。

刘师培的“文体出于王官”说，既“远眺章学诚的‘六经皆史’说又近承章太炎‘诸子出于王官说’”[②]，具有自己的特点：“文体源于五经”说聚焦于文体形态的演变规律，是对文体体制特点变迁的考察，可定位为一种“文体演进论”；比较来说，“文体出于王官”说的着力点在于文体形态的早期发源，是一种“文体发生论”，可谓从发生学角度探索文体渊源之卓见。但是，刘师培以“修词”视角从“巫祝之职，文词特工”溯韵文之源，并未详考韵文之外的文体形态与王官的关系，不能说已概括早期文体发生的全部面相，因而还存在一定程度的盲视之处。

二　辨体：文笔之辨与骈文正宗

刘师培借小学与本土文体认知的形式论传统，回应时下审美性的“纯文学”观，形成了“文”的独特认知，并以此展开文章辨体和文类体认。在“仿挚氏之例，以人为纲、以文体为纲”[③]梳理中古文学史的过程中，作为中古文学一桩公案的“文笔之辨”引起了他的关注。

《中古文学史讲义·文章辨体》云：“是偶语韵词谓之文，凡非偶语韵词谓之笔。盖文以韵词为主，无韵而偶，亦得称文……是官牍史册之文，古概称笔。故其为体，惟以直质为工，据事直书，弗尚藻彩。”[④]在列举中古文笔论的文献后，刘师培于所附“案词”中总结认为，韵、偶至少具一，方可称“文”，直质无藻彩者为“笔”体。又引《文选》作为例证，指其“惟以沉思翰藻为宗”“所收之文，虽不以有韵为限，实以

① 邓实、黄节主编：《国粹学报》（第5册），广陵书社2008年版，第2161页。

② 朱维铮编：《刘师培辛亥前文选》，生活·读书·新知三联书店1998年版，第8页。

③ 陈引驰编校：《刘师培中古文学论集·搜集文章志材料方法》，中国社会科学出版社1997年版，第105页。

④ 陈引驰编校：《刘师培中古文学论集·中古文学史讲义》，中国社会科学出版社1997年版，第6页。

有藻彩者为范围，盖以无藻韵者不得称文也”[①]。由此可见，刘师培区分文笔的关键在于藻韵，他还用此标准对唐宋之后的“误笔为文”现象提出了批评：“散行之体，概与文殊，唐宋以降，此谊弗明，散体之作，亦入文集。若从孔子正名之谊，则言无藻韵，弗得名文，以笔冒文，误孰甚焉。”[②]

刘师培借以区分文笔的“藻韵”究竟具有何种内涵呢？这里的“藻”，毫无悬念，同其“文”之界定中所持“藻缋成章”的本训紧密相连。前文论到，他将“文”的特性定义为“英华发外”“秩然有章”，“藻”自是指“文”之饰彩，此处文笔之辨标准中的“藻”是其藻饰性文学观的一以贯之。而“韵”，一方面体现了继承而来的文笔说，另一方面也包含着他本有的文体辨识倾向。

六朝文笔说最具理论性和系统性者非《文心雕龙》莫属，其《总术》有云：“今之常言，有文有笔，以为无韵者笔也，有韵者文也。夫文足以言，理兼诗书，别目两名，自近代耳。颜延年以为笔之为体，言之文也；经典则言而非笔，传记则笔而非言。请夺彼矛，还攻其楯矣……予以为发口为言，属笔曰翰，常道曰经，述经曰传。经传之体，出言入笔，笔为言使，可强可弱。”[③] 刘勰认为，文笔二分始于“近代”（晋代以后），以有韵、无韵作区分已成常例。从他反驳颜延年来看，其界分文笔兼顾“韵”和“采”，并不认为二者对立。且对于《文心雕龙》全书而言，刘勰以“论文叙笔”设置其文体论的整体框架，只是运用文笔之分作为文体大类安排的名目，视为对举而不对立，赋予二者可融通的属性。

刘勰圆融之文笔观背后是特定的中古文学语境。上引《文心雕龙·总术》“今之常言”句所示，以有韵无韵判分文笔已成为当时文章辨体的共识。最初的文笔区分以文体的实际功用为准，随着文体批评意识的逐渐自觉，人们开始从文体的自身特征来辨析文笔。辨体标准变化的结果

① 陈引驰编校：《刘师培中古文学论集·中国中古文学史讲义》，中国社会科学出版社1997年版，第103页。

② 陈引驰编校：《刘师培中古文学论集·中国中古文学史讲义》，中国社会科学出版社1997年版，第8页。

③ 范文澜：《文心雕龙注》，人民文学出版社1958年版，第655页。

是，“文”的畛域渐趋缩小，至齐梁之时，“文”在有韵的规定之下外延紧缩，只剩下“内核”了，即主要用来指诗歌、辞赋等有韵之文，文笔之辨遂演变为所谓的“诗笔之辨”了。王利器指出，“六朝人以诗、笔对言，笔指无韵之文。”① 是时虽诗笔对言，但在追求文采的时代氛围下，“笔”与“诗”有着同样的文采追求，并且这种追求渐趋合法化、常态化。《文选序》尝云：“文之时义，远矣哉！若夫椎轮为大辂之始，大辂宁有椎轮之质？增冰为积水所成，积水曾微增冰之凛，何哉？盖踵其事而增华，变其本而加厉。物既有之，文亦宜然。”② 在萧统看来，文章注重词藻正像事物“踵事增华”之常理一般自然而然。在文体饰彩化的过程中，“作为有文采的榜样性文体——赋，在其中起到了媒介作用”③。受赋的影响，诗与笔开始了“破体”的进程。不单是诗笔同时吸取来自赋体的形式“营养”，而且诗笔二体间也开始了“互动”。比如，诗对笔的表现手法的借鉴，即笔的手法向诗渗透，钟嵘《诗品序》曰：“‘经国’文符，应资博古，撰德驳奏，宜穷往烈。至乎吟咏情性，亦何贵于用事？……遂乃句无虚语，语无虚字，拘挛补衲，蠹文已甚。但自然英旨，罕值其人。词既失高，则宜加事义。虽谢天才，且表学问，亦一理乎！”④ 虽说是诗之自降体格，但笔之用事显然为诗注入了实质性的东西，使诗“且表学问”，于文体塑型而言也是一得。再者“笔”体的变化，如徐陵的“笔”：“自有陈创业，文檄军书及禅受诏策，皆陵所制，而《九锡》尤美。为一代文宗，亦不以此矜物，未尝诋诃作者。其于后进之徒，接引无倦。世祖、高宗之世，国家有大手笔，皆陵草之。其文颇变旧体，缉裁巧密，多有新意。每一文出手，好事者已传写成诵，遂被之华夷，家藏其本。”⑤“尤美”“颇变旧体”“巧密”，描述的是“笔”体吸收了一些文体形式方面的技巧所产生的形制变化。“笔”的“文艺”化助推了骈体的生成，这使得“笔”体一分为二。诗笔尤其是文笔二分的说法走

① 王利器：《颜氏家训集解》（增补本），中华书局1996年版，第135页。

② 郭绍虞：《中国历代文论选》（第1册），上海古籍出版社2001年版，第329页。

③ 胡大雷：《从“诗笔之辨”到文体三分》，《文学遗产》2015年第2期。

④ 曹旭：《诗品集注》，上海古籍出版社1994年版，第174、180—181页。

⑤ （唐）姚思廉：《陈书》，中华书局1972年版，第335页。

向消歇以至弃置不用。隋唐时期虽再提文笔之辨，意义已经大不相同了。

可以说，文与笔的文体互动最终促成了文笔之辨的衰歇，而“韵”和“采”作为文笔之标的则伴随文笔之辨演变始终。刘师培精研中古文体，持藻韵以辨文笔，对于六朝文笔论的学理性内质“韵”和“采”有着一定程度的吸收。关于文笔之间的关系，对“盖散言有别，通言则文可兼笔，笔亦可兼文”① 有所保留，其意在于，“当时世论，虽区分文笔，然笔不该文，文可该笔，故对言则笔与文别，散言则笔亦称文”②。若综合来看刘勰和刘师培的文笔观，刘勰致力于文体分类，但更认可文体归类，意欲将当时文体繁盛、杂乱之状况予以规整，并以文笔作为大类统摄所论及的全部文体。基于中古文体生态，刘勰对文笔持融通态度，不严守界线，还试图调和二者，“统以‘文’之一名笼括”③。而刘师培之认识文笔，有融通亦有坚持：“文可该笔”，但“笔不该文”。详察刘师培深意，文与笔存在高下优劣之分，文体间的渗透或曰互动是乖离常轨的现象，如其所言：“至于文章体裁，本有公式，不能变化……文章既立各体之名，即各有其界说，各有其范围。句法可以变化，而文体不能迁讹，倘逾其界畔，以采他体，犹之于一字本义及引申以外曲为之解，其免于穿凿附会者几希矣。”④ 他认同的文体变化只限于各体划界前提下文章技巧的多样变化，而不同文体之间的借鉴吸收则是“逾其界畔”“穿凿附会”。似乎这样严守文体界线，是对文体互参之演变法则的否认，然不同文体间的渗透、借鉴恰恰是各类文体形态优化、改变及新文体生成之重要一环，抹杀这一点便是扼杀文体学发展的内在动力，刘师培的辨体观因过于僵化而有失通达了吗？其研思中古文学甚精，对中古文体家之批评著述了然于胸，为何还要持守文笔划界、失于圆融呢？这就要回到近

① 黄侃：《文心雕龙札记》，商务印书馆 2014 年版，第 198 页。

② 陈引驰编校：《刘师培中古文学论集 · 中国中古文学史研究》，中国社会科学出版社 1997 年版，第 102 页。

③ 成玮：《“韵”字重释与文学观念的流转——六朝文笔之辨在晚清民国》，《文学评论》2019 年第 5 期。

④ 陈引驰编校：《刘师培中古文学论集 · 汉魏六朝专家文研究》，中国社会科学出版社 1997 年版，第 136—137 页。

代文体语境予以考察了。

在中古文学语境之下，刘勰所作的是文体分类与归类的工作："在文笔探讨的过程中，实际的运作仍然建立在文体辨析的基础之上。因此我们说，魏晋南北朝的文学理论建设，最基本的内容仍然是文体辨析。"①刘师培则无意于文体分类学的建构，其辨体观源于近代文体语境，是延伸阮元文笔说欲为骈文文体地位再加一层确证。时值桐城派与选学竞胜，阮元以文笔之辨为武器来挑战古文的权威地位。在《文言说》中，阮元表明其文章观："凡偶，皆文也。于物两色相偶而交错之，乃得名曰文，文即象形也。然则千古之文，莫大于孔子之言《易》。孔子以用韵比偶之法，错综其言而自名曰'文'……何后人之必欲反孔子之道，而自命曰'文'，且尊之'古'也?"② 阮元虽是未直接亮明对古文的批评，但"尊之'古'也"已经显出是针对古文家而言，文章应该"协音成韵、修词达远"，"单行之语"不足称"文"。此外，《文韵说》中，阮元进一步阐说了"文"的标准："凡文者，在声为宫商，在色为翰藻。即如孔子《文言》云龙凤一节，实千古宫商、翰藻、奇偶之祖；非一朝一夕之故节，实千古嗟叹成文之祖。子夏《诗序》情文声音一节，实千古声韵、性情、排偶之祖。吾故曰：韵者即声音也，声音即文也。"③ 他认为，声韵翰藻是区分文与非文的标尺，只有如孔子《文言》那般"宫商、翰藻、奇偶"皆备才称得上"文"。阮元挟孔子《文言》自雄，以《文言》为文章之祖，为其文章观披上了"正统"的外衣。于是，骈文就成了文坛之正统文体。在学海堂策问诸生时，阮元利用"文笔之辨"辅证其说。当阮福发现《文选》入选之文中有诸多无韵文章时，情急之下，为补救文笔说的漏洞，阮元将"韵"的内涵加以扩展，使其含括句中之音韵："是以声韵流变而成四六，亦只论章句中之平仄，不复有压脚韵也。四六乃有韵文之极致，不得谓之为无韵之文也。昭明所选不压脚韵之文，本皆奇偶相生有声音者，所谓韵也。"④ 这样的处理消解了韵偶之间的差异，实现

① 傅刚：《〈昭明文选〉研究》，中国社会科学出版社2000年版，第83页。

② 郭绍虞：《中国历代文论选》（第3册），上海古籍出版社2001年版，第586—587页。

③ 郭绍虞：《中国历代文论选》（第3册），上海古籍出版社2001年版，第593页。

④ （清）阮元：《研经室集》，中华书局1993年版，第1064页。

了骈文与韵文的互通。

刘师培申阮氏文笔之说，从“在色为翰藻”层面进一步推阐，得出其文笔界说和文类体认：“盖‘文’训为‘饰’，乃英华发外，秩然有章之谓也。故道之发现于外者为文，事之条理秩然者为文，而言词之有缘饰者，亦莫不称之为文……惟韵语俪词之作，稍与缘饰之训相符。故汉魏六朝之世，悉以有韵偶行者为文，而昭明编辑《文选》，亦以沉思翰藻者为文。文章之界，至此而大明矣。”① 相较而言，刘师培“英华发外”“秩然有章”正是阮元“在色为翰藻”之注脚，他“步武齐梁，实阮元《文言》之嗣乳”②。阮、刘均自训诂切入，都将文之“缘饰”特征标举了起来。有所区别的是，刘师培并未被阮元文笔观中的韵偶问题拖累，而是将文笔之辨的重心放在了翰藻上。相应地，阮的骈文观也为刘所吸纳：“是则骈文之一体，实为文类之正宗。”③

刘师培步趋阮元，认同骈文，是由于同处于类似的“学术场”中。阮元析文笔、理文统，继承与推进扬州学派汪中、凌廷堪等前贤论说以构建其文笔观。这是他参与学术论争的需要，易言之，文笔之辨并非阮元学术旨趣所归，而是其学术争鸣的理论武器与策略。文笔说的再发现，使得选学派在论争中占据上风，而阮元依文笔界定实现的对桐城派古文源头之瓦解，也反响甚大，在桐城派后学倡汉宋融通、骈散合一的理论追求中无不见出阮元的影响。至清末，桐城派与选学之间的论争仍未衰歇，作为选学派殿军的刘师培论文笔、举骈文，自觉地站在古文派的对立面来论争，他的“骈体正宗”说也相应成为选学派的学术助力。另外，刘师培还有一个身份，因曾主持《国粹学报》而被目为国粹派。身为国粹派早期干将之一，“他最早从世界格局中考察中国文学的特性，又从传统文化中寻找资源‘回应’现代‘西学’”④。骈文是他拣择而出以与西

---

① 陈引驰编校：《刘师培中古文学论集·论文杂记》，中国社会科学出版社 1997 年版，第 235—236 页。

② 钱基博：《现代中国文学史》，中国人民大学出版社 2007 年版，第 99 页。

③ 陈引驰编校：《刘师培中古文学论集·文说》，中国社会科学出版社 1997 年版，第 206 页。

④ 陈雪虎：《“文”的再认：章太炎文论初探》，北京大学出版社 2008 年版，第 56 页。

学“竞长”的标志性的中国传统文体。对于刘师培文体论的本身逻辑来说，“以骈体为正宗”的文类观不仅是推崇国学的策略性需求，更是其“文”之认定和文章辨体观的主动实践，即形式性文学观之下由自觉的辨体意识而生发的文类体认的直接体现。具有较强审美特性的骈文在刘师培的辨体理论中被尊为文类之“正宗”，其雅俗观不言自明，这也是他张扬骈文、主动吸纳近现代审美性纯文学观念的一种结果。

三 文体风格：“南北—文质”阐释框架

辨体是刘师培文体论结构中的重要问题。与体制、文类之辨并行，刘氏将辨体的范围扩展至文体风格，从时空两个维度，以南北为纲、文质为目对各个时代文体风格的迁变进行了描述，并以诸子各派风格为基准对诗文等文体形态的时代风格面貌进行了考察。主要包括以下几个方面。

第一，对南北文学文质风格的认识。刘师培认为：“声音既殊，故南方之文与北方迥别。大抵北方之地，土厚水深，民生其间，多尚实际；南方之地水势浩洋，民生其间，多尚虚无。民尚实际，故所著之文不外记事、析理二端；民尚虚无，故所作之文或为言志抒情之体。”[①] 南北地理环境的区别导致了“民生其间”之不同地域的不同的文化风尚，北尚实际而南尚虚无，故南方擅言志、抒情之文，北方长于记事、析理之文。刘师培隐然将言志、抒情之文与记事、析理之文对举，并将尚虚与尚实作为这两种文体风格类型的成因。此外，他还以浓淡对言南北文风：“魏晋以来文化遂由北而南。其时南北之所以不同者，北方文句重浓，南方文句清淡。”[②] 同时指出：“自元已降……大抵北人之文，猥琐铺叙，以为平通，故朴而不文；南人之文，诘屈雕琢，以为奇丽，故华而不实。”[③]

---

① 陈引驰编校：《刘师培中古文学论集·南北文学不同论》，中国社会科学出版社 1997 年版，第 261 页。

② 陈引驰编校：《刘师培中古文学论集·汉魏六朝专家文研究》，中国社会科学出版社 1997 年版，第 140 页。

③ 陈引驰编校：《刘师培中古文学论集·南北文学不同论》，中国社会科学出版社 1997 年版，第 266 页。

虚实、浓淡是文质之别称，而刘氏具体论及的浑雄与纤巧、遒劲与轻绮、简与繁等范型，也皆是文质之具体风格指向。概括来说，刘师培将所举风格容括于文质两个大类之下，他赋予文质以极大的包容性来统摄南北文体风格的差异。

第二，对不同时代文体风格之南北互动的认识。刘师培指出，中国文学史上文体风格互动交融的几个时间节点为："魏晋之际文体变迁，而北方之士，侈效南文……北方文体至此始淆。又建安以还，文崇偶体，西晋以降，由简趋繁。然晋初之文，三张二陆文虽遒劲，亦稍入轻绮矣。诗歌亦然，故力柔于建安，句工于正始。此亦文体由北迁南之渐也。"建安时期为节点之一。"自子山、总持（江总）身旅北方，而南北轻绮之文渐为北人所崇尚。又初明（沈炯）、子渊（王褒）身居北土，耻操南音，诗歌劲直，习为北鄙之声，而六朝文体亦自是而稍更矣"。南北朝时期为节点之二。"隋、唐文体，力刚于颜谢，采缛于潘、张，折衷南体、北体之间而别成一派。"① 隋唐为节点之三。而其他各代，或南北文风差异显殊，或南北文风"未能自辟涂辙"、差别不显，当是文风互动过程中交融未成态与完成态轮替呈现的状貌。结合中国传统文学的发展实际来看，刘师培对这几个节点的把握是相对合理的。

第三，对单一文体风格演进的辨析。刘师培以寻源辨流的方式将后世各类文体的风格一一对应于诸子文章，他对唐宋文章的风格这样定位："韩、李之文，正谊明道，排斥异端，欧、曾继之，以文载道，儒家之文也。子厚之文，善言事物之情，出以形容之词，而知人论世，复能探言立论，核覈刻深，名家之文也。明允之文，最喜论兵，谋虑深远，排兀雄奇，兵家之文也。子瞻之文，以粲花之舌，运捭阖之词，往复卷舒，一如意中所欲出，而属词比事，翻空易奇，纵横家之文也。介甫之文，侈言法制，因时制宜，而文辞奇峭，推阐入深，法家之文也。立言不朽，此之谓与。"② 对于近代文章也是如此，刘师培将方苞、姚鼐定位为儒家

① 陈引驰编校：《刘师培中古文学论集·南北文学不同论》，中国社会科学出版社 1997 年版，第 264—265 页。

② 陈引驰编校：《刘师培中古文学论集·论文杂记》，中国社会科学出版社 1997 年版，第 239 页。

之支派，凌廷堪、程瑶田之流为名家之支派，魏源为法家之支派，吴稚威属纵横家，等等。除了文之外，他对诗的风格也作了同样的流别考察。对于“以诸子论文”式文体风格比照之法，刘师培指出：“会稽章氏、仁和谭氏稍知此义，惟语焉未精，择焉未详。故更即二家之言推论之，以明其凡例焉。”[①] 直言其论析是推衍章学诚与谭献之说而得。从各代文体的整体性风格特征看，这种辨析方法较为符合刘勰所倡“振叶以寻根、观澜而索源”的辨体路径，有一定的逻辑合理性。因为从风格上看，诸子文章确实与后世文体具有某种程度上的一致性，堪为后代之典范。但是“这种方法批评思想较为单一的作家犹可，批评思想较为复杂的大家较为困难。且这种批评方法，总体上只能以一种倾向而言，故宏观的审视比之具体的微观研究更容易获得成功。刘师培以诸子流别来区分不同时代的文学风貌就比他批评具体的作家作品更有说服力”[②]。

整体来看，刘师培从宏观着眼的文体风格辨析，或考察同一时期文体风格的地域差异，或考察同一文体在不同时代的风格变迁。前者以文质为关键词，后者以诸子为核心语。刘氏有一个前设的阐释框架：南北之分。“南北”在这一框架中已经被符号化，不仅仅指地域，更多地指向两种对举的风格：“南文北质”。从来源看，文质与南北这套阐释话语源自传统——《隋书·文苑传序》对文体风格的南北差异有一套描述：“江左宫商发越，贵于清绮，河朔词义贞刚，重乎气质。气质则理胜其词，清绮则文过其意，理深者便于时用，文华者宜于咏歌，此其南北词人得失之大较也。”[③] 刘师培并未讳言其话语借用。除了传统论析范式的影响之外，刘氏从地域特征考察文学与文体，同晚清民初传入本土学界的“地理环境决定论”也不无关联，以现代新的理论视野阐释传统学术遂为一时学人之自觉，譬如梁启超《中国地理大势论》、王国维《屈子之文学精神》就是这一风气之下的产物。刘师培产出的“南北文学不同论”凸显出了文学与文体研究的新视角，钟仕伦指出：“它的系统性和学术性有

① 陈引驰编校：《刘师培中古文学论集·论文杂记》，中国社会科学出版社1997年版，第242页。

② 黄霖：《中国文学批评通史·近代卷》，上海古籍出版社1996年版，第790页。

③ （唐）魏征等：《隋书》，中华书局1973年版，第1730页。

一定的价值。"[①] 但其不足也是显而易见的。"南北—文质" 阐析框架弱化了不同时代文体风格本身及其成因的复杂性，并未完整地将文体风格之多样性呈现出来。诚然，文体风格具有多方面因素共同作用的时代特性，它"决定于某一时代政治、经济、文化等条件所产生的某种占主导地位的审美需要和审美理想"[②]，是环境在人的审美精神上留下的痕迹，而非直线式和单一的。

刘师培基于"南北—文质" 阐释框架的文体风格论还包括微观层面的文风之辨。因为"'文体'的'体' 不仅是事物存在的一种外在存在方式，更重要的是，它是文章存在的具有稳定性的一种存在方式和存在形态，更是一种具有延续性和继承性的按照特定原则、规范组合的文本的编码方式，也是指一个作家较稳定的个人创作特色与规范"[③]，不仅具有客观意义上的规定性，也包含个体创作层面上的主观多样性。故而在《汉魏六朝专家文研究》中，刘师培也从文章作法切入以论析单个篇章的文体风格特征。与《南北文学不同论》中论及的地域性文体风格不同：前者是将文体风格放置到时代地域背景之中去观照，属于总体性文体风格之辨；后者着眼于创作，属于个体性文体风格的辨析。刘氏提及三组文体风格：轻滑与蹇涩；文质与显晦；整与洁。他继而分析道："中国文学受人攻击之点有二：一曰粉饰，二曰游戏笔墨。" 此两种意指轻滑与蹇涩。粉饰在于"既不能实写，又不善形容，乃以似是而非之旁衬名词来相涂附"，"此种风气启自六朝，盛于唐代，宋四六及清人普通文字多属此类"，"倘使沿用成习，非特于文有累，且致文格不高"![④] 蹇涩之弊在于文章用语舍易求难、舍浅求深，"为文力求艰深，遂致文气变坏"[⑤]。由此可见，避免轻滑与蹇涩两种弊端是提升文气与文格的有效途径。第二

① 钟仕伦：《南北文学与美学思潮》，四川大学出版社 1995 年版，第 42 页。

② 吴承学：《中国古典文学风格学》，北京大学出版社 2011 年版，第 61 页。

③ 党圣元：《传统诗文评中的文章"体制" 论》，《云南师范大学学报》（哲学社会科学版）2019 年第 2 期。

④ 陈引驰编校：《刘师培中古文学论集·汉魏六朝专家文研究》，中国社会科学出版社 1997 年版，第 145 页。

⑤ 陈引驰编校：《刘师培中古文学论集·汉魏六朝专家文研究》，中国社会科学出版社 1997 年版，第 146 页。

组风格：文质与显晦。文质是文体风格论的关键问题，这组对立且统一的范畴在文章创作中互相补充。究竟是偏于“文”为佳还是倾于“质”为上呢？无绝对之论，要视不同文体的体制特征具体考虑。“故文质得中，乃文之上乘也。”① 至于显晦，与文质类同，文者亦各有所偏。但“文之通病显则易浅，深则易晦”。其中涉及尺度把握的问题，显而易见则病于浮浅，隐晦难知则病于艰深。所以，文章“必须浅深合度，文质适宜，然后乃能气味隽永，风韵天成”②。文质与显晦这组对立的风格需要在具体的创作中平衡其尺度，忌偏于某一极，这是对作家为文功力的极大考验。与前两组风格并行的第三组是：洁与整。决定文章是否洁净整齐的因素在于字句与篇章结构。学文之人，“凡文气不盛者切不可用肥重字，否则，难免徒由字句堆成，毫无生气”，“临文之际，对于字句务求雅驯，汰繁冗，屏浮词”，“意思与辞采相辅而行，故读之不至昏睡。”③ 实质上，这三组风格事关篇章成功与否，是文章章法的关键。虽说依然属于刘氏风格之辨的论域，但已经是将辨体落实于文章作法了。

四　文章作法：中古文体的示范性与文法的近代价值

落实辨体于文法，是刘师培辨体观的另一个表现。针对具体的篇章创作而言，“中国古代的文体，如古诗、近体诗、词、曲、赋、颂、诏、诰、奏、疏等，每一种都有自身不可替代的外在形状、面貌、构架”④。正所谓“文章以体制为先，精工次之”⑤。文体外在形制之辨是创作的首

---

① 陈引驰编校：《刘师培中古文学论集·汉魏六朝专家文研究》，中国社会科学出版社1997年版，第134页。

② 陈引驰编校：《刘师培中古文学论集·汉魏六朝专家文研究》，中国社会科学出版社1997年版，第135页。

③ 陈引驰编校：《刘师培中古文学论集·汉魏六朝专家文研究》，中国社会科学出版社1997年版，第143页。

④ 郭英德：《中国古代文体学论稿》，北京大学出版社2005年版，第5页。

⑤（明）吴讷、（明）徐师曾：《文章辨体序说　文体明辨序说》，人民文学出版社1998年版，第14页。

要任务，目的是确定文章创作的法度，避免“乖体”。刘师培在其《汉魏六朝专家文研究》中对中古文章的体式特征有系统的认知，兼及历代文体，相关的文法论述包括“学文四忌”“谋篇”“转折与贯串”“音节”“句读”等技法问题。

第一，文章创作易犯之通病有四种：奇僻、驳杂、浮泛、繁冗。刘师培强调：“综此四端，胥为厉禁，初学为文，宜详审之。”[①] 并且一一举例来说明。患奇僻一端者，有明代前后七子、李梦阳、王弇洲辈，“为文远拟典谟，近袭秦汉。斑驳陆离，虽炫惑于俗目；而钩章棘句，实乖违于正宗。以极力戒除，以免流于奇僻。且临文用字，亦当相体而施”[②]。前后七子等文家，复古气息浓郁，为文宗范秦汉，字句流于奇僻。并非秦汉文章之过，而是模仿者对秦汉文体式特征把握失当的缘故。刘师培指出，欲矫此弊，应该“相体而施”。每一种文体都当遵循各自文体特征进行创作，一方面是文体规范之“尊体”需要，另一方面也在于所创作出的篇章不致偏离文体常轨。从文体体制规范的角度分析创作要求，这是刘师培辨体意识的具体应用。论驳杂一端，分为三种情况，“有文体驳杂、用典驳杂、字句驳杂之殊”。驳杂的成因在于“无所专主”，“若一篇之中忽而两汉，忽而六朝，纷然杂出，文不成体，有如僧衣百结，虽锦不珍，卫衣大布，反为朴茂”。刘师培在这里论及断代标志性的文体特征并指出，后学若要模仿，只能仿效一个时期的文体特征，如果混杂兼学，就未免“乖体”了。用典、字句方面要想避免驳杂，必定“于各体之中，亦必有所侧重”，“否则难免流于驳杂矣”[③]。浮泛一端，意为文溢于意。自齐梁文学崇尚藻彩的风气流行开了之后，寻常文家的篇章写作铺张过度，极易乖离其宗，且大多不能免于此病，是为文累，唯杰出者方能免此俗。“若任昉、庾信，一代名家，其行文遣词，鲜溢题外。”可见浮泛

---

① 陈引驰编校：《刘师培中古文学论集·汉魏六朝专家文研究》，中国社会科学出版社1997年版，第118页。

② 陈引驰编校：《刘师培中古文学论集·汉魏六朝专家文研究》，中国社会科学出版社1997年版，第115页。

③ 陈引驰编校：《刘师培中古文学论集·汉魏六朝专家文研究》，中国社会科学出版社1997年版，第116页。

之病，因作家造诣而异。烦冗一端，是就文章语言而言的。不同的文体种类，用语自有讲究。“试观《史记》《汉书》，非特记事之文言简事赅，即论赞之类，亦并意繁词炼。”[①] 刘师培认为，要知晓敛繁就简之术，只有经过反复锤炼才可得。初稿不论繁简，先将事实交代清楚，而后再视全篇情况删去可有可无的字句。不单记事之文，四六、词作、碑铭等文体亦是此法。

第二，篇章之术。刘师培认为，篇章之术包括谋篇、转折与贯串三个方面：“临文构思，则宜先篇章而后字句。盖文章构成须历命意、谋篇、用笔、选词、炼句五级。必先树意以定篇，始可安章而宅句。”[②] 谋篇是用笔、选词、炼句的前提和基础，只有确定了篇章格局，用笔、选词、炼句才能符合篇章的体制特点，否则就是随心所欲，使文章“异端丛至，骈赘必多”；也只有确定了篇章格局，材料取舍才能有所凭据，才不会使所取材料与篇制不符而乖离文体特点，导致文章为材料所累。谋篇是作文第一要紧事，刘师培称：“是知作文之法，因意谋篇者其势顺，由篇生意者其势逆；名家作文，往往尽屏常言，自具杼柚，即由谋篇在先，故能驭词得体耳！”[③] 在刘氏看来，陆机、任昉、嵇康、庾信均是通晓谋篇要诀的文章能手，他们的文章堪称谋篇布局之样本。命意、谋篇既成，则用笔、选词、炼字三项便即有所托了。若要行文流畅，转折和贯串不可缺少。考汉魏六朝文，“大抵魏晋以后之文，凡两段相接处皆有转折之迹可寻，而两汉之文，不论有韵无韵，皆能转折自然，不著痕迹”[④]。两汉文之典范者如蔡邕所作碑铭、《史记》《汉书》，均善于转折，且水到渠成、不露痕迹。魏晋文章之转折，擅用转笔和虚字。但用虚字辅助转折并非最佳处理办法：“若每段必加虚字，或一篇分成数段，不能

① 陈引驰编校：《刘师培中古文学论集·汉魏六朝专家文研究》，中国社会科学出版社1997年版，第117页。

② 陈引驰编校：《刘师培中古文学论集·汉魏六朝专家文研究》，中国社会科学出版社1997年版，第118页。

③ 陈引驰编校：《刘师培中古文学论集·汉魏六朝专家文研究》，中国社会科学出版社1997年版，第119页。

④ 陈引驰编校：《刘师培中古文学论集·汉魏六朝专家文研究》，中国社会科学出版社1997年版，第120页。

贯成一气，则品斯下矣。清代常州骈文甚为发达，而每篇常用数字分段，此即才力不足之证。”[①] 刘师培以转折技巧的高下作为衡量文家才力强弱的标志，对清代常州骈文转折技巧之匮乏给予批评。文章转折处理得是否巧妙，直接关乎篇章的成败，而文章成败的另一关键点则在于是否做到了贯穿。以《史记》为例，刘师培称：“同一事迹，或表详而世家、列传略，或传详而纪略，或纪详而传略，亦均参互照应以成章法，此记事文之通例也。大抵文章有一篇自成章法者。”[②] 这里提出文章的侧重点要明显，即要有详有略、详略得体。

第三，音节、句读为文章形式方面的要素，在文体构成中的作用也不容忽视。之所以强调音节和句读这些同声律形式相关的元素，与刘师培诉诸字源考索、重视文章形式的文学观密不可分，更与其中古文学研究的学术实践相关联。中古文体讲究声律，于文学形式方面呈现出文学批评史上首度的“文的自觉”，逐渐形成并为各类文体创作的基本规范奠定基础，而后历代文学循此自觉之路，各种文体形态的体制特征渐趋完善。刘师培基于其中古文体研究实践，在对文章作法的论析中尤为重视这些形式要素。他认为，字句作为篇章的形式要素，是构造文章的基础材料，所谓“因字而生句、积句而成章、积章而成篇”[③] 是也。又指出：“古人文章中之音节，甚应研究。”[④] 刘氏并未空泛地强调音节之于文章形式构成的重要性，而是将音节作为文气铸成的前提条件：“大凡文气盛者，音节自然悲壮；文气渊懿静穆者，音节自然和雅：此盖相辅而行，不期然而然者。”[⑤] 音节和谐、雅致，文气自然不同寻常，并且音节还应富有变化，方能使文调错落有致。他提到，阮籍、蔡邕之文，讲究文调变化，堪为汉魏六朝文之楷模。再者，文调的变化亦与句读有关，“文章

① 陈引驰编校：《刘师培中古文学论集·汉魏六朝专家文研究》，中国社会科学出版社1997年版，第121页。

② 陈引驰编校：《刘师培中古文学论集·汉魏六朝专家文研究》，中国社会科学出版社1997年版，第122页。

③ 范文澜：《文心雕龙注》，人民文学出版社1958年版，第570页。

④ 陈引驰编校：《刘师培中古文学论集》，中国社会科学出版社1997年版，第122页。

⑤ 陈引驰编校：《刘师培中古文学论集》，中国社会科学出版社1997年版，第123页。

有顿挫而无驰骤则失之弱，有驰骤而无顿挫则失之滑。欲明其文中驰骤顿挫之处，则非明其句读不可”。刘师培将句读视为文章顿挫驰骤的关键，并将《史记》《汉书》作为范本加以说明。

从《汉魏六朝专家文研究》中的论述来看，刘师培的文章作法论是在中古文体研究实践中总结而得的。他选择汉魏六朝专家文作为文法探究的文体材料，不仅源于其文学研究以中古文学为重，也是由于中古文体的示范意义，也就是说，汉魏六朝正是中国文学文体繁盛大备之时，以此期为基础，能够更加有效地对中国古代文体特征及创作规范作精准的把握。在刘氏的学术历程中，《汉魏六朝专家文研究》为身后刊行之著述[①]，书中《弁言》署名罗常培整理，称“辄记录口义”。此书是他执教北京大学之后的课程讲稿，因为作为国学课程讲义，所以文章作法也是必不可少的。民初之际，自1903年清政府颁布的《奏定大学堂章程》规定在文学科大学里专设“中国文学门”教授“文学研究法”“历代文章流别”“古人论文要言”等课程[②]以来，古文辞的研究便在新式学堂、学校的文学类课程中普遍开展，不论考“文章流别”，还是“论文要言”，文体研究都不曾缺席，文法论也相应占据一定的位置。当时，讲义性质的著作还有周祺《国文述要》、姚永朴《文学研究法》、张相《古今文综》等，均不同程度地关涉文体、论及文法，且文法相关读本、专书等大量刊出。应一时教育之需，民国文体学中文法研究成为相当重要的一个组成部分，这也是传统文章理论的近代回响，刘师培置身其中，自是无法例外。

综之，刘师培文体论在“藻缋”为尚的形式性文学观基础上，以辨体为核心手段，借用六朝文笔之辨作为理论工具，通过藻采、韵偶等概念的整合调适，举骈体为文类正宗，亦将“辨”之手段方法施用于文体风格和文章作法的阐析。若以文体学理论体系建构的标准来看，这种文体论结构于内在逻辑上尚有诸多可讨论之处：如标举藻饰为“文”之根本性特征，尽管出乎立论之需，但不无武断之嫌；溯源文体至王官，创

---

① 万仕国：《刘师培年谱》，广陵书社2003年版，第284页。

② 张百熙：《奏定学堂章程·学务纲要》，载苏新城编《中国近代教资料》（上），人民教育出版社1961年版，第206页。

“文体出于王官”说，并不能准确概括各种文体形态的发生规律；以诸子衡论后世文体风格，也有将文章各体风格单一化的倾向。如此种种，我们说，刘师培文体论的逻辑框架整体上还远未达到学理自适的程度。而对于近代文体学来说，刘师培重视文体藻饰性特征，有效地呼应了当时气焰正炽的纯文学风潮，且其骈体正宗说为当时的文体价值体系重构注入了传统资源，其南北文体风格论和文章作法论也颇合时流。在这个意义上，刘师培的文体论是有一席存在之地的。在中国文体学古今转接之时，刘师培以深厚的国学功底、融会西方的学术与文化思想视野整合重释传统文体资源，这种自觉姿态体现了中国学人应有的文化立场和思维策略，也凸显了近代作为传统文体学现代转进历程重要环节的中介意义。

（作者单位：陕西师范大学文学院、陕西师范大学
人文社会科学高等研究院）

中国古代文体命名与释名中的“因情立体”

袁　劲

中国古代文体论中蕴藏着丰富的思想资源，既包括宏观层面上“体制”或“体式”（体裁）、“体势”或“语势”（语体）、“体貌”或“体性”（风格）之一“体”三义，也包括具体到分类批评中的“变体”和“破体”、风格批评中的“体貌”和“体悟”、修辞批评中的“辨体”和“尊体”①，还涉及现代学术意义上的文体形态学、文体源流学、文体分类学、文体风格学、文体文化学②，等等。对于意蕴如此丰富的中国古代文体论，现有研究多以“文”之“体”为理论基点，以文体形态和文学风格为两翼，通过“体”这一关键词“折射出作家、批评家独特的精神结构、体验方式、思维方式和其他社会历史、文化精神”③。在以“体”论“文”的传统中，作为关键词的“体”确可贯穿作者与作品两端，涵盖创作与批评的全过程。难怪元人潘昂霄一度感慨：“不知其体，则喻人无容仪，虽有实行，识者几人哉?”④ 明代文体学家徐师曾亦尝言：“苟失其体，吾何以观?”⑤

---

① 李建中:《中国古代文体学范畴的理论谱系》，《北京大学学报》（哲学社会科学版）2011 年第 6 期。

② 郭英德:《中国古代文体学论稿》，北京大学出版社 2005 年版，“前言”第 2 页。

③ 童庆炳:《文体与文体的创造》，云南人民出版社 1994 年版，第 1 页。

④ （元）潘昂霄:《金石例》，载凌郁之《文章辨体序题疏证》，人民文学出版社 2016 年版，第 8 页。

⑤ （明）徐师曾;《文体明辨序说》，人民文学出版社 1982 年版，第 78 页。

不过，倘若联系古代文论“情动于中，故形于声”（《礼记·乐记》）[①]、“言，心声也；书，心画也”（《法言·问神》）[②]、“哀乐之心感，而歌咏之声发”（《汉书·艺文志》）[③] 等论说，还可发现“情”之于“体”的先导作用。那么，在以“体”论“文”的基础上，以“情”观“体”有无可能？在最基础的文体命名与释名层面，刘勰所谓“因情立体”如何呈现？在更深层次的文学发生论上，“情”怎样影响“体”的生成，“体”又是否反作用于“情”的表达？本文将以此为线索，通过对文体命名和释名的初步考察，寻绎中国古代文体论的情感维度，并据此重审传统文化及文论中“情”与“体”的同异离合问题。

一 中国古代文体命名中的“心”部字

《文心雕龙·定势》开篇云：“夫情致异区，文变殊术，莫不因情立体，即体成势也。”[④] 这里的“情致异区，文变殊术”与《体性》篇末赞语“才性异区，文辞繁诡”[⑤] 相似，都发现了作者情性对作品体势的影响，进而指出情性的变动不居导致了体势的纷繁多样。取此验之，曹丕《典论·论文》所云“故能之者偏唯通才能备其体”[⑥]，陆机《文赋》所谓“体有万殊，物无一量”[⑦] 等文体类型学的背后，离不开“文以气为主，气之清浊有体，不可力强而致”[⑧] 和“夸目者尚奢，惬心者贵当，言穷者无隘，论达者唯旷”[⑨] 等作家情性论的支撑。在《文心雕龙》“情固先辞”（《定势》）与“五情发而为辞章”（《情采》）的意义上讲，“情”确实影响了“体”的生成。

---

① （清）阮元校刻：《十三经注疏》，中华书局1980年影印本，第1527页。

② 汪荣宝：《法言义疏》，中华书局1987年版，第160页。

③ （汉）班固撰，（唐）颜师古注：《汉书》，中华书局1962年版，第1708页。

④ 范文澜：《文心雕龙注》，人民文学出版社1958年版，第529页。

⑤ 范文澜：《文心雕龙注》，人民文学出版社1958年版，第506页。

⑥ 魏宏灿：《曹丕集校注》，安徽大学出版社2009年版，第313页。

⑦ 张少康：《文赋集释》，人民文学出版社2002年版，第99页。

⑧ 魏宏灿：《曹丕集校注》，安徽大学出版社2009年版，第313页。

⑨ 张少康：《文赋集释》，人民文学出版社2002年版，第99页。

有必要追问的是，这种影响能否细化为分类学意义上文体与情感的具体对应呢？中国古代文体论因“体有万殊”而探寻“辨体”与“尊体”、“得体”与“乖体”、“效体”与“破体”、“正体”与“变体”等规律，形成了较为系统的文体分类。相应地，中国传统文化中的“情”也有多端。除了常见的喜、怒、欲、惧、忧之“五性”（《大戴礼记·文王官人》），好、恶、喜、怒、哀、乐之“六情”（《左传》召公二十五年），喜、怒、哀、惧、爱、恶、欲之“七情”（《礼记·礼运》）以外，中国传统文化对“情”的概括还包括而不限于：《庄子·渔父》好、恶、喜、怒之四分，刘良《文选注》喜、怒、哀、乐、怨之五种，嵇康《声无哀乐论》喜、怒、哀、乐、爱、憎、惭、惧之八类，以及《礼记·大学》忿、懥、恐、惧、好、乐、忧、患、亲、爱、贱、恶、畏、敬、傲、惰之十六类。若要说明“体有万殊”与“情有多端”的对应关系，最直观的方法莫过于在古代文体分类与命名中找出不同的情感元素，从而将“因情立体”的总体判断细化为“因何种情而立何种体”。

对于中国古代文体的分类与命名，郭英德、胡大雷、吴承学等已有系统论述，并着重揭示了言说行为与物质载体之于文体生成的重要影响。郭英德认为，“作为行为方式的文体分类”“作为文本方式的文体分类”和“文章体系内的文体分类”是中国古代文体分类的三种生成方式。① 而对应这一分类标准，中国古代文体有功能、篇章和类同三种命名法。② 三者之中，又以“言说”为中心的“行为方式”或曰“功能命名法”最为重要。通过集中考察中古时期的文体，胡大雷亦认为：“‘做什么’产生文词，于是以行为动作本身来命名这些文体。这是早期文体命名的一般性方法。”③ 在上述“一般性方法之外”，吴承学还发现了“以文字和文体载体来为文体命名”的现象。④

以行为观之，古代文体命名多从“言”或“口”部。例如，在《尚

① 郭英德：《中国古代文体学论稿》，北京大学出版社 2005 年版，第 50 页。

② 郭英德：《中国古代文体学论稿》，北京大学出版社 2005 年版，第 140 页。

③ 胡大雷：《论中古时期文体命名与文体释名》，《中山大学学报》（社会科学版）2011 年第 4 期。

④ 吴承学：《中国早期文字与文体观念》，《文学评论》2016 年第 6 期。

书》"六体"中,"谟""训""诰""誓"四体皆从"言"部,"命"体从"口"部。《周礼·春官·宗伯》载"大祝作六辞"之"一曰祠,二曰命,三曰诰,四曰会,五曰祷,六曰诔"①,亦有"命""诰""诔"之三辞从"言"或"口"部。它们或是古代君主对臣子的讲话(诰),或为军旅中表示决心或申明纪律的言辞(誓),皆系不同主体在不同场合的言说行为,以及由此形成的言辞类型。即便是《周礼》"六辞"中不从"言"或"口"部的三例,也或多或少与言说行为有关。《说文解字·示部》释"祠"为"春祭曰祠。品物少,多文辞也"②,释"祷"为"告事求福也"③,可见言说在祭祀、祷告中的作用。对此,《周礼》郑玄注更是直接指出,"祠"乃"交接之辞","会"是"会同盟誓之辞","祷"为"贺庆言福祚之辞"④,三者皆为特定人物在特定场合的言说⑤。诸如此类的言说(动词)被用来指称相应的言辞(名词),进而约定俗成创生了相应的文体。⑥

以载体观之,古代文体命名还多从"竹""木""糸""石"等部。例如,"简""策""篇""笺""簿"等命名与竹简有关。另有"册""典"亦与"竹"相关:甲骨文"册"像编串起来以供书写的竹简⑦,其古文字体"从册从竹";前述《尚书》"六体"中唯一不从"言"或"口"部的"典",按照许慎的解释,其字形"从册在丌上",而古文亦"从典从竹"⑧。此外,"札""檄""案"等文体命名与"木"有关,另有"牍""牒"从"半木"之"片";"纪""绪""续""绝"等文体命

---

① (清)阮元校刻:《十三经注疏》,中华书局1980年影印本,第809页。

② (清)段玉裁:《说文解字注》,上海古籍出版社1981年版,第5页。

③ (清)段玉裁:《说文解字注》,上海古籍出版社1981年版,第6页。

④ (清)阮元校刻:《十三经注疏》,中华书局1980年影印本,第809页。

⑤ 有学者认为"六辞"中的"祠"即"辞",与"命""会""祷"均属辞令,难称文体。见罗宗强《我国古代文体定名的若干问题》,《中山大学学报》(社会科学版)2009年第3期。从文体定名的角度看,"祠""命""会""祷"均可纳入辞令一体,在后世未能独立成体而影响有限,故难称文体。但在文体命名的意义上讲,这种基于行为或功能的区分曾一度存在。

⑥ 郭英德:《中国古代文体学论稿》,北京大学出版社2005年版,第29页。

⑦ 谷衍奎编:《汉字源流字典》,语文出版社2008年版,第183页。

⑧ (清)段玉裁:《说文解字注》,上海古籍出版社1981年版,第200页。

名从表“丝”之“糸”；“碑”“碣”则与“石”有关。①

如果着眼于情感心境，我们还能在中国古代文体中发现为数不少的“心”部字。以总集编纂的文体分类为例，从“心”部者包括而不限于表1。

表1　从“心”部的总集文体分类表

朝代	编纂者	总集	从“心”部文体
南朝梁	萧统	《文选》	“赋”类之“志”“情”、“诗”类之“咏怀”
北宋	李昉等	《文苑英华》	“赋”类之“志”、“诗”类之“悲悼”、“歌行”类之“愁怨”、“判”类之“惰教”“孝感”、“表”类之“慰贺”“陈情”、“状”类之“谢恩”“陈情”、“碑”类之“遗爱”
北宋	姚铉	《唐文粹》	“古赋”类之“哀乐愁思”、“古今乐章”类之“感慨”“幽怨”“愁恨”、“古调歌篇”类之“伤感”“怀古”“怀贤”“怀寄”“失意”“伤悼”“感遇”“慨叹”“感物”“春感”“秋感”、“文”类之“怨死”“伤悼”、“论”类之“嬖惑”、“古文”类之“二恶”、“碑”类之“遗爱”、“书”类之“忿恚”、“传录纪事”类之“忠烈”“妖惑”
明	徐师曾	《文体明辨》	“近体歌行”类之“怨”
明	王世贞	《艺苑卮言》	“史之华”类之“悲”
清	吴曾祺	《涵芬楼古今文钞》	“哀祭”类之“愿文”

分析上述“心”部文体，可得出三点结论。

第一，在中国古代文体命名中，从“心”部者数量颇为可观。“情”“志”“怀”“悲”“悼”“怨”“愁”“感”“悲”“失意”“谢恩”“忿恚”等，涉及近四十种情感类型。它们大致可分成两类，小部分属于作者对某种情感心境的关注，比如史书或议论文类中的“忠烈”“嬖惑”

① 吴承学：《中国早期文字与文体观念》，《文学评论》2016年第6期。

“妖惑”等；而绝大部分文体是作者某种情感的外化，比如“咏怀”“怀古”“怀贤”之“怀”、“伤感”“感遇”“感物”“春感”“秋感”之“感”，以及“怨”“愁”“思”“悲”，等等。这基本上可以说明“情有多端”与“体有万殊”存在一定的对应关系。

第二，不同于言说行为或书写载体命名法，基于情感类型而命名的文体在文章总集及辨体目录中多属于二级文体。前列六部文章总集中，从“心”部的近四十种文体皆为大类下的小类，无一例外。而在未设二级文体的《宋文鉴》《元文类》《明文衡》，以及只是在少量文类下据时代、功能或形式而划分小类的《文章辨体》《明文在》中，就没有从“心”部的文体。这或许可以解释中国古代文体命名中“因情立体”未受到重视的原因。

第三，我们必须意识到，选取“心”部字来考察中国古代文体命名具有便捷且直观的优势，但这毕竟只是“因情立体”的一个侧面。单从文字看，并非所有的情感类型都从“心”部，比如“哀”虽从“衣”部，却是很重要的古代文体与情感类型。《文选》第三十四类即为“哀”，且“赋”类和“诗”类下还都有“哀伤”小类。《文心雕龙·哀吊》将其与“吊”并列，设专篇论述。《文苑英华》设有“谥哀册文”一类，并于“赋”类下列“哀伤”，于“祭文”类下列“哀吊”。至于“哀辞(词)”或“哀诔”，在《元文类》《文章辨体》《文体明辨》《明文衡》《明文在》中，均作为一级文体著录。据此而言，单纯依靠古代文体命名中的“心”部字，会遗漏一些重要的情感类文体范畴，从而削弱“因情立体”命题的说服力。

二 “情”与中国古代文体的释名

通过对前述南朝至清代六部文章总集中文体分类的考察，可发现“情有多端”与“体有万殊”存在一定的对应关系。但这种单一的考察还存在两个问题。一是“心”部诸字皆属于二级文体，从文体命名的角度看，它们确实存在过并因此而得名，且具有一定的规模和影响力，否则也不会引起总集编撰者的注意。可是，在文体定名的意义上讲，它们与

“诗”“骚”“赋”“词”“曲”等主要文体相较特征并不鲜明，也未得到文体学家的广泛认可，其边缘化色彩较浓。二是文体命名中的“心”部诸字不包含“哀”“骚”等重要的情感范畴兼文体类型，亦未涉及“诗”“辞”“吟”“诔”“操”等文体释名中的情感元素。所以，我们有必要“不限形体”，在文体分类学意义上的“命名”之外，引入经史子集中有关文体“释名”的论述——它们不但内容更为丰富，而且同样能够说明“因情立体”的问题。

从“命名”到“释名”，既有助于拓展视域，又能深入到中国古代“为情造文”的文章与文体发生历程中。根据行为方式命名的文体，“作为文体命名的就是行为动作本身，而文本就是行为动作所发出的言词”①；而依据文字载体命名的文体，“名称与体制形成之后，便形成一种文体传统，此后有些载体发生变化，而其文体体制依旧沿用”②。无论是从“言”或“口”部，还是从“竹”“木”“糸”“石”部，其实都是文体生成伊始社会历史信息的遗存，它们从不同侧面反映了语言、文字与文章体制风格的关系。如果说，中国古代文体命名中的“言”“口”部字与“竹”“木”“糸”“石”部字分别聚焦于言说与书写（或曰语言与文字）之于文体生成的作用，那么“心”部字还更进一步，着眼于内心的情志活动。此即《毛诗序》所谓“发言为诗”和“形于言”之前的“在心为志”与“情动于中”阶段。关于此点，中国古代“诗”“骚”生成论，以刘熙《释名》之音训、刘勰《文心雕龙》之“原始以表末，释名以章义”、吴讷《文章辨体》与徐师曾《文体明辨》之“假文以辨体”等为代表的各类文体释名，皆可为证。

中国古代有着悠久的“诗骚传统”，而“诗”“骚”文体生成论皆与“情”相关。朱自清曾言“诗言志”是中国文学批评“开山的纲领”③，其实该命题同样首开文体释名的风气。对于“诗言志”，已有众多学者指证先秦文献中“情”与“志”不分，亦即“诗言志”命题内含着“言

① 胡大雷：《论中古时期文体命名与文体释名》，《中山大学学报》（社会科学版）2011年第4期。

② 吴承学：《中国早期文字与文体观念》，《文学评论》2016年第6期。

③ 朱自清：《诗言志辨》，凤凰出版社2008年版，第10页。

情”而非“情”与“志”两相对立[①]。《诗经》中“心之忧矣，我歌且谣”（《魏风·园有桃》），“君子作歌，维以告哀”（《小雅·四月》），“吉甫作颂，穆如清风。仲山甫永怀，以慰其心”（《大雅·烝民》）等句，就是“诗言情”的直接证据。至汉代，《诗大序》中亦有个人之情与世风民情两套话语：一个是个体“情动于中”进而行于言表、嗟叹咏歌、手舞足蹈的序列，另一个是安乐则和、怨怒则乖、哀思则困的民情与国政的对应。同样是由“情”出发，前者着眼于言行而外显为“情—言—叹—歌—舞”的愈发浓烈，后者则根据“情—声—音—乐”的不同层次，关联诗之个体与群体、民情与王政。除此之外，源自《诗纬·含神雾》的“诗者，持也”，也被刘勰理解为“持人情性”（《文心雕龙·明诗》）[②]。无论是言个人之情或世风民情的“诗言志”，还是持人性情不使偏邪的“诗者，持也”，与此后陆机《文赋》“诗缘情而绮靡”[③]、钟嵘《诗品序》“吟咏情性”[④]、张表臣《珊瑚钩诗话》“吟咏情性，合而言志，谓之诗”[⑤] 等，共同构成以“情志”释“诗”的传统。

在屈骚批评史上，有关《离骚》及骚体的释名亦与情感密切相关。一方面，刘安、司马迁、班固、王逸等人围绕着屈原其人与《离骚》其文是否“怨”、能否“怨”以及如何“怨”展开讨论，从多个角度阐发了《离骚》与“怨”的关联；另一方面，“离骚者，犹离忧也”（司马迁《史记·屈原贾生列传》）[⑥]，“离犹，遭也。骚，忧也。明己遭忧作辞也”（班固《离骚赞序》）[⑦] 等有关“离骚”的释名，又将“忧”与“骚”挂钩。以王逸为代表的注家，还将这一“为情造文”的传统用于《楚辞》其他骚体篇章的题解。例如认为屈原放逐后“怀忧苦毒，愁思沸郁”而

① 杨明：《欣然斋笔记》，东方出版中心 2010 年版，第 324－326 页。
② 范文澜：《文心雕龙注》，人民文学出版社 1958 年版，第 65 页。
③ 张少康：《文赋集释》，人民文学出版社 2002 年版，第 99 页。
④ 曹旭：《诗品集注》，上海古籍出版社 2011 年版，第 220 页。
⑤ （宋）张表臣：《珊瑚钩诗话》，中华书局 1985 年版，第 25 页。
⑥ （汉）司马迁：《史记》，中华书局 1959 年版，第 2482 页。
⑦ （宋）洪兴祖：《楚辞补注》，中华书局 1983 年版，第 51 页。

作《九歌》[1]，宋玉“怜哀屈原”而作《招魂》[2]，王逸作《九思》则因“与屈原同土共国，悼伤之情与凡有异。窃慕向、褒之风”[3]。至于此后刘勰所言“逮楚国讽怨，则《离骚》为刺”（《文心雕龙·明诗》）[4]，“《骚经》《九章》，朗丽以哀志；《九歌》《九辩》，绮靡以伤情”“叙情怨，则郁伊而易感；述离居，则怆怏而难怀”（《文心雕龙·辨骚》）[5]，同样是在文体发生学和风格学意义上对骚体内在情感的规定性概括。

不惟“诗骚”，“因情立体”在经史子集的文体释名中亦大量存在。为更直观地说明这一问题，现将相关文体释名及其出处汇集如下，从中可以见出相应的情感动机。

铭。“或问‘铭’。曰：‘铭哉！铭哉！有意于慎也。”（《法言·修身》）[6]“铭者，名也，名其器物以自警也。”（《文章辨体序题》）[7]

畅。“其道行和乐而作者，命其曲曰畅。”（《风俗通义·声音》）[8]

操。“其遇闭塞，忧愁而作者，命其曲曰操。”（《风俗通义·声音》）[9]

吟。“吟，严也。其声本出于忧愁，故其声严肃，使人听之凄叹也。”（《释名·释乐器》）[10]“吁嗟慨歌，悲忧深思，谓之吟。”（《珊瑚钩诗话》）[11]

牍。“牍，睦也。手执之以进见，所以为恭睦也。”（《释名·释书契》）[12]

---

① （宋）洪兴祖：《楚辞补注》，中华书局1983年版，第55页。
② （宋）洪兴祖：《楚辞补注》，中华书局1983年版，第197页。
③ （宋）洪兴祖：《楚辞补注》，中华书局1983年版，第314页。
④ 范文澜：《文心雕龙注》，人民文学出版社1958年版，第66页。
⑤ 范文澜：《文心雕龙注》，人民文学出版社1958年版，第47页。
⑥ 汪荣宝：《法言义疏》，中华书局1987年版，第88页。
⑦ 凌郁之：《文章辨体序题疏证》，人民文学出版社2016年版，第192页。
⑧ 王利器：《风俗通义校注》，中华书局2010年版，第293页。
⑨ 王利器：《风俗通义校注》，中华书局2010年版，第293页。
⑩ （清）毕沅：《释名疏证》，中华书局1985年版，第210页。
⑪ （宋）张表臣：《珊瑚钩诗话》，中华书局1985年版，第25页。
⑫ （清）毕沅：《释名疏证》，中华书局1985年版，第183页。

敕。“敕，饬也。使自警饬不敢废慢也。”（《释名·释书契》）[①]

哀。“哀辞之体，以哀痛为主，缘以叹息之辞。”（《文章流别论》）[②]“哀者，依也。悲实依心，故曰哀也。”（《文心雕龙·哀吊》）[③]“哀辞则寓伤悼之情，而有长短句及楚体不同。”（《文章辨体序题》）[④]“哀，闵也，闵痛形于声。”（《言文》）[⑤]

谐。“谐之言皆也。辞浅会俗，皆悦笑也。”（《文心雕龙·谐隐》）[⑥]

说。“说者，悦也。兑为口舌，故言咨悦怿；过悦必伪，故舜惊谗说。”（《文心雕龙·论说》）[⑦]

戒。“戒者，慎也；禹称戒之用休。”（《文心雕龙·诏策》）[⑧]

碑。“碑，悲也。古者悬而窆，用木，后人书之，以表其功德，因留之不忍去。碑之名由是而得。”（《野庙碑》）[⑨]

诔。“诔者，哀死而累其行，以定谥之文也。”（《续后汉书·文章总叙》）[⑩]

辞。“感触事物，托于文章，谓之辞。”（《元诗体要》）[⑪]“感触事情，形于言辞。”（《诗学权舆》）[⑫]

曲。“声音杂比，高下长短谓之曲，委曲以尽其意。”（《元诗体

---

① （清）毕沅：《释名疏证》，中华书局1985年版，第189页。

② （清）严可均：《全上古三代秦汉三国六朝文》，中华书局1958年版，第3811页。

③ 范文澜：《文心雕龙注》，人民文学出版社1958年版，第239页。

④ 凌郁之：《文章辨体序题疏证》，人民文学出版社2016年版，第275页。

⑤ （明）谭浚：《言文》，载王水照编《历代文话》第3册，复旦大学出版社2007年版，第2414页。

⑥ 范文澜：《文心雕龙注》，人民文学出版社1958年版，第270页。

⑦ 范文澜：《文心雕龙注》，人民文学出版社1958年版，第328页。

⑧ 范文澜：《文心雕龙注》，人民文学出版社1958年版，第360页。

⑨ （清）严可均：《全上古三代秦汉三国六朝文》，中华书局1958年版，第8418页。

⑩ （元）郝经：《续后汉书》，齐鲁书社2000年版，第866页。

⑪ （明）宋绪：《元诗体要》，《景印文渊阁四库全书》（第1372册），台湾商务印书馆1986年版，第539页。

⑫ （明）黄溥：《诗学权舆》，《四库全书存目丛书》（集部第292册），齐鲁书社1997年版，第11页。

要》)[1]"委曲尽情曰曲。"(《文章辨体序题》)[2]

叹。"沉吟深思，发乎太息，谓之叹。"(《元诗体要》)[3]"志意沉郁，形于声叹气嗟，因名曰叹。"(《诗学权舆》)[4]

怨。"怨，恚恨也。……其声哀思激切。"(《元诗体要》)[5]"怨者何也？恚也，心惋恨而出声也。惋恨而发于言，是亦叹之类也。"(《六艺流别》)[6]"恚恨于中曰怨。"(《说诗》)[7]

咏。"长言以道其志，畅其情，故曰咏。"(《诗学权舆》)[8]

思。"触物感怀，陶情写景，以舒其悠悠之怀。"(《诗学权舆》)[9]"虑远曰思。"(《说诗》)[10]

别。"写其分离之情，悽怆之意，因以别名。"(《诗学权舆》)[11]

愁。"忧戚郁结之情形于呻吟，因名曰愁。"(《诗学权舆》)[12]"郁郁

---

① (明)宋绪:《元诗体要》,《景印文渊阁四库全书》(第1372册),台湾商务印书馆1986年版,第566页。

② 凌郁之:《文章辨体序题疏证》,人民文学出版社2016年版,第104页。

③ (明)宋绪:《元诗体要》,《景印文渊阁四库全书》(第1372册),台湾商务印书馆1986年版,第574页。

④ (明)黄溥:《诗学权舆》,《四库全书存目丛书》(集部第292册),齐鲁书社1997年版,第12页。

⑤ (明)宋绪:《元诗体要》,《景印文渊阁四库全书》(第1372册),台湾商务印书馆1986年版,第576页。

⑥ (明)黄佐:《六艺流别》,《四库全书存目丛书》(集部第300册),齐鲁书社1997年版,第110页。

⑦ (明)谭浚:《说诗》,周维德集校《全明诗话》(第3册),齐鲁书社2005年版,第1845页。

⑧ (明)黄溥:《诗学权舆》,《四库全书存目丛书》(集部第292册),齐鲁书社1997年版,第12页。

⑨ (明)黄溥:《诗学权舆》,《四库全书存目丛书》(集部第292册),齐鲁书社1997年版,第12页。

⑩ (明)谭浚:《说诗》,载周维德集校《全明诗话》(第3册),齐鲁书社2005年版,第1845页。

⑪ (明)黄溥:《诗学权舆》,《四库全书存目丛书》(集部第292册),齐鲁书社1997年版,第12页。

⑫ (明)黄溥:《诗学权舆》,《四库全书存目丛书》(集部第292册),齐鲁书社1997年版,第12页。

不得志曰愁。”（《说诗》）[①]

乐。“心欢志适，由中发外，自然以成律度，故名曰乐。”（《诗学权舆》）[②]“喜见于外曰乐。”（《说诗》）[③]

唱。“抑扬其志，委曲其声。”（《诗学权舆》）[④]

弄。“忧思愤懑，寓之嘲讽，以舒其怀曰弄。”（《诗学权舆》）[⑤]

怀。“怀，发胸臆所抱者。”（《说诗》）[⑥]

意。“心有憶度曰意。”（《说诗》）[⑦]

孔颖达云：“言悦豫之志，则和乐兴而颂声作；忧愁之志，则哀伤起而怨刺生。”[⑧] 这种因乐、哀之情而立颂、刺之体的概括是就《诗经》而言。其实不唯如此，通过以上梳理，我们还可以发现，人之喜、怒、哀、乐皆可成为特定文体生成的情感动力。欢喜悦怿，遂有畅、乐、谐、说；悲伤感慨，则为操、吟、碑、叹、别、弄；警惕恭慎者，自成铭、戒、敕、牍；有所感触者，亦生辞、思、怀、意。

三 “情”与“体”的同异离合

以上对文体命名与释名中情感元素的考察，均围绕着“体制”之“体”展开。如果考虑到“体”另有“体势”与“体貌”之义，而

① （明）谭浚：《说诗》，载周维德集校《全明诗话》（第3册），齐鲁书社2005年版，第1845页。

② （明）黄溥：《诗学权舆》，《四库全书存目丛书》（集部第292册），齐鲁书社1997年版，第13页。

③ （明）谭浚：《说诗》，载周维德集校《全明诗话》（第3册），齐鲁书社2005年版，第1845页。

④ （明）黄溥：《诗学权舆》，《四库全书存目丛书》（集部第292册），齐鲁书社1997年版，第13页。

⑤ （明）黄溥：《诗学权舆》，《四库全书存目丛书》（集部第292册），齐鲁书社1997年版，第13页。

⑥ （明）谭浚：《说诗》，载周维德集校《全明诗话》（第3册），齐鲁书社2005年版，第1846页。

⑦ （明）谭浚：《说诗》，载周维德集校《全明诗话》（第3册），齐鲁书社2005年版，第1846页。

⑧ （清）阮元校刻：《十三经注疏》，中华书局1980年影印本，第270页。

“情”亦有一时情感与长久性情之分，“因情立体”便不只是“因何种情而立何种体”这么简单。

首先，“体”有外在“体制”形态与内在“体势”要求之分，这就意味着“情”会影响“体”的生成（即前文讨论命名与释名中的体裁），而“体”一旦趋于稳定（形成特定的语体）又会反作用于“情”的表达。所谓“体”对于“情”的反作用，主要表现为语体传统对作者个人情感表达的制约。以“诔”为例，高承《事物纪原》称：“周制，大夫已上有谥，士则有诔。是诔起于周也。《礼·檀弓》：‘鲁庄公及宋战，县贲父死之，公诔之。’士之有诔，自此始也。”① 又，郝经《续后汉书·文章总叙》谓：“诔者，哀死而累其行，以定谥之文也，自周有之。”② 作为文体的“诔”，最初可能源于“哀死”之情。可一旦形成特定的体裁，便不再是所有“哀死”之情的表达都符合“诔”的语体要求。吴讷区分了“诔”与“哀”的不同：“大抵诔则多叙世业，故今率仿魏、晋，以四言为句；哀辞则寓伤悼之情，而有长短句及楚体不同。作者不可不知。”③ 由此，在文体批评中，依据是否符合语体要求便有“得体”与“乖体”之别；在此基础上，后代作者还有“效体”与“破体”两个方向的选择。可以想象的是，文人在写作“诔”与“哀”等文体时，即便未有真情实感，也会自觉带入文体所需的“哀死”之情。倘若带入不好，便会因“为赋新词强说愁”甚至“只求诗对好，不怕两重丧”，而被批评是“为文造情”。

其次，考虑到“情”的变动不居与“体势”的相对稳定，还可以解释作者在文体上的各擅胜场现象。既然情感可以在不同的时间发生变化，那么，同一位作者情感层面的“先号咷而后笑”（借《周易·同人》九五爻辞），便可能落实为不同文体类型的创作。以明代周履靖《骚坛秘语》对“情”与“体”关系的归纳为例：

① （宋）高承撰，（明）李果订：《事物纪原》，中华书局1989年版，第62页。

② （元）郝经：《续后汉书》，齐鲁书社2000年版，第866页。

③ 凌郁之：《文章辨体序题疏证》，人民文学出版社2016年版，第275页。

歌：情扬辞达，音声高畅。吟：情抑辞郁，音声沉细。行：情顺辞直，音声浏亮。曲：情密辞宛，音声缛。谣：情谲辞寓，音声质俚。风：情切辞远，音声古淡。唱：与歌、行、曲通。乐歌：情和辞直，音声舒缓。叹：情戚辞老，音长声绝。解：与歌、曲、叹、乐通。引：情长辞蓄，音声平永。弄：情活辞丽，音声圆壮。清：情逸辞激，音声清壮。辞：情长辞雅，音声平亮。舞：情通辞丽，音声应节。怨：情沉辞郁，音声凄断。讴：情扬辞直，音声高放。①

作者感情的“扬”与“抑”、“顺”与“谲”、“和”与“戚”，分别适合以“歌”与“吟”、“行”与“谣”、“乐歌”与“叹”等不同的文体呈现。但问题是，每种文体的选词、语法、语调等要求不同，加之每个人对不同情感类型的感受与表达能力不同，这就导致作者往往“自骋骥騄”而“鲜能备善”。于是，在作家论意义上讲，便有了曹丕《典论·论文》中“王粲长于辞赋”与孔融“不能持论”的文学史现象②。刘勰尝言：“洞晓情变，曲昭文体，然后能孚甲新意，雕画奇辞。”（《文心雕龙·风骨》）③ 如何在“为情造文”时选取既符合文体传统，又适用于个人情性的书写方式，是每位作者都不得不考虑的问题。

最后，考虑到“情”有一时情感与长久性情之别，当二者与风格或曰“体貌”之“体”并置时，还将触及中国文论“文如其人”与“文不如其人”的经典论题。《周易·系辞下》较早总结出心境气质和言辞风格对应的六种类型：“将叛者其辞惭，中心疑者其辞枝。吉人之辞寡，躁人之辞多。诬善之人其辞游，失其守者其辞屈。”④“言，心声也；书，心画也；声画形，君子小人见矣”（《法言·问神》）⑤ 与“心画心声总失真，文章宁复见为人。高情千古《闲居赋》，争信安仁拜路尘”（元好问《论

① （宋）周履靖：《骚坛秘语》，中华书局1985年版，第4－6页。
② 魏宏灿：《曹丕集校注》，安徽大学出版社2009年版，第313页。
③ 范文澜：《文心雕龙注》，人民文学出版社1958年版，第514页。
④ （清）阮元校刻：《十三经注疏》，中华书局1980年影印本，第91页。
⑤ 汪荣宝：《法言义疏》，中华书局1987年版，第160页。

诗三十首》其六)[1] 可视为双方的代表性论述。从“情”与“体”的关系来看，短暂性的情感体验在屡次出现后，有可能积聚成较为稳定的性情，进而与理智、意志等一同形成性格品质。当作者的性格品质与文章风格相符时，便可基于归纳法得出“文如其人”的结论。此即薛雪所言：

> 鬯快人诗必潇洒，敦厚人诗必庄重，倜傥人诗必飘逸，疏爽人诗必流丽，寒涩人诗必枯瘠，丰腴人诗必华赡，拂郁人诗必凄怨，磊落人诗必悲壮，豪迈人诗必不羁，清修人诗必峻洁，谨敕人诗必严整，猥鄙人诗必委靡。[2]

而当作者性情与文章风格不相符时，便会出现“词固不可概人”。例如况周颐的举例：

> 晏同叔赋性刚峻，而词语特婉丽。蒋竹山词极秾丽，其人则抱节终身。何文缜少时会饮贵戚家，侍儿惠柔，慕公丰标，解帕为赠，约牡丹时再集。何赋《虞美人》词有“重来约在牡丹时，只恐花枝相妒，故开迟”之句，后为靖康中尽节名臣。国朝彭羡门孙遹《延露词》，吐属香艳，多涉闺襜。与夫人伉俪綦笃，生平无姬侍。词固不可概人也。[3]

对此争论，钱锺书区分一时之“情”与长久之“性”的解释颇为通达：

> “心声心画”，本为成事之说，实匙先见之明。然所言之物，可以饰伪：巨奸为忧国语，热中人作冰雪文，是也。其言之格调，则往往流露本相；狷急人之作风，不能尽变为澄澹，豪迈人之笔性，

---

① 郭绍虞：《元好问论诗三十首小笺》，人民文学出版社 1978 年版，第 62 页。

② （清）薛雪：《一瓢诗话》，载（清）王夫之等撰《清诗话》，中华书局 1963 年版，第 708 页。

③ （清）况周颐：《蕙风词话》，上海古籍出版社 2009 年版，第 20 页。

不能尽变为谨严。文如其人，在此不在彼也。[①]

在“因情立体”命题的观照下，“文如其人”与“人与文不相类”的旧话题还可以这样理解：当作者选择某一文体（体裁）进行书写时，便会受到语体传统的潜在规约，调整自己的情感；其中，本色出演者，自然是毫无疑问的“文如其人”；强颜欢笑者，多会被打入“为文造情”的行列；至于中间的乔装打扮者，可能一时沉浸在情感氛围中，但事后总会因一时情感有违长久性情而露出破绽，“流露本相”。例如，在况周颐举的反例中，作为一种文体的词，以“婉约”为本色，多写“儿女情长”，故给人留下“风云气短”或“多情”乃至“滥情”的印象。那么，即便是“赋性刚峻”的晏殊、“抱节终身”的蒋捷、为国尽节的何栗，在写词时也不得不“入乡随俗”，呈现偏阴柔的“婉丽”“秾丽”与缠绵多情风格。这与其说是词人的有意弄虚作假，倒不如说是在词体规范下的不得已而为之。至于彭孙遹词中多情与现实专一的反差，也是因为词体创作的需要。词作中的婉约多情，对于晏殊、蒋捷、何栗、彭孙遹个人来说，是迥异于生平气质的“变体”，但对于词体传统来说，却是再正常不过的“正体”。他们在作词时投入的婉约多情，并不妨碍刚正、专一的长久情性。如此说来，钱锺书指出更为极端的“巨奸为忧国语，热中人作冰雪文”，也有可能是巨奸写“对策”，或热中人作“清言”时的情感带入。“对策”与“清言”所代表的特定文体要求写作时具备忧国之情与隐逸之志，否则便难称“得体”，更遑论流传后世。时过境迁，当作者一时忧患之情与长久忠贞之性依旧吻合时，便有了贾谊流传于世的《治安策》；而当一时高情与长久世俗之气产生裂隙后，便是潘岳备受指摘的《闲居赋》。所以，即便“巨奸”和“热中人”一时生发忧国之情和隐逸之心，终究还是难逃“情”与“体”的暌违离异。

① 钱锺书：《谈艺录》，生活·读书·新知三联书店 2008 年版，第 426 页。

四 结语

在“以体制为先”的研究传统中，揭示古代文体论中的“因情立体”，从“情”的角度探讨古代文体生成，不仅有助于把握“悲”“怨”“感”“怀”等文体命名，以及“诗”“骚”“哀”“诔”“辞”“吟”“操”“曲”等文体释名中所蕴藏的思想文化意涵，还能以“情”与“体”的同异离合为线索，观照文论史上“为情造文”与“为文造情”、“自骋骥騄”与“鲜能备善”、“文如其人”与“心声心画总失真”等经典辩题的内在逻辑。

在更宏观的意义上讲，文体既是文辞与文章的载体，又是文人与文心的寄托。文人的情感心境作为一条原生的线索，贯穿于文章创作、文体辨析、文集编纂、文学鉴赏与批评诸环节。那么，以情感为聚焦点，借鉴方兴未艾的情感史、情感社会学等相关研究，还可不囿于本文所展示的文体一隅，面向中国文学及文论的重审与重释。这一研究主旨与“文艺心理学”或“中国抒情传统”有所不同，既非“从心理学观点研究出来的‘美学’”①，也不为证明“中国文学的道统是一种抒情的道统”②，而是将“借石攻玉”与“操斧伐柯”结合起来：以“情”为观念单位，通观而非割裂中国文学“诗言志”“诗缘情”与“诗缘事”三大传统③，考察不同情感在不同时段、传统、文体、经典以及文学家笔下的使用情况（表层），归纳其在文学创作、传播、接受、再生产过程中所承担的具体功用（深层）。诸如此类的微观与中观研究，或将有助于超越观点与方法之争而回归文人与文心本体。

（作者单位：武汉大学文学院）

---

① 朱光潜：《作者自白》，《文艺心理学》，华东师范大学出版社 2015 年版，第 1 页。

② 陈世骧：《中国的抒情传统》，《陈世骧文存》，辽宁教育出版社 1998 年版，第 3 页。

③ 王怀义：《汉诗“缘事而发”的诠释界域与中国诗学传统——对“中国抒情传统”观的一个检讨》，《文学评论》2016 年第 4 期。

刘师培“文体考古”的范式转进

——读陈民镇《有“文体”之前：中国文体的生成与早期发展》

赵俭杰

中国古代文体研究是当前的学术热点，业已取得丰硕成果。目前学界普遍认为，文体的概念及成熟的文体理论当萌兴于魏晋时期，但受材料的限制和观念的制约，关于中国古代文体的生成机制与早期发展等本源问题，至今尚未得到很好解决。近日拜读陈民镇新著《有“文体”之前：中国文体的生成与早期发展》（上海古籍出版社 2019 年版）后，发现该书对此问题做了深入探讨，而且在材料与方法上推陈出新，展示了一种“文体考古”的研究范式，对于推动中国古代文体研究颇有助益，因此笔者略陈管见，兹就教于方家。

一 全书结构与主要内容

在具体评述该书之前，有必要对其结构和内容简述如下。全书九章，结构清晰、内容丰富，紧紧围绕“有‘文体’之前”（先秦秦汉）这一断限，系统考察文体形态、文体观念和文体理论及文体概念确立与成熟的全部过程。第一章是对“文”“体”的造字原理和“文体”概念的产生等中国古代文体学的基本概念进行界说与证释。著者认为，“文”为“有心之器”，而“文”之义由虚转实，使得“文”与“体”的结合成为可能。“文体”之“体”实由人体之“体”引申而来，是形式、内容及功能的统一体，而以外在形相最为关键，故“体”可表现为体裁，或者指涉风格。此外，《左传》昭公二十年的论乐之语，可能是将“体”与文艺挂钩的最早实例，而至迟在魏晋，“体”已有文体义。第二章考察早期文字与文体的交互关系。著者谈到，有了文字，早期的口传文本便面临被记录的问题，记录时必然需要根据文字的形态、载体的形式及书面文本的用途进行调整；而汉字是形、音、义的统一体，形式是文体最核心的要素，汉字的形体、字音、字形直接参与了文体形式的构建。诸如甲骨卜辞、简册、青铜铭文等早期文字材料，则被视作中国古代文体最早的研究对象。第三章反思了历史上有代表性的三种文体生成论。著者认为，颜之推《颜氏家训》的“文章原出五经”说，虽其来有自且影响深远，但不免本末倒置、主观比附，此说将文学依附于政教，宗经意识过于强烈，而在“五经”累积成书之前必然已有不少文体形态，所以“五经”只是早期文体发展的一次重要总结，只是王官时代礼乐实践的结果，而非文体的终极源头；刘师培的“文学出于巫祝之官”说亦有可商榷之处，其讨论的“文学”仅指韵文而非一切文学，其所谓的“巫祝”仅指巫祝之官而非所有王官；而“文体出于王官”论在章学诚和刘师培的论著中已肇其端，他俩都认为六经的形成多与王官相关，六经在孔子之前已经存在，因而著者赞同此说。

著者既然认可“文体出于王官”之说，而王官是三代礼乐文明的产物，所以要谈文体的生成与分化，便应从“礼”说起，第四章即如此。著者认为，王官职掌礼乐活动，礼乐需要文辞参与，中国早期文体形态多产生于由王官司职的礼乐活动中，而礼典对文体形态多有决定作用。据清华简《程寤》篇载，巫、灵与祝、宗一道负责“祓”的礼典和文辞。而祝、宗、卜、史、巫等是同源关系，均属于《周礼》六官系统中直接执掌礼典的“春官”。著者将春官中与文辞相关的官职分为诗乐组、祝卜组、史官组，这三组王官为中国早期文体框架的构建奠定了基础。文体的分化即在礼乐文明的背景下由王官实现的，与此相应，著者又将中国早期主要文体分为“诗”“书”“祝”三系。这三系文体均围绕礼典展开，而礼典的程序也决定了相应文体的体式、语体及功能，六经便是王官（尤其是春官）文辞创作的总结。第五章即论王官时代的三系文体。著者谈到，“诗”系文体由诗乐之官职掌，多为韵文，强调言志，最初依附于礼乐，其后趋于独立，个人情志逐步觉醒，确立了“诗言志”与“诗缘情”的传统。“书”系文体反映的是先王圣贤之言，由史官职掌，今本《尚书》有“六体”“十体”说，重视布政施教，确立了“文以载道”的传统。“祝”系文体以《周礼·春官·大祝》中的“六祝六祠”为代表，均由祝卜之官职掌，浸润着虔诚的宗教感，确立了“修辞立诚”的传统。第六章论东周之世的文体突破和中国古代文体格局的基本确立。周朝从厉王到平王历经动荡，政治文化秩序崩溃、王官垄断地位丧失、私人著述兴起、作者意识觉醒，以礼为核心的大传统受到强烈冲击，三代王官奠基的文体大厦也面临转型。著者认为，“诗”系文体生出词赋，从“言志”转到“缘情”；“书”系文体，一方面，“王言”的权威逐渐黯淡，而真正意义上的文书行政机制开始形成；另一方面，“立言”的权利由王者延伸到士人，“王若曰”变为“君子曰”“子曰”“孟子曰”等，“语”类文献与诸子论说文得以涌现；“祝”系文体则向小传统渗透。因此，“九艺”或“六经”的结集，只能是在东周时期的礼崩乐坏之后，而至迟在楚庄王时期，一些文献已经实现经典化，由此促进了文本及文体的定型，推动了文体观念的发展。第七章以出土的黄老、方术类文献，论东周以降的思想新变及其文体史意义。著者谈到，黄老著述多为韵文、句式齐整、善用修辞、依托对话的文体特征与道家源出史官相关，其上承《诗》《书》又下启汉赋，乃是王官之文向诸子之文转变的缩影；而“祝”系文体在方术盛行的时代氛围中也被赋予了新的生命。这些突出的时代现象，实际上反映了祝卜之官与史官在官学下移背景下的转型。

中国古代文体历经三代累积，到了东周末年基本齐备，此后便是不断完善。第八章论出土文献所揭示的秦代文体。著者认为，刘勰所谓“秦世不文”，实际是说秦代缺乏有文采的韵文，而非一些学者断言的“秦代无文学”，出土文献的大量涌现，便揭开了秦世之文的别样风貌。秦始皇推行的“书同文”，即文字统一活动为秦汉的文书行政奠定了基础，同时也存在文体规范化的运动（著者称作“文同体”），一系列官文书文体通过行政行为得以确立，用字用语及格式得以规范化，后世的官文书文体基本承自秦世，著者据此认为“官文书文体备于秦世”。第九章论中国古代文体框架在东汉的确立。两汉以降，文人激增，文献增多、文体增繁，文体之间交互渗透推动了文体分化，而通过分类整理又促进了文体固化。也就是说，两汉的文本与文体在三代大传统、楚文化、秦文化的文体发展基础上实现了分化与固化，从而真正确立了中国古代文体的基本框架。由此可见，文体观念的发展是一个长期的、动态的过程，王官时代已发其端，迨至汉末渐趋成熟和整合，并开始孕育真正意义上的文体论，直到出现类似《独断》《文心雕龙》等相对系统的文体论著作，文体之“体”才正式成为文体理论术语。

综上所见，第一、二章是“文体”概念的字源考索，对文字与文体互动关系的分析；第三、四、五章先是论证“文体出于王官”的合理性，再考察了王官时代三系文体在“礼”之背景下的生成与分化；第六、七章分析东周之世的文体突破与思想新变；第八章以出土文献论秦代文体的发展；第九章谈文体框架在东汉的确立。

二　出土文献的文体视野

以往学界受材料限制和观念制约，普遍不够重视出土文献，导致研究视野狭窄，鲜有人能结合出土文献与文体学史，系统考察早期中国的文体发展。如著者云，研究古文字与出土文献的人对文体学关注不足，在探讨简帛文献的性质时可能偶及文体形态，但大多不是从文体学角度出发的；研治文学史者又很不重视出土文献，即使注意到了相关材料，也大多存在材料掌握不充分、文字释读及文意理解存在偏差等情形。由于该书主要考察早期中国之文体发展，所以必须注重传世文献与出土文献的互证并以后者为主。著者谈到，三代至秦汉以简帛为主要书写载体，简帛使用的时代几乎与文体的萌芽期相始终，中国文体的内容和取向都奠定于这一时期。但是，最初写在简帛上的先秦两汉古书，流传至今也早已脱离原先的载体，甚至文字和内容上大为失真，而出土文献具有时代较早、未经篡改、载体完备等独特优势，在很大程度上可补传世文献之不足。当然，作为构建早期文体框架基石的传世文献也有数量和系统性的优势，出土文献和传世文献都是文体史的研究对象，两种文献不可偏废。该书还打破了学科界域，从文体学角度审视和利用出土文献，其对文体相关出土文献的分类与利用，于我们在使用材料上有启发意义。

一方面，按照材料性质区分出土文献，以此明晰不同文献之文体形态的发展历程。比如，分类对待典籍与文书。著者认为，所谓“文书”，或指典籍，或指一般而言的公文、契约、律令、信件等，根据适用范围又可分为官文书与私文书。典籍与文书之间存在互动关系，王官时代的“书”系文体多源于三代王官所执掌的实用性官文书，它们在文献整理的过程中得以命名，文体的名称与形式也趋于固化，并最终被经典化为典籍，可见典籍与文书之区分发生在经典化之后。秦并六国以后，实行的文书行政使得文书高度地制度化，并奠定了汉以来各王朝文书制度的基础，简牍中出现的大量官文书则提供了各类文书文本、格式，其分类之细密远超传世文献，不少官文书文体更是前所未闻。秦汉时期一些特殊的文体采用了官文书的形式，反映出文书类文体对其他文体的渗透。在出土简牍中，文书占了四分之三以上，故有必要将典籍与文书分开，与典籍相比，文书属于“同时资料”，更能敏锐反映政治、社会、语言、文化的变迁，具有独特的史料价值。然而中国古代文体研究向来重文轻笔，很少关注缺少文采的文书类文体，其在目前的文体史书写中也是缺席的。

又如，其对传统经典与黄老、方术的区分。著者认为，从战国到汉代，黄老是更为主要的道家，不过因其著述散佚而淡出世人视线。战国时代与黄老同时兴起的是方术，二者互动密切，深刻影响了战国秦汉的思想风气，并与黄老思想一起催生了道教的兴起。然而，除了忽视文书，学界以往在研究典籍类文献时，亦多着眼于六艺、诸子与诗赋，对于数术、方技之类的（著者统称为“方术”）著述以及通过出土文献才逐渐为人所知的黄老著述，长期未予重视。实际上，早期中国的出土文献中有不少黄老、方术的材料，早期的小说与黄老、方术密切相关，出土的战国秦汉方术类文献还保留了许多巫祝之词，是“祝”系文体在战国秦汉的延续与发展，其与黄老著述一样，皆为文体特征显著的韵文，对诗赋类文体影响很大，在思想史上也有重要意义，故有必要区别处理。

另一方面，文献载体和“礼”的程式对文体形态有规范作用，不同载体、不同礼仪都会产生不同的文体形态。因此，著者论及“文本与物质性”，所谓“物质性”是指出土文献的载体形态，文体形态及文体观念不独蕴藏在文本本身，亦体现于载体形制之中，出土文献能较大程度上弥补传世文献所遗失的载体形制及其格式等原始信息，此即吴承学强调的文体学研究要“证之以实物”。比如，简帛这一载体，对汉字的形态、书写方式都有深刻影响，进而影响到篇章的体式；一些文体名如檄、策、笺等，即源自简帛形制的称名；诸如“篇”“卷”等文本单位也是源自简帛的形制；简帛的编联、材质、长度、字体、书风等与文体形态也密切相关。除了简帛，甲骨卜辞、青铜铭文、玉石器铭文、碑刻、砖瓦题铭等出土材料同样有特殊的载体形制与格式，这些载体往往适用于相应的文体。有的文体依附于某种特殊的载体而存在，也有可能在不同载体之间转化，如命、诏既可“书之竹帛”，也可转录于金石。可见，载体形制与文体之间存在互动关系，不同文体有不同的载体要求，必须区别对待。又如，区分“文本与仪式性”，所谓“仪式性”是指“礼”的仪式、程序。如著者云，早期中国的文体大都围绕“礼”展开，由此形成王官时代主要的“诗”系文体，“书”系文体，“祝”系文体。在礼的语境中，文本既是仪式的组成部分，仪式又塑造了其文体特征，如甲骨卜辞之体式，便是直接由占卜仪式的程序所决定的。故要探讨早期中国的文体发展，需将其置于“礼”的背景下。

总之，该书研究先秦两汉的文体发展时，能够充分发挥出土文献的优势，结合传世文献，并主要地从文体学角度审视出土文献，其对出土文献的分类与利用堪称典范，在材料的使用上有启发意义。

三 研究方法的综合运用

一项具有开拓意义的工作，在方法上也必然有所开创。该书正是综合运用各种方法拓展文体研究新局面的。

一是“辨名析义”或“辨章学术”，即对基本概念进行界定和证释。比如，著者对“文”“体”概念的字源考索，及其“文体”结合的文化追索。“文体”作为文学的基本概念，深刻影响着文学的发展，其所蕴含的文化心理和精神气质，在中国文化史、思想史和观念史上发挥着重要作用。著者以“文体”为阐释对象，以传世文献和出土文献为依据，采取跨学科的视角，运用释名彰义的方法，从词根词源出发，对其意义生成与建构、不同时代的历史演化及近现代的语义转型进行全面分析，由此抉发文体的时代特点与文化特征。又如，其对文体形态、文体观念及文体理论之概念澄明。著者认为，文体观念是指体现文体源流、分类、体式、功能、价值序列等方面的未经理论化的、甚至是潜意识的一般观念，其区别于相对自觉的、系统化的文体理论；在成熟的文体理论出现之前，已有文体形态的客观存在和相应的文体观念，文体观念既闪现于文本之中，也体现于文本之外（如物质载体、礼仪制度），它的成熟与自觉是文体理论产生的重要前提。由于早期文体概念边界比较模糊，在清理文献过程中容易混淆，因此辨明这三个概念对古代文体研究具有正本清源的重要意义。

二是“溯源探流”或“考镜源流”，即从根源处看其生成机制，从流向上看其发展演变，所以探寻“源”与“流”实际是对一个历史过程的厘定，因此著者非常注意“史”的连续性与阶段性。概念起初只是观念，如其所言，关于文体源流的观念，是在以《汉书·艺文志》为代表的目录学框架下逐步成熟的，目录学之考镜源流的旨趣与文体论之“原始以表末”的追求相契，这也体现在班固《两都赋序》等关于诗赋关系的论述中；关于文体分类的观念，在早期“诗”“书”的分类中业已发轫，目录学的分类则予以强化；关于文体体式的观念，首先突出体现在官文书的写作规范中，是为“敷理以举统”的先导；较早受到关注的是文体功能的观念，如《左传》襄公十九年及《礼记·祭统》中对铭的认识，即主要从功能出发，已是“释名以章义”的萌芽；关于文体价值序列的观念，是在“宗经”的基础上展开的，如诗尊四言为“正体”、重言轻事、贬低“小说”等观念均要在此背景之中才能理解。以上文体观念，虽产生于不同时期不同范围，但最终为魏晋以来的文体理论所综合并系统化，由此形成了中国古代文体论的基本范式。可见，只有从历时与共时、纵向与横面的立体坐标中，才能标示出文体发展的路径与地位。

三是将文体发展置于“历史语境”中加以考察。例如，著者云，文体的生成发展并非孤立、线性的而是动态、历史的现象，无论文体形态还是文体观念皆有鲜明的时代性，都与历史进程关系密切，应该放在历史语境中来理解。时代发展，有的文体会消亡，新质素会萌兴，旧质素会新生；不同时代，不同地域，文体框架也会有相应的因革；即便同一种文体，在不同阶段、不同地域也可能表现出不同的文体特征。此外，诸如周公制礼作乐、两周之际的政治动荡、战国时代的社会转型、秦代的政治变革、两汉之际大规模的文献整理、汉末的时代新变等历史事件的更迭，以及战国以降黄老、方术的兴起等思想观念的嬗替，都是中华文明史上的重要转捩点，无疑也是文体史上的变革期。因此，还原文体生成、发展、分化、消亡的历史轨迹，首先要还原到历史语境之中，以文明史或比较文明史的视角加以观照，并以动态的、历史的眼光作切合考察对象的审视。

四是以“大小传统”的观念衡诸出土文献。罗伯特·雷德菲尔德提出了“大传统”与“小传统”概念，学界一般认为前者指涉上层的精英文化，而后者指涉下层的民间文化，相当于中国文化中的雅俗之分、文野之别。我们看到，流传下来的早期文本多是反映统治阶层的世界，而考古发现的资料及实物则提供了相对世俗的一个侧面。文体史、文学史乃至文化史都是在雅俗互动中得以推进的，如“小说”概念的转进，便经历了由俗到雅的过程。因此，深入挖掘遗存于小传统中的历史资料，既能展现更为丰富多彩的时代风貌，也会冲击传世文献塑造的固化思想。这就提醒我们，需要重视并深入挖掘潜在的、边缘的、一般的文体现象，关注俗文学与雅文学的渗透，如著者对方术类、官文书、私文书的关注，正可弥补传世文献之不足。

总之，无论是对文体的辨名析义、溯源探流，还是将文体发展置诸历史语境加以考察和以大小传统的观念衡诸出土文献，这些方法都不失为全面立体呈现早期中国文体生成与发展的历史状貌的有效途径。

四 文体考古的范式转进

所谓“文体考古”，时间上指“早期中国”，即挖掘文体生成期的历史遗存；材料上指“出土文献”，即主要采用“当时材料”证实早期文体。取自西人库恩的“范式”（paradigm）一词，是指一个公认的模型或模式（pattern），使用“考古”一词，主要是谈“材料”；借用“范式”一词，主要想谈“方法”。笔者以为，作为“文体考古”之“研究范式”的发轫之作，该书在材料、方法、观念、理论更新上，对文体研究有如下启示。

第一，翻新材料。在出土文献大量涌现的时代背景下，我们既要深入研究并广泛拓展传世文献，也要密切关注且充分利用出土文献，还要能以新眼光审视旧材料，能用新材料解决旧问题。但是目前的中国古代文体研究在材料使用上仍然有些极端，未能准确把握两种文献的辩证关系和使用策略。由于学科分化日益细密，掌握出土文献相关研究的学者对跨学科的传世文献常有欠缺，而古文字专家在文学、历史、哲学方面的知识也有短板，他们要么出于知识结构的偏狭而认为传世文献已被篡改，要么出于释读能力的欠缺而认为出土文献不够牢靠。这就对研究者的知识结构、学术视野提出了更高的要求，即要在充分掌握自己学科优势的同时，还能跨学科、全方位地开展研究，才能助推学术发展。

第二，更新观念。我们的文体研究经常出现“以后律前”或“以西律中”的做法，如以魏晋或现代的文体观念阐释早期文体，或者阉割古代的史料以迁就西方的话语，或以后世的眼光审视早期的仪式。旧有观点根深蒂固，学人大多深信不疑。著者谈及刘勰“秦世无文”论时，指出后人普遍未从刘勰的语境中进行反思，而是想当然地认为此论是指秦代没有文学，经过检讨《文心雕龙》发现，刘勰是说秦代没有韵文。通过分析《史记》载录的焚书诏和引用大量秦简牍，足能说明秦代既有丰富的官文书文体，诗赋类作品也未断绝，官文书奠定了汉代以后的体制规范，诗赋类对汉代以后的诗赋影响甚巨。而且当时“文学”的概念主要是指“五经”等书籍。如果认可“秦世无文”是指秦代没有文学，那么文学史、文体史将是不完整的，也将无法解释汉代以后兴盛的官文书文体、诗赋类文体的继承关系。我们不应该只关注大传统而忽视小传统，认为只有传世的、上层的知识最重要，而散佚的、平民的不重要；不应该只重视雅文体而忽视俗文体，或者强分雅俗而无视其交渗；早期的文体往往规定性不强，文体的边界也比较模糊，不能有太强的历史观念，刻意对其划定疆界。

第三，革新方法。鉴于先秦秦汉的历史特点和文献特性，若要考察早期文体发展，必须在用传世文献的同时，还要足够重视出土文献的利用，打通"材料"壁垒，打开学术视野，提升材料解读能力；对思想史、文学史、文体史、历史、哲学都要熟悉，打破学科界限、拓宽知识领域、完善知识结构，实现多层次、多角度、全方位、立体化的研究。目前的文体学研究法，基本是由刘勰奠定的，即"原始以表末，释名以章义，选文以定篇，敷理以举统"，先由文字学求其概念之含义，再从文献资料梳理其源与流，并用作品验证此种文体之形态，最后上升到理论高度作出评价。这一研究范式确乎经典，也符合古代文体发展的历史，然而学术发展需要创新。百年前，王国维提出"二重证据法"及古史辨派即更新了古史中不少既定观念。古人虽距古史更近，却非见过所有材料，而今地不覆宝，出土文献大量涌现，我们应比前人走得更远。

第四，创新理论。程千帆先生说过，既要研究"古代的文学理论"，还要研究"古代文学的理论"，前者指古人已总结出的文学理论，我们只需加以描述，当下急需的是后者，即从大量作品中提炼出古人尚未论及的文学理论。文体理论研究亦是如此，不仅得认真整理吸收古人的现成理论，更要从大量作品中总结乃至创造出符合时代特色的文体理论。中外文化不无相通之处，具体到研究对象，则可能千差万别，虽然西方理论更新速度惊人，但有时并不符合我们的实际，尤其是研究中国古代的文体，必须把握住借鉴的限度。所以，只有直面文本、深入思考、仔细分析，才有可能实现理论创新。总之，"翻新材料"即是拓展研究领域，"更新观念"即是开阔研究视野，"革新方法"即是增加学术含量，"创新理论"即是推动学术发展。

综上所述，该书以先秦两汉的文体生成与发展演变为阐释对象，充分发挥传世文献与出土文献相结合的资料优势，综合运用辨名析义、溯源探流，和将文体发展置诸历史语境加以考察，及以大小传统的观念衡诸出土文献等研究方法，力求全面呈现早期中国文体生成与发展的历史状貌，启示我们要想推动中国古代文体研究的持续发展，必须翻新材料、更新观念、革新方法、创新理论。因此，该书可谓“文体考古”发轫之作，其在材料与方法上的范式意义及其对此范式的调适，对于深化中国古代文体研究工作具有启发意义。

（作者单位：陕西师范大学文学院）

后　记

为了落实我们于2019年所设定的每年组织编辑出版一到二卷《文体》文丛的规划任务，自第一卷《文体：中国古代文体观念的演进》于2020年7月正式出版面世以后，我们利用暑期立即开展了第二卷的选题策划工作，并于10月确定了该卷文丛名为《文体：中国古代文体观念文献要籍研究》。经过一年的组织、筛选及编辑工作，如今第二卷也终于要付梓问世了。真诚期待学界同人继续提出宝贵的批评和建议，我们会在今后的工作中努力加以改进和提高，将更好的学术成果呈献给大家。

本书所收论文，大多为课题组成员近年来在国内一些较有影响力的学术期刊上公开发表过的学术成果，感谢各位作者为“中国古代文体观念文献整理与研究”项目所付出的努力与辛劳。该卷文丛的具体编校工作仍由杨新平、杨康两位负责，他们在论文的筛选、编辑、校对过程中付出了不少心力，在此谨致谢意。还要感谢陕西师范大学人文社会科学高等研究院李继凯院长以及高研院的同事们对于本书的编辑出版所提供的支持。同时，更要感谢中国社会科学出版社赵剑英社长、魏长宝总编、郭晓鸿主任，尤其是责任编辑杨康博士为《文体》文丛出版所给予的支持和所付出的辛劳。

党圣元

2021年7月10日